Eiland in de zon

Katie Fforde bij Boekerij:

Keukengeheimen
De kunstminnaar
Een nieuwe kans
Wilde tuinen
Reddende engel
Levenslessen
Stoute schoenen
Kunst en vliegwerk
Halsbrekende toeren
Praktisch perfect
Schoon schip
Trouwplannen
Liefdesbrieven
Een verleidelijk voorstel
Zomerliefde
De kers op de taart
Met de Franse slag
Vrij spel
Iets ouds en iets blauws
Een zomer aan zee
Een tuin vol bloemen
Het buitenhuis
Een nieuw leven
Een liefde in de lente
Een feestelijke dag
Een chateau in de Provence
Eiland in de zon

boekerij.nl

Katie Fforde

Eiland in de zon

Cass is in het Caraïbisch gebied heel ver van huis,
maar de liefde weet haar toch te vinden

Vertaald door Hanneke van Soest

BOEKERIJ

ISBN 978-90-225-9864-1
ISBN 978-94-023-2465-5 (e-book)
NUR 302

Oorspronkelijke titel: *Island in The Sun*
Vertaling: Hanneke van Soest
Omslagontwerp: Johannes Wiebel | punchdesign
Omslagbeeld: © AdobeStock
Zetwerk: Mat-Zet b.v.

Dit boek is opgedragen aan mijn neven en nichten, dr. Lennox Honychurch, Sara Honychurch, Petrea Honychurch, Seaman en Marica Honychurch, en aan het prachtige eiland Dominica.

1

Cass was al de hele dag aan het reizen. Ze had een vroege ochtendvlucht van Bristol naar Glasgow achter de rug, twee lange busreizen, een overtocht met een grote veerboot, en nu zat ze op een kleinere veerboot die hooguit twaalf auto's per keer overzette. Ze was bijna op de plaats van bestemming.

De laatste keer dat Cass haar vader had gezien, was voordat hij naar het afgelegen Schotse eiland was verhuisd, dat ze nu aan de andere kant van de zeearm kon zien liggen. Ze had gedacht dat het veel te ingewikkeld was om er te komen, maar ze had juist genoten van de reis. De omgeving was spectaculair en in de bus had ze een dutje kunnen doen om de verloren uurtjes in te halen. Tot haar verbazing had ze ook nog kunnen facetimen met haar beste vriendin Rosa, die in Spanje studeerde. Ze hadden gezellig bijgepraat en Cass had geprobeerd haar te laten zien hoe mooi Schotland was op deze ongewoon zonnige dag.

Cass had niet verwacht dat het zulk mooi weer zou zijn; ze had Schotland altijd geassocieerd met harde wind, stromende regen en zelfs met sneeuw. Maar op deze late meidag was de lucht blauw, en de majesteitelijke bergen werden weerkaatst in de bijna spiegelgladde zee.

Ze zuchtte, slaperig maar blij dat ze haar vader op zo'n geweldige plek zou zien. Achter haar schraapte iemand zijn keel, en opgeschrikt uit haar mijmeringen keek ze om.

Het was de knappe man die ze eerder uit een oude landrover had zien stappen. Hij was lang en had een bijna witte haardos, maar in tegenstelling tot zijn vroegtijdig lichte haar waren zijn wenkbrauwen en ogen donker. Van zo dichtbij zag ze dat zijn ogen grijsgroen waren.

'Ben jij Cass?' vroeg hij. 'Voluit Cassiopeia?' ging hij door toen ze niet meteen antwoordde. Met een schuin hoofd nam hij haar onderzoekend op.

'Dat ben ik,' beaamde ze na een korte stilte.

'Heet je vader Howard?'

'Ja?' Ze wilde vragen hoe hij wist hoe haar vader heette, maar ze hield zich in.

'Toen hij hoorde dat ik deze veerboot zou nemen, vroeg hij of ik jou een lift naar Corriemore wilde geven.'

Cass knikte. Ze probeerde niet te laten merken dat ze van haar stuk was gebracht. Hij was zo indrukwekkend, zo – ze zocht naar het juiste woord – zo aantrekkelijk. Maar zelfs het woord 'aantrekkelijk' dekte de lading niet.

'Ik ben Ranulph Gregor. Ik kende Howard al een paar jaar voordat hij hier kwam wonen.'

'Nou, dan hoef ik je niet meer naar je geloofsbrieven te vragen. Ik neem het risico en laat me door je naar huis brengen – dat wil zeggen, naar mijn vaders huis.'

Ranulph lachte. Het was een diepe, muzikale lach, al even aantrekkelijk als zijn uiterlijk. 'Ik weet dat je hier voor het eerst bent. Het is een prachtige plek. Eleanor...'

'Eleanor?' Howard had het niet over ene Eleanor gehad, maar omdat hij altijd wel een vriendin leek te hebben, zou het geen verassing voor haar moeten zijn. Haar vader was een knappe, beroemde wildlife-fotograaf, die heel charmant kon zijn.

'Ze is de eigenaar van het huis waarin je vader woont. Ze heeft hier in de omgeving een paar panden.'

Cass kon zich wel een voorstelling van haar maken. Overdreven zongebruind, tikje rimpelige huid, zwartgeverfd haar, veel gouden sieraden en een tandpastaglimlach geaccentueerd door scharlakenrode lippenstift. Het type vrouw waar haar vader op viel.

Haar gevoelens moesten van haar gezicht af te lezen zijn, want Ranulph zei: 'Ze is anders dan je denkt. Wacht maar af.'

Cass deed haar best om te glimlachen. 'Er zit niets anders op, hè?'

Stiekem was ze teleurgesteld. Ze verlangde ernaar weer wat vader-dochtertijd met hem door te brengen, zoals ze vroeger zo vaak hadden gedaan. Ze wilde hem niet hoeven te delen met een vrouw die of wanhopig haar best zou doen om vriendinnen met haar te worden of haar neerbuigend zou bejegenen.

Maar Ranulph maakte de teleurstelling een beetje goed. Ze kon niet wachten om Rosa over hem te kunnen vertellen. Hij was zo anders dan haar laatste vriendje, die ze niet uit liefde had gekozen, realiseerde ze zich nu, want als er iemand niet bij haar paste, was hij het wel. Rosa had ook absoluut niet met hem kunnen opschieten toen ze een weekje over was uit Spanje. Eigenlijk had Cass toen al ingezien dat ze hem zelf ook niet zo leuk vond.

Toen het eiland dichterbij kwam, begonnen mensen naar hun auto te lopen. Ranulph gebaarde naar de landrover. Hij opende het portier voor haar en Cass klom erin.

'Hij is oud maar degelijk,' zei hij. 'Hij heeft me nog nooit in de steek gelaten.'

'Nou geweldig,' reageerde Cass. Zijn houding en knappe voorkomen maakten haar nerveus, en ze had het gevoel dat ze zich kinderachtig gedroeg. Ze hoopte maar dat ze niet zo kribbig overkwam als ze zich voelde.

'Je hebt geluk met het prachtige weer,' ging Ranulph onverstoorbaar verder. 'Er ligt een hogedrukgebied recht boven ons. Dat gebeurt zelden. Zo zie je het eiland van zijn beste kant.'

Cass knikte snel omdat ze bang was dat ze anders weer 'nou geweldig' zou zeggen. 'Daar zal mijn vader blij om zijn. Hij wil vast dat ik zijn nieuwe huis zie terwijl de zon schijnt.'

'Dat denk ik ook.'

De rest van de rit brachten ze in stilte door, en toen ze was uitgestapt merkte ze dat ze een beetje licht in haar hoofd was... en dat kwam niet alleen door het korte ritje over de hobbelige, stenige weg.

'Ik ga niet mee naar binnen,' zei Ranulph. 'Als je het niet erg vindt, zet ik je hier af.'

In een paar passen was Cass bij de voordeur van het huis, waar haar vader al op haar stond te wachten. Naast hem stond een vrouw – dat moest Eleanor zijn. Howard deed een stap naar Cass toe om haar tas aan te nemen, die hij vervolgens op de grond zette om haar een stevige knuffel te kunnen geven.

Ze genoot van haar vaders armen om haar heen, van de geur van zijn dure aftershave, en meteen voelde ze zich weer zijn oogappel. Het was veel te lang geleden dat ze hem had gezien. Toen herinnerde ze zich dat hij haar om een speciale reden had uitgenodigd. Hij wilde dat ze iets voor hem deed.

'Dit is Eleanor,' stelde hij de vrouw voor. 'Ze is de eigenaar van dit huis.'

Eleanor glimlachte bedeesd. 'Hallo, Cass. Leuk je eindelijk te ontmoeten. Ik heb al zoveel over je gehoord. Alleen maar goede dingen hoor!'

'Hallo,' groette Cass terug. Ze nam de vrouw aandachtig op. Eleanor was heel anders dan de vorige vriendinnen van haar vader. Om te beginnen had ze een passende leeftijd voor een man van in de zeventig, dichter bij haar moeders leeftijd dan bij die van haarzelf. Eleanor was ook niet overdreven zongebruind of opgemaakt. Haar mooie donkergrijze haar zat in een lage, slordige knot, en om haar hals hing een zilveren ketting met een hanger van zeeglas, die mooi bij haar linnen jurk paste. Met een schok realiseerde Cass zich dat ze het type vrouw was met wie haar moeder bevriend kon zijn. Misschien waren Eleanor en haar vader toch geen stel.

'Nou, ik laat jullie alleen, dan kunnen jullie als vader en dochter bijpraten. Dat wordt hoog tijd.'

'Eleanor,' begon Howard, alsof hij haar wilde tegenhouden. 'Je hoeft niet te gaan...'

'Jawel, ik heb nog een hoop te doen en jullie twee hebben elkaar veel te vertellen. Ik ga ervandoor! Maar straks zal ik voor jullie koken.' Ze nam een rieten mand onder haar arm. 'O, en Cass heeft vast zin in een kopje thee. Er zitten zelfgebakken zandkoekjes in de trommel.' Ze liep naar een auto op de oprit.

'Woont Eleanor hier?' vroeg Cass.

'Dit huis is van haar, maar ze woont hier inderdaad.'

Hoewel hij niet zei dat ze een stel waren, wist Cass genoeg. En Eleanor was zo tactvol om haar de kans te geven aan het idee te wennen.

Ze stak haar arm door die van haar vader. 'Zullen we naar binnen gaan? Ik ben heel benieuwd naar het huis.'

'En ik wil het je graag laten zien.'

Cass was ook benieuwd waarom ze was uitgenodigd. Ze wist dat dit meer was dan zomaar een bezoek.

'Wil je eerst thee of een rondleiding?' vroeg Howard.

'Een rondleiding. En meteen daarna thee.'

Haar vader lachte. 'Ik zal alvast theewater opzetten. Het huis is niet groot.'

Maar wel luxueus, ontdekte Cass, en allesbehalve de donkere, tochtige cottage vol stinkende olielampen die ze zich had voorgesteld. Natuurlijk had ze kunnen weten dat haar vader altijd op zijn pootjes terecht zou komen. Als hij een huis huurde om zijn boek – een aanvulling op de foto's die hij op de Galápagoseilanden had gemaakt en waaraan hij al jaren werkte – af te maken, dan zou het een mooi huis zijn, veel mooier dan wie ook zou weten te regelen. En misschien maakte Eleanor wel deel uit van die deal.

Ze had in de bus gezeten toen haar vader haar belde met de vraag of ze zin had om bij hem te komen logeren. Hij had haar hulp nodig. Cass begreep er niets van. Waarom vroeg hij haar om hulp? Ze was de jongste en minst geschoolde van de familie. Hij had ook een van zijn stiefkinderen kunnen vragen, die waren ouder en slimmer dan zij en hadden een rits titels achter hun naam staan. Wat kon zij, de benjamin van de familie, in hemelsnaam voor hem doen?

Haar moeder, die al jaren van haar vader gescheiden was, bleek er al van af te weten. Ze hadden een goed contact met elkaar en hadden het besproken. Cass besefte maar al te goed dat ze na haar vertrek uit het kraakpand waar ze met haar vriendje had samengewoond, moest kiezen tussen de Schotse idylle en opnieuw intrekken bij haar moeder. Cass hield veel van haar moeder, en ze konden meestal goed met elkaar overweg, maar ze wilde niet meer bij haar intrekken. Het afgelegen Schotse eiland was een veel betere optie. Howard was dan als ouder misschien grotendeels afwezig geweest, in de zomervakanties had ze altijd veel tijd met hem doorgebracht.

En dus had Cass besloten naar hem toe te gaan. Howard had geld overgemaakt voor de reis, en haar moeder had haar de avond voor haar vlucht naar een B&B gebracht – het ritje vandaar naar het vliegveld in een gehavend busje zat bij de prijs inbegrepen. Eenmaal aan boord van het vliegtuig was Cass' lange reis begonnen.

Nu liep ze achter Howard aan door zijn nieuwe huis.

Het huis was ontworpen door een architect en bood schitterende, woeste uitzichten op de zee en enkele andere eilanden. De kamers waren licht, met lichte houten vloeren en bijpassende blankhouten wanden, en er stonden her en der enorme glazen olielampen voor het geval de stroom uitviel. Toch was er geen vleugje roet te bekennen. De keuken had granieten werkbladen waarop een koffiemachine stond waarmee een barista ongetwijfeld wonderen kon verrichten.

De met tweed beklede banken zagen er uitnodigend uit, en over de armleuningen lagen handgeweven plaids mocht een plotselinge tochtstroom het driedubbele glas in de enorme ramen weten te omzeilen. Om nog maar te zwijgen van de vele kussens, poefs en voetenbankjes. Het was het toppunt van smaakvolle luxe.

'Eleanor doet er alles aan om haar panden perfect in te richten,' zei Howard. 'De dekbedovertrekken hebben een hoge draaddichtheid, wat belangrijk schijnt te zijn, en de kussens en donsdekens zijn als wolken zo licht. Het geheim is volgens haar Hongaars ganzendons.'

Cass vroeg zich af hoelang haar vader wilde dat ze bleef logeren.

Het zou geen straf zijn om hier de zomer te moeten doorbrengen. Ze zou op een van de vele heuvels kunnen gaan tekenen, of een studie van de wilde bloemen in de omgeving kunnen maken. En misschien ook wel van de vogels, als het haar zou lukken beweging vast te leggen. Na een comfortabele, bevredigende zomer zou ze teruggaan naar haar moeders huis in de Cotswolds en beginnen aan de lerarenopleiding waarvoor ze zich voor de zekerheid had ingeschreven.

Wat ze diep in haar hart tegen haar vader zou willen zeggen, was dat haar liefde voor fotografie niet zo groot was als die van hem en dat ze liever tekende en schilderde. En ze wilde al helemaal geen leraar worden.

Cass was niet naar de universiteit geweest. Ze kon goed leren, maar volgens haar familie (en hierin moest ze die gelijk geven) was het niet nodig om een enorme studieschuld op te bouwen voor iets wat je ook kon leren door te werken en ervaring op te doen in het echte leven.

Het liefst was ze naar de kunstacademie gegaan, maar dat was nooit echt een optie geweest. Er was destijds geen geld geweest om haar studie te bekostigen, en Cass had haar belangstelling voor tekenen en schilderen niet hardop uitgesproken omdat ze wist dat zelfs haar moeder er geen toekomst in zag.

Howard zette thee, waarna ze in de serre gingen zitten die uitzicht bood op de Atlantische Oceaan. De zon scheen en er stond weinig wind, maar als ze zou opstaan en in de diepte zou kijken, zou ze de witte schuimkraag rondom de rotsen kunnen zien. Voor hen lag de weidse oceaan, die helemaal tot aan Amerika liep, wist Cass. Zeevogels doken en zwenkten, en het zonlicht schitterde als diamanten op de golven. Dit uitzicht zou nooit twee keer hetzelfde zijn, besefte ze.

'Dit is de kamer waar ik het huis voor heb gehuurd,' zei Howard. 'Ik wil weten welke zeevogels hier allemaal voorkomen. Kijk, daar staat mijn telescoop.'

'Ik snap waarom je verliefd bent geworden op dit huis. Het uitzicht is fantastisch.' Ze staarde nog even als gehypnotiseerd naar de golven. 'Maar hoe wist je hiervan, of zelfs maar van dit eiland? Het ligt zo afgelegen.'

'Via Ranulph. Ik heb hem een paar jaar geleden leren kennen. Hij had van een wederzijdse kennis gehoord dat ik een rustige plek zocht om aan mijn boek te kunnen werken. Hij nam contact met me op en stuurde me een paar foto's. Vervolgens heb ik weer contact opgenomen met Eleanor en ben hier gaan kijken. Het was een miezerige dag, maar ik was meteen verkocht.'

'Woont Ranulph ook op dit eiland?'

'Ja, een groot deel van de tijd. Hij is een succesvol journalist die toevallig een boek over me wil schrijven. Daarom wilde hij waarschijnlijk dat ik hier kwam wonen.' Howard probeerde tevergeefs een bescheiden gezicht op te zetten. 'Hij heeft diverse prijzen gewonnen, maar gelukkig is hij niet naast zijn schoenen gaan lopen. Hij is heel aardig.' Howard reikte Cass de koekjestrommel aan. 'Ik had hem voor het eten willen uitnodigen, maar daar heeft Eleanor een stokje voor gestoken. Ze vond dat wij eerst maar eens moesten bijpraten. Ze heeft wel beloofd dat zij zou mee-eten.'

'Daar ben ik blij om. We moeten inderdaad praten, pap. Wat wil je precies dat ik voor je ga doen?'

Howard wuifde haar vraag weg. 'Dat vertel ik je later wel, schat. Is er misschien iets wat jij aan mij wilt vertellen?'

Op de een of andere manier durfde Cass niet te zeggen wat haar op het hart lag. Ze moest er niet zo'n punt van maken. Zo belangrijk was het immers niet. Ze wilde alleen maar tegen hem zeggen dat ze geen belangstelling had voor fotografie, tenminste niet artistiek gezien, en dat ze ook geen leraar wilde worden. Ze tekende en schilderde liever, iets wat haar oudere broers en zus spottend 'kleuren' noemden. Waarom vond ze dat zo moeilijk? Waarschijnlijk omdat ze het gevoel had dat ze alles waar Howard voor stond zou verloochenen als ze de fotografie afwees. Ze besloot het er morgen met hem over te hebben; net als haar vader had ze nu geen zin in moeilijke onderwerpen. 'Niet nu, pap. Ik wil er eerst van genieten dat ik hier ben en je weer zie.'

Na een lang en heerlijk diner, verzorgd door Eleanor, was Cass naar bed gegaan, moe van de reis. Ze genoot van het luxueuze beddengoed en was trots op zichzelf dat ze niet had doorgevraagd over Ranulph. Bij de gedachte dat ze hem morgen weer zou zien maakte haar hart een sprongetje, en zwijmelend viel ze in slaap. Jammer dat een succesvolle journalist nooit geïnteresseerd zou zijn in een meisje zoals zij.

Niet dat ze er niet goed uitzag. Haar haar, dat haar broers 'peentjeskleurig' noemden, was in feite stroblond, een kleur die in combinatie met haar donkere ogen niet vaak voorkwam. Ze was van gemiddelde lengte, had een gemiddeld postuur en veel mensen vonden haar knap. Maar gemiddeld zou niet genoeg zijn voor een man als Ranulph, besloot ze.

2

De volgende ochtend stond Cass heel vroeg op. Ze daalde de stenen treden af naar de kleine baai. Het water was licht turquoise en kristalhelder, en aan de lucht te zien beloofde het een warme dag worden. Snel trok ze haar korte broek en T-shirt uit, in de veronderstelling dat niemand haar hier kon zien, en rende naakt de glinsterende zee in. Het ijskoude water was heerlijk.

Eleanor had haar gisteravond verteld hoe ze bij dit strandje kon komen, een plek waar de oceaan werd afgeschermd door rotsen, waardoor er een baai met rustig water was ontstaan. Onder aan de stenen trap lag een postzegel van puur wit zand – een perfect miniatuurstrandje. Volgens Eleanor zat je er altijd beschut, en na een aantal zonnige dagen was het er zelfs warm te noemen. Het water was nog koud, maar niet té koud. Cass had het gevoel dat ze nergens ter wereld zo'n prachtige plek zou kunnen vinden.

Terwijl ze zwemmend op haar rug genoot van het water dat langs haar lichaam gleed, hoorde ze een auto op de toegangsweg naar het huis. Het geluid haalde haar uit haar dromerige gedachten. Behalve ergernis voelde ze ook opwinding. Ze had de motor van Ranulphs landrover herkend. Waarom zou hij al zo vroeg in de ochtend bij haar vader langsgaan? Het was nog niet eens acht uur. Snel zwom ze terug naar het strandje en liep naar haar kleren.

Terwijl ze zich vluchtig afdroogde en haar korte broek aantrok, vroeg ze zich af of Ranulph haar misschien naakt had zien zwemmen. Maar wat haar vooral bezighield, was het tijdstip van zijn bezoekje.

Howard was geen ochtendmens. Maar misschien wist Ranulph dat niet? Ze moest proberen hem voor te zijn en tijd te rekken.

Terwijl ze haar haar vlechtte, liep ze de trap naar het huis op, en ze was bijna boven toen ze stemmen hoorde in de serre. Net op dat moment lachte er iemand; het was Ranulph. Blijkbaar was er geen noodgeval, anders zou er niet gelachen worden. Maar waarom was hij dan zo vroeg gekomen?

Cass liep op haar gemak naar haar kamer om zich netter te kleden en haar vlecht af te maken. Ze hield zich in met haar make-up – dat zou er zo vroeg in de ochtend alleen maar vreemd uitzien, zeker omdat ze zich dan meestal niet opmaakte – en bracht alleen wat mascara aan en borstelde haar wenkbrauwen in vorm.

Daarna maakte ze in de keuken een cappuccino voor zichzelf en liep ermee naar de serre om Ranulph te begroeten en te horen waarom hij zo vroeg was gekomen.

Hij stond met zijn rug naar het grote raam. Cass realiseerde zich dat hij een Schotse ruigheid uitstraalde die op dit moment aan het huis en het weer ontbrak. Nu ze hem wat rustiger kon bekijken, viel het haar op dat zijn haar eerder grijs dan wit was; buiten in het zonlicht had het veel lichter geleken. Zijn donkere wimpers en wenkbrauwen benadrukten het grijsgroen van zijn ogen, de kleur van de zee op een minder zonnige dag, en met zijn forse postuur leek hij zo uit een catalogus voor stoere, peperdure outdoorkleding gestapt. Hij was de spreekwoordelijke 'man uit één stuk'.

'Hoi Cass,' zei hij loom met zijn diepe stem. 'Je had waarschijnlijk niet verwacht me zo snel weer te zien. En zeker niet zo vroeg.'

'Nee, inderdaad,' reageerde ze, wachtend op een verklaring. 'Wilde je samen met ons ontbijten?'

'Nee, dat is niet de reden van mijn komst. Er bleek post voor Howard bij mij thuis te liggen, dus het leek me beter die meteen even te brengen. Stel dat het belangrijk is. De naam van zijn uitgever staat erop.'

'Onze vaste postbode is waarschijnlijk op vakantie, want onze post komt anders altijd aan,' zei Howard. 'Maar nogmaals dank, Ranulph. En nu je toch hier bent, heb je zin in ontbijt?'

Ranulph keek naar Cass. 'Is dat niet te veel werk?'

'Helemaal niet,' antwoordde ze. Tijdens een van haar vele zomerbaantjes had ze in een klein familiehotel gewerkt. Meestal als kamermeisje, maar soms werd ze ook ingeschakeld voor het ontbijt. Ze had zelfs een paar keer het hele ontbijt moeten verzorgen. Roerei was haar specialiteit.

Cass dekte de grote ovalen tafel in de eetkamer, waar het uitzicht bijna even mooi was als in serre, en riep Howard en Ranulph.

Op de tafel stonden boter, honing, een glazen schaal met muesli en marmelade, en op een bijzettafeltje een broodrooster. Cass zette er nog twee schalen bij: een met bacon en een met roerei. Ze had de borden voorverwarmd, en omdat ze een elektrische warmhoudplaat had gevonden, zou het eten warm blijven. Dit kon ze met recht een 'we hebben gasten'-ontbijt noemen.

Omdat ze zich een beetje schaamde voor haar inzet, liep ze snel terug naar de keuken om thee te zetten. En ze zette ook alvast koffie met de dure koffiemachine, voor het geval ze daar zin in hadden.

Toen ze de eetkamer weer binnenkwam, schepten beide mannen net roerei en bacon op. 'Er is nog meer beleg in de keuken, als jullie willen. Marmite, pindakaas...' begon ze.

'Het is prima zo,' zei Ranulph. 'Een heerlijk uitgebreid ontbijt.' En toen verscheen de glimlach op zijn gezicht waarvan ze weke knieën kreeg.

Dit moet stoppen, sprak ze zichzelf streng toe terwijl ze bij hen aan tafel ging zitten. Het had geen zin om verliefd te worden op een man op een Schots eiland dat ze aan het einde van de zomer zou verlaten.

Halverwege het ontbijt kwam Eleanor de eetkamer binnen met een mand vol kommen en dekschalen. 'Ik haal dit er eerst even uit en kom dan bij jullie zitten. Moet er nog meer koffie komen? O nee, ik zie dat jullie al genoeg hebben. Je hebt geweldig werk verricht, Cass.'

Cass was gewoonlijk allergisch voor betutteling, zelfs als dat niet zo bedoeld was, maar Eleanors compliment leek gemeend.

'Dank je wel,' reageerde ze blij.

'Maar Ran, wat ben jij vroeg vandaag?' merkte Eleanor op terwijl ze Cass bleef aankijken, die nerveus terugkeek.

'Er lag post voor Howard bij mij,' reageerde Ranulph. 'Ik dacht: ik kan het maar beter direct even brengen, want stel dat hij erop zit te wachten.'

'Je wacht inderdaad ergens op, nietwaar, lie... Howard,' zei Eleanor.

Cass glimlachte geruststellend naar haar, maar Eleanor, die nerveus met wat spullen op de tafel begon te schuiven, zag het niet. Het was duidelijk dat ze zich schaamde.

'Ga zitten,' zei Cass. 'Wat kan ik je aangeven? Toast? Die heerlijke Griekse yoghurt die in de koelkast stond?'

'O, alleen wat toast graag,' antwoordde Eleanor.

Ze glimlachten naar elkaar, en Cass zag dat er ook een glimlach op het gezicht van haar vader verscheen. Blijkbaar was hij opgelucht dat ze niet kortaf tegen Eleanor deed. Dat verbaasde haar; het zou voor het eerst zijn dat hij zich iets aantrok van haar gevoelens.

'En Cass,' wendde Ranulph zich tot haar. 'Vertel eens iets meer over jezelf? Mag ik vragen wat je tegenwoordig doet?'

Cass lachte. 'Of iemand die vraag wil beantwoorden hangt denk ik af van het werk dat je doet. Als je bijvoorbeeld raketgeleerde bent, hoop je natuurlijk dat mensen ernaar vragen. Maar stel je voor dat je op een bruiloft je mond moet houden omdat je aan tafel zit met alleen maar autoverkopers of iets dergelijks. Om je vraag toch te beantwoorden: ik doe niets bijzonders.'

Ranulph lachte met haar mee. 'Maar hoe weet je nou aan wie je het wel kunt vragen en wie er liever niet over wil praten?'

Howard kwam tussenbeide. 'Cass is veel te bescheiden. Haar halfbroers en -zus zijn allemaal heel succesvol, maar zij is de enige die een goede foto kan maken.'

Cass keek verbaasd op. 'Hoe weet jij dat nou? Ik fotografeer alleen met de camera van mijn telefoon.'

Hij glimlachte liefdevol naar haar. 'Weet je nog dat je als kind bij mij kwam logeren?'

Cass knikte. Haar vader werkte vaak op afgelegen plekken, waar hij nesten van zeldzame vogels fotografeerde, en in de zomer mocht ze dan met hem mee. Dat vond ze geweldig. Ze hoefde hem alleen te delen met zijn camera. En wanneer hij dan een foto had genomen, mocht zij er ook een maken. Dan gaf hij de camera aan haar (mits die niet al te zwaar was) en liet haar de compositie bepalen, scherpstellen, de belichting controleren en het knopje indrukken.

'Je nam al heel jong goede foto's,' ging hij door.

'Pap!' protesteerde Cass geschrokken, maar ze voelde zich gevleid. 'Ik ben blij te horen dat ik een fatsoenlijke foto kan maken, maar ik kan niet wat jij kunt. Trouwens, de huidige camera's zijn heel anders dan die jij vroeger gebruikte. Ik heb liever...'

'Het is waar dat je nog niet kunt wat ik kan,' onderbrak hij haar, 'maar ik denk wel dat je het kunt leren.'

Cass merkte dat ze bloosde. Ze geneerde zich voor zijn lof en voelde zich schuldig dat ze niet even dol op fotograferen was als hij.

'Weet je nog dat we samen naar Dominica zijn geweest?'

'Naar Dominica?' vroeg Ranulph. 'Dat Bovenwindse Eiland?'

'Ja, dat klopt,' antwoordde Howard. 'Ken je het?'

'Ik heb er na mijn studie een tijdje gewoond. Maar vertel eerst over jou en Cass.'

'Ik was gevraagd om daar een lastminuteklus te doen,' ging Howard door. 'Ik moest de plekken fotograferen waar Jean Rhys had gewoond. Destijds was ik nog breed georiënteerd. Cass logeerde op dat moment bij mij, dus ik moest haar wel meenemen.'

'Ik was een jaar of twaalf. Pap dumpte me bij het gezin van de man die een boek schreef over Jean Rhys. Gelukkig waren ze heel aardig, dus ik heb me prima geamuseerd. Zijn vrouw nam haar dochters en mij overal mee naartoe. De wegen waren een ramp, maar het was er adembenemend mooi. Ondanks ons korte verblijf werd ik smoorverliefd op het eiland.'

'Ik ook,' viel Ranulph haar bij. 'Ik heb er een zomer lang aan een opgraving gewerkt – ik studeerde archeologie. Het eiland heeft diepe indruk op me gemaakt.'

Cass keek toe terwijl hij boter op zijn snee toast smeerde. Ze vond hem echt heel aantrekkelijk, en het feit dat hij een band had met de plek waarvan zij had gehouden maakte hem nog aantrekkelijker.

'Wat toevallig dat jullie alle drie op Dominica zijn geweest,' zei Eleanor.

'Zeg maar gerust een gelukkig toeval,' vulde Howard aan.

Cass vroeg zich af of er meer achter zijn woorden stak dan hij leek te zeggen.

Niet veel later, nadat Ranulph en Howard naar de serre waren gegaan, begon Eleanor de tafel af te ruimen. Howard, die een nogal gehaaste indruk had gemaakt, had gezegd dat hij met Ranulph over de biografie wilde praten die de journalist over hem wilde schrijven.

Cass volgde haar voorbeeld. Ze verzamelde de borden en draaide de deksels op het honing- en marmeladepotje.

'Wat ben je daar handig in,' zei Eleanor, die zag hoe efficiënt Cass de spullen op het dienblad stapelde.

'Ik heb ooit in een familiehotel gewerkt,' reageerde Cass. 'Daar heb ik veel geleerd. Ik kan zelfs met volle borden op mijn arm lopen als het moet.'

Eenmaal in de keuken zei Cass: 'Eleanor?'

Eleanor, die de vaatwasser aan het inruimen was, keek op. 'Ja?'

'Het is oké, hoor, dat jij en Howard een stel zijn. Ik vind het niet erg. Ik snap heel goed dat je je ongemakkelijk voelt, maar heus, het is oké.'

Eleanor slaakte een zucht en glimlachte naar haar. 'Ik heb Howard een paar keer gevraagd je over mij te vertellen voordat je hiernaartoe kwam, maar hij houdt niet van conflicten, dus heeft hij niets gezegd.'

'Ik hou ook niet van conflicten!' bekende Cass, die de kans aangreep om haar hart te luchten. 'Ik moet hem ook iets vertellen waartoe ik nog niet de gelegenheid heb gehad.'

'O ja, wat dan? Toch geen slecht nieuws, hoop ik?'

Cass haalde haar schouders op. 'Ik heb me voor september ingeschreven bij een lerarenopleiding, maar daar heb ik helemaal geen zin in. Ik wil geen leraar worden.'

'Dat zou ik ook niet willen,' reageerde Eleanor. 'Ik ben dol op kinderen, maar het leraarschap is veel meer dan dat.'

'Precies!' Cass was blij dat Eleanor haar een luisterend oor bood. 'Mijn familie vindt dat ik een goede baan moet zoeken, en daar hebben ze vast gelijk in, maar een baan als leraar is niets voor mij.'

'Wat zou je dan willen studeren, Cass?'

Cass keek Eleanor aan, die echt met haar leek mee te leven, maar op de een of andere manier durfde ze niet te zeggen dat ze wilde tekenen en schilderen, zelfs als ze niet naar de kunstacademie zou kunnen. 'Ik moet eerst moed verzamelen voordat ik dat durf op te biechten. Maar ik zal het binnenkort doen. Het helpt al dat ik weet dat jij aan mijn kant staat.'

'Maar je gaat Howard wel vertellen dat je geen leraar wilt worden?'

'Ja, dat wel.' Ze zag ertegen op, maar er zat niets anders op. Ze zou zich officieel moeten uitschrijven voor haar studie. Hoe eerder, hoe beter.

'Hij vindt het vast niet erg, hoor,' zei Eleanor. 'Net als de meeste ouders wil hij dat je gelukkig bent. Hij heeft een hoge pet van je op, Cass.'

Cass lachte hoog en uitgelaten. 'Ik zou niet weten waarom!'

'Nou, ga jij nu maar doen waar je zin in hebt,' stelde Eleanor voor. 'Dan ruim ik hier de rest wel op.'

Cass dacht aan het schetsboek en de potloden in haar rugzak. 'Dank je wel! Dat ga ik doen.'

3

Omdat Cass niet wilde dat iemand haar zag tekenen, zocht ze een beschutte plek uit. Haar broers en zus pestten haar altijd met haar hobby, haar moeder prees haar de hemel in, wat ze dan weer betuttelend vond, en haar vader... wie weet hoe hij zou reageren? Cass had geen flauw idee of ze talent had; ze wist alleen dat bijna alles wat ze tekende op het origineel leek. Maar voor een goede tekening was meer nodig dan dat, daarvan was ze overtuigd.

Terwijl ze de blaadjes tekende van een plant die ze nog moest determineren, besefte ze dat zelfs het natekenen van de simpelste dingen in de natuur haar gelukkig maakte. Straks zou ze opzoeken wat ze had getekend, maar op dit moment was het niet belangrijk hoe iets heette; het ging om de samenwerking tussen haar ogen en handen.

Cass ging zo op in haar werk dat ze pas aan stoppen en teruggaan dacht toen ze de laatste bladzijde van haar schetsboek had vol getekend.

Eleanor was in de keuken. 'Cass! Alles goed? We hadden bijna een zoekactie op touw gezet. Dat wil zeggen, we hadden Ran willen vragen om op weg hiernaartoe naar je uit te kijken. Hij komt straks eten.'

'Wat leuk!' reageerde Cass. 'Heeft pap al thee gehad? Anders kan ik hem wel een kopje brengen?'

'De vijf zit al in de klok, en dat neemt hij heel ruim,' zei Eleanor lachend. 'Hij heeft vast al een whisky voor zichzelf ingeschonken. Wat wil jij drinken?'

'Doe mij maar thee, zeker als je jouw heerlijke zandkoekjes erbij serveert. Ik heb niet geluncht. Geen wonder dat ik omval van de honger.'

Eleanor glimlachte. 'Ik kom het wel brengen. Ga jij maar naar je vader. Hij wil je spreken.'

'Dag lieverd!' begroette Howard haar toen ze binnenkwam en hem op de wang kuste. 'Wat heb je vandaag allemaal gedaan?'

'O, van alles en nog wat,' ontweek Cass zijn vraag. 'Maar nu ik je toch alleen tref... ik moet je wat vertellen.'

'O? Toch niks ernstigs, hoop ik?'

'Niet echt. Maar... ik wil geen leraar worden. Ik wil me uitschrijven van de lerarenopleiding.'

Howard keek verbaasd maar zei: 'Dan word je toch geen leraar? Je moet je hart volgen, lieverd. Wat zegt je hart dan dat je moet gaan doen?'

Ook al reageerde haar vader ontspannen op haar bekentenis, ze durfde niet te zeggen dat ze in de kunst verder wilde. Nog niet.

'Het zegt dat ik iets moet eten. Ik was vergeten een lunchpakketje mee te nemen.'

'Waar ben je geweest?'

'O, ik heb zomaar wat rondgewandeld en de omgeving verkend. Het is hier ook zo mooi. Natuurlijk werkt het weer mee, maar dan nog. Het is hier echt prachtig!' Cass hoopte maar dat het kon verklaren waarom ze zo lang was weggebleven.

'Ik heb een paar boterhammen voor je,' zei Eleanor, die binnenkwam met een dienblad in haar handen. Ze zette het op de tafel. 'En thee met zandkoekjes natuurlijk. Omdat Ranulph mee-eet, eten we pas tegen acht uur.'

Cass nam net een hap van de snee versgebakken brood met boter, ham en sla toen Howard zijn keel schraapte. 'Ik heb van Eleanor op mijn donder gekregen omdat ik je niet over haar heb verteld, dus ik zal je nu maar gauw vertellen waarom ik je heb gevraagd te komen.'

'Zo erg kan het toch niet zijn, pap?' vroeg Cass zodra ze haar mond leeg had.

'Nou, het is anders heel belangrijk, dat kan ik je wel vertellen. Ik wil dat je voor mij naar Dominica gaat.'

Cass slikte moeizaam en nam snel een slok van haar thee. 'Pardon?'

'Ik wil dat je naar Dominica gaat en iets meeneemt dat ik al jaren in bezit heb en al lang geleden naar Dominica had moeten sturen.'

'O, wat dan?'

'Een landkaart. En wel een waarop de route naar een petroglief staat.'

'Sorry, maar ik heb geen idee wat dat is.' Cass was het gewend dat haar halfbroers en -zus haar het gevoel gaven dat ze dom was, maar dat gold niet voor haar vader.

Howard grinnikte. 'Het is ook geen algemeen bekend woord. Het zijn rotsen waarin gezichten of gedaanten gekerfd zijn. Meestal dateren ze uit de prehistorie – in dit geval uit de precolombiaanse tijd.' Hij was even stil. 'Ik denk dat ik beter bij het begin kan beginnen.' Hij vulde zijn glas bij, vermoedelijk om zichzelf te wapenen tegen zijn taak.

Cass pakte een zandkoekje en schonk de theepot leeg in haar mok.

'Een week of twee geleden kreeg ik een mail van de zoon van een oude vriend van me. Bastian, zo heet de zoon, was in de paperassen van zijn overleden vader op mijn naam gestuit en had me opgespoord. Hij hoopt dat ik hem kan helpen.' Hij nam weer een slok van zijn whisky. 'Edward, Bastians vader, en ik zijn jaren geleden op zoek gegaan naar deze rotstekening. Dat was voordat ik samen met jou Dominica bezocht. Helaas hebben we toen niets gevonden. Ik wist dat Edward er dolgraag een foto van wilde hebben, dus had ik me voorgenomen ooit terug te gaan om de rotstekening te zoeken en er een foto van te maken. Dat is er helaas nooit van gekomen. De tekening vinden is al moeilijk genoeg. Ik had gehoopt dat Edward inmiddels iemand had gevonden om de rotstekeningen vast te leggen. Maar dat is kennelijk niet gelukt.'

'Wat jammer,' zei Cass.

Howard knikte. 'Ik voel me schuldig, want er bestaat dus een kaart van de plek waar de tekening zich moet bevinden. Die is gemaakt door een oude man die er elke dag langsliep op weg naar zijn stuk grond. Edward dacht dat hij wist waar we moesten zoeken, maar we vonden niets. Bastian zal nu zelf op zoek moeten gaan en er foto's van moeten maken.'

'Kun je geen scan van de kaart opsturen naar... Bastian?'

'Een scan zal niet duidelijk genoeg zijn. Daarvoor zijn de potloodlijnen te vaag. Bovendien wil Bastian liever gaan zoeken aan de hand van de echte kaart. Hij is bezig met een paper – hij wil op het onderwerp promoveren – over de geschiedenis van het eiland, en daar maakt de rotstekening deel van uit. Hij móét die tekening vinden. Dat ben ik hem verschuldigd. En de veiligste manier om ervoor te zorgen dat hij die kaart in handen krijgt, is dat jij hem die persoonlijk overhandigt.'

'Dat kan toch ook per koerier?' vroeg Cass.

'Ik weet niet of dat mogelijk is naar Dominica, en ik zou me alleen maar zorgen maken. Ik heb liever dat jij hem die kaart zelf brengt. Als ik het niet zo druk had met mijn werk zou ik het zelf doen, maar ik kan me geen vrije dagen meer veroorloven.' Hij glimlachte triest. 'Ik ben al over de deadline heen.'

'Nou ja, een reis naar Dominica is natuurlijk geen straf.' Cass glimlachte. 'Sinds we het erover hadden, komen er allemaal herinneringen naar boven.'

'O ja? Vertel.'

'De beelden lopen door elkaar heen, maar ik zie vooral de watervallen voor me, en de rivieren waarin we zwommen – en daar was het water wel heerlijk warm!' Ze lachte. 'We hebben zelfs een keer eieren meegenomen en die begraven in warme modder.'

'Zeker op de plek waar hete lava uit de vulkaan opborrelt?'

Cass knikte. 'Ze waren in een paar minuten hard.'

'Wat was je lievelingsplek?'

'O, moeilijke vraag. Maar ik herinner me de laatste dag voor ons vertrek nog heel goed, toen... hoe heette ze ook alweer? Patricia? Toen we in haar auto naar de top van de berg reden. De weg was een ramp en de rit duurde een eeuw...'

'O, Syndicate Falls. Waar al die papegaaien zijn.'

'Klopt! Ik heb de papegaaien gezien, maar ik herinner me vooral de bomen. Ze hadden enorme wortels, waar je rechtop onder kon staan. Het leken wel kamers.'

'Dat is een Sloanea-soort. *Sloanea caribaea*, als ik het goed heb,' zei Howard. 'Sorry, dat ving ik destijds op. Dat soort rare dingen herinner ik me, terwijl ik niet meer weet of ik vanmorgen mijn tanden heb gepoetst.'

Cass glimlachte. Haar vader leek nog net zo scherp als vroeger, maar ze realiseerde zich dat hij al halverwege de zeventig was. 'O, heet die boom zo? Maar wat me het meest verbaasde was het bezoekerscentrum op de top. Het was een enorme klim, dwars door bananenplantages, en je kwam onderweg bijna geen mens tegen. Het voelde heel afgelegen en dan opeens stuit je op een informatiecentrum. Er stond zelfs een kraampje. Daar heb ik nog een ketting van houten kralen gekocht. Volgens mij heb ik die nog.' Ze was even stil. 'Wanneer wil je dat ik vertrek?'

'Zo snel mogelijk. Bastian heeft een deadline voor zijn paper, en het is belangrijk dat het hem lukt. Hij kan er namelijk een prijs mee winnen van duizenden ponden, die hij ten bate van het eiland wil uitgeven. Behalve dat het een grote eer is, zal de uitgeverij die de prijs heeft ingesteld een boek willen uitgeven van het materiaal dat hij heeft verzameld. Uiteraard is de concurrentie groot als er zoveel te winnen valt, dus de kans bestaat dat het geld naar iemand anders gaat.'

'Heeft hij vertraging opgelopen omdat hij die kaart niet heeft? Om zijn paper – of proefschrift – af te krijgen, bedoel ik.'

'Wellicht. Hij is veel tijd kwijt geweest met het zoeken naar de rotstekening. Hij moet kunnen bewijzen dat die bestaat. Ik ben zijn laatste strohalm. Of beter gezegd, dat ben jij.'

Cass ademde diep uit. 'Dat is een grote verantwoordelijkheid.'

'Dat is waar. Maar ik heb er alle vertrouwen in. Als jij zorgt voor geschikte kleding, zal ik Bastian vragen onderdak voor je te regelen. Laten we zeggen binnen een paar weken?'

Cass werd enthousiast bij het vooruitzicht. 'Het wordt een heel andere zomer dan ik had verwacht. Ik dacht dat ik hier zou blijven. Maar ik ga graag naar Dominica!'

'Behalve dat je de kaart gaat brengen,' ging Howard verder, 'wil ik dat je foto's van de rotstekening maakt, als jullie die tenminste vinden.'

'Je wilt dat ík er foto's van maak?' vroeg Cass geschrokken. Het was één ding om een kaart af te geven, maar iets heel anders om iets te vinden wat anderen volgens haar vader in geen dertig jaar was gelukt.

'Volgens Bastian niet, begrijp ik uit zijn mail. Ik wil heel graag dat je het doet, Cass. Alsjeblieft.'

Cass was enorm gevleid maar tegelijkertijd ook doodsbang. 'Natuurlijk, ik zal mijn uiterste best doen, maar ik...'

'Je kunt het, Cass. Ik weet dat je het kunt.'

Niet veel later ging Cass naar haar kamer om te douchen. Ze had veel om over na te denken, en dat lukte beter onder een hete waterstraal. Bovendien wilde ze het zout van haar ochtendduik uit haar haar spoelen.

Na de douche trok ze een jurk aan, maakte zich licht op en ging toen op zoek naar haar vader. Hij zat met Eleanor en Ranulph in de serre.

Ranulph, viel haar op, leek zich betrapt te voelen toen ze binnenkwam; het was duidelijk dat zij het onderwerp van gesprek was.

'Lieverd!' zei Howard. 'Ranulph is eerder gekomen. Hij heeft nieuws.'

'Ja, en helaas geen goed nieuws. Ik kreeg een orkaanwaarschuwing op mijn telefoon – ook al ben ik nooit teruggegaan, ik voel me nog steeds verbonden met het eiland – en er komt een orkaan recht op Dominica af.'

'O nee!' riep Cass uit. 'Wat verschrikkelijk!'

'Het is een kleine orkaan, categorie 1 of 2. Ze zullen het wel overleven.'

'We hebben het bijgehouden,' zei Eleanor. 'Hij neemt elk uur in kracht toe.'

'Voor hetzelfde geld buigt de orkaan af en scheert langs het eiland,' zei Ranulph. 'Het is lang niet zeker dat hij Dominica aandoet. Howard? Zou ik misschien even op je laptop kunnen kijken hoe het ermee staat?'

'Ga je gang.'

Het duurde niet lang of de weerkaart verscheen op het scherm.

Cass liet zich op de armleuning van een van de banken zakken. Het ging allemaal zo snel. 'Te bedenken dat we het nog geen paar uur geleden hadden over het fotograferen van een rotstekening, en nu maken we ons zorgen om een orkaan.'

'Heeft Bastian een rotstekening gevonden?' vroeg Ranulph. 'Hij weet ongelooflijk veel over het eiland. Ik heb hem een paar keer ontmoet. Het is een indrukwekkende man.'

'Nee, helaas heeft hij die nog niet gevonden,' antwoordde Howard. 'Als het hem lukt, zou het al het werk van zijn vader, die historicus en antropoloog was, rechtvaardigen. Het zou bewijzen dat er al ten tijde van de precolumbiaanse periode mensen op Dominica waren. Dat wordt door andere academici betwist. De uitgeverij die de prijs toekent wil graag die vroege bewoning kunnen aantonen. Maar zonder bewijs kunnen ze die prijs natuurlijk niet uitreiken. En, zoals ik al tegen Cass zei, er zitten meer mensen achter het prijzengeld aan.'

Het was even stil. 'Ik moet er niet aan denken dat het mooie Dominica door een orkaan wordt verwoest,' zei Cass.

'Dat weten we pas op zijn vroegst morgenochtend,' reageerde Ranulph. 'Maar de mensen zijn gewaarschuwd. Ze zullen voorzorgsmaatregelen treffen. Dominica heeft ervaring met orkanen.' Hij zei het op vriendelijke toon, maar het klonk Cass toch wat belerend in de oren.

Weer viel er een stilte, waarin ze alle vier aandachtig naar het computerscherm tuurden.

'Laten we maar gaan eten,' opperde Eleanor. 'Alles is klaar.'

Hoewel het eten heerlijk was en Howard uitstekende wijnen schonk, konden ze geen van allen vergeten wat er duizenden kilometers verderop misschien stond te gebeuren. De sfeer was somber.

Cass sloeg de borrel af die haar vader haar na het eten aanbood. 'Ik denk dat ik maar eens naar bed ga,' zei ze. 'We weten toch pas morgenvroeg of de orkaan Dominica aandoet.'

'Goed idee,' beaamde Eleanor.

'Ran?' zei Howard. 'Lust je nog een borrel voordat we hun voorbeeld volgen?'

Ranulph knikte. 'Maar goed dat ik ben komen lopen.'

Cass sliep die nacht slecht en werd al vroeg wakker. Ze snakte naar nieuws over de orkaan. Maar omdat ze de anderen niet wilde wekken, pakte ze haar handdoek en liep naar de baai voor een duik in zee.

Het is hier zo stil en idyllisch, schoot het door haar heen, terwijl het water waarin ze zwom, de Atlantische Oceaan, hetzelfde water was dat wellicht duizenden kilometers verderop door een orkaan tot hoge golven werd opgezweept. Met een knoop in haar maag liep ze terug naar huis. Wat zou er vannacht op Dominica zijn gebeurd?

4

Toen Cass het huis binnenging, schonk Eleanor in de serre net koffie in voor Howard en Ranulph. Hij moest net als de avond ervoor zijn komen lopen, bedacht Cass, en wie weet had hij haar naakt zien zwemmen. Maar op dit moment had ze belangrijkere dingen aan haar hoofd.

'En?' vroeg ze vanuit de deuropening van de serre. 'Heeft de orkaan schade aangericht?'

Howard knikte. 'Helaas wel.'

'Veel?'

'Zover we weten wel,' antwoordde Ranulph.

Verslagen liet Cass zich in een stoel zakken. 'Wat een ramp. En we kunnen van hieruit niets doen. Of we zouden geld kunnen overmaken naar een herstelfonds.'

Eleanor reikte haar een mok koffie aan. 'Toast?'

Cass knikte. 'Graag. En dan te bedenken dat we gisteren die reis aan het bespreken waren. Ik was graag naar Dominica gegaan om die rotstekening te vinden.'

Het was even stil. Toen zei Howard: 'Ik denk dat je gewoon moet gaan.'

'Wat? Je bedoelt dat ik naar Dominica moet gaan terwijl er net een orkaan overheen is getrokken?' Ze moest het verkeerd hebben verstaan.

'Ja,' zei Howard, die er duidelijk over had nagedacht. 'Het eiland heeft het prijzengeld nu meer dan ooit nodig. En de deadline is krap.

Bastian móét winnen. We kunnen het ons niet veroorloven nog langer te wachten.'

'Na zo'n ramp zullen ze de deadline toch wel oprekken?'

'Bastian is de enige kandidaat in Dominica. Waarom zouden ze de regels alleen voor hem veranderen?'

Cass besloot de vraag te negeren; ze had geen idee hoe het er in de academische wereld aan toeging. 'Los daarvan, denk je dat ik er op het moment überhaupt kan komen? Ik neem aan dat het openbare leven en het vliegveld totaal ontregeld zijn.'

'De naburige eilanden zijn veel minder zwaar getroffen,' kwam Ranulph tussenbeide. 'Je kunt er ongetwijfeld met een boot komen. Het zal wel ingewikkeld worden.' Hij was even stil. 'Ik heb vannacht het nieuws op het internet gevolgd.'

Cass schrok terug voor het vooruitzicht van een moeilijke reis over zee, maar was vastbesloten het niet te laten merken. Ze had nog maar weinig gereisd in haar leven. 'Ze zitten vast niet te wachten op toeristen.'

'Wij zijn geen toeristen,' zei Ranulph. 'We nemen hulpgoederen mee. We komen ze helpen.'

'Hoezo "we"?' vroeg Cass.

'Ja, Ran,' zei Eleanor, 'bedoel je dat jij ook naar Dominica wilt?'

'Waarom?' vroeg Cass.

Hij haalde zijn schouders op. 'Ik ben dol op dat eiland. Het archeologische project waaraan ik destijds werkte loopt nog steeds. Ik vind het vreselijk om van hieruit te moeten toekijken en niks te kunnen doen, terwijl er daar zo veel werk te verrichten is.'

Howard glimlachte breed naar hem. 'Ik moet toegeven dat ik het een geruststellend idee zou vinden als jij met haar mee zou gaan.'

Cass keek naar haar vader. Ze was boos, maar tegelijk verbaasde het haar niet. Voor haar vader zou ze altijd zijn kleine meid blijven. Het was waarschijnlijk normaal dat hij wilde dat er iemand met haar meeging, en dan liefst ook nog een sterke, fitte man. 'Pap,' zei ze ferm. 'Ik heb geen begeleider nodig.' Ze wendde zich met een glimlach tot Ranulph. 'Dat is heel aardig van je, maar het is niet nodig. Ik red me wel.'

'Daar twijfel ik geen moment aan,' zei Ranulph. 'Ik ga alleen niet als jouw begeleider. Ik heb zo mijn eigen redenen om te gaan. Maar als we toch allebei gaan, kunnen we net zo goed samen reizen.'

Cass' maag kromp ineen. 'Lijkt het je echt een goed idee om onder deze omstandigheden naar Dominica te gaan? Kunnen we niet beter ons steentje bijdragen door geld te sturen?'

'Ik denk dat we van nut kunnen zijn omdat we daar eerder zijn geweest en de lokale omstandigheden kennen.'

Cass schoot in de lach. 'Ik was twaalf toen ik op Dominica was. Ik heb geen flauw idee van de lokale omstandigheden.'

'Bastian weet vast hoe jullie kunnen helpen,' zei Howard. 'Hij zal jullie vertellen wat jullie kunnen doen. Zodra het openbare leven weer op gang komt, kun je op zoek gaan naar de rotstekening.'

'Maar hoe komen we daar?' vroeg ze.

Eleanor schraapte haar keel. 'Ik heb vannacht ook geen oog dichtgedaan. Ik ben opgestaan en heb gekeken hoe je het best zou kunnen reizen. Je kunt via Frankrijk en de Franse eilanden naar Dominica. Je vliegt via Parijs naar Guadeloupe of Martinique, waar je waarschijnlijk een veerboot kunt nemen, afhankelijk van hoe groot de schade is, maar er ligt een eiland vlakbij Dominica dat Marie-Galante heet. Vandaar kun je zelfs met een kleine boot de oversteek maken.'

'Mijn god,' mompelde Cass.

'Gaat het, lieverd?' vroeg Howard. 'Ranulph zal voor je zorgen.'

Die opmerking schoot Cass in het verkeerde keelgat. 'Pap, jij stuurt me op deze missie. Als je denkt dat ik een begeleider nodig heb, dan kan ik beter hier blijven. Geen probleem. Ik vraag me alleen af of onze redenen om te gaan wel gerechtvaardigd zijn.'

'Natuurlijk wel! De geschiedenis van Dominica staat op het spel.' Howard werd nu ook boos. Cass vermoedde dat hij zich net als zij afvroeg of het doel van de reis wel te rechtvaardigen was.

'Ik snap wat je bedoelt, Cass,' zei Ranulph. 'Maar als we spullen meenemen die ze op het eiland nodig hebben – verbanddozen, eten in blik, flessen water – dan kunnen we ons nuttig maken en lopen we niet in de weg.'

Diep vanbinnen koesterde Cass zijn gebruik van het woordje 'we', en opeens keek ze er iets positiever tegenaan. 'Ik heb het grootste deel van mijn EHBO-cursus al doorlopen,' zei ze. Wat ze er niet bij zei, was dat ze zich daar samen met haar vriendin Rosa voor had ingeschreven omdat ze hadden gehoord dat je dan gratis bij evenementen binnenkwam. En ook niet dat ze een cursus offroadrijden had gedaan – een kerstcadeau van haar moeder – want dat kwam daar vast niet van pas. 'O ja, en ik kan voor grote groepen mensen koken als het moet.'

'Zie je nou wel!' zei Howard. 'Ik wist dat jij er de juiste persoon voor bent.'

Cass sloeg haar ogen ten hemel. Hij wist dat soort dingen helemaal niet van haar.

'Maar pas op,' begon Ranulph, 'het wordt een dure onderneming. De tickets, een flinke donatie aan het herstelfonds, voedsel, verbanddozen, al dat soort uitgaven...'

'Dat betaal ik wel,' zei Howard. Hij leek even in gedachten verzonken. 'Dat ben ik aan Dominica verschuldigd. De eerste keer dat ik daar was realiseerde ik me dat ik fotograaf wilde worden.' Hij zweeg weer even, en het viel Cass op dat hij er opeens oud uitzag. 'Ik zou willen dat ik meer foto's had gemaakt toen ik daar de kans toe had.'

'Je hebt je hele leven gewijd aan het maken van prachtige foto's,' mengde Eleanor zich in het gesprek.

'Ja, maar is het genoeg?'

Cass stond snel op om thee te gaan zetten, voordat haar vader te filosofisch kon worden. Eleanor volgde haar de serre uit.

'Dit gaat mijn vader een fortuin kosten,' zei Cass zodra ze alleen waren. 'Het wordt toch zeker een hopeloze zoektocht?'

Eleanor schudde haar hoofd. 'Dat ben ik niet met je eens. Het is voor hem heel belangrijk dat de rotstekening gevonden en gedocumenteerd wordt, dus het zou geweldig zijn als het je lukt.' Ze was even stil. 'Ik ben blij dat Ranulph met je meegaat. Howard heeft nog altijd niet besloten of hij Ranulph zijn biografie moet laten schrijven of dat hij zelf zijn levensverhaal op papier moet zetten. Maar hij werkt al aan zo veel projecten, dus ik denk dat hij er geen tijd voor heeft. Ranulph wel, en ik wed dat zijn boek goed zal verkopen. Daarmee verdient Ranulph extra browniepunten!'

'Dat zal de reden niet zijn,' zei Cass. 'Hij houdt van Dominica.'

'Dat weet ik. Maar ik weet ook dat Howard het heel fijn zou vinden als Ranulph met je meegaat.'

'Jeetje!' riep Cass uit. 'Als hij zich zo veel zorgen om me maakt, waarom wil hij dan dat ik ga?'

Eleanor haalde haar schouders op. 'Goede vraag. Ik denk dat hij het gevoel heeft dat het voor hem dan bijna is alsof hij zelf gaat.'

'Maar dat is dus niet zo,' zei Cass. Tegelijkertijd besefte ze dat ze teleurgesteld zou zijn als er iets tussen zou komen. 'Moet ik voor mijn vertrek nog verplichte inentingen halen?'

'Wanneer heb je voor het laatst een tetanusinjectie gehad?'

Cass lachte. 'Ik ben helemaal up-to-date. Ik moet bekennen dat mijn laatste vriendje zo smoezelig was dat mijn moeder erop stond dat ik een tetanusprik zou halen als ik iets met hem van plan was.

Eleanor lachte ook. 'Nou, komt dat even goed uit!'

In daaropvolgende dagen waren ze druk met de voorbereidingen, waaronder een moeilijk telefoontje met Cass' moeder, die afsloot met een boos 'En nu wil ik je vader spreken!'.

Cass besloot een ommetje te maken om te voorkomen dat ze iets van het gesprek zou opvangen. Het was niet meer dan normaal dat haar ouders haar als een kind behandelden, maar daar hoefde ze geen getuige van te zijn.

Pas toen ze het ruige landschap in zich opnam – rotsen, heide, met de zee op de achtergrond – realiseerde ze zich dat ze zich tot nu toe weinig volwassen had gedragen. Ze had samengewoond in een kraakpand met een vriendje dat niemand mocht, en had zich nooit een doorzetter getoond. Een beetje puberaal was het allemaal wel. Misschien bood deze reis naar Dominica een kans om haar familie – en belangrijker nog, zichzelf – te bewijzen dat ze volwassen was en dat ze zich als een volwassene kon gedragen. Ze liep terug naar Eleanors prachtige huis op de landtong, vastbesloten zich verantwoordelijker op te stellen.

Ranulph had professionele verbanddozen besteld, waarin onder andere hechtdraad, naalden en injectiespuiten zaten. Toen de dozen een paar dagen later waren bezorgd, kwam hij langs om ze aan Cass te laten zien en hun bagage te bespreken.

Cass keek huiverend naar de verbanddoos voor haar. 'Dit is wel meer dan wat verband en ontsmettingsdoekjes,' zei ze. 'Ik hoop dat ik er zelf geen gebruik van hoef te maken.'

'Maak je maar geen zorgen, dat hoeft ook niet. We geven ze aan ervaren hulpverleners. Oké, eten kopen we daar wel. Heb je een rugzak nodig?'

Cass pakte de rugzak die ze had gebruikt voor haar kleren voor haar Schotlandreis.

Ranulph keek erin. 'Ik denk dat je een grotere nodig hebt. Zal ik je een paklijst geven? Ik stel voor dat je tijdens de reis je wandelschoenen draagt.'

'Dat zijn eigenlijk geen wandelschoenen, eerder goede sportschoenen,' reageerde Cass.

'Ze zijn perfect. Het zal er modderig zijn, dus neem vooral geen dure spullen mee. Ga er maar van uit dat je naderhand alles weg kunt gooien.'

'Bedankt voor de tip. O ja, toen Howard hoorde dat je zou komen, zei hij dat hij je nog wilde spreken.'

Ranulph knikte. 'Dat komt goed uit, want ik wil hem ook spreken.'

Ze liepen samen naar de glazen serre, die een schilderachtig uitzicht bood op de ruige zee en waar Howard het grootste deel van zijn tijd doorbracht.

Na een korte begroeting zei Ranulph: ‘Raar idee eigenlijk dat de zee waarnaar we nu kijken dezelfde zee is als bij Dominica.’

‘Ja, dat zei pap ook al,’ zei Cass. ‘Ik dacht dat Dominica aan de Caribische Zee lag.’

‘Het ligt aan allebei,’ legde Ranulph uit. ‘Je hebt er de Caribische kant en de Atlantische kant. Er is één plek op het eiland vanwaar je ze allebei tegelijk kunt zien.’

Cass slaakte een zucht. Ze maakte zich zorgen om Dominica en vroeg zich af hoeveel er van haar geliefde eiland over was.

Ranulph had gezegd dat ze met zijn auto naar Glasgow Airport zouden rijden. Ze zouden de nacht doorbrengen bij vrienden van hem die dicht bij het vliegveld woonden, de auto daar laten staan en de vroege vlucht naar Parijs nemen.

En opeens was het, na een wervelwind van voorbereidingen, research, bagage inpakken en herpakken, tijd om te gaan. Howard en Eleanor stonden naast Ranulphs oude landrover, die bomvol spullen lag, om afscheid te nemen. Cass en Ranulph stonden er een beetje ongemakkelijk bij. Aan de ene kant wilde Cass helemaal niet weg; ze wilde in de beslotenheid van het ruige Schotse eiland blijven, waarvan ze was gaan houden. Aan de andere kant wilde ze ook graag aan dit grote avontuur van haar leven beginnen.

Eleanor beet door de zure appel heen en begon met afscheid nemen. Ze omhelsde Cass. ‘Nou, wees voorzichtig en volg je intuïtie. Geniet ervan.’

Cass gaf haar een knuffel terug. ‘Zal ik doen!’

Toen liep ze naar haar vader, die ze een nog stevigere knuffel gaf.

‘Ik vraag veel van je, Cass,’ zei hij, ‘maar ik weet dat je me niet teleur zult stellen. En Dominica ook niet.’

Cass zelf had er veel minder vertrouwen in, maar ze zei niets en gaf hem nog een knuffel. En opeens kwamen de tranen.

Ranulph omhelsde Eleanor ten afscheid, en Howard gaf hij een hand.

'Succes, Ran,' zei Howard. 'Maak maar veel aantekeningen. En jij, Cassiopeia, neem alsjeblieft heel veel foto's.'

'Ik heb je camera veilig opgeborgen,' stelde ze hem gerust. De dag ervoor had hij haar zijn kostbare Leica M3 gegeven en een Zeiss-lens, die hij zo had aangepast dat hij op de Leica paste. Haar vader deed alsof het hem niets kon schelen dat zij de camera meenam, maar Cass wist als geen ander hoe belangrijk die voor hem was. 'Bedenk wel dat mijn foto's lang niet zo goed zullen zijn als die van jou.'

Howard opende zijn mond om haar tegen te spreken maar sloot hem weer. Iedereen lachte en de spanning was gebroken. Cass klom in de landrover.

'Een stuiver voor je gedachten,' zei Ranulph plotseling toen ze al een behoorlijk eind in stilte hadden gereden.

Cass zou haar gedachten voor geen goud hebben verkocht, zo warrig waren ze. Een deel van haar was onder de indruk van het idee dat ze de halve wereld over zou reizen met een man bij wie haar hart om het minste of geringste een sprongetje maakte. Een ander deel vroeg zich af of ze gek was geworden. Ze kende Ranulph amper. Haar vader vertrouwde hem, maar was Howard wel in staat iemands karakter goed in te schatten? Totdat ze besefte dat ze Ranulph wel degelijk vertrouwde. Hij zou haar op geen enkele manier in verlegenheid brengen. Waarom ze daar zo zeker van was, wist ze niet.

Om toch maar iets te zeggen, zei ze: 'Mijn moeder zegt dat je eerst van iemand moet weten wat voor type reiziger het is voordat je iets met die persoon begint. Wil je het liefst zo vroeg mogelijk op het vliegveld zijn, bang te laat te komen, of vertrek je op het allerlaatste moment en stop je onderweg ook nog voor een kop koffie?'

'Wat voor type reiziger ben jij?' vroeg Ranulph.

'Ik heb niet veel gereisd, maar ik denk dat ik het eerste type ben,' antwoordde Cass. 'Ik weet het, ik ben saai' – dat had haar ex-vriendje gezegd – 'maar dat vind ik nou eenmaal prettiger.' Ze was even stil. 'Ik was laatst op een vrijgezellenfeestje – ik ben bevriend met het jongere zusje van de bruid – toen we bijna het vliegtuig naar Ibiza misten. Iedereen vond het hilarisch, maar ik ging vanbinnen dood.' Ze glimlachte bij de herinnering. 'De anderen leken ook van mening dat prosecco bij het ontbijt in de Schijf van Vijf staat. Ik niet.'

'In dat geval zullen we niet ontbijten met mousserende witte wijn, en ook niet tien minuten na alle andere reizigers in het vliegtuig stappen. Realiseer je wel dat we na het eerste deel van onze reis niet alles in de hand zullen hebben.'

'Dank je,' zei Cass.

Nu vertrouwde ze hem echt helemaal, maar hopelijk zou ze het idiote gevoel kwijtraken dat ze verliefd op hem was. Het sloeg nergens op. Ze kende hem amper. Als ze een pil had kunnen nemen, of zich had kunnen laten inenten tegen dit absurde, irrationele gevoel, dan zou ze dat hebben gedaan. Nu moest ze wachten tot het vanzelf overging.

Even later vroeg hij: 'Heb je de kaart bij je? Je weet wel, de kaart die jouw vader en die van Bastian gemaakt hebben om de rotstekening te kunnen vinden?'

'O, de kaart!' reageerde Cass luchtig. 'Ja, die heb ik in mijn kleren genaaid.'

'Wat? Meen je dat?'

Cass moest lachen. 'Nee! Maar Eleanor heeft hem wel in een waterdichte envelop gedaan, en die weer in een andere waterdichte envelop, bij mijn andere belangrijke papieren. Daarna hebben we die verstopt in een geheim vak met een onzichtbare rits in mijn handbagage. Zo weet ik zeker dat ik de kaart niet zal kwijtraken.'

Maar ze had het nog niet gezegd of ze begon al te twijfelen. Ze móést controleren of ze de kaart ook echt bij zich had. Ze draaide zich om naar haar kleine rugzak, maar kon er net niet bij.

'Wil je dat ik stop?'

'Ja graag,' zei ze. 'Sorry,' verontschuldigde ze zich even later. 'Ik moest het controleren.' Ze had nog iets anders in dat geheime vak gestopt, maar dat hoefde Ranulph niet te weten. Dat was haar schetsboek. Ze was zo gewend om haar hobby verborgen te houden voor haar familie, dat ze Ranulph er liever ook niet over vertelde.

'Geen probleem.'

Cass keek hem van opzij aan en vroeg zich af of hij het meende of dat hij geïrriteerd was. Het zou een lange reis worden.

5

Na wat een eeuwigheid leek, landde het vliegtuig in Guadeloupe. Cass had zich in de compacte ruimte van het vliegtuig, in haar comfortabele stoel en met haar medepassagiers om zich heen, veilig gewaand, maar nu de reis achter de rug was had ze het gevoel dat ze een veilige plek zou inwisselen voor het gevaarlijke onbekende. Ze wist dat het door haar vermoeidheid kwam, die maakte haar onzeker.

Bovenaan de vliegtuigtrap sloegen de warmte en de onbekende plantengeuren haar tegemoet, maar tegen de tijd dat ze van de onderste trede stapte had ze het gevoel in haar benen en voeten gelukkig weer terug.

Op Guadeloupe, een van de Franse eilanden, zouden ze de nacht doorbrengen voordat ze de veerboot naar Marie-Galante zouden nemen – aangenomen dat die zou uitvaren. Daarna was het een kwestie van een vissersboot regelen die hen naar Dominica zou brengen. Er zouden tientallen boten liggen met hulpgoederen, maar het was te hopen dat ze er een konden vinden waarop nog plaats was voor twee passagiers.

Cass liep als in een waas achter Ranulph aan. De mensen om haar heen praatten uitgelaten terwijl ze koffers, pakketten en dozen meesleepten naar de laatste van de vele rijen.

Uiteindelijk, nadat alles naar behoren was afgehandeld, liepen ze de hal uit naar de taxi's, waar ze zich weer achter in de rij aansloten.

In het stadje wemelde het van de mensen, waarschijnlijk vanwege de orkaan. Het was maar goed dat Eleanor, die contacten had op het eiland, een Airbnb voor hen had geregeld. Het bleek een eenvoudig betonnen gebouwtje met houten ramen en deuren en een zinken dak, één slaapkamer met twee eenpersoonsbedden, een kleine badkamer en een kitchenette.

'Het heeft alles wat we nodig hebben,' zei Cass terwijl ze om zich heen keek. In werkelijkheid verlangde ze naar een huisje met een degelijk dak en een slaapkamer voor haar alleen. Maar al snel besefte ze dat ze zich gelukkig mocht prijzen met dit schone, eenvoudige onderkomen. Tenslotte had ze ook in een kraakpand gewoond.

Ze legde haar rugzak, die grotendeels gevuld was met een van de verbanddozen die ze nog snel in Glasgow hadden ingezameld (Ranulph had de andere dozen), op het bed. De namiddagzon wierp schaduwen in de kamer, en Cass verlangde plotseling naar een dutje.

'Je zult wel moe zijn,' zei Ranulph.

'Valt wel mee hoor!' reageerde Cass luchtig, maar ze voelde zich tegelijkertijd zowel een kind als een hoogbejaarde. En toen ze iets kleins over de muur zag wegschieten, sprong ze met een gilletje achteruit.

'Dat was een hagedis,' zei Ranulph. 'Daar wemelt het van in de Caraïben. Ze eten vliegen.'

Haar hart ging nog steeds tekeer. 'Goed om te weten dat het een hagedis was. Als het een spin of een muis was geweest had ik de hele buurt bij elkaar geschreeuwd.' Ze huiverde. 'Een spin van die afmetingen zou echt doodeng zijn!'

Ze ging op het bed zitten. 'Ik zou wel even willen gaan liggen, maar dat is misschien niet zo verstandig.'

'Dat kan wel, hoor, alleen niet te lang. We moeten vannacht voldoende slaap krijgen.'

'Wat ga jij intussen doen?' Cass voelde zich kwetsbaar. Ze bleef liever niet alleen achter, al had ze net ontdekt dat ze niet bang hoefde te zijn voor hagedissen.

'Ik ga de hulpgoederen verzamelen die we morgen moeten meenemen. Eleanor had het vervoer ervan naar hier geregeld.' Hij keek glimlachend op haar neer. 'Die vrouw kan wonderen verrichten.'

Cass knikte. De tranen zaten haar opeens hoog. Omdat ze moe was, wist ze, en omdat haar lichaam niet wist of het dag of nacht was. Stel je niet aan, zei ze streng tegen zichzelf.

Ranulph fronste zijn voorhoofd. Hij moest aan haar gezicht hebben gezien dat ze erdoorheen zat. 'We weten niet wat ons te wachten staat, Cass, maar één ding is zeker: het wordt zwaar. We zullen dingen moeten doen die we nooit eerder hebben gedaan, dus het is belangrijk dat we onze rust pakken.'

Cass schraapte haar keel. 'Ik hoop dat ik het kan…'

'Wat kan?'

'Wat mijn vader van me gevraagd heeft. Het is niet niks. Toen ik nog in Schotland was, uitgerust en omgeven door luxe, leek het me zwaar maar niet onmogelijk. Nu lijkt het me te belachelijk om het zelfs maar te proberen.' Ze beet hard op haar lip. Ze was zich ervan bewust dat Ranulph naar haar keek en niet goed wist hoe hij haar kon opvrolijken.

'Het enige wat echt belangrijk is,' zei hij, 'en wat niemand anders kan doen, is dat je de kaart met de plek van de rotstekening aan Bastian geeft.'

'Maar stel dat we Bastian niet vinden? Hij kan wel dood zijn.' Haar stem brak.

Ranulph schudde beslist zijn hoofd. 'Dat lijkt me heel onwaarschijnlijk. Hij is gewaarschuwd voor de orkaan, dus hij zal zeker voorbereidingen hebben getroffen. Misschien is hij van de buitenwereld afgesneden, maar ik weet zeker dat hij nog ergens op het eiland is.'

Cass snifte.

'Ik wilde dat ik iets kon zeggen of doen om je gerust te stellen,' vervolgde hij toen hij zag dat ze huilde.

Cass keek op en snoot haar neus in een papieren zakdoekje dat ze uit haar zak had gepakt. 'Een knuffel zou helpen.'

In een mum van tijd zat hij naast haar op het bed en sloeg beschermend zijn armen om haar heen. Het viel haar op dat hij allesbehalve fris rook. Op weg naar de Airbnb had hij gezegd dat hij snakte naar een douche. Toch bood het haar op de een of andere manier troost.

'Dank je,' zei ze even later, en ze rechtte haar rug. 'Terwijl ik een dutje doe, kun jij eindelijk douchen.'

'Je bedoelt dat ik stink?' vroeg Ranulph terwijl hij haar losliet.

Ze glimlachte flauw naar hem. 'Net als ik waarschijnlijk.'

'Nee, jij stinkt niet. Nou, ga maar slapen, dan wek ik je als ik terug ben. We moeten straks eerst wat eten.'

Ze vonden een klein strandcafé waar ze verse vis, rijst, linzen en een salade bestelden. Een flesje lokaal bier maakte het af. Even durfde Cass zich voor te stellen dat ze samen op vakantie waren. Ook al had iedereen het over de orkaan, het bleef een prachtige plek. Hoe magisch zou het zijn als Ranulph hetzelfde voor haar voelde als zij voor hem, dacht Cass, en dat ze een relatie hadden? Ondanks haar zorgen glimlachte ze bij de gedachte.

'Waar lach je om?' vroeg Ranulph, die haar glimlachje blijkbaar had opgemerkt.

'Dat we als praktisch vreemden voor elkaar op een plek zitten die onder normale omstandigheden een bestemming voor een huwelijksreis zou kunnen zijn.' Ze prees zichzelf om haar snelle reactie.

Ranulph grinnikte. 'Ik snap wat je bedoelt. Nou, zullen we nog een biertje nemen? Of liever een rumpunch?'

Cass schudde haar hoofd. 'Beter van niet.' Ze had geen zin om midden in de nacht naar de wc te moeten omdat ze te veel bier had gedronken. Het was al ongemakkelijk genoeg om een kamer met Ranulph te moeten delen. Zou ze überhaupt kunnen slapen als ze hem in het bed naast het hare hoorde ademen?

Bij de ingang van hun huisje aangekomen zei Ranulph: 'Ik ga nog even kijken of ik wat lokaal nieuws kan oppikken. Ik blijf niet lang weg. Heb je nog iets nodig wat ik voor je kan meenemen?'

'Nee, ik red me wel.' Het vooruitzicht dat ze zich in haar eentje kon klaarmaken om naar bed te gaan was prettig, maar ze was er zeker van dat ze zich niet op haar gemak zou voelen zolang Ranulph weg was.

In werkelijkheid viel ze meteen in slaap en hoorde ze hem niet binnenkomen, maar toen ze wakker werd realiseerde ze zich wel dat het nog niet zo lang kon regenen. Het lawaai was oorverdovend, daar viel onmogelijk doorheen te slapen. Door het zinken dak leken de regendruppels wel van steen. Zodra ze zeker wist dat Ranulph in het bed naast haar lag, vroeg ze zich stilletjes af of hij misschien ook wakker was. Telkens wanneer de storm even ging liggen nam de regen af, om ogenschijnlijk nog harder terug te keren zodra de wind weer aanwakkerde.

'Alles goed?' Ranulph moest schreeuwen om boven het geklater op het zinken dak uit te komen.

'Jawel hoor!' riep Cass terug. 'Ik kan alleen niet slapen.'

'Ik zal even iets warms te drinken maken. Ik heb nog boodschappen gedaan.'

Toen Cass hem even later in het keukentje hoorde rommelen, werd ze nieuwsgierig. Ze stond op, liep naar hem toe en keek toe terwijl hij in een pannetje chocolademelk maakte van gecondenseerde melk. Tot slot voegde hij een grote schep suiker en een flinke scheut rum toe.

Hij reikte haar een mok aan. 'Als we hier niet van kunnen slapen, dan weet ik het ook niet meer.'

Het smaakte heerlijk, zeker de rum. 'Normaal gesproken zou ik hier binnen een paar seconden van buiten westen raken,' grapte Cass.

'Maar nu dus niet.' Het was geen vraag. 'Probeer te ontspannen en het geluid van de regen om te buigen tot iets rustgevends. Dat heb ik geleerd tijdens mijn vorige verblijf hier. Het is gewoon een luide witte ruis.'

Cass moest lachen om de suggestie dat het geklater op het dak haar kon helpen in slaap te vallen, maar ze voelde zich al een beetje soezerig worden.

Voor haar gevoel was het niet veel later toen ze Ranulph zachtjes haar naam hoorde zeggen. Het was nog pikkedonker buiten.

'Gisteravond hoorde ik dat er vandaag geen veerboot gaat,' zei hij. 'We kunnen wel met een vissersboot mee, maar dan moeten we op tijd in de haven zijn. Doe je hoofdlamp maar op als je klaar bent.'

Cass nam de kortste douche ooit, in het besef dat het weer een hele tijd kon duren voordat ze opnieuw de kans kreeg. Ze kleedde zich aan en werkte in een mum van tijd de pittige kipwrap naar binnen die Ranulph had klaargemaakt. Daarna doken ze de nog donkere ochtend in, onder sterren zo helder dat het wel spotjes leken.

'Wat een geluk dat we met een boot mee kunnen,' zei Cass, die bijna moest rennen om hem te kunnen bijhouden.

'Iedereen wil Dominica helpen,' reageerde Ranulph. 'En dankzij Howard heb ik de visser een flink bedrag kunnen geven. Hij kan er de oversteek van betalen, en meer. Als het goed is hebben ze de hulpgoederen die we gekocht hebben al aan boord.'

Cass vroeg zich af hoe Ranulph wist waar ze heen moesten, want het was pikdonker en de bodem drassig. Totdat ze zich realiseerde dat hij achter iemand aan liep. Uiteindelijk zag ze lichten toen ze een aanlegsteiger naderden waaraan een aantal hevig op en neer deinende boten lagen. Het zou nog een hele klus worden om aan boord te komen, realiseerde ze zich, en haar maag draaide zich om bij de gedachte alleen al.

Ze bleven staan kijken terwijl er dozen en kratten naar de bemanning aan boord werden gegooid, die met nonchalant gemak werden gevangen en opgestapeld. Het viel haar op dat de zee nog behoorlijk wild was; waarschijnlijk een nasleep van de orkaan. Uiteindelijk was het tijd om aan boord te gaan, en ze keek toe hoe Ranulph op de boot sprong zodra die op gelijke hoogte met de steiger kwam. Ze wist dat ze dat nooit zou durven, en gelukkig was zij niet de enige. Voordat ze er erg in had, werd ze door een paar sterke armen opgetild en naast Ranulph in de boot gezet, die haar opving voordat ze kon omvallen.

Snel zocht ze een zitplekje op de kastjes langs de voorkant van de boot. Ze was nu al zeeziek en moest er niet aan denken dat ze nog een heel eind zou moeten varen in deze kleine boot. Ze had niets met boten en had ook nooit de behoefte gevoeld om te gaan zeilen. Misschien was het een geluk bij een ongeluk dat het nog donker was, waardoor ze moeilijk kon inschatten hoe klein de boot in werkelijkheid was, of hoe onveilig.

'We maken een tussenstop op Marie-Galante,' informeerde Ranulph haar, 'en stappen daar op een andere boot. We winnen tijd omdat de veerboot niet vaart, aangezien we nu geen papieren hoeven in te vullen om Frankrijk te kunnen verlaten.'

'Pardon?'

'Guadeloupe is Frans grondgebied, ook al ligt Frankrijk hier duizenden kilometers vandaan.'

Cass probeerde tevergeefs terug te glimlachen. Waarom had ze zich niet gerealiseerd hoe angstaanjagend een reis als deze kon zijn? Howard had de handgetekende kaart toch zeker ook aan Ranulph kunnen meegeven? Maar dat zou haar vaders geweten niet hebben gesust, en dan had ze zichzelf ook niet kunnen bewijzen.

Uiteindelijk was de boot volgeladen met goederen en mensen. Stapels dozen en kratten, en elke centimeter daartussen werd benut voor zakken groente en fruit. Cass voelde zich nutteloos en een sta-in-de-weg – in haar plaats zou iemand hebben kunnen meevaren die kon helpen. Bovendien wist ze dat ze behoorlijk zeeziek zou worden. Ze was dan ook blij dat Ranulph naast haar kwam zitten. 'Ik heb reddingsvesten bij me voor het geval we die nodig hebben,' zei hij.

Ze wist niet of die mededeling haar gerustgestelde of juist banger maakte. Waarom zouden ze reddingsvesten nodig hebben? Totdat ze zich herinnerde dat reddingsvesten in haar eigen land de normaalste zaak van de wereld waren. Zelfs op de kleine boten die in Schotland werden gebruikt droegen mensen een reddingsvest. Maar terwijl ze om zich heen keek, zag ze dat niemand er een droeg. 'Kunnen we ze niet alvast aandoen?'

Hij schudde zijn hoofd. 'De mannen hier zullen zich beledigd voelen. Ze zijn niet zo met gezondheid en veiligheid bezig als wij. Als we nu een reddingsvest aandoen, denken ze dat we er niet op vertrouwen dat we de overkant halen.'

Cass beet op haar lip. Vertrouwde ze deze mannen? Ze realiseerde zich dat het niet uitmaakte of ze hen vertrouwde of niet; ze zat al in de boot en was op weg naar Dominica.

Ze sloot haar ogen en leunde tegen Ranulph aan om kracht te putten uit zijn robuuste aanwezigheid. Maar het duurde niet lang of ze voelde zich draaierig worden. Ze opende haar ogen om te zien of dat hielp, maar sloot ze meteen weer. Het was al erg genoeg om de boot zo hevig op en neer te voelen deinen zonder het te zien. Waarom had ze Ranulph niet gevraagd hoelang de oversteek zou duren? Maar daarvoor was het nu laat. En misschien was het maar beter ook dat ze niet wist hoelang deze kwelling zou duren.

Ranulph leek op te merken hoe ze zich voelde, en hij pakte haar vast toen ze zich over de reling boog. Nadat ze had overgegeven en weer omhoogkwam, reikte hij haar een tissue aan. Ze voelde zich iets beter, al had ze het ijskoud en beefde ze over haar hele lijf. Wat romantisch, dacht ze toen ze haar ogen weer sloot, dat de man op wie ik een oogje heb me heeft geholpen met overgeven. Nu wordt hij zeker verliefd op me!

Tegen de tijd dat de ochtend aanbrak leek de zee iets kalmer te worden, maar Cass hield haar ogen gesloten. De misselijkheid maakte haar slaperig, en slapen leek haar een betere manier om de tocht te doorstaan.

Hoewel de oversteek een eeuwigheid leek te hebben geduurd, was het nog steeds ochtend toen ze op Marie-Galante arriveerden. Cass was blij dat ze eindelijk van boord kon, maar haar vreugde werd getemperd door het vooruitzicht dat er nog een tocht zou volgen, ook al zou die veel korter zijn. Toen ze het bootje voor de laatste etappe zag, leek de boot waar ze zojuist uit was gestapt opeens enorm groot. Bovendien lag het door de hoeveelheid opgestapelde hulpgoederen veel dieper in het water. Het kon niet anders of het zou bij de eerste de beste golf zinken.

In elk geval zou ze deze keer zelf aan boord kunnen stappen, al stond ze te wankelen op haar benen en had ze het nog steeds koud. Ze realiseerde zich dat ze een fleecetrui aanhad, die waarschijnlijk van Ranulph was. Die moest hij haar hebben aangetrokken toen ze te ver heen was om het te merken. Ze was niet van plan die al terug te geven.

6

De overtocht naar Dominica was veel korter, en de zee kalmer. Toch hield Cass haar ogen dicht. Ze moest almaar denken aan de reddingsvesten in Ranulphs rugzak. Als de omstandigheden zouden verslechteren, zouden ze vast genoeg tijd hebben om de vesten aan te trekken, stelde ze zichzelf gerust. Ze ontspande iets op het ritme van de golven, en ook al kon ze er niet van genieten, ze vond het minder erg dan de eerste tocht.

Voordat ze het wist sprongen de mannen van de boot in zee en werd het vaartuig het strand op gesleept. Net als de rest van de lading werd Cass uit de boot getild en met kracht op het zand gezet. Ze stond te wankelen op haar benen.

'Alles goed?' vroeg Ranulph beleefd.

'Ja hoor,' antwoordde Cass, hoewel het tegenovergestelde het geval was. Ze stond nog geen tien seconden op Dominicaanse bodem en was nu al een last in plaats van een steun. 'Alleen werken mijn benen nog niet mee.'

Ze bevonden zich op een strand onder aan een rossige rotswand. Het was niet ver naar de top, waar ze mensen heen en weer zag lopen tussen de bomen. De hete zon brandde op haar schouders; het maakte haar duizelig.

'Over een paar minuten ben je weer de oude,' zei Ranulph. 'Neem dit maar.' Hij overhandigde haar een tas met limoenen. Ze vroeg zich af wat hij wilde dat ze ermee deed.

Terwijl ze haar evenwicht hervond, besefte ze dat het strand bezaaid lag met bomen. Ze keek naar de bergen erachter en zag toen pas dat de bomen kaal waren. Een deel was geveld en over de klif geblazen, een ander deel had alleen zijn bladeren verloren. Het was verbijsterend. Een orkaan, realiseerde ze zich, verwoestte alles wat op zijn pad kwam. Ze zette zich schrap en volgde de stroom mensen die over het rotspad naar boven liepen.

'Bastian woont daarboven,' zei Ranulph. 'Handig dat de boten net hier aanleggen.'

Het was een behoorlijk klim langs omgewaaide bomen, die al met machetes in stukken waren gehakt om het pad begaanbaar te maken. Toen Ranulph zich omdraaide en haar zijn hand toestak, schudde ze haar hoofd. Ze wilde niet langer iemand zijn voor wie gezorgd moest worden en liep vastberaden door naar iets wat ooit een gazon moest zijn geweest. Eindelijk was ze op de plaats van bestemming.

Ze zette de tas met limoenen neer en ontdeed zich van haar handbagage en haar rugzak. Snel keek ze om zich heen of ze iemand zag aan wie ze de eerste verbanddoos kon geven, zodat ze wat meer plaats in haar rugzak zou hebben. Het waren professionele spullen, die hier zeker goed van pas zouden komen. Totdat ze zich realiseerde dat het een domme gedachte was; de mensen hier waren vissers, of dorpelingen. De kans dat er een arts of verpleegkundige naast Bastian woonde was buitengewoon klein.

Ze keek naar Ranulph, die al met een man stond te lachen en hielp met takken zagen die de weg versperden. Wegen begaanbaar maken had natuurlijk prioriteit.

Cass besefte dat ze de handen uit de mouwen moest steken om zich niet totaal overbodig te voelen. En omdat niemand haar aanwijzingen gaf, moest ze zelf bedenken hoe ze zich nuttig kon maken. Na even nadenken besloot ze de dozen die uit de boot waren geladen te gaan ordenen. Ze wist niet zeker of de mensen er iets aan hadden, maar dan deed ze tenminste iets.

Ze had net de laatste doos in een rij gezet toen Ranulph naar haar toe kwam met een tros bananen.

'Eet wat. Binnen wordt maismeelpap gemaakt voor het ontbijt.' Hij reikte haar een kleine maar dikke banaan aan.

'Ik wil me nuttig maken,' zei ze terwijl ze de banaan aannam. 'Niet meteen weer gaan zitten om te eten. Trouwens, ik heb Bastian nog niet ontmoet. Ik vind het raar om zomaar zijn huis binnen te gaan.'

Op dat moment kwam er een lange man met donker haar en een stoppelbaard op haar toe lopen. 'Hallo,' groette hij haar met een brede, uitnodigende grijns. 'Hoorde ik daar iemand mijn naam noemen?'

'Ben jij de beroemde Bastian over wie ik zoveel gehoord heb? Ik ben Howards dochter, Cass,' zei ze. 'Ik heb de kaart bij me.'

Ze wist dat het te vroeg was om al over de kaart te beginnen, maar ze had iets te bewijzen en wilde Bastian het gevoel geven dat haar aanwezigheid hier noodzakelijk was.

Bastian, duidelijk verrast, lachte vriendelijk en omhelsde haar stevig. 'Welkom op Dominica,' zei hij. 'Voordat we ons met kaarten en rotstekeningen gaan bezighouden, hebben we eerst andere problemen op te lossen.' Hij fronste zijn voorhoofd. 'De orkaan heeft voorrang. Maar we gaan er zo spoedig mogelijk mee aan de slag.'

Een blonde hond, een beetje kleiner dan een labrador maar met dezelfde goedaardige uitdrukking, kwam aangehold en begroette het gezelschap met een glimlach. 'Dit is Friendly,' stelde Bastian hem voor.

'Hij doet zijn naam eer aan.' Cass bukte zich en aaide de hond over zijn kop. Contact met een dier was fijn, en ze mocht Friendly meteen.

'In Engeland hebben honden namen als George of Sparky,' zei Cass. Friendly duwde zijn neus tegen haar hand om haar aan te sporen door te gaan met aaien. 'Maar Friendly is leuker.'

'Hij is hier komen aanlopen en toen heb ik hem maar gehouden,' vertelde Bastian. 'We hebben de orkaan samen doorstaan.'

Cass vroeg zich af hoe het moest zijn om met een hond als enig gezelschap opgesloten te zitten in een kleine ruimte terwijl buiten een orkaan de wereld op zijn kop zette.

'Cass heeft een stevig ontbijt nodig,' kwam Ranulph tussenbeide. 'Sterker nog, wij allebei.'

Bastian stak hem uitnodigend zijn hand toe. 'Ranulph, goed je te zien, man. Kom, dan zorg ik dat jullie wat te eten krijgen.'

Het huis was vol met mensen die druk in de weer waren, en in de keuken stond een vrolijke vrouw in een pan te roeren terwijl ze met haar vrije hand haar haar in een knotje probeerde te draaien. Ze was gekleed in een spijkerbroek en een T-shirt en droeg een kleurige hoofddoek en veel sieraden. Ze glimlachte breed naar Cass.

'Dit is Delphine,' zei Bastian. 'Zij houdt me op het rechte pad. Delphine, dit is Cass.'

'Hallo schat!' zei Delphine tegen Cass. 'Heb je honger?'

'Eerlijk gezegd wel,' antwoordde Cass.

'Ga maar zitten, dan maak ik een stevig Domicaans ontbijt voor je klaar – nou ja, voor zover dat op dit moment mogelijk is. Die verdomde orkaan, hè?'

Cass, die zich nogal verlegen en misplaats had gevoeld, merkte dat ze ontspande bij een kopje thee met gecondenseerde melk, maismeelpap en nog meer bananen. De pap had een aparte smaak maar was heerlijk. Toen ze hem ophad, geeuwde ze hartgrondig.

'Ben je zeeziek geweest?' vroeg Delpine.

Cass knikte.

'En was je al vroeg uit de veren?'

'Voor zonsopgang,' antwoordde Cass.

'Je bent moe. Ga even rusten,' opperde Delphine. 'In die kamer daar staan veldbedden.'

Met precies de goede dosis bazigheid wees ze Cass een kamer die voor verschillende doeleinden leek te worden gebruikt: opslagruimte, slaapkamer, werkkamer. Haar rugzak en die van Ranulph stonden er al.

Cass voelde zich schuldig toen ze haar spijkerbroek uittrok en in haar slaapzak kroop; ze was zich maar al te bewust van de werkzaamheden buiten de kamer.

Ze viel bijna onmiddellijk in slaap, doodop na een korte nacht, twee oncomfortabele boottochten en een overdaad aan prikkels.

Twee uur later werd ze uitgerust wakker. Ze rekte zich uit, kleedde zich aan en stopte haar rugzak weg onder een bureau. De camera die haar vader haar had gegeven om de rotstekeningen te fotograferen lag daar waarschijnlijk beschut. En omdat de kaart veilig was opgeborgen in het geheime vak in haar kleine rugzak, besloot ze alleen de reisportefeuille die Eleanor haar had geleend onder haar T-shirt te dragen. Nadat ze zich in de badkamer had opgefrist en haar tanden had gepoetst, verliet ze de kamer om te zien of ze zich nuttig kon maken.

Bastian werd omringd door een kring van mensen die wachtten op instructies. Omdat Ranulph nergens te bekennen was, sloot Cass zich bij hen aan.

'Kan ik misschien ergens mee helpen?' vroeg ze toen ze er eindelijk tussen kwam.

'Alleen als je in een pick-up kunt rijden,' zei hij. Hij leek gestrest en verwachtte duidelijk niet dat ze ja zou zeggen.

Cass glimlachte opgelucht. Dit was een uitdaging die ze aankon. 'Geen probleem. Dat kan ik wel. Maar ik heb wel iemand nodig die me de weg wijst.'

Bastian leek te twijfelen. 'De wegen zijn nog niet allemaal ontruimd, en rijden in een pick-up is niet makkelijk als je geen ervaring hebt met een handgeschakelde auto. Deze mannen hier' – hij gebaarde naar de groep die om hem heen stond – 'moeten terug naar hun eigen huis. Ze waren ten tijde van de orkaan niet op het eiland en willen weten hoe hun familie de orkaan heeft doorstaan. Ik kan helaas niet weg omdat ik hier nodig ben.'

'Daar kan ik in rijden,' zei Cass nogmaals. Wat dit het moment om over haar offroadcursus te beginnen, die behoorlijk pittig was geweest? Nee. Ze stak gewoon haar hand uit voor de sleutels.

Bastian haalde zijn schouders op. 'Ga je gang. Keer om als het te moeilijk wordt. De jongens zullen je helpen de weg vrij te maken.'

'De jongens' leken het grappig te vinden dat ze een jonge witte vrouw als chauffeur hadden, maar Cass was vastbesloten het te doen. Ze kon het.

Ze schrok wel een beetje toen ze een paar minuten later zag hoeveel mannen er in de cabine en in de bak klommen, die ook nog de nodige spullen bij zich hadden. Ze herinnerde zich wat Ranulph had gezegd over gezondheid en veiligheid en probeerde haar zorgen weg te wuiven. Dit was hier kennelijk heel normaal. Geen reden tot paniek.

Tot haar opluchting sprak de jongeman die naast haar kwam zitten, Jerome, verstaanbaar Engels. Alle anderen spraken een razendsnelle mix van Frans en Engels, met veel dialect tussendoor waar ze amper een woord van begreep.

'Iedereen kent Bastian en zijn pick-up,' zei Jerome. 'Hij geeft mensen altijd een lift, waar je ook heen moet. Zijn vader was net zo. Die heb ik niet gekend, hoor, maar we leren hier allemaal uit zijn schoolboeken. Zowel vader als zoon weet alles wat er valt te weten over Dominica en de Caribische eilanden.'

'Indrukwekkend,' reageerde Cass terwijl het voertuig brullend vooruitschoot. Geschrokken greep ze het stuur steviger vast, want de weg voor haar was nog bezaaid met afgerukte takken.

Toen ze stopte omdat ze niet verder kon rijden, sprong iedereen uit de auto om de takken weg te werken met machetes, zagen en zelfs een kettingzaag.

'Dat ging snel!' zei Cass toen de weg vrij was en iedereen weer in de pick-up zat.

'Ze willen naar huis. Ze hebben hulpgoederen voor hun familie bij zich. Dan werk je wel door.'

'Staan hun huizen nog overeind, denk je?' vroeg Cass.

Jerome haalde zijn schouders op. 'Ik hoop het. Ambachtelijk gebouwde huizen zijn beter dan huizen met glas en airconditioning. Bastians huis staat nog overeind doordat het op traditionele wijze is gebouwd. Het heeft al meerdere orkanen doorstaan. De meeste mensen hebben een versterkte kamer in hun huis om daarin een orkaan uit te zitten. Je weet nooit wat je buiten aantreft als je die kamer weer uit komt. Deze orkaan was niet zo hevig als voorspeld.'

'Gelukkig maar,' zei Cass. Ze twijfelde even of ze naar zijn familie kon vragen, maar besloot het toch te doen. 'Hoe staat het met jouw huis? Of was je er niet en weet je niet wat je zult aantreffen?'

'Met mijn familie is alles goed. We zaten met zijn allen in de schuilkamer – mijn vrouw, haar moeder, mijn kinderen. Het was een lange nacht, maar we hebben het overleefd.'

'Was je niet bang om de kamer te verlaten?'

'Ik wilde niets liever!' Jerome lachte. 'Je zit met veel te veel mensen in een kleine ruimte. Toen ik eruit kwam was ik vooral verbaasd. De wereld zag er totaal anders uit. Nu moeten we het zien te redden met wat er nog is.'

'Je spreekt erg goed Engels.'

Jerome knikte. 'Ik heb familie in Engeland. Als tiener heb ik een jaar bij hen gewoond. Oké, we moeten weer stoppen.'

Dat had hij niet hoeven zeggen, want de weg voor haar lag vol bomen. Opnieuw sprongen de mannen uit de auto en begonnen te hakken en te zagen. Een paar van hen namen afscheid en liepen de heuvels in, op weg naar hun huis. Iedereen was vol goede moed, ook al wisten ze niet wat ze thuis zouden aantreffen. Cass hoopte maar dat geen van hun huizen door de orkaan was verwoest.

7

Nadat ze iedereen had afgezet, duurde het even voordat Cass de pick-up had gekeerd om terug te rijden naar Bastians huis. Ze besefte ineens weer hoe bergachtig Dominica was. Tijdens haar eerste bezoek met haar vader waren de wegen al slecht geweest, maar dat was alleen maar erger geworden. Ook zonder alle rommel door de orkaan waren de steile, bochtige wegen moeilijk begaanbaar. Halverwege de route was zelfs een deel van de weg weggezakt, waardoor ze over een akelig smalle richel moest rijden om verder te kunnen. En dat met haar hoogtevrees. Toen de weg weer breder werd had ze kramp in haar vingers, zo stevig had ze het stuur vastgeklemd.

Terwijl ze het huis binnen liep zette ze een glimlach op voor Bastian, maar haar knieën knikten nog van de rit.

'Dat moet een hele klus zijn geweest,' zei Bastian bewonderend. Hij was even stil. 'Ben je klaar voor een nieuwe rit? Deze keer moet je de andere kant op.'

Terwijl ze weer achter het stuur klom wenste Cass dat ze 'nee, dank je' had kunnen zeggen. Maar al snel merkte ze dat ze gewend raakte aan de wegen, de hellingen en het accent van de mensen om haar heen. Soms begreep ze al zoveel van wat er werd gezegd dat ze met meer dan alleen een glimlach of een knikje kon reageren.

Een paar uur later waren Cass en een jonge man genaamd Kai, die naast haar in de cabine zat, op weg naar huis. Hij vertelde dat de zon spoedig onder zou gaan, en ze waren het met elkaar eens dat ze liever niet in het donker wilden rijden.

Toen ze niet veel later een groepje mensen langs de kant van de weg zagen staan, stapte Kai uit om te vragen wat er aan de hand was.

'Een van de vrouwen is zwanger,' zei hij tegen Cass toen hij terugkwam bij de auto. 'Ze moet...' Hij maakte een snijdend gebaar over zijn buik. 'Ze moet naar het ziekenhuis.'

'In Roseau?' vroeg Cass.

Hij knikte. 'De andere kant op.'

'Maar de wegen...'

'Zijn onbegaanbaar. We brengen ze zo ver mogelijk die kant op, dus het laatste stuk zullen ze moeten lopen.'

Het lukte Cass de pick-up te keren in de smalle ruimte die daarvoor beschikbaar was. De zwangere vrouw kwam naast Cass zitten, en haar man perste zich tussen zijn vrouw en het portier in.

Al lag er nu minder rommel op de weg dan die ochtend, toch leek het een eeuwigheid te duren voordat ze het punt bereikten dat ze niet verder konden rijden.

'Wat nu?' vroeg Cass aan Kai, die naar haar toe was gelopen nadat haar andere passagiers waren uitgestapt.

Hij haalde zijn schouders op. 'We lopen verder en dragen de moeder naar het ziekenhuis in Roseau. Wat moeten we anders?'

'Je hebt een brancard of zoiets nodig,' zei Cass. 'Zullen we kijken of er iets in de auto ligt wat je daarvoor kunt gebruiken?'

Achter in de pick-up vonden ze een zeildoek, dat ze met een stuk touw aan een paar dikke takken bonden.

'Maar stel nou dat het kind geboren wordt voordat jullie bij het ziekenhuis aankomen?' zei Cass tegen niemand in het bijzonder. De geluiden die de vrouw maakte wezen erop dat de baby niet meer lang op zich zou laten wachten.

'We hopen van niet,' zei een van de mannen die haar hadden geholpen.

'Moet ik niet met haar meegaan?' vroeg Cass, die het maar niets vond dat een vrouw met weeën kilometers ver moest worden vervoerd op een geïmproviseerde brancard.

De man van de vrouw glimlachte. 'Jij bent nodig als chauffeur. Ga terug naar Bastians huis; daar kunnen ze de pick-up goed gebruiken.'

Toen Cass even later in haar eentje terugreed naar Bastians huis, wenste ze dat ze meer had kunnen doen om de arme vrouw te helpen. Het kon wel dagen duren voordat ze in Roseau aankwamen, zelfs al namen ze een kortere weg over de bergpaden. Ze had het gevoel dat de vrouw beter thuis had kunnen bevallen. Maar goed, daar ging zij niet over, en de groep die haar begeleidde leek zeker van zijn zaak.

Tot haar opluchting was er niemand in het huis toen ze terugkeerde. Ze had even tijd voor zichzelf nodig, en een kop thee. Daarna zou ze zich beter voelen. Hopelijk werd ze niet nog een keer op pad gestuurd, want dan zou ze in het donker moeten terugrijden.

Ze stond net thee te zetten (gelukkig had Bastian een grote hoeveelheid theezakjes) toen er op de deur werd geklopt. Tot nu toe was iedereen altijd zonder kloppen binnen gelopen, roepend om Bastian. Ze liep naar de deur en deed open.

Er stond een grote witte man op de stoep. Hij was ongeveer van dezelfde leeftijd als Ranulph en Bastian – midden dertig – en droeg een linnen overhemd en een linnen broek. In zijn hand had hij een fedora. 'Hallo,' groette hij vriendelijk. 'Ik ben Austin Gilmour. Sorry dat ik onaangekondigd langskom.'

Hij had een Amerikaans accent en een tandpastaglimlach.

'Woont Bastian hier? Zo te zien is hij een hoge pief op Dominica.'

Cass was verbaasd. Ze had veel over Bastian kunnen zeggen, maar niet dat hij een 'hoge pief' was. 'Ja, hij woont hier.'

'Goddank. Ik kom net van Marie-Galante en...'

'Heb je misschien hulpgoederen bij je? Blikjes tonijn zijn op het moment heel gewild. Dat hoeft niet eerst gekookt te worden. Niet iedereen heeft brandstof.'

Haar suggestie leek Austin Gilmour te verbazen. 'Nee, ik had haast. Ik had geen tijd om boodschappen te doen.' Hij glimlachte weer. Cass had de indruk dat hij veel had geïnvesteerd in die glimlach en dat hij waar voor zijn geld wilde.

'O, nou, dan hoop ik dat je arts bent. Ik heb een professionele verbanddoos meegenomen, maar van de helft van de spullen weet ik niet wat ik ermee moet. Als ik die aan jou kan doorgeven...'

'Ik ben helaas geen arts. Wel doctor, maar in de antropologie en archeologie.'

Cass knikte. Waarom had hij niet iets gestudeerd waar ze wat aan hadden? 'Wil je misschien een kop thee?'

Het voelde raar om dit te vragen: alsof dit een pastorie in Engeland was en zij de dochter van de dominee. Wat ze eigenlijk wilde weten was waarom het hem, als antropoloog, of archeoloog, een goed idee leek om Bastian vlak na een orkaan te bezoeken. Maar ze hield zich in, niet in de laatste plaats omdat ze liever niet met haar eigen redenen voor haar verblijf op het eiland te koop liep. Ze wilde dat Bastian of Ranulph thuiskwam.

Terwijl ze water kookte op het gasstel, realiseerde ze zich dat ze Ranulph al een tijdje niet had gezien. Natuurlijk waren daar honderden redenen voor, maar ze merkte dat ze naar hem verlangde. Zou dat komen door haar verliefdheid, waar ze zo snel mogelijk overheen moest zien te komen, of omdat ze in deze vreemde omgeving behoefte had aan een vertrouwd iemand? Ze had geen idee.

Ze had net een mok omgespoeld – hopelijk was er voldoende water beschikbaar – toen ze ontdekte dat haar gast niet meer in de keuken was. Hij was naar de grote woonkamer gelopen, die volgestouwd stond met dozen proviand, kooktoestelletjes, kratten met fruit en groenten, water in flessen en blikjes kattenvoer. Maar Austin Gilmour negeerde de hulpgoederen en bekeek de boekenplanken erachter.

'Hier is de thee,' zei ze. 'Ben je helemaal hiernaartoe gekomen om een boek te lenen?'

Austin Gilmour lachte. 'Dat is zeker jouw Engelse gevoel voor humor, hè?'

'Wil je er suiker in?'

'Is dat gecondenseerde melk?' Hij trok een vies gezicht.

Cass herinnerde zich dat ze er zelf ook aan had moeten wennen toen ze hier met haar vader was geweest, maar dat ze het lekker was gaan vinden. Zijn kieskeurigheid ergerde haar.

'Er is niets anders. Het smaakt prima als je eraan gewend bent.' Om de een of andere reden mocht ze haar gast niet. Ze wist niet waarom – hij was vriendelijk, knap en goedgekleed. Waaraan lag het dan dat ze hem niet mocht? Dat hij niets had meegebracht, had er zeker iets mee te maken.

Hij reikte over een stapel dozen heen naar een boek op een van de hogere boekenplanken.

'Misschien kun je beter even wachten tot Bastian thuis is voordat je zijn boeken gaat lezen.' Cass hield haar toon licht en haar uitdrukking vriendelijk. Als iemand zich zo in haar vaders werkkamer zou gedragen, zou hij dat heel vervelend vinden. Bastian zou daar wel eens net zo over kunnen denken.

Austin Gilmour lachte weer. 'O, ik weet zeker dat hij het niet erg vindt. Mijn vader was een goede vriend van zijn vader.'

Cass knikte. Als ze hem had gemogen, had ze waarschijnlijk gezegd dat haar eigen vader ook bevriend was geweest met Bastians vader. 'Maar jij hebt Bastian nog nooit ontmoet, of wel?'

Op dat moment kwam Friendly, de hond, binnen gedraafd en begroette Austin en Cass even uitbundig als elke willekeurige bezoeker. Bastian volgde al snel en leek allesbehalve verrast door de vreemde man in zijn woonkamer.

'Ik heb theegezet,' zei Cass. 'Ik breng die wel naar de veranda.'

Cass pakte het dienblad en verliet de kamer. Austin Gilmour gaf haar een ongemakkelijk gevoel en belangrijker nog, ze wilde kijken waar Ranulph uithing.

Ze trof Ranulph aan op de parkeerplaats naast het huis, die was veranderd in een bouwplaats. Er lagen stapels takken, en van een grote boom waren de takken afgezaagd om ruimte vrij te maken. Hij droeg een gereedschapsriem en zag er behalve doelgericht en betrokken ook heel aantrekkelijk uit.

'Wat ben je aan het doen?' vroeg Cass.

'We zijn daken aan het repareren en maken de huizen veilig.'

'Kan ik ergens mee helpen? Ik wil me graag nuttig maken.'

'Eerlijk gezegd loop je alleen maar in de weg als je geen goede klusser bent.' Ranulph leek haast te hebben en vond het kennelijk belangrijk eerlijk tegen haar te zijn.

'Oké!' reageerde Cass luchtig om niet te laten merken dat ze zich gekwetst voelde. Ze wilde hem vertellen over de ritten die ze in Bastians pick-up had gemaakt, onder behoorlijk moeilijke omstandigheden, en dat ze het er goed van af had gebracht.

Ze liep terug het huis in en haalde een klein tekenblok en een paar potloden uit haar rugzak, die er nog net bij hadden gepast nadat ze de belangrijkste spullen had ingepakt. Ze vond een mooi plekje op de veranda en begon te tekenen.

Meteen ontspande ze. Terwijl ze zich concentreerde op de lijnen van de planten en de manier waarop het licht erop viel, verdwenen haar zorgen als sneeuw voor de zon.

Ze ging helemaal op in de wijze waarop een roze bloem uit de bladeren stak toen er iemand achter haar opdook. Ze schrok op.

'Laat maar weten wanneer je groter papier nodig hebt,' hoorde ze een diepe stem zeggen. 'Ik heb nog wel wat liggen.'

Cass keek gegeneerd op naar Bastian, die over haar schouder naar haar tekening keek. Achter de kleurige bloemen had ze een afgebroken tak getekend, en het fleurige optimisme van de bloem contrasteerde mooi met de ravage erachter.

'Ik ben gewoon een beetje mijn tijd aan het vullen.' Snel stopte ze alles terug in de rugzak. 'Je hebt de kaart nog niet nodig, of wel?'

Bastian schudde zijn hoofd. 'Bewaar hem maar goed voor mij. Het is een belangrijke kaart. Ik hoor trouwens net van Delphine dat ze Ranulph en jou de slaapkamer heeft gegeven.'

'Klopt. Dat is erg aardig van je, zeker nu je zo veel gasten hebt die je ergens moet onderbrengen.' Ze noemde Austin niet bij naam, maar hoopte dat Bastian iets zou zeggen wat zijn komst zou verklaren.

Bastian haalde zijn schouders op. '"Wie het eerst komt, wie het eerst maalt" zei mijn vader altijd. En als Howards dochter ben je altijd welkom.'

Eenvoudige woorden, maar ze betekenden veel voor Cass.

8

Toen Cass en Delphine later pompoen stonden te bereiden voor het avondeten, vroeg Cass: 'Maak je je zorgen over je familie?'

Delphine schudde haar hoofd. 'Ze hebben een goed dak boven hun hoofd, en we waren gewaarschuwd. Ze zijn vast veilig. Mijn broer woont vlakbij. Als het niet goed zou gaan, had ik het wel gehoord. Zodra de wegen begaanbaarder zijn, ga ik naar ze toe.' Even was ze stil. 'Kom, dan gaan we naar de zonsondergang kijken. Eens zien of we een glimp kunnen opvangen van "de druppel van smaragd" of "de groene flits", zoals ze het hier noemen.'

'Wat is dat?' vroeg Cass, die achter Delphine aan naar de veranda liep.

Daar had Austin het zich gemakkelijk gemaakt. Hij zat in een houten stoel die ontworpen was om te loungen. Op de armleuning stond een glas met een drankje; hij had de uitstraling van iemand die op vakantie was.

'Dat is het ogenblik waarop de zon ondergaat en het blauwe en violette licht door de atmosfeer worden verstrooid en het rode, oranje en gele licht worden geabsorbeerd. In de laatste paar seconden voordat de zon ondergaat is het groene licht het best zichtbaar,' zei hij tegen niemand in het bijzonder.

Delphine negeerde zijn wetenschappelijke beschrijving. 'Precies. Ik heb het wel eens gezien. Eén keer. Meestal heb ik geen tijd om ernaar te kijken. Het moment is ook zo snel voorbij.'

Maar hoe aandachtig Cass ook keek, ze zag alleen de zon in de zee zakken.

De duisternis viel en al snel werden ze omhuld door warme, zachte lucht, die gevuld was met het geluid van krekels, kikkers en andere ondefinieerbare dieren, allemaal klaar om hun nachtmuziek voort te brengen. Cass vroeg zich af hoe het ze tijdens de orkaan was vergaan.

'Mijn hemel,' zei ze even later toen ze omhoogkeek. 'Moet je die sterren zien!' Ze tuurde naar de sterren die boven haar verschenen, eerst een voor een en daarna in groepjes. 'Wat zijn ze helder! Wat bijzonder!'

'Ze zijn mooi,' zei Delphine, die weer tevoorschijn kwam met een paar schalen. Ze was er duidelijk aan gewend dat de nachthemel bezaaid was met diamanten.

'Ik zou er een foto voor mijn vader van moeten maken,' zei Cass. Maar omdat ze betwijfelde of dat goed zou uitpakken, haalde ze de camera niet op.

De twee vrouwen liepen de keuken weer in. 'Ik wist niet dat die je-weet-wel bleef overnachten,' zei Delphine, en Cass begreep meteen over wie ze het had. 'Bastian is veel te aardig. Hij neemt iedereen in huis! Het is prima als ze onderdak nodig hebben, maar meneer commandeert me rond en behandelt me alsof ik een bediende ben.' Ze lachte. 'Nou ja, dat ben ik ook, alleen niet zíjn bediende!'

Kort daarna kwam Bastian binnen, op de voet gevolgd door Ranulph en een paar andere mannen. Ranulph liep meteen naar Cass toe en gaf haar met één arm om haar heen een knuffel. 'Hoe gaat het met je?'

Toen Cass zijn warmte voelde, maakte haar hart een sprongetje. Ze hadden nauwelijks lichamelijk contact gehad – verder dan een kus op de wang was het niet gegaan – maar deze knuffel was zeer welkom.

'Prima. Ik ben druk bezig. En ik loop Delphine in de weg.'

'Helemaal niet!' zei Delphine. 'Je bent heel nuttig. Je kunt snijden en schillen. Kom, dan brengen we het eten naar buiten. De mensen hebben honger!'

'Dat heb ik zeker,' zei Ranulph. 'Ik zal even wat modder van me af wassen.'

Cass was blij dat ze Delphine bij de anderen aan tafel zag zitten, al was ze wel degene die steeds opstond om hot sauce, water of in plakjes gesneden bananen te halen.

'Wat is dit heerlijk,' zei Ranulph. 'Na een orkaan had ik geen vers bereid eten verwacht.'

'We hadden een voorraadje aangelegd,' legde Delphine uit. 'We maken wel vaker een orkaan mee.'

'Ik wist niet dat kidneybonen zo lekker konden zijn,' ging Ranulph door. Toen hoestte hij en nam snel een slok water. 'De saus is wel pittig, hè?'

'Eenvoudige boerenkost,' zei Austin. 'Voedzaam, maar niet bepaald voor fijnproevers.'

Hoewel Cass niet goed wist of zijn opmerking beledigend was, merkte ze dat ze er toch aanstoot aan nam.

'Wat is het plan voor morgen?' vroeg Ranulph.

'Ik kan niet wachten om die rotstekening te gaan zoeken,' zei Austin. 'Persoonlijk geloof ik niet dat er een is, maar ik voel me verplicht ernaar op zoek te gaan.'

Cass stond paf. Blijkbaar was Austin hier op dezelfde missie als Ranulph en zij.

Bastian leek er niet door verrast. Ze hadden het er vast over gehad toen Cass in de keuken was. 'Mijn vader was ervan overtuigd,' zei Bastian. 'Dus die tekening is er.'

'Er is net een orkaan geweest,' zei Cass tegen Austin. 'Midden in een noodsituatie wil je toch niet bezig zijn met...' Ze liet een korte stilte vallen en probeerde zich te herinneren hoe hij zichzelf had omschreven. '... antropologie en archeologie?'

'Ik was toch al op weg hierheen,' zei Austin. 'Ik besloot me niet te laten tegenhouden door een orkaan.'

Er viel een ongemakkelijke stilte.

'Neem nog wat bakbanaan,' zei Delphine, die Cass een schaal

voorhield. Ze schepte op, blij dat Austin niet aan haar had gevraagd waarom zij op Dominica was.

'Ik heb het de komende dagen heel druk, Austin,' zei Bastian. 'Met mensen helpen op het eiland. Ik kan je niet helpen met zoeken.'

'Ik heb begrepen dat er een kaart is,' zei Austin. 'Heb jij die misschien?'

'Nee,' zei Bastian resoluut. En op dat moment was dat niet gelogen, besefte Cass.

'Ik durf te wedden dat je niet half weet wat er allemaal in je studeerkamer ligt,' zei Austin. 'Als we allebei gaan zoeken, vinden we die kaart wel.'

'Ik zei toch dat ik het druk heb,' reageerde Bastian beleefd maar streng.

'Het is ook belangrijk voor jou,' drong Austin aan. 'Als de rotstekening er is, wordt je vaders werk gevalideerd. Mijn boek is gebaseerd op de theorie dat de Kalinago in die tijd niet op Dominica waren. Ik ben ervan overtuigd dat ze pas veel later zijn gekomen. We moeten het hoe dan ook weten. Als hier echt een rotstekening is, is dat bewijs dat ze hier toen al waren.'

'Dit is er niet de juiste tijd voor,' zei Bastian.

'Mag ik dan op zijn minst de kaart zoeken?' vroeg Austin met klem.

'Je hoort toch wat hij zei,' zei Delphine streng.

'Ik hoor het liever van hemzelf,' merkte Austin op.

Ineens begon Cass te hoesten. Tegen de tijd dat iedereen ophield met haar op haar rug kloppen en water aanbieden, leek het onderwerp vergeten.

'Gaat het?' vroeg Ranulph bezorgd.

'Ja hoor. Die hot sauce is alleen veel pikanter dan ik had verwacht.'

Daarna werd er niets meer over de kaart gezegd. Cass en Ranulph trokken zich terug in hun kamer.

'Het is een lange dag geweest,' zei Ranulph. 'Het lijkt een mensenleven geleden dat we uit Glasgow vertrokken.'

'Twee mensenlevens, en van een andere planeet,' zei Cass. 'En ondanks de verwoesting is het nog steeds het prachtige eiland dat ik me herinner van toen ik twaalf was.'

'Je snapt zeker wel waarom ik terug wilde gaan. Ik ben zo blij dat je het begrijpt. Dat geldt niet voor iedereen. Dominica is heel anders dan de andere Caribische eilanden, zelfs als er niet net een orkaan overheen is getrokken.'

'Ik vond het geweldig om met de mensen hier samen te werken,' zei Cass, deels omdat ze wilde dat Ranulph wist wat ze had gedaan. 'Door mensen met Bastians pick-up zo dicht mogelijk bij hun huis af te zetten, had ik echt het gevoel dat ik hielp.'

'Natuurlijk heb je dat gedaan! En ik ben onder de indruk. De wegen zijn niet altijd even begaanbaar.'

'Ik heb ooit een cursus offroadrijden gedaan, en natuurlijk heb ik leren rijden in mijn vaders oude auto.' Ze liet een korte stilte vallen, want voor haar gevoel had ze nu wel genoeg opgeschept. 'En wat heb jij allemaal gedaan?'

'Voornamelijk platen *galvanise*, zoals ze die noemen, op huizen gelegd. Op een bepaalde manier was dat leuk om te doen, en de orkaan blijkt ook niet zo krachtig te zijn geweest als we vreesden. Sommige gebieden zijn nauwelijks getroffen. Bij andere zal het lang duren voor ze zijn hersteld. Maar gelukkig zijn er tot nu toe geen doden gevallen.'

'Goed nieuws! Dan voel ik me niet zo schuldig dat ik hier ben.'

'Schuldig? Waarom zou je je schuldig voelen?'

Cass keek Ranulph aan. 'We zijn hierheen gekomen vanwege die rotstekening. We zijn geen haar beter dan Austin.'

Ranulph reageerde niet meteen. 'Zullen we de kaart eens bekijken? Zien of hij de reis heeft overleefd?'

Cass haalde hem uit haar kleine rugzak en schoof hem uit de beschermhoes. Ranulph richtte zijn hoofdlamp erop.

'Voor een kaart is hij wel heel onduidelijk,' zei hij. 'Was dat altijd al het geval?'

'Zo ongeveer,' antwoordde Cass.

'Ik dacht eerlijk gezegd dat hij duidelijker leesbaar zou zijn.'

'Bij daglicht ziet hij er natuurlijk beter uit, maar misschien kan ik hem overtrekken om de lijnen duidelijker aan te zetten.'

Ranulph en zij keken elkaar een ogenblik aan. 'Zou je dat kunnen doen zonder dat Austin het ziet of ontdekt?' vroeg hij. 'En weet je hoe dat moet?'

'Toen ik nog kabouter bij de padvinderij was, wilde onze leidster ons heel graag lowtech dingen te leren. Overtrekken op papier, dat omdraaien en op de achterkant krabbelen, dat soort dingen. Daar heb ik een insigne voor gekregen.'

Even keek Ranulph een beetje verbouwereerd. 'Wie had ooit gedacht dat je die vaardigheid nog eens in het echte leven nodig zou hebben?'

'Ja hè? Denk je dat je Austin het huis uit kunt lokken? Zat jij ook bij de padvinderij en heb je een insigne gekregen voor lokvaardigheden?'

Ranulph lachte. 'Ik ben journalist; mijn lokvaardigheden zijn eersteklas, ook al heb ik geen insigne.'

'Maar alle gekheid op een stokje – Austin lijkt niet te willen meehelpen met opruimen en herstellen, dus we moeten hem eropuit sturen voor een boodschap of iets dergelijks. Het ziet er niet naar uit dat Bastian hem buiten de deur zal zetten.'

'Ik zal kijken wat ik kan doen om Austin hier weg te krijgen,' zei Ranulph nadenkend.

Toen ze later allebei in hun eigen slaapzak lagen, herinnerde Cass zich dat ze aan het begin van hun reis – was het echt nog maar twee dagen geleden? – heel verlegen was geweest in Ranulphs gezelschap. Nu kletsten ze als goede vrienden. Met dit verschil dat hij haar hart sneller deed kloppen, iets wat bij andere vrienden nooit was gebeurd.

9

Verschillende dagen gingen voorbij, en iedereen deed wat hij of zij kon om te helpen. Ranulph en Cass hielpen met de herbouw van huizen, het herenigen van families en het rondbrengen van proviand. Austin logeerde nog steeds bij Bastian, waar hij murmelend rondkuierde en in boekenkasten tuurde. En wanneer Bastian binnenkwam, na lange dagen van mensen coördineren en zijn buren ondersteunen, vroeg Austin hem naar de kaart.

Als Cass Delphine niet hielp in de keuken, met maaltijden en soep voor mensen die geen campinggasstel hadden om op te koken, vroeg ze zich af waarom Bastian Austin geen klap verkocht of hem op zijn minst vroeg weg te gaan. Delphine was erg uitgesproken over Austin, en zij en Cass hadden in de keuken de grootste lol door stevig over hem te roddelen.

Langzaam maar zeker werd steeds duidelijker dat de orkaan op het laatste moment was afgebogen, weg van het eiland, waardoor de verwoesting enigszins binnen de perken was gebleven.

Cass maakte zich zorgen om de kaart. Nu de noodtoestand minder schrijnend was, werd het vinden van de rotstekening voor hen allemaal dringender.

Ze had er bij daglicht naar gekeken (in de slaapkamer, met een heleboel dozen tegen de deur geschoven, ook al wist ze dat dat nogal overdreven was), en de kaart moest absoluut worden overgetrokken om gelezen te kunnen worden. Helaas was Ranulph er nog steeds niet in geslaagd Austin het huis uit te lokken.

Uiteindelijk lukte het haar Bastian alleen te treffen door achter hem aan naar een bijgebouw te lopen. 'Ik heb je hulp nodig,' zei ze.

'Ik zal alles doen wat ik kan,' zei Bastian. Hij maakte Friendly's avondeten klaar, waarvan de bereiding onder andere bestond uit het koken van rijst en – verrassend voor Cass – kippenkarkassen.

'Ik moet de kaart overtrekken. Hij is onleesbaar. Heb je overtrekpapier of iets dergelijks?' Ze had in de keuken al gezocht naar bakpapier maar niets gevonden.

Bastian knikte. 'Ik maak vaak kaarten. Hoewel ik niet goed ben in tekenen, kan ik wel kaarten maken.'

Dat was goed nieuws. 'Als het me lukt hem over te trekken, kan ik hem daarna met inkt intekenen. Ik wil alleen niet dat Austin het weet. Ik vertrouw hem niet.'

Bastian deed gekookte rijst in een grote voerbak. 'Ik vertrouw hem ook niet; ik ben alleen bang dat ik de kaart niet voor hem verborgen kan houden. Maar als jij hem overtrekt en wij hem een kopie geven, dan nog weet ik zeker dat hij de rotstekening niet zal vinden. Mijn vader heeft hem niet gevonden, en hij had de kaart toen die net gemaakt was.'

'Mijn vader zei dat jouw vader hem niet gemaakt heeft.'

Bastian schudde zijn hoofd. 'Nee. Hij is gemaakt door een oude man die elke dag langs de rotstekening liep. Dat is nu vele jaren geleden, en het struikgewas is sindsdien flink gegroeid. Daarom is de kaart zo kostbaar. Hij kan niet opnieuw gemaakt worden, tenzij we de rotstekening vinden.'

Ineens werd Cass koppig. 'Ik wil nog steeds niet dat Austin weet dat ik hem heb,' zei ze. 'Want dan vraagt hij vast hoe ik eraan ben gekomen en waarom ik het geheim heb gehouden. Eerlijk gezegd weet ik niet waarom hij nog niet heeft gevraagd waarom Ranulph en ik op het eiland zijn.'

Bastian lachte. 'O, dat heeft hij wel gedaan. Je weet dat er door de orkaan een archeologische site is blootgelegd? Op het strand?'

'Ranulph zei er gisteravond iets over.'

'We hebben heel oud Delfts aardewerk gevonden, mogelijk van piraten, naast eeuwenoude voorwerpen van de Kalinago. Dat wijst erop dat ze hier samen hebben gewoond. Daar is nog niet eerder bewijs van gevonden. Natuurlijk waren die mensen hier later dan degenen die de rotstekening hebben gemaakt, dus dat heeft geen invloed op Austins premisse.' Hij was even stil. 'Ik heb tegen Austin gezegd dat Ranulph een archeoloog is die over de site heeft gehoord en hem komt onderzoeken.' Hij lachte. 'Gelukkig vroeg Austin niet hoe Ranulph dat ter ore is gekomen, afgesneden als we zijn van de buitenwereld, zonder internet of wat dan ook.'

'Jeetje!'

'Ranulph heeft natuurlijk wel archeologie gestudeerd en hier jaren geleden aan een project gewerkt,' ging Bastian verder, 'dus wat ik tegen Austin zei, is bijna waar.'

'Ik weet dat Ranulph archeologie heeft gestudeerd. Heeft hij de site gezien?'

'Ik heb hem erover verteld. Hij is uiteraard erg geïnteresseerd. Maar als je de kaart wilt overtrekken, neem ik Austin wel een paar uurtjes mee.' Even liet hij een stilte vallen. 'Hij wil natuurlijk niet dat die rotstekening bestaat. Dat past bij zijn redenering dat hier voor Columbus geen Kalinago waren. Hem komt het beter uit dat er geen tekening is.'

'Op wetenschappelijk gebied zijn jullie dus rivalen?'

Bastian knikte. 'En er staat prijzengeld op het spel. Als de rotstekening niet wordt gevonden, wint Austin met zijn werk waarschijnlijk de prijs, en niet ik met het mijne. Als die er wel is, komt het geld misschien wel deze kant op. En met dat geld kunnen we veel goeds doen.'

'Dan moeten we de tekening vinden!' zei Cass. Ze liet Bastian achter bij zijn rijst en kippenkarkassen. Friendly leek te gedijen op voer dat in Engeland als dodelijk voor honden werd beschouwd.

Dat Bastian paraat stond om te helpen was één, ontdekte Cass, maar er was nog zoveel te doen dat ze geen tijd had om de kaart over te trekken. Er kwam nog steeds proviand binnen vanaf andere eilanden, dat geordend en afgeleverd moest worden. Ze vond het heerlijk om in Bastians pick-up te rijden, en naarmate meer wegen op het eiland werden vrijgemaakt, wist ze steeds beter de weg te vinden. Ze leerde ook de lokale bevolking kennen, en hoewel ze hen niet altijd kon verstaan wanneer ze de eerste keer iets tegen haar zeiden, verstond ze hen de tweede keer wel. Ze voelde zich nu lid van het reddingsteam. Ook had ze geleerd hoe ze nuttig kon zijn in de keuken, zelfs als Delphine er niet was.

Ze zag Ranulph amper nog, en hoewel ze 's nachts een kamer deelden, vielen ze allebei uitgeput in bed en praatten ze niet echt met elkaar. Hij was betrokken bij de wederopbouw van huizen in de buurt. Als student bleek hij een baantje op een bouwplaats te hebben gehad. Cass voelde zich in zijn bijzijn nog steeds een beetje met de mond vol tanden staan en wilde zich dolgraag weer haar oude zelf voelen.

Een paar dagen nadat ze met Bastian had gepraat, werd het wat minder druk. Bastian en Austin waren niet thuis, en Cass had die ochtend veel proviand bij mensen afgeleverd, dus ze besloot de middag aan de kaart te besteden.

Ze had zich net geïnstalleerd in Bastians studeerkamer en alles op het bureau uitgespreid, inclusief overtrekpapier, toen Ranulph hijgend binnenkwam. 'Er is een aardverschuiving geweest. Er waren paar kinderen aan het spelen, en ineens verdween de grond onder hun voeten. Ik kom touw halen. Kun je een van de verbanddozen meenemen en meekomen?'

Cass haastte zich achter hem aan, amper in staat hem bij te houden. Hij stapte in een groene pick-up die ze nog niet eerder had gezien, en ze sprong naast hem op de bijrijdersstoel. 'Is het ver?' vroeg ze.

'Nee, gelukkig dichtbij. De grond gleed weg, waardoor één jongen al snel werd meegesleurd naar de bodem van het dal. Hij maakt veel lawaai, dus ik denk dat het redelijk goed met hem gaat. Jij moet hem oplappen. Ik moet de andere twee halen, die zitten nog boven op de helling maar kunnen elk moment omlaagstorten.'

'O god, Ranulph. Gaat je dat lukken?'

'Ik hoop het,' antwoordde Ranulph. 'Ik heb aan bergbeklimmen gedaan en ben thuis een paar keer met de reddingsbrigade in de bergen op pad geweest. Alleen op oefening, maar alles helpt.'

Ze kwamen aan bij de aardverschuiving, waar een kleine menigte angstige volwassenen stond te wachten. Hoewel de helling tot Cass' grote opluchting niet bijzonder hoog was, realiseerde ze zich dat er een enorm gewicht aan aarde wachtte om nog verder omlaag te storten.

'Ik kan eerste hulp verlenen!' zei ze opgewekt tegen de volwassenen, alsof ze met een goed aangebrachte pleister het probleem kon verhelpen.

De jongen, die rond de vijftien leek, was bij de volwassenen en had een snee in zijn been, maar die leek niet ernstig. Nu hij de kans had gehad om een beetje bij te komen van zijn val, reageerde hij rustig toen ze zakjes zoutoplossing opende en de wond schoonmaakte, waarna ze een paar steristrips aanbracht.

Terwijl ze zich daarop concentreerde, was ze zich ervan bewust dat Ranulph achter haar voorzichtig op de rand van de aardverschuiving klom, waar de andere jongens op hun hurken zaten. Ze begreep van de mensen om haar heen dat hij die route wel móést nemen, omdat het uren zou kosten om de jongens via de achterkant van de aardverschuiving te benaderen en er misschien niet veel tijd was voor er nog meer modder en rotsen naar beneden zouden komen.

Hoewel ze het volste vertrouwen had in Ranulph, was ze blij dat ze een excuus had om niet te hoeven toekijken hoe hij een muur van aarde beklom die elk moment kon instorten.

Zelfs nadat ze vreugdekreten had gehoord, waaruit bleek dat Ranulph boven was aangekomen, ging ze door met kletsen en grapjes maken met haar patiënt.

Maar uiteindelijk kon ze niet anders dan zich omdraaien en kijken. Iemand had korte houten palen gevonden, die Ranulph in de aarde had geslagen en waar hij touw omheen had gewonden zodat hij bij de twee tieners kon komen. Hij was duidelijk bedreven in bergbeklimmen, want hij maakte de oversteek vrij rap en haalde één jongen over naar hem toe te komen. Met zijn handen om het touw geklemd kon de tiener oversteken en zichzelf in veiligheid brengen. De tweede jongen, bemoedigd nu hij zag dat zijn vriend veilig was, maakte dezelfde tocht. Maar toen Ranulph op de terugweg was, raakte een van de palen los uit de grond en stortte hij omlaag.

Cass onderdrukte een gil. Beide jongens waren veilig, ze klampten zich vast aan een paar boomwortels, maar Ranulph was onder aan de steile helling terechtgekomen. Ze besefte dat de losse grond elk moment boven op hem kon vallen en hem dan zou bedelven.

Ze sloot haar ogen. De menigte om haar heen hapte naar adem en slaakte kreten van afgrijzen.

'Leeft hij nog?' vroeg ze aan niemand in het bijzonder.

Iemand legde een hand op haar arm. 'Ja. Hij is gewond, hij bloedt, maar hij leeft nog. Misschien kun je een van die chique pleisters op zijn been plakken.' Cass keek op en zag de moeder van de jongen die ze had opgelapt. Hoewel de vrouw bezorgd keek, leek ze niet geschokt.

Toen kwam er een man naar haar toe. 'Schiet op! Neem je verbanddoos mee. We hebben hem uit de gevarenzone gehaald, maar hij bloedt.'

Een paar minuten later stond Cass bij Ranulph, zonder te weten hoe ze daar terecht was gekomen.

Hij lag op een stuk plastic zeil. Eén blik op zijn been, en ze wist dat steristrips niet voldoende zouden zijn. Hij glimlachte zwakjes.

'Wat een gedoe. Ik heb mijn been opengehaald aan een stuk galvanise. Bij de aardverschuiving moet een bananenschuur meegesleurd zijn.' Hij wierp haar een bemoedigende blik toe, alsof zij degene was die steun nodig had. 'Maak de wond maar schoon en breng me dan terug naar het huis. Daar is wel iemand die me kan oplappen.'

Cass wist dat wat de lokale bevolking galvanise noemde golfplaten waren, die werden gebruikt om bijna alle gebouwen op het platteland van een dak te voorzien. Bij een snelle blik op Ranulphs been zag ze onderhuids vet en iets wat bot zou kunnen zijn. In gedachten maakte ze snel een lijstje van mensen die Ranulph zouden kunnen 'oplappen', en ze kwam tot de conclusie dat zij de enige was.

'Ik denk dat ik wat dat oplappen betreft voorlopig je beste keus ben,' zei ze met een blik op zijn been. 'We moeten je terug naar huis brengen. Ik kan dit hier niet schoonmaken.'

Ze verbond zijn been zo goed mogelijk en wendde zich toen tot de vele mensen om hen heen. 'Kunnen we hem naar Bastians huis brengen?'

Het duurde niet lang voor er een brancard was gemaakt en Ranulph erop was getild. Hij leek goedgeluimd, waar Cass heel blij om was. Ze kon een ernstige snijwond zo nodig wel behandelen, maar als die ging ontsteken, zou dat haar pet te boven gaan.

Ze laadden Ranulph achter in de pick-up waarmee Cass en hij waren gekomen, en Cass kroop achter het stuur.

Bij het huis had zich een welkomstcomité verzameld, dat lang voordat ze hun bestemming bereikten al te zien was. Delphine stond voor de groep om te helpen Ranulph uit te laden. 'Je hebt mijn neefje gered,' zei ze, verwijzend naar een van de jongens bij de aardverschuiving. Ze pakte een kant van de brancard en wuifde mensen weg. Ranulph was nu als een koning voor haar en zou het respect en de aandacht krijgen die hem toekwamen.

Terwijl Delphine Ranulph op de bank installeerde, vroeg Cass zich af of Delphine naast haar vele andere vaardigheden ook EHBO-vaardigheden zou blijken te hebben.

'Hij moet gehecht worden,' zei Cass tegen haar, met een handgebaar naar Ranulphs wond. 'Heb je dat ooit gedaan?' Ze wist dat het ijdele hoop was, maar ze wilde dat Ranulph gehecht werd door degene die dat het best kon.

'Iemand dichtnaaien?' Delphine keek haar geschrokken aan. 'Volgens mijn moeder kan ik amper een lapje op een broek naaien.'

'Oké!' zei Cass, resoluut optimistisch – aan de buitenkant, in elk geval. 'Dan doe ik het wel. Eerst moeten we de wond schoon zien te krijgen.'

Ook al kon Delphine geen wonden hechten, ze kwam opmerkelijk snel op de proppen met afgekoeld gekookt water en schoon beddengoed, dat Cass in repen kon scheuren en als windsels kon gebruiken.

'Dit kan behoorlijk pijn doen,' zei ze tegen Ranulph. 'Sorry.'

'Dat geeft niet. Doe wat je moet doen. Ik moet gewoon even de tanden op elkaar zetten.'

Ze wisselden een korte glimlach; zijn poging tot humor gaf haar moed.

'Ik ga mijn handen wassen,' zei ze. 'Ik ben zo snel mogelijk terug.'

Ze zou pas teruggaan naar Ranulph wanneer ze ervan overtuigd was dat haar handen zo schoon waren als ze maar konden zijn. Terwijl ze ze schrobde en schrobde, wist ze dat ze het niet moest uitstellen.

Toen ze weer naar Ranulph en Delphine ging, ontdekte ze dat Delphine alles wat ze nodig zouden kunnen hebben uit de verbanddoos had gehaald en op een bijzettafeltje had gelegd.

'Er is naald en draad voor de hechtingen,' zei ze zachtjes tegen Cass. 'Ik zie alleen niets voor een plaatselijke verdoving.'

'Dan kun je het maar beter snel doen, Cass,' zei Ranulph, die Delphine blijkbaar prima had verstaan. 'Anders gaat het echt pijn doen.'

'Ik haal de rum,' zei Delphine.

Cass trok de handschoenen aan die Delphine had klaargelegd. Toen ze de wond zo goed mogelijk had schoongemaakt, pakte ze de naald. 'Misschien even aan iets anders denken,' zei ze.

'Ik red me wel,' zei Ranulph. 'Ik ben al eerder gehecht, en de plaatselijke verdoving deed meer pijn dan het hechten zelf. En ja, ik weet dat rum geen goed idee is.'

Cass wierp hem even een glimlach toe en ging aan de slag.

Het leek uren te duren. Cass zweette en veegde af en toe met haar arm haar voorhoofd af. Ze wist wanneer ze Ranulph meer pijn deed door hoe hij naar adem hapte en zijn keel schraapte. Uiteindelijk had ze het gevoel dat ze kon stoppen.

'Volgens mij is het klaar,' zei ze.

'Dank je,' zei Ranulph zacht.

Heel even was het alsof ze alleen waren. De uitdrukking in zijn ogen zei zoveel meer dan zijn simpele woorden. En Cass' stille reactie was opluchting, al wilde ze het liefst in tranen uitbarsten.

'Ik weet niet of dat wel goed blijft zitten,' zei ze bruusk, met haar blik op het rijtje hechtingen gericht. 'De wond kan geïnfecteerd raken. Misschien heb ik hem niet goed genoeg schoongemaakt. Ik denk dat je zo snel mogelijk naar het ziekenhuis moet, al weet ik dat dat waarschijnlijk niet erg snel zal kunnen zijn.'

'Misschien moeten we je antibiotica geven?' stelde Bastian voor, die was verschenen terwijl Cass volledig op Ranulphs been was geconcentreerd. 'Zo te zien heb je het prima gedaan, Cass.'

Ze was ontzettend moe. Toen ze opstond, was ze stijf omdat ze zo lang in dezelfde houding had gezeten. 'Kan iemand...'

Ze wankelde, en Delphine ving haar op. 'Ga jij je maar even opfrissen, lieverd. Ik zorg verder wel voor Ranulph.'

Plotseling moest ze erg nodig naar de wc, en toen ze daar toch was, waste ze haar gezicht. Daarna liep ze naar de veranda, ging op het trapje zitten en keek naar de zee. Die was heel rustig – het was moeilijk voor te stellen dat het een week eerder nog zo anders was geweest. De zee zag er goedaardig en kalm uit, alsof ze nooit met een orkaan te maken had gekregen.

Maar hoe sereen het uitzicht ook was, Cass trilde over haar hele lijf. Het kwam door de shock; ze had iets moeilijks en belangrijks moeten doen wat ze nog niet eerder had gedaan. Friendly kwam naast haar zitten. Dankbaar sloeg ze haar armen om de hond heen. Hij was warm en harig en stond niet met een oordeel klaar.

Niet dat iemand een oordeel velde over Cass' inspanningen, dat wist ze wel. Maar zij deed dat wel over zichzelf. Stel nou dat ze iets verkeerd had gedaan, waardoor Ranulph ziek zou worden? Stel dat ze de wond niet goed genoeg had schoongemaakt? Stel dat hij ontstoken raakte?

Bastian kwam naast haar zitten en reikte haar een glas aan. 'Op Martinique noemen ze dit een *pet't punch*. Het is rum, suiker en limoensap. We zouden er ijs in kunnen doen, als we dat hadden, maar zonder smaakt het beter.'

Ze nam een slok. Het was zoals hij het had beschreven, heel sterk en heel zoet. Het voelde fijn zoals het omlaaggleed.

'Bijna zonsondergang,' zei Bastian.

'Ik ben er nog niet aan gewend dat de zon om zeven uur gewoon uit de lucht valt,' reageerde Cass. 'Thuis hebben we de schemering en eindigt de dag langzaam, vooral in de zomer.' Ze lachte even. 'Maar ik denk dat ik de schemering wel zou willen inruilen voor de sterren.'

'Het komt goed met Ranulph, dat weet ik zeker. Je hebt hem prima gehecht.'

'Vind je? Ik had het nog niet eerder gedaan. Verder dan steristrips plakken ben ik nooit gekomen.' Weer lachte ze. 'En dat was vlak voordat ik Ranulph moest hechten.'

Bastian lachte ook. 'Je bent een goed mens,' zei hij. 'Dat zegt Delphine, dus dan moet het waar zijn.'

'Heeft ze dat gezegd? Ik voel me geroerd.'

'Ze zorgt ook voor Ranulph. De jongen die hij heeft gered, is een neef van haar. Wist je dat?'

'Dat zei ze, ja.'

'Blijf hier maar zitten zolang als nodig is. Al denk ik dat Ranulph je graag wil zien.'

Meteen wilde ze opstaan. Bastian legde een hand op haar schouder, zodat ze bleef zitten. 'Over een poosje is snel genoeg.'

Zodra Bastian wegliep, dronk Cass de rest van haar drankje op en ging ze op zoek naar Ranulph.

'Heb ik wel dank je wel gezegd?' vroeg hij op het moment dat hij haar in het oog kreeg. Hij lag in hun slaapkamer op zijn bed.

'Ja. Heb ik wel sorry gezegd omdat ik je pijn heb gedaan?' Ze ging op haar bed eigen zitten.

'Je hebt me geen pijn gedaan. Tenminste, niet meer dan nodig. Het komt wel goed met me. Ik maak me meer zorgen om jou.'

Dat was een verrassing. 'Om mij? Hoezo?'

'Omdat het niet de bedoeling was dat je verpleegkundige werd toen we aan deze gekke reis begonnen. Je zou de foto's maken die we nodig hebben en dan zouden we terug naar huis gaan.'

'We wisten wel dat het niet zo simpel zou zijn. We wisten dat we hier ook mensen moesten helpen.'

'En dat heb je gedaan.'

'Dat hebben we allebei gedaan. En jij hebt Delphines neefje gered. Dat had ik niet gekund.'

'Als jij het had gedaan, denk ik niet dat ik je daarna had kunnen hechten!'

Nu lachte ze echt. 'Natuurlijk wel!' Ineens moest ze gapen en besefte ze weer hoe moe ze was.

'Je moet naar bed. Eet eerst even wat,' zei hij.

'Ik wilde zeggen dat je net als mijn moeder klinkt. Het is alleen heel raar om in deze omgeving aan haar te denken.'

'Volgens mij klonk ik een beetje zoals Eleanor. Bezorgd maar zakelijk.'

Cass stond op. 'Zo klonk je precies. Nu ga ik kijken of ik wat rijst en erwten kan vinden, en dan ga ik naar bed, ook al is het pas acht uur.'

10

Cass werd gewekt doordat er maanlicht op haar gezicht viel. Het duurde even voor ze zich herinnerde waar ze was en wat er allemaal was gebeurd, zo diep had ze geslapen. Nu was ze klaarwakker.

Ze stond op om naar de wc te gaan. Nu de maan aan de hemel stond, was het huis gevuld met licht. Toen ze langs Bastians studeerkamer liep, zag ze hoe licht het daar was en besefte ze dat dit het perfecte moment was om de kaart over te trekken, nu iedereen sliep.

Ze trok wat kleren aan, haalde de kaart uit zijn schuilplaats en ging naar Bastians studeerkamer. Alles behalve de kaart lag op het bureau op haar te wachten.

Nadat ze haar hoofdlamp aan had geknipt, plakte ze het overtrekpapier op de kaart, blij dat Bastian de juiste spullen had, inclusief pennen met een fijne punt.

Het was vreemd, besefte ze, om dit min of meer bij maanlicht te doen, maar ze vond het rustgevend. Ze was goed in zulke dingen, iets wat iedereen, ook zij, nogal eens vergat.

Iets deed haar opkijken. Het was Austin.

'Wat ben je aan het doen?' vroeg hij.

'Ik teken.' Ze kon er niet omdraaien.

'Wat teken je?'

'Waarom ben je nog op?' vroeg ze in een poging tijd te rekken, zodat ze een antwoord kon bedenken.

'Ik moest naar de wc en zag je zitten. En waarom lig jij niet in bed?'

'Omdat ik belachelijk vroeg ben gaan slapen,' antwoordde ze.

'Toen ik wakker werd en wist dat ik de slaap niet meer zou kunnen vatten, besloot ik de tijd te gebruiken om iets af te maken waar ik al eerder mee bezig ben geweest.' Dat klonk allemaal heel plausibel, en deels was het zelfs waar.

'Wat teken je?' Hij kwam de kamer binnen en bekeek haar werk.

'Ik ben de kaart aan het overtrekken,' zei ze, want ze kon niet slechts doen alsof ze ergens anders mee bezig was. 'De kaart waarop de plek is aangegeven waar je de rotstekening kunt vinden. Hij is erg kwetsbaar en op sommige plekken moeilijk te lezen.' Ze kon niet bedenken wat ze anders had kunnen zeggen dan de simpele waarheid.

Hij knikte. 'Nou, maak geen fouten.' Daarop verliet hij abrupt de kamer.

Cass staarde hem na. Natuurlijk was het raar dat ze midden in de nacht de kaart overtrok, maar toen hij wegliep, had hij net gedaan alsof hij degene was die haar had opgedragen om een klus te klaren.

Ze was niet van plan geweest fouten te maken, wist ze. Maar dat kon veranderen.

De volgende ochtend werd ze laat wakker, en haar eerste gedachte was kijken hoe het met Ranulph was. Hij lag niet in zijn bed, dus ze kleedde zich haastig aan en liep naar de tafel op de veranda waar iedereen leek te zitten.

'Hoe gaat het met je, Ranulph?' vroeg ze, nadat ze de rest van de aanwezigen rond de tafel een vluchtig hoofdknikje had gegeven. Ze ging naar hem toe en legde een hand op zijn been, dat op een stoel rustte. 'Hij voelt niet warm aan. Dat is goed.'

'Dat heeft iedereen al gecheckt,' zei Austin.

'Hij is mijn patiënt,' zei Cass. 'Ik wil het zelf voelen.'

'Het gaat goed met hem,' zei Delphine. 'Eet nu maar lekker.'

'Is het gisteravond gelukt met het overtekenen van de kaart, Cass?' vroeg Austin.

Ze knikte.

'Wanneer gaan we op zoek naar die rotstekening?' ging Austin verder.

'We moeten wachten tot Ranulph weer kan lopen,' zei Bastian. 'Het is een hele tocht.'

'Ranulph hoeft niet mee,' merkte Austin op.

Ranulph schraapte zijn keel, alsof hij iets wilde zeggen. Cass was hem voor. 'We hebben Ranulph nodig,' zei ze resoluut.

'Als jij het zegt,' reageerde Austin, die haar aankeek. 'Maar jou hebben we absoluut niet nodig. Je zou ons maar ophouden.'

Cass keek hem aandachtig aan. Austin mocht haar echt niet, en dat was prima, want zij mocht hem ook niet. 'Ik ben best fit,' zei ze. 'Ik hou jullie wel bij.'

'Ze is absoluut fitter dan ik,' zei Ranulph. 'Op dit moment.'

'Laat Bastian maar beslissen wanneer jullie gaan,' zei Delphine. 'Hij kent het eiland.'

Hoewel Bastian het weglachte, wist Cass dat Delphine gelijk had.

'Oké,' zei Bastian bedachtzaam. 'Laten we een dag of twee wachten om te zien hoe het met Ranulph gaat en dan een beslissing nemen. We kunnen altijd nog een van de jongens meenemen. Ik wil niet met te weinig mensen een hele berg afdalen, voor het geval er iets misgaat. We weten niet hoe de orkaan het landschap heeft aangetast.'

'O nee, er mag niemand van het eiland mee!' zei Austin. 'We moeten het geheimhouden.'

Cass was het met hem eens, maar alleen omdat ze vond dat Austin dan degene zou zijn voor wie het bestaan van de rotstekening geheim moest worden gehouden. Helaas was dat een gepasseerd station.

'Ik weet wie ik kan vertrouwen,' zei Bastian resoluut.

'Ik snap niet wat er zo geheim is aan een of ander oud ding waarvan niemand weet dat het er is,' reageerde Delphine berustend. Ze haalde haar schouders op en kwam overeind. 'Werken voor "de geschiedenisman" is apart...' Cass kon de aanhalingstekens in haar stem horen. '... maar ik vind het fijn.' Ze wierp Bastian de innige glimlach toe van een ouder die haar kind niet echt begreep en toch heel trots op hem was. 'Ik zal nog wat koffie zetten.'

'Ik vind dat we zo snel mogelijk naar die plek moeten gaan,' stelde Austin voor. 'Ik moet mijn boek afmaken. Zodra ik weet dat er geen rotstekening is – of in elk geval dat we niet kunnen bewijzen dat er een is – kan ik voor de prijs gaan.'

'Dat is lastig te bewijzen,' zei Bastian.

'Mijn vader is ervan overtuigd dat die rotstekening er is,' zei Cass in een opwelling, ook al wist ze dat ze haar link met de rotstekening vaag moest houden of eigenlijk zelfs moest doen alsof ze er niets mee te maken had.

'Hij kan wel willen dat er een is, maar heeft hij er ook bewijs voor?' vroeg Austin.

'Bastians vader en hij hebben een man ontmoet die de tekening elke dag zag,' antwoordde ze. 'Natuurlijk is dat er.'

Austin fronste zijn wenkbrauwen. 'Uit mijn onderzoek blijkt duidelijk dat de Kalinago pas na Columbus op Dominica aankwamen. En zelfs als ze er eerder waren, zouden ze nog geen rotstekeningen gemaakt hebben. Dat deden ze om geesten te eren die water naar de aarde sturen. Er is hier geen tekort aan water, dus het was niet nodig om die geesten te eren.'

'Delen van het eiland zijn niet zo gezegend wat water betreft,' zei Bastian. 'Ik stel voor dat we zo snel als praktisch is gaan kijken.'

'Over een paar dagen kan ik wel weer lopen,' zei Ranulph.

Cass ademde scherp in. Ze wilde niet dat hij de door haar aangebrachte hechtingen zou belasten voordat hij er helemaal klaar voor was.

Bastian schudde zijn hoofd. 'Door de orkaan is misschien wel alles veranderd, maar het dal waar we gaan zoeken, is erg steil. Zelfs met een niet zo ernstige wond aan je been ga je dat niet redden.'

'Ik heb Cass' vader beloofd…' ging Ranulph verder.

'Ik red me wel zonder jou,' zei Cass snel, want ze vond het akelig dat mensen dachten dat er voor haar gezorgd moest worden. 'Ik ga niet in mijn eentje. Bastian is erbij.'

'En mijn vriend Toussaint,' zei Bastian.

'Moet die echt mee?' vroeg Austin.

'Ja,' antwoordde Bastian met klem. 'Hij kent het gebied net zo goed als ik.'

'Oké, mensen,' zei Delphine, 'als jullie genoeg gegeten hebben, heb ik nog andere dingen te doen.'

Cass stond op om te helpen met het afruimen van de tafel. Ze wilde Delphines mening over de rotstekening horen.

'Zolang we afgesneden zijn van de buitenwereld heeft het geen zin om te gaan,' zei Delphine nadat Cass haar ernaar had gevraagd. 'Maar ze zeggen dat de wegen worden vrijgemaakt en dat we binnenkort Roseau kunnen bereiken. Daar hebben ze als eerste weer internet.'

'Je denkt niet Ranulph mee kan?'

Delphine haalde haar schouders op en tilde een steelpan uit het afwaswater. 'Dan komt er misschien spanning te staan op de hechtingen die je zo zorgvuldig hebt aangebracht.'

Cass huiverde bij de herinnering hoe moeilijk het voor haar en hoe pijnlijk het voor Ranulph was geweest, ook al had hij nauwelijks een kik gegeven. Het was beter dat hij hier bleef. 'Hoe weet je dat van de wegen?'

Weer haalde Delphine haar schouders op. 'Mensen lopen, mensen praten, nieuws verspreidt zich.'

Cass vond het ergerlijk dat Austin steeds als een van de eersten op de hoogte bleek te zijn van de toestand van de wegen, vooral omdat ze wist dat Bastian er niet om zat te springen een lange tocht te maken nu er na de orkaan nog zoveel opgeruimd en hersteld moest worden.

'We moeten het nu doen, mannen!' zei Austin op een ochtend. 'We kunnen naar Roseau rijden, al zal dat tijd kosten. Daar hebben ze internet, of in elk geval binnenkort. Dan kunnen we contact leggen met de buitenwereld.'

'Heb je een auto, Austin?' vroeg Bastian. 'Ik wil mijn pick-up niet uitlenen voor een reis die meerdere dagen duurt, terwijl hier nog zoveel moet gebeuren.'

'Kom op, Bastian! Waar ben je bang voor? Dat we je dierbare rotstekening niet vinden?'

Bastian slaakte een zucht. 'Oké, we gaan op zoek naar de rotstekening. Maar je realiseert je toch wel dat het deel van het woud waar we gaan zoeken volledig verwoest kan zijn door de orkaan? Misschien ligt de plek bezaaid met omgewaaide bomen.' Hij haalde even adem. 'Maar goed, we gaan op zoek naar de rotstekening, en dan brengen we jou naar Roseau.'

Cass besefte dat ze zo gefocust was geweest op het overtrekken van de kaart dat ze niet aan de orkaan had gedacht. Wat ze gingen doen was hoogstwaarschijnlijk een vruchteloze onderneming. Maar Bastian wilde het proberen, en ze zag dat hij verscheurd werd door enerzijds de wens om van Austin af te zijn en anderzijds het feit dat hij zijn pick-up niet te lang onbeheerd wilde achterlaten tijdens hun voettocht.

'Bastian heeft niet graag een entourage,' zei Delphine de volgende ochtend peinzend toen ze de expeditieleden bekeek die op een rijtje stonden. 'Hij gaat liever in zijn eentje op pad, met een fles water, wat crackers en een blikje tonijn.'

Cass, die deel uitmaakte van die entourage, haalde haar schouders op. 'Ik ga foto's maken. Ik moet mee.'

'Dat is prima, lieverd. Bastian mag jou.'

'Echt? Hoe weet je dat? Hij is aardig tegen iedereen.'

'Dat zie ik gewoon. Ga nu maar. Het is te hopen dat het woud nog overeind staat.'

Cass klom in de pick-up. Toussaint, Bastians uitverkoren assistent, was er ook, net als drie andere jongemannen die een lift ergens naartoe kregen. Cass had het gevoel dat Bastians pick-up nooit ergens heen ging zonder volle laadbak. Zijn lading bestond uit mensen die naar plekken gingen waar ze nodig waren.

Nadat de passagiers waren afgezet, reed Bastian een stukje verder de weg af en parkeerde toen de pick-up. Cass stapte uit de laadbak, Bastian pakte de kaart, en ze bekeken hem samen, dat wil zeggen: de overgetrokken kaart, die veel steviger was dan het origineel.

'Is dit de kopie die je laatst hebt gemaakt?' vroeg Austin achterdochtig.

'Ja,' antwoordde Cass. 'Het origineel was bijna onleesbaar en viel bij de vouwen uit elkaar. Zoals je weet. Je hebt hem gezien.'

'Heb je geen fouten gemaakt bij het overtrekken?' vroeg Austin.

Cass keek hem recht in de ogen. 'Geen enkele,' antwoordde ze.

11

Tot ieders opluchting was het bosgebied waar ze naartoe waren gereden niet het toneel van verwoesting en gevelde bomen, zoals ze hadden gevreesd. Er lagen her en der natuurlijk geknakte bomen, maar de orkaan leek dit dal grotendeels te zijn gepasseerd.

De groep ging op weg, in colonne en in stilte. Het pad dat ze volgden was smal, en ze moesten over heel wat afgewaaide takken klauteren. Hoewel Toussaint regelmatig het pad moest vrijmaken met zijn kapmes, konden ze voortgang maken.

Enigszins tot Cass' opluchting maande Bastian de groep uiteindelijk te stoppen. Iedereen vond een plekje om te gaan zitten, water te drinken en bananen te eten.

Toussaint zei iets tegen Bastian, die knikte. 'Wij lopen een paar meter door om te controleren of we zijn waar we denken te zijn. Jullie tweeën blijven hier.'

Zo zaten Austin en Cass een poosje in ongemakkelijke stilte bij elkaar. Om de tijd te doden, haalde Cass haar vaders camera uit haar tas om te zien of ze nog wist hoe hij werkte.

'Kun je die camera wel dragen?' vroeg Austin. 'Hij ziet er nogal zwaar en ouderwets uit.'

'Hij is van mijn vader,' antwoordde Cass, die even vergat dat ze zich had voorgenomen Austin niets over haar vader te vertellen. Het toestel was inderdaad behoorlijk zwaar en ouderwets.

'O! Interessant!' zei Austin. Zonder om toestemming te vragen nam hij de camera van haar over. Hij bekeek hem een poosje aandachtig, tot hij aanstalten maakte om hem aan haar terug te geven, maar net toen Cass het toestel wilde aannemen, maakte hij een snelle polsbeweging en vloog de camera het kreupelhout in.

'Nee!' gilde Cass, die toekeek hoe hij van boom naar boom stuiterde. 'Mijn vaders camera!'

Ze draaide zich om naar Austin; ze kon amper geloven wat er net was gebeurd. Het duurde even voor hij reageerde. 'O, sorry! Ik snap niet wat er gebeurde. Ik zal wel even gaan zoeken.'

Sprakeloos keek Cass toe terwijl Austin opstond, wegliep en rondzocht in het groen onder hen op de heuvel. Ze was er absoluut zeker van dat het geen ongeluk was geweest dat haar vaders camera door het kreupelhout omlaag was gevallen.

Uiteindelijk kwam Austin terug. 'Het spijt me echt, Cass,' zei hij zacht, alsof hij een volwassene was die uitlegde dat een geliefde teddybeer was kwijtgeraakt. 'Ik kan hem niet meer vinden. Ik ben bang dat hij voorgoed is verdwenen. Maar maak je geen zorgen, zodra ik terug ben in de vs zal ik een claim bij mijn verzekering indienen. En zo waardevol was hij toch niet. Die oude Leica's kun je vrij makkelijk op de kop tikken.' Even was hij stil. 'Van het verzekeringsgeld kun je een veel betere kopen.'

Cass staarde hem aan. Ze was er zo van overtuigd dat hij haar camera opzettelijk had laten vallen dat ze hem die beschuldiging bijna voor de voeten wierp. Maar wat had het voor zin? De camera was weg. Plotseling raakte haar keel verstikt door tranen, en ze schraapte hem. 'Ik kan niet veel zeggen, hè?'

'Niet echt, nee.'

Voordat ze in huilen kon uitbarsten of hem kon vermoorden, kwamen Bastian en Toussaint terug.

'We zijn er vrij zeker van dat we de goede kant op gaan,' zei Bastian. 'Volgens de kaart zouden we de rotstekening moeten vinden op een plek een stukje verder de heuvel af, aan de overkant van een rivier. Helaas kunnen we geen rivier vinden.'

'Rivieren verleggen zich,' zei Toussaint. 'De kaart is lang geleden getekend.'

Plotseling werden beide mannen zich ervan bewust dat er iets was gebeurd.

'Alles in orde?' vroeg Bastian.

'Ik heb Cass' camera laten vallen,' zei Austin. 'Ik voel me er echt heel rot over.'

'De camera die je van je vader hebt gekregen?' vroeg Bastian.

Cass knikte.

Bastian wendde zich tot Austin. Hoewel hij niets zei, wist hij toch dreigend over te komen. Austin deed een stap achteruit. 'Ik heb ernaar gezocht en zal een claim indienen bij mijn verzekering...'

Toussaint haalde zijn schouders op. 'Als hij weg, is hij weg. Kom, dan gaan we.'

Cass volgde hen over het pad en probeerde Toussaints nuchtere houding over te nemen. Hoewel het verlies van de camera misschien een ramp voor haar en Howard was, konden ze de rotstekening nog steeds vinden. En Bastian en Toussaint hadden vast zelf een camera. Een van hen kon de foto van de rotstekening maken, als ze die vonden. Normaal gesproken had ze natuurlijk haar telefoon bij zich, maar omdat er na de orkaan geen bereik was, had ze die achtergelaten.

Ineens bleef ze staan. 'Eigenlijk ben ik best moe,' zei ze zo luid dat Bastian en Austin zich omdraaiden. 'Ik wacht hier wel, dan kunnen jullie naar de tekening gaan.' Ze zei het alsof ze ervan overtuigd was dat ze die zouden vinden. 'Ik kan er nu toch geen foto's van maken,' voegde ze er met een blik op Austin aan toe.

'Weet je het zeker? We zijn minstens een paar uur weg,' zei Bastian. 'Mogelijk langer. Dan ben je heel lang alleen.'

'Ik red me wel. Ik heb water en een snack. En als ik zin heb, kan ik een dutje doen.' Ze gaapte hartgrondig. 'Een siësta is misschien wel precies wat ik nodig hebt.'

Ook Austin toonde zich bezorgd, zij het oppervlakkig. Cass zag dat hij juist opgetogen was omdat ze niet meer bij de groep hoorde.

Zodra ze buiten gehoorsafstand waren (ze waren al heel wat eerder uit het zicht verdwenen), liep Cass verder het pad af tot ze bij een paar grote stenen aankwam. Hier kon ze het zich in elk geval gemakkelijk maken. En er was nog een reden waarom ze deze plek had gekozen. Ze was ervan overtuigd dat de rotstekening zich hier bevond.

Het probleem met de kaart was dat er weliswaar grote rotsen, rivieren en dalen op waren aangegeven, maar dat hij erg oud was. Hier, diep in het woud, was de geografie anders dan op de kaart. Er was bijvoorbeeld geen rivier, al wist ze dat er een zou moeten zijn en dat die, ooit tenminste, vrij breed was geweest.

Ze had natuurlijk de originele kaart niet bij zich en vertrouwde op haar geheugen. Maar tegen de tijd dat ze de tekening op het papier had overgebracht, had ze de lijnen verschillende keren overgetrokken, dus kende ze die redelijk goed.

Ze wierp een blik om zich heen en bekeek de stenen in haar buurt aandachtig. Verderop waren er nog meer. Aan de hand van de kaart waren de anderen vast naar rechts afgebogen – dat wist ze, omdat ze dat zo had getekend – maar op de originele kaart was de vindplaats dichter bij waar zij nu stond. Ze had Austin expres van de rotstekening weggeleid.

Ze keek om zich heen; nee, niets wat op een rotstekening leek. Gefrustreerd ging ze zitten, met haar rug tegen een steen, en ze sloot haar ogen. Na hun tocht door de vallei was ze echt moe, en misschien had ze de kaart verkeerd onthouden. In gedachten probeerde ze zich er een voorstelling van te maken. Ineens hoorde ze iets: het gesijpel van stromend water. Het was nauwelijks hoorbaar, maar het was er wel.

Ze opende haar ogen en kwam overeind. Wat jaren geleden een rivier was geweest, kon nu best een stroompje zijn geworden. Rotstekeningen bevonden zich altijd in de buurt van water. Blijkbaar hadden Bastian, Toussaint en Austin het niet gehoord, ook al waren ze vlak langs de plek gelopen.

Ze volgde het geluid van het water zo goed als ze kon en zocht steun bij takken terwijl ze snel het dal in liep. Nu zag ze de rotsen beter; ze waren vrij duidelijk herkenbaar. Of het de rotsen met de gekerfde gezichten waren, wist ze niet; zonder touw of ander hulpmiddel kon ze niet dichterbij komen.

Moe maar opgetogen doordat ze het water had gevonden dat er volgens de kaart moest zijn, ging ze met haar rug tegen een boom zitten. Daarna zocht ze in haar tas naar haar tekenspullen en viste die eruit. Ze had haar tekenblok en een paar zachte potloden in het geheime vakje gestopt dat Eleanor voor de kaart had gemaakt. Toen ze ze vanochtend daarin had gestopt, en niet in de grote tas, had ze zich afgevraagd of ze paranoïde was, maar nu Austin haar camera expres had kwijtgemaakt, vond ze dat het gerechtvaardigd was.

Al snel ging ze op in het tekenen van de rotsen, de bomen en het groen eromheen, waarbij ze zo veel mogelijk details aanbracht. Het was een prachtige plek, en nu zou ze er een souvenir van hebben. Zodra ze er zeker van was dat ze alle details zo nauwkeurig mogelijk had vastgelegd, sloot ze haar ogen.

Ze was misschien al even in slaap toen een briesje haar wang streelde. Op het moment dat ze haar ogen opende, kwam de zon achter een wolk vandaan en wierp een lichtstraal op de stenen voor haar. Eerst kon ze niet geloven wat ze zag, maar daar – misschien niet heel duidelijk, maar toch te onderscheiden – was een gezicht.

Cass' potlood vloog over het papier. Nu ze het had gezien, besefte ze dat de rotstekening, als het licht er niet onder de juiste hoek op viel, in het volle zicht verborgen was. Eeuwen van regen hadden de ondiepe kervingen uitgesleten, waardoor het gelaat bijna onzichtbaar was geworden. Ze had al gedacht dat het hier was, en nu ze het had opgemerkt, kon ze niet geloven dat ze het eerder over het hoofd had gezien. Onder het tekenen dacht ze aan de oude man die Bastians vader erover had verteld, die de rotstekening dagelijks had gezien en had geholpen met de kaart. Had hij geweten dat hij naar iets prehistorisch keek?

Toen ze eenmaal tevreden was met de tekening en er meerdere had gemaakt, vanuit verschillende perspectieven, wist ze dat ze de plek duidelijker moest markeren. Deze plek lag diep in het woud, en ernaar terugkomen zou niet makkelijk zijn.

Uiteindelijk reeg ze de veters van een van haar sneakers zo dat ze een reservestukje veter had. Dat sneed ze af met het kleine Zwitserse zakmes dat ze bij zich had, en ze bond het om een boompje.

Daarna liep ze terug naar de plek waar de anderen haar hadden achtergelaten, leunde met haar rug tegen een boom en sloot haar ogen. Maar ze kon een glimlach van geluk en voldoening niet tegenhouden. Er was inderdaad een rotstekening, en ze had de plek gemarkeerd. Bastians vader had gelijk gehad, en Bastians vertrouwen in hem was volledig gerechtvaardigd.

'Hebben jullie de tekening gevonden?' riep ze toen ze Bastian en de rest hoorde naderen, ook al wist ze het antwoord al.

'Nee,' zei Austin, 'omdat er geen is.' Hij leek tevreden. 'Wat heb je gedaan terwijl we weg waren?'

'O, geslapen. Ik wist wel dat ik in slaap zou vallen. Vanwege de jetlag, denk ik.'

Daar leek Austin genoegen mee te nemen. Iedereen zweeg, tot Bastian zei: 'Kom, dan gaan we naar huis.'

Cass volgde de groep de steile helling op. Hoewel ze enorm opgewonden was omdat ze de rotstekening had gevonden, vroeg ze zich ook af of haar schets zou tellen als bewijs dat de rotstekening echt bestond. Ze had de afbeelding ook gewoon bij elkaar kunnen fantaseren. Maar als zij de tekening had gezien, kon Bastian die ook zien. Ze moest alleen de plek terugvinden.

Toen kwam Toussaint, die even de andere kant op was gelopen, naar haar toe. 'Volgens mij is deze van jou,' zei hij, en hij overhandigde Cass haar vaders camera.

Ze stond paf. 'Hij lijkt niet eens kapot,' zei ze.

'Hij was aan een tak blijven haken. Mijn oog viel erop, dus ik ben teruggegaan,' zei Toussaint. 'Hij is zo goed als nieuw.'

Cass lachte. 'Hij is niet nieuw. Hij was niet eens nieuw toen mijn vader hem kreeg.'

Austin draaide zich om. 'Nou, ik ben echt blij dat hij gevonden is en niet beschadigd is. Dat bespaart mij een hoop geld. Maar waarom heeft je vader een oude camera?'

'Volgens mij is dit de camera die hij meenam toen hij als jongeman naar Dominica kwam,' zei Cass. 'Ik ben zo blij dat je hem gevonden hebt, Toussaint. Heel erg bedankt.'

Toussaint bromde even om haar blijk van dankbaarheid weg te wuiven, maar Cass zag dat hij blij was met haar bedankje.

'We moeten opschieten,' kwam Bastian tussenbeide. 'We willen hier niet zijn als het donker wordt.'

Austin knikte. 'En ik kan wel een rumpunch gebruiken. Kom, we gaan!'

Bij elke stap vroeg Cass zich af of ze een reden had moeten bedenken om terug te gaan, om de rotstekening te fotograferen nu ze de camera weer had. Hoewel het geen aanlokkelijke gedachte was om in haar eentje in het donker door het woud te lopen, meende ze niet dat hier iets was wat haar kwaad kon doen. Ze kon alleen wel een enkel breken of zo, en natuurlijk zou ze doodsbenauwd zijn. Haastig liep ze door. Het belangrijkste was dat ze de rotstekening had gevonden. Ze kon niet wachten om het Bastian te vertellen; hij zou nog opgetogener zijn dan zij was.

12

Ze waren op tijd weer op de veranda van Bastians huis om de zon in de zee te zien zakken, zij het zonder groene flits. Ranulph was er niet, zodat Cass niet kon kijken hoe het met hem ging, en dus ging ze naar haar kamer om zich op te frissen. Tegen de tijd dat ze weer naar buiten kwam, stond er een groep mensen op Bastian te wachten. Hij had amper tijd om snel wat water te drinken en een cracker met tonijn te eten voor hij weer weg was, met een volle pick-up met mensen.

Toen ze besefte dat ze hem haar nieuws over de rotstekening niet meteen kon vertellen, kon ze wel huilen. Ze realiseerde zich dat ze moe was. Had ze soms nog steeds last van de jetlag die ze eerder als excuus had gebruikt?

Austin zat al snel aan de rumpunch, klaargemaakt door Delphine. Ze drukte Cass een pet't punch in de hand, met een uitgeperste limoen en suiker.

Ranulph kwam hinkend aangelopen, steunend op een zelfgemaakte kruk, maar hij zag er goed uit.

'Hé!' groette hij de groep.

'Geen rotstekening,' zei Austin, die ergerlijk voldaan klonk.

'Het was wel interessant,' zei Cass.

'Echt?' vroeg Austin. 'Persoonlijk vond ik het saai om door de wildernis te ploeteren terwijl ik wist dat we niet zouden vinden wat we zochten.' Hij zette zijn lege glas neer. 'Waar is Delphine? Ik wil nog een rumpunch.'

'Je weet waar de rum staat, Austin,' zei Ranulph. 'Die is nog niet op.'

Mopperend stond Austin op om een nieuw drankje voor zichzelf te maken.

'Ik wil je wond controleren, Ranulph,' zei Cass. 'Onder vier ogen.'

Hij keek een beetje verbaasd. 'Prima. Kom, dan lopen we een stukje verder de veranda op. Daar zou het privé genoeg moeten zijn. Dan kunnen we doen alsof we naar de zee kijken. Of naar de sterren.'

Cass wist dat ze bloosde, maar hoopte dat Ranulph het in het schemerlicht niet zou zien. Bij de gedachte dat ze op een romantische manier met hem naar de sterren zou kijken, kreeg ze een knoop in haar maag. Ze kuchte om de emotie te verhullen die ze mogelijk had getoond.

'Ga zitten,' zei ze tegen hem zodra ze bij een bankje aankwamen. 'Leg je been erop, zodat ik kan controleren hoe het ermee is.' Ze hielp hem zijn been op te tillen. Toen legde ze haar hand erop om na te gaan of de wond warm was en keek naar zijn verband.

'En?' vroeg hij.

'Het ziet er goed uit.'

Ranulph maakte aanstalten zijn been weer neer te zetten, maar Cass hield hem tegen. Ze kon geen seconde meer wachten om hem het goede nieuws te vertellen.

'Ik heb de rotstekening gevonden! Ik had de kaart die ik aan Bastian en de rest heb gegeven een beetje verkeerd getekend, maar kon me het origineel nog vrij goed herinneren. Ik wist waar de rotstekening zou moeten zijn, hoewel ik de rivier die erlangs hoorde te stromen niet kon vinden.'

'Je hebt de kaart verkeerd getekend?' Ranulph klonk verrast.

Cass maakte een handgebaar. 'Je weet dat ik Austin niet vertrouw. Ik wilde niet dat hij de rotstekening vond. Ik was bang dat hij anders wel een manier zou vinden om te doen alsof de tekening niet authentiek is. Hoe dan ook, ik vond een plek om uit te rusten en hoorde water stromen. De rivier was in de loop der jaren veranderd in klein stroompje. Als door een wonder trok er een windvlaag door de boomtoppen en viel er zonlicht op de rotsen – en toen zag ik de tekening.'

'Mijn hemel! Cass!'

'In de buurt van de plek heb ik een stukje schoenveter om een boompje gebonden. Ik heb niets tegen de anderen gezegd, omdat ik het Bastian onder vier ogen wilde vertellen. En eerder had Austin mijn camera zo'n beetje het woud in geslingerd en gedaan alsof het een ongelukje was.'

'Je hebt dus geen foto van de rotstekening weten te maken?'

'Nee, maar ik heb haar wel getekend, dus hopelijk kan Bastian haar vrij makkelijk terugvinden.'

'Mag ik de tekening zien?'

'Natuurlijk.'

Ze gingen het huis en het licht weer in.

'Ik haal mijn schetsblok even,' zei Cass. 'Wacht hier in de bibliotheek. Geef je been wat rust.'

In een mum van tijd was ze terug met haar tekeningen, die Ranulph bekeek. 'Deze is geweldig, Cass! Ik wist niet dat je zo goed kon tekenen.'

'Dat weten ook niet veel mensen, om eerlijk te zijn,' zei ze. 'In mijn familie dwingt fotografie meer respect af, al heb ik daar volgens mijn vader ook een goed oog voor.'

Voordat Ranulph kon reageren, hoorden ze het geluid van de pick-up.

'Ik leg het blok weer in de slaapkamer,' zei Cass snel. 'Nu Bastian thuis is gaan we vast zo eten.'

'Geen haast. Laat hem eerst maar binnenkomen,' zei Ranulph. 'Ik ben echt onder de indruk, Cass. Je bent... zoveel meer dan ik had verwacht.'

Heel even keken ze elkaar in de ogen. Cass had altijd het gevoel gehad dat Ranulph met een vriendelijk soort tolerantie naar haar keek. Nu zag ze iets anders in zijn ogen, een uitdrukking die ze niet helemaal herkende.

Terwijl Cass en Delphine na het eten nog bezig waren de tafel af te ruimen, namen Austin, Bastian en Ranulph een drankje mee naar de veranda. Cass deed snel haar werk, zodat ze bij hen kon gaan zitten. Toen ze op de veranda aankwam, was Austin aan het woord.

'Ik begrijp dat je teleurgesteld bent dat je vader het mis had over de rotstekening, Bastian,' zei hij ogenschijnlijk medelevend. 'Maar hij zat er duidelijk naast. Als academici moeten we de feiten accepteren en er niet emotioneel over doen.'

Bastian slaakte een zucht. 'Is rum drinken en naar de sterren kijken emotioneel doen?' vroeg hij.

'Nee, maar je zult wel teleurgesteld zijn...'

Austin was duidelijk van plan Bastian te blijven provoceren tot hij wél emotioneel zou reageren. Cass, die dat niet wilde zien gebeuren, zei: 'Eh, Bastian, mag ik je even storen?'

'Heb je iets nodig, Cass?' vroeg hij.

Ze dacht snel na. 'We moeten het hebben over onze terugreis naar Groot-Brittannië...'

Bastian zuchtte. Hij klonk moe. 'Kan dat tot morgen wachten, Cass? Het is al laat, en niemand kan op korte termijn van het eiland af.'

Ontgoocheld ging ze naar bed.

's Ochtends probeerde ze het opnieuw; ze volgde Bastian naar het bijgebouw waar hij hondenvoer klaarmaakte. Vervelend genoeg snelde Austin achter haar aan om haar in te halen. Hij had waarschijnlijk door dat ze Bastian alleen wilde spreken.

'Sorry dat ik er weer over begin, maar onze reis naar huis...'

'Ranulph is nog niet genoeg hersteld om te vertrekken,' zei Bastian.

'Dat weet ik! Ik was alleen vreselijk misselijk op de boot...' Het was nou niet echt een probleem om aan te snijden terwijl Bastian kippenkarkassen stond te koken, maar iets beters kon ze niet bedenken.

‘O, ik ook!’ zei Austin. ‘Maar maak je geen zorgen, meisje, we nemen een vliegtuig. Er komt er vast snel een. Er zijn hier belangrijke mensen die van Dominica af willen.’

Met een ondoorgrondelijke uitdrukking op zijn gezicht keek Bastian van Cass naar Austin.

Precies op dat moment verscheen Ranulph. ‘O, Austin, daar ben je! Precies de man die ik nodig heb. Kun je even meekomen?’

Austin leek te willen blijven waar hij was.

‘Ik heb echt een archeoloog nodig,’ zei Ranulph.

Cass wist dat Ranulph archeoloog was – of dat hij in elk geval archeologie had gestudeerd – maar hoopte dat Austin zich dat feit niet zou herinneren, áls hij het al wist.

‘Het is lastig om iemand met de juiste ervaring te vinden. Dat jij hier nu bent, is echt een geluk bij een ongeluk,’ ging Ranulph verder.

Cass begon het grappige ervan in te zien. Na nog een paar complimenten wist Ranulph Austin uiteindelijk weg te lokken.

Bastian glimlachte. ‘Goed gedaan van Ranulph. Ik ben blij dat ik hem heb verteld over de archeologische site die de orkaan op het strand heeft blootgelegd. Dat Nederlandse piraten samenwerkten met de vroege inheemse bevolking is nog niet eerder vastgelegd. Dat is belangrijk.’

‘Mooi,’ zei Cass. ‘Maar nu we alleen zijn, moet ik je iets vertellen.’ Ze haalde even adem. ‘Ik heb de rotstekening gezien.’

‘Wat? Wanneer?’ Bastian keek haar opgewonden aan. ‘Gisteren?’

‘Ja!’ Ze werd weer enthousiast. ‘Ik had de kaart expres verkeerd getekend, want ik wil niet dat Austin weet waar de rotstekening is – maar er was een rivier…’

‘Wij hadden de kaart bij ons, ook al klopte hij niet helemaal. Hoe wist je waar je moest zoeken?’

‘Als je iets natekent, doe je dat meerdere keren, dus de kaart zat in mijn hoofd. Ik ging zitten, sloot mijn ogen en haalde me de kaart voor de geest, en toen hoorde ik ineens stromend water.’

Bastian knikte. ‘De rivier is een stroompje geworden.’

'Een windvlaag blies het bladerdak van de bomen open en ineens viel er zonlicht op de rotsen. Ik opende mijn ogen, en daar waren ze. Ik zag de gezichten.'

'Maar dat is geweldig, Cass! Maar je had je camera toch niet? Hoe kunnen we ooit bewijzen dat de rotstekening bestaat?'

'Ik heb de plek met een stukje schoenveter gemarkeerd en er een schets van gemaakt,' zei ze aarzelend. 'Zal ik die even halen, nu Austin ons niet in de weg loopt?'

Bastian wees naar zijn geduldige hond. 'Ik rond het hier even af,' zei hij. 'Ik kan Friendly niet langer laten wachten. Zodra ik hier klaar ben, kom ik naar binnen en zet ik koffie. Ik roep je wel als die klaar is.'

'Haast je! We weten niet hoelang Ranulph Austin hier nog weg kan houden.'

'O, maak je daar maar niet druk om. De site zal Austin fascineren. Hij is misschien niet... iemand die we heel graag mogen, maar hij is een serieuze archeoloog.' Bastian glimlachte. 'Ik zie je op de veranda.'

'Wat een geweldige tekening!' zei Bastian, die haar aandachtig bekeek. 'Mag ik die houden?'

'Natuurlijk!' Cass was opgetogen over zijn reactie. 'Ik heb haar voor jou gemaakt. Kan ze als bewijs dienen dat de rotstekening bestaat?'

'Waarschijnlijk niet, maar je hebt de achtergrond zo gedetailleerd weergegeven dat we de plek zelfs zonder de schoenveter waarschijnlijk makkelijk kunnen vinden. Ik kan niet in woorden uitdrukken hoe dankbaar ik je ben.'

'Eigenlijk heb ik het voor mijn vader gedaan. Hij vond dat hij je vader in de steek had gelaten en wilde het goedmaken. Omdat hij het te druk heeft om zelf te komen, heeft hij mij gestuurd.'

'En jij hebt geweldig werk verricht.' Even was hij stil. 'Maar je beseft zeker wel dat je niet met me mee kunt om de rotstekening te vinden, hoewel dat erg handig zou zijn.'

Cass knikte. 'Dan weet Austin dat er iets aan de hand is. Ik ben teleurgesteld, maar ik wist wel dat ik niet meer mee zou kunnen.' Ze glimlachte bij de herinnering. 'Ik zal de aanblik nooit vergeten. De zon scheen als een fakkel omlaag om mij de gezichten te tonen. Ik had het gevoel dat ik er voor mijn vader en voor jou naar keek. Een stukje geschiedenis.'

De rest van hun koffie dronken ze in vriendschappelijke stilte op.

13

Lopen ging Ranulph nog steeds moeizaam af, dus besteedde hij zijn tijd aan het vastleggen en onderzoeken van de site op het strand. Uit het bewijsmateriaal bleek dat de inheemse bevolking heel vroege schotels van Delfts aardewerk had, die alleen van piraten of andere zeevaarders afkomstig konden zijn. Dat gaf aan dat de twee groepen samengewerkt moesten hebben, iets wat nooit eerder bekend was geweest.

'Ik voel me schuldig dat ik daar zo veel tijd doorbreng,' zei Ranulph op een avond tijdens het eten, 'maar ik kan nog steeds niet goed genoeg lopen om iets nuttigs te doen.'

Cass hielp Ranulph ook, als ze niet bezig was met klusjes voor Bastian of Delphine. De volgende ochtend was ze met Austin op de site om schetsen te maken. Ranulph was halverwege het strand aan het fotgraferen, toen Austin plotseling zei: 'O, wie is dat?'

Er liep een groep mensen over het strand, geleid door een vrouw die iets ouder was dan Cass. Ranulph keek op, en ineens rende de vrouw op hem af, daarbij gehinderd door het rulle zand.

'Ran!' riep ze.

Ranulph stak zijn armen uit.

Cass had het gevoel dat ze naar het slot van een romantische film keek en wendde haar blik af. Ze wilde geen getuige zijn van hun ontmoeting. Maar Austin, die naast haar stond, zei: 'Nou, die is blij om haar te zien!'

Cass wachtte niet tot ze werd voorgesteld aan het groepje; ze vluchtte zo snel mogelijk terug naar het huis. Nu was zij degene die gehinderd werd door het rulle zand; ze rende alleen niet op Ranulph af, maar juist de andere kant op.

Heel even vroeg ze zich af of Austin alleen om haar te kwetsen tegen haar had gezegd hoe blij Ranulph was de vrouw te zien. Zou hij geraden hebben dat ze iets voor Ranulph voelde? In haar omgang met hem lette ze er altijd op dat ze 'dit is casual, we zijn gewoon vrienden, je bent niet speciaal voor me' uitstraalde. Ze wilde niet dat iemand het wist, en als Delphine het geraden had, kwam dat doordat ze Cass tijdens het samen koken goed had leren kennen. Maar goed, Austin had er ook een handje van dingen te weten te komen die niemand hem had verteld, dingen te ontdekken die anderen verborgen wilden houden.

Ze trof Delphine in de keuken aan. 'Misschien komen er vanavond extra mensen eten,' zei ze. 'Ranulph heeft iemand ontmoet met wie hij vroeger bevriend was.'

'Een vrouw?' Delphine had er ook een handje van dingen zomaar te weten.

'Ja.'

Hoewel Cass' stem maar een klein beetje brak, gaf Delphine haar toch een dikke knuffel. 'Ach, lieverd,' zei ze.

Zo bleef Cass even staan, en toen maakte ze zich los. 'Ik wist dat hij hier vrienden had. En zelfs zonder internet of telefoonverbinding doet nieuws over zo'n archeologische site ongetwijfeld snel de ronde.'

'Zeker,' zei Delphine. 'En iedereen die het te horen krijgt, duikt bij Bastian thuis op en verwacht dan eten.' Daar leek Delphine niet door uit haar hum gebracht. Cass vermoedde dat het wel vaker voorkwam. 'Wil jij wat yams voor me schillen? Maar goed dat Bastian genoeg proviand heeft.'

Cass wist dat zetmeelrijke groenten ook onder de noemer 'proviand' vielen, zoals yams, zoete aardappelen en taro. Die vormden – onder andere – de basis van de Caribische keuken. Met die groenten bij de hand kon je er snel voor zorgen dat er genoeg eten was voor iedereen, ook al kwamen er meer mensen aan tafel dan gepland.

Becca was de gangmaker van het gezelschap, dacht Cass even later, al waren er in totaal vier archeologen. Bastian en zij kenden elkaar natuurlijk en kletsten honderduit over gemeenschappelijke vrienden en hoe het hun tijdens de orkaan was vergaan.

Becca was ook heel aantrekkelijk, vond Cass, met kort, donker haar, elegant gekapt, waardoor ze er een beetje Frans uitzag. En hoewel ze buiten in de grond had lopen wroeten, of wat het ook was dat archeologen deden, zag ze er nog steeds professioneel en best chic uit. Cass kreeg het gevoel dat ze qua kennis van alle markten thuis was; ze had interessante dingen te vertellen over alle onderwerpen die Bastian, Austin en natuurlijk Ranulph boeiend vonden.

Zij en 'Ran', zoals ze hem noemde, kenden elkaar duidelijk heel goed. Cass was er zo door van slag dat ze Ranulph nauwelijks kon aankijken, bang om liefde in zijn ogen te zien wanneer hij naar Becca keek.

'Als hij zoveel van haar houdt, zou hij niet weggegaan zijn,' zei Delphine, die Cass' gedachten las toen ze in de keuken borden afschraapten, waarna ze het fruitgerecht tevoorschijn haalden. 'Maak je geen zorgen om haar, meisje.'

'Ik maak me geen zorgen om Ranulph; hij en ik zijn gewoon reisgenoten,' wilde ze zeggen, maar dat kon ze niet. Delphine zou toch wel weten dat ze loog.

Ze had absoluut geen zin om zich in het gesprek te mengen en zou niet weer aan tafel zijn gaan zitten als Delphine niet heel streng had gezegd: 'Ga zitten en eet je eten op.' Ze kon het dan ook amper opbrengen vriendelijk te kijken en niet als een tiener met liefdesverdriet te zitten kieskauwen.

'En, Cass,' vroeg Becca vriendelijk, 'hoe kom jij zo snel na een orkaan op Dominica? Als je hier al eens eerder was geweest, had ik dat wel geweten.' Ze lachte. 'De tamtam werkt goed op dit eiland!'

'Nou,' zei Cass, 'dat is een beetje een ingewikkeld verhaal...' Verbeeldde ze het zich nou dat ze Becca's ogen glazig zag worden? 'Om het kort te houden, mijn vader was bevriend met Bastians vader, dus we besloten te gaan helpen toen we over de orkaan hoorden.'

'Geweldig!' Becca liet een korte stilte vallen en zocht duidelijk naar woorden. 'En wat heb jij... Ik bedoel, welke speciale vaardigheden heb je meegebracht?' Ze wierp Cass een warme glimlach toe, waarbij haar tanden spierwit afstaken tegen haar bruine huid.

'Cass is van onschatbare waarde geweest,' zei Bastian snel. 'Ik weet niet wat we zonder haar hadden gemoeten. Ze rijdt als een eilandbewoner met mijn pick-up over onze wegen...'

'En ze kan koken,' zei Delphine.

'En ze heeft mijn been gehecht,' zei Ranulph, die Cass een blik toewierp waardoor haar hart even opsprong.

'Ze is ook heel goed in kaarten tekenen,' zei Austin, 'al maakt ze soms fouten.'

'Ik heb geen fouten gemaakt, Austin,' zei Cass streng, in de hoop dat ze overtuigend klonk. Ze had geen fout gemaakt; ze had de kaart opzettelijk veranderd.

'Ik heb het origineel nooit te zien gekregen,' ging Austin verder.

'Ik ben bang dat die helemaal uit elkaar is gevallen,' zei Cass.

'Ik heb hem weggegooid,' zei Delphine. 'Er zijn hier in huis genoeg papieren om te lezen, we hoeven niet ook nog overbodige paperassen te bewaren.'

Daar was niets van waar. Cass had de originele kaart nog steeds, verborgen in het geheime vak in haar kleine rugzak, samen met een kopie van de nieuwe kaart en haar tekening van dat specifieke deel van het bos.

Becca leek geïntrigeerd. Ranulph vertelde haar het verhaal van de rotstekening.

'Op de kaart is de plek aangegeven waar Bastians vader dacht dat de rotstekening zich bevond,' zei hij ten slotte.

'Hij heeft de rotstekening zelf nooit gezien,' zei Bastian, nadat hij Austin een boze blik had toegeworpen. 'Maar hij ontmoette een man die er elke dag langskwam op weg naar zijn tuin, een stukje land dat hij had ontgonnen. Hij verzorgde het elke dag. De man tekende een kaart, die hij aan mijn vader gaf toen hij hoorde dat hij geïnteresseerd was in de rotstekening.' Hij liet een korte stilte vallen. 'Jaren geleden zijn mijn vader en Cass' vader ernaar op zoek gegaan.'

Cass onderbrak hem. 'Op de een of andere manier belandde de kaart bij de spullen van mijn vader. Hij was ontzet zodra hij besefte dat hij hem had en vroeg me hem naar Bastian te brengen. Maar toen kwam de orkaan.'

'En voordat je het vraagt,' zei Austin, 'we hebben de kaart meegenomen op onze zoektocht naar de rotstekening, en die was er niet. Waarschijnlijk bestaat die ook niet.'

'Wat jammer,' zei Becca. Cass had de indruk dat ze iedereen aankeek alsof ze probeerde uit te vogelen wat er aan de hand was.

'Niet vanuit mijn oogpunt,' zei Austin, blij dat hij weer in het middelpunt van de belangstelling stond. 'Ik heb een boek dat ik binnenkort bij mijn uitgever moet inleveren. Ik moest alleen nog een paar details ophelderen. Dat heb ik gedaan, maar nu kom ik niet van dit verdomde eiland af!' Hij lachte alsof het grappig bedoeld was, al overtuigde hij er niemand mee. Het viel Cass ook op dat hij niet had gemeld dat er een grote prijs werd uitgereikt voor onderzoek naar vroege Caribische volkeren, en dat ook Bastians uitgebreide paper daarvoor in aanmerking kwam.

'Nu de feiten bekend zijn,' ging Austin door, 'probeer ik uit te zoeken wanneer er weer vluchten van het eiland vertrekken. Ik moet terug naar de VS.'

'Mogelijk pas over maanden,' zei Delphine.

'Ik kan geen maanden wachten!' riep Austin uit. 'Ik heb een deadline te halen.'

'Vertrek dan zoals je bent gekomen,' zei Delphine, die haar schouders ophaalde. 'Met een vissersboot.'

Austin schudde zijn hoofd. 'Vergeet het maar! Ik was zo misselijk dat ik dood wilde.'

'Als je niet kunt vliegen en niet per boot wilt reizen, wat ga je dan doen?' vroeg Bastian.

Austin haalde zijn schouders op. 'Ik ben van plan naar Roseau te gaan. Misschien is daar iemand met een privévliegtuig die me een lift kan geven.'

'Maar het vliegveld ligt aan deze kant van het eiland,' zei Ranulph. 'Roseau ligt aan de andere kant, aan de andere kant van een berg.'

'Waar de hoofdstad is, vind je volgens mij het geld, en dus de privévliegtuigen en -helikopters,' zei Austin.

'Hij heeft gelijk,' zei Delphine. 'Er zijn plekken waar helikopters landen en opstijgen. Vandaar brengen ze rijke mensen naar het Boiling Lake.'

'Wij zijn naar het Boiling Lake gelopen,' zei Becca. 'Weet je nog, Ran? Jaren geleden. Dat was een stevige wandeling! Het kostte ons een volle dag, maar die eindigde met die geweldige duik in de Titou Gorge.'

'Een van de hoogtepunten van mijn bezoek,' zei Ranulph. Cass kon niet ontkennen dat ze warmte in zijn ogen zag bij die herinnering.

'Het is een geweldige plek,' ging Becca verder. 'Al die borrelende zwavelhoudende modder.'

'Er zijn op dit moment dus helikopters op het eiland?' vroeg Austin.

Delphine haalde theatraal haar schouders op. 'Hoe kunnen wij dat nou weten? Misschien zijn alle rijke mensen wel in hun helikopters gevlucht toen ze hoorden dat er een orkaan op komst was.'

'Maar misschien zijn ze ook weer teruggekomen,' opperde Bastian, mogelijk geschrokken van het idee maandenlang met Austin opgescheept te zitten. 'Nu er geen regelmatige vluchten meer gaan, is er geld te verdienen met het vervoer van mensen die van het eiland af willen.'

'Dat klinkt goed,' zei Austin. 'Het zal duur zijn, maar de moeite waard.'

'Weet je,' zei Becca peinzend, 'ik heb inderdaad gehoord dat iemand in zijn kleine vliegtuig mensen vervoert die het kunnen betalen. Hij vliegt wel alleen wanneer hij een volle bak heeft. Dat is misschien nog een mogelijkheid.'

'Halleluja! Er is een ontsnapping mogelijk van deze godvergeten plek!' zei Austin. Hij besefte duidelijk hoe onbeleefd hij was, want hij voegde er snel aan toe: 'Dominica is natuurlijk prachtig, maar ik heb wat meer beschaving nodig.'

Er viel een korte stilte; toen begon Ranulph te praten over de archeologische site en haakte Cass af.

Eerder waren haar gevoelens voor Ranulph pijnlijk maar draaglijk geweest; nu dacht ze dat ze hem – opnieuw? – verliefd zag worden op een vrouw die echt goed bij hem paste. Kon ze dat verdragen? Moest ze zo snel mogelijk vertrekken? Met Austin meegaan, wellicht?

Het is maar een crush, zei ze tegen zichzelf. Je bent gevallen voor een knappe, iets oudere man. Dat was te verwachten. Het betekent niets, en die gevoelens verdwijnen ook wel weer. Bijna met een snik haalde ze adem, en ze nam haastig een slokje water om haar reactie te verbergen. Hij zou toch niet verliefd op je zijn geworden, zei ze tegen zichzelf, zelfs als die Becca uit zijn verleden niet was opgedoken.

Na het eten ging iedereen naar de veranda, behalve Delphine en Cass, die afruimden. Daarna sneed Delphine wat limoenen, vulde een kan met water en zette glazen op een dienblad. Als laatste haalde ze een fles rum en een pot suiker tevoorschijn.

'Ik ga nu naar huis,' zei ze. 'Ik kom terug, maar pas na het ontbijt. Red jij je in je eentje? Als het je niet lukt het ontbijt te verzorgen, kan iedereen zijn eigen ontbijt maken.'

Cass bracht het dienblad met de drank en vervolgens dat met de glazen naar de veranda. Bastian was in zijn studeerkamer verdwenen, en Austin was een eindje verderop gaan zitten. Toen ze allemaal hadden wat ze wilden, liep ze met haar drankje naar Austin en nam naast hem plaats. Ze had een besluit genomen.

'Hou je me op de hoogte van je vertrekplannen? Ik wil namelijk ook weg. Ik weet dat het duur zal zijn, maar als ik het geld van je kan lenen, vraag ik het terug van mijn vader zodra we ergens zijn waar ze internet hebben.'

Austin nipte van zijn drankje en keek haar aan, waardoor ze zich erg opgelaten voelde. 'Waarom wil je weg? Ik dacht dat je het hier leuk vond.'

Cass besefte dat ze die reactie had kunnen voorzien en een antwoord klaar had moeten hebben. Friendly, de hond, kwam naar haar toe, en ze kon tijd rekken door hem over zijn kop te aaien. 'Ik denk niet dat ik hier nog nodig ben.'

'En je vriendje dan?'

'Hij is mijn vriendje niet!' antwoordde ze feller dan de bedoeling was. 'We zijn reisgenoten, meer niet. Hij is een vriend van mijn vader. En het is makkelijker om met zijn tweeën te vertrekken dan met zijn drieën, als we een plaats willen krijgen in een privévliegtuig.'

'Dat is zo, en dat krijg ik misschien wel makkelijker georganiseerd als ik een mooie meid bij me heb.' Austin liet zijn blik verlekkerd over haar heen gaan.

Ze voelde zich echter allesbehalve mooi. Sinds haar aankomst had ze amper nog in een spiegel gekeken, en nadat ze haar haar met koud water had gewassen, had ze het in de zon laten drogen, dus stond het waarschijnlijk alle kanten op. Ze wist niet eens of ze het beetje make-up dat ze bij zich had nog kon vinden en had een combatshort aan die enorm groezelig was. Met een paar zeer gehavende sneakers aan haar voeten zag ze eruit als een padvinder aan het einde van een lange jamboree.

Zijn woorden bezorgden haar een onbehaaglijk gevoel, en bij de gedachte met hem samen te reizen moest ze rillen. Ze vond het idee Austins 'mooie meid' te zijn ook vernederend.

'Ja,' zei Austin, 'ik denk dat het een heel goed idee is een team te vormen.'

'Ik heb nog geen definitief besluit genomen.'

'Er is hier niets voor jou, Cass. Zet jezelf niet voor schut.' Toen liep hij naar de borreltafel en schonk zichzelf zonder te vragen nog wat rum in.

Cass ging terug naar de keuken en hield een glas onder de stromende kraan, blij dat er water in overvloed was dankzij de enorme tanks waarin regenwater werd opgevangen, die bij het huis waren geplaatst toen het in aanbouw was. Terwijl ze een slok nam, hoorde ze Bastians pick-up wegrijden. Hij leek nooit een ogenblik rust te hebben, schoot het door haar hoofd.

Ze liep terug naar het einde van de lange veranda. Hoewel ze niet bij Ranulph, Becca en de anderen wilde gaan zitten, zag ze ertegen op naar bed te gaan. De lucht was warm en het zachte gekabbel van de golven rustgevend. En de sterren, stralend als een miljoen fakkels, verlichtten de hemel.

Vanaf deze plek kon je alleen de zee zien, en in de verte het eiland Marie-Galante. Er was geen spoor van de verwoesting te bekennen die de orkaan had achtergelaten. Alles was rustig. Werd het zo langzamerhand niet tijd dat Bastians gasten naar huis gingen?

Ineens dook Ranulph achter haar op. Ze schrok ervan. 'Bastian is zo vriendelijk geweest de andere archeologen naar hun verblijfplaats te brengen, maar Becca blijft hier overnachten. Ik vroeg me af of je haar wat spullen kunt lenen.'

Cass dwong zichzelf de brok van verbolgenheid in haar keel weg te slikken die ze kreeg bij dat verzoek. 'Maken de mensen bij wie ze logeert zich geen zorgen om haar als ze niet terugkeert?' Ze hoopte dat ze haar chagrijn niet liet doorschemeren. Het was al erg genoeg dat ze zo terneergeslagen was; ze wilde niet dat Ranulph vermoedde dat ze iets voor hem voelde.

Ranulph leek verbaasd. 'Natuurlijk niet. De anderen geven wel door waar ze is.'

'O ja.' Ze forceerde een glimlach. 'Heb je een leuke avond gehad?'

Goed zo, Cass, dacht ze. Ze klonk alsof ze opgetogen was dat Ranulph en Becca elkaar weer hadden gevonden.

Hij glimlachte, duidelijk tevreden. 'Het was geweldig om bij te praten. Er is veel gebeurd sinds Becca en ik voor het laatst samen waren.'

Uit zijn overduidelijke blijdschap bleek wel dat hij niet doorhad dat zijn woorden Cass pijn deden. 'Uiteraard,' zei ze. 'Het is geweldig dat Becca je gevonden heeft.'

'Ach, ze heeft meer interesse in de archeologische site. En daar was ik toevallig ook.'

'O, ze lijkt best blij om jou te zien. En waarom ook niet? Kom, dan kijken we wat ze nodig heeft.'

Ranulph volgde haar naar de slaapkamer die ze deelden en die voorlopig ook als opslagruimte diende. Cass haalde haar rugzak tevoorschijn. 'Wat denk je dat ze wil hebben?'

'Iets om in te slapen. Toiletartikelen. Niet veel.'

'Ik heb een reserve-T-shirt. Een korte broek. Mijn zeep en tandpasta liggen al in de badkamer. Ik ben alleen niet bereid mijn tandenborstel te delen.' Ze glimlachte om te bewijzen dat ze Becca met plezier alles gaf wat ze nodig had.

'Nog één ding: ik heb tegen Becca gezegd dat ze hier bij jou kan slapen. Ik slaap wel op de veranda. Ze zei dat ze een beetje onrustig wordt van het idee min of meer in de openlucht te slapen.'

Cass' ergernis sloeg om in overmoed. 'Zeg maar tegen haar dat ik wel op de veranda slaap. Jij blijft hier. Dat is beter voor je been. Ik red me wel.' Ze liet een korte stilte vallen. 'Dan hebben jullie meer tijd om "bij te praten".'

Ranulph fronste zijn wenkbrauwen en nam het bundeltje aan dat Cass hem aanreikte. 'Weet je zeker dat jij niet zenuwachtig zult worden?'

Cass maakte een hoofdgebaar. 'Waar zou ik zenuwachtig van moeten worden? Hoe dan ook, Friendly houdt me vast gezelschap.'

14

Cass voelde zich niet grootmoedig genoeg om Becca haar slaapzak te lenen. Als ze onder de sterrenhemel ging slapen – of, beter gezegd, onder het dak van de veranda – had ze de zuiver donzen slaapzak van hoogwaardige kwaliteit nodig die haar moeder jaren geleden voor haar had gekocht en waar ze dol op was.

Ondanks haar kranige uitspraken wist ze dat ze zich bij het horen van vreemde geluiden best paniekerig zou kunnen voelen als ze buiten sliep, en ze besloot dat rum daarvoor de oplossing was. Ze ging naar de keuken en vond de fles die Delphine daar had staan voor iedereen die aan het koken was. Nadat ze voor zichzelf een flink glas had ingeschonken, voegde ze er de limoenschijfjes aan toe die nog over waren van eerder, samen met een grote lepel suiker.

Tegen de brede teakhouten reling geleund keek ze uit over de zee en nipte ze van haar drankje.

Austin kwam naar haar toe. 'Het is vast moeilijk voor je dat Becca hier is.'

Meteen schoot ze in de verdediging. 'Nee hoor.'

'Nee? Ranulph en zij hebben duidelijk een band.'

'Misschien wel, maar dat heeft niets met mij van doen.'

'Je hoeft je bij mij niet groot te houden, meisje.'

Een poosje zei geen van beiden iets.

'Dus je meende het toen je zei dat je met me meegaat als ik van Dominica vertrek?'

Cass haalde haar schouders op. Ondanks de orkaan was het hier erg mooi. Er was nog werk te doen, en hoewel Ranulph nooit de hare zou zijn, niet nu Becca ten tonele was verschenen, vroeg ze zich af of dicht bij hem zijn genoeg was? Of moest ze haar trots en haar rugzak pakken en zo snel mogelijk vertrekken?

'Ik moet er nog even over nadenken,' zei ze uiteindelijk.

'Doe daar niet te lang over. Zodra ik de kans krijg, ben ik weg. Ik wil mijn boek inleveren; de deadline nadert snel. Daarom ben ik meteen na de orkaan hierheen gekomen.'

Bastian had dezelfde deadline als Austin, realiseerde ze zich. Had hij zijn werk al bijna af? Austin had waarschijnlijk tot aan zijn vertrek naar Dominica aan zijn project gewerkt en zou ermee doorgaan zodra hij terug was. Maar Bastian vond zijn gemeenschap belangrijker dan zijn werk, dus hij had een zelfs nog krappere deadline dan Austin, ook al waren ze met hun werk ongeveer even ver geweest op het moment dat de orkaan toesloeg. Als ze Bastian kon helpen, zou ze dat zeker doen.

'Ik slaap er een nachtje over,' zei ze. 'Morgen laat ik je weten wat ik doe.'

Ze keek hem na terwijl hij terugliep naar de groep en nam haar drankje mee naar het deel van de veranda waar ze zou slapen.

Omdat ze ten volle wilde profiteren van het krachtige effect van de drank, nestelde ze zich zodra ze slaperig werd op haar slaapplaats op de veranda, een eindje van de plek vandaan waar de anderen nog zaten te praten. Hun stemmen zouden een kalmerend achtergrondgeluid vormen, en ze zou goed slapen, zei ze streng tegen zichzelf. Het zou heerlijk zijn om met de vogels wakker te worden. Ze zou zich gelukkig voelen, in harmonie met de natuur en de wereld om haar heen. Ze zou zich niets aantrekken van Ranulph en Becca en zich zeker niet afvragen wat ze in de voorraadkamer uitspookten. Het meer logische deel van haar brein zei dat Ranulph pijn had aan zijn been, dat de bedden erg smal waren en dat Becca en hij elkaar al jaren niet meer hadden gezien.

Friendly, die blij was dat er nog iemand op de plek lag waar hij gewoonlijk sliep, maakte gebruik van Cass' goedhartigheid door naast haar te kruipen. Gekalmeerd door zachte stemmen, het geluid van de zee en de sterke drank lukte het haar vrij snel in slaap te vallen. Kort daarna werd ze wakker en zag ze dat Friendly rechtop zat, met gespitste oren. Even later hoorde ze een auto. Het was Bastians pick-up. Friendly sprong van de brede bank om zijn baasje te verwelkomen.

'Wat doe jij hier?' vroeg Bastian zacht toen hij haar op de veranda zag. 'Snurkt Ranulph soms?'

Cass schudde haar hoofd. 'Nee... tenminste, niet dat ik weet. Hij snurkt wel een beetje, maar daarom slaap ik niet hier.'

'Waarom dan wel?'

Overrompeld door de vraag voelde Cass ineens tranen in haar ogen prikken. 'Becca blijft overnachten. Ze wilde niet op de veranda slapen, dus toen heb ik haar mijn bed aangeboden.'

'Wat aardig van je.'

'Het is geen probleem, echt niet. Deze bank is breder dan de veldbedden waar we op slapen.'

'Nou ja, hij is zo ontworpen dat gasten er zo nodig op kunnen slapen.' Bastian lachte. 'Rumpunch kan er behoorlijk inhakken.'

'Vooral de rumpunch die Delphine maakt. Ik heb voor mezelf een pet't punch gemaakt.'

Bastian leek geen haast te hebben om zijn eigen bed op te zoeken.

'Kan ik iets warms te drinken voor je maken? Of iets te eten?' vroeg Cass.

'Nee, bedankt, ik heb geen honger. Ik heb bij de familie van Toussaint al wat gegeten. We hebben een bezoek aan de rotstekening gepland.'

'O, wat spannend!' Cass was verrukt bij de gedachte dat hij de rotstekening misschien zou vinden terwijl zij hier nog was. 'Chocolademelk dan?'

'Dat lijkt me heerlijk. Weet je hoe je die moet maken? Ik wil geen cacaothee. Ik wil chocolademelk zoals mijn vader die vroeger maakte.'

'Met gecondenseerde melk, zoals mijn vader hem graag drinkt?'

Hij knikte.

'Wil je er wat rum in?'

'Dat is onderdeel van de traditie,' reageerde Bastian grinnikend. 'Ik heb nog nooit iemand ontmoet die dat snapt.'

Cass grinnikte met hem mee. 'Onze vaders deelden duidelijk meer dan alleen de rotstekening.'

Ze maakte Bastians chocolademelk met zorg. Hij deed altijd zoveel voor anderen, vooral nu, dat het fijn was om iets – zelfs zoiets kleins – voor hem te kunnen doen. Ze maakte genoeg voor twee.

Toen ze weer buiten kwam, zat Bastian naar de zee te staren. Het maanlicht dat op de veranda viel, dimde het licht van de sterren en maakte de avond mysterieuzer.

Hij ging rechtop zitten en glimlachte. Maar ondanks zijn schijnbaar goede humeur voelde Cass dat hij niet zijn gewoonlijke positieve zelf was.

'Wat is er?'

'Het blijkt lastig een gelegenheid te vinden om op zoektocht te gaan. Ik wil alleen Toussaint meenemen, omdat ik weet dat ik hem kan vertrouwen. Hij is niet zo gek op roddels als sommige mensen hier. Maar hij heeft het druk, vooral nu.'

'En je hebt nog steeds een foto nodig als bewijs dat de rotstekening bestaat?'

'Ja. En ik moet de tekening met mijn eigen ogen zien.'

Cass nipte van haar chocolademelk. 'Ik wilde dat ik je kon helpen.'

'Dat kun je.' Even was Bastian stil. 'Ik vroeg me af of je me kunt helpen met mijn paper – nou ja, eigenlijk is het meer een boek, want daar is het omvangrijk genoeg voor.'

'Hoe dan?'

'Met tekeningen. Ik kan wel redelijk tekenen, maar ik heb er te weinig tijd voor. Mijn onderzoek borduurt voort op dat van mijn vader, en hij maakte een soort van stokfiguurtjes om zijn werk te illustreren. Als jij er mensen van vlees en bloed van kunt maken, met herkenbare planten en bomen, zou dat enorm helpen.' Weer liet hij een korte stilte vallen. 'Als – wanneer – ik een uitgever vind, verwacht die echt niet van me dat ik het boek zelf illustreer, dus het is geen probleem als jij dat zou doen.'

Overrompeld staarde ze hem aan. 'Je wilt dat ik illustraties maak voor in je paper?'

'Ja. Waarom verbaast je dat? Je hebt echt tekentalent.'

Ze antwoordde niet meteen. 'Niemand heeft ooit zo veel vertrouwen in me gehad.'

'Hoe bedoel je?'

'Mijn familie ziet me een beetje als een mislukkeling, de risee van de familie, iemand die zich altijd in de nesten werkt, domme dingen doet en nooit iets zal bereiken.'

'Dat klinkt erg onredelijk.'

'Ze houden van me, hoor. Alleen verwacht niemand dat ik ergens succesvol in zal worden. Ze zijn allemaal nogal academisch ingesteld, zie je. Op school was ik goed in tekenen en handvaardigheid, maar vergeleken met Latijn en Grieks stelde dat niet veel voor. Tekenen wordt niet als nuttig gezien. Mijn vader is alleen geïnteresseerd in fotografie, al vindt hij wel dat ik er oog voor heb.'

'Dat is jammer. Ik zou het fantastisch vinden als je mijn werk wilt illustreren. Je tekeningen hebben precies de juiste mengeling van nauwkeurigheid en artistieke interpretatie. Al die planten die je hebt getekend...'

'Ik heb geen idee hoe ze heten.'

'Maar ik wel. Je bent echt goed in tekenen, Cass, wat anderen je ook wijsmaken.'

'Het is een eer je te kunnen helpen.'

'Het zou hét verschil maken voor mijn project. Mijn vaders tekeningen zijn erg... saai. Ze lijken overgenomen uit een ouderwetse museumtentoonstelling en zien er houterig uit.'

‘Ik weet niet of ik het beter kan.’

‘Nou, ik wel. Maar als je liever naar huis gaat hoef je het niet te doen, hoor.’

‘Nee, ik blijf!’ Cass was enthousiast. Het zou een hele uitdaging worden, maar ze vond het een fijn idee dat ze iets kon doen voor Bastian, die zoveel voor anderen deed. Het zou geweldig zijn haar tijd te besteden aan iets belangrijks. ‘Zal ik morgen een poging wagen, eens kijken hoe het gaat?’

‘Dat zou perfect zijn! Het zou mijn verhaal tot leven brengen.’ Het maanlicht ving zijn glimlach. ‘Ik ben blij dat je gekomen bent, Cass. Je maakt deze moeilijke situatie een stuk makkelijker.’

Kort daarna ging hij naar bed, maar Cass bleef nog even wakker. Ze wilde niet naar huis; ze wilde gewoon iets doen om niet met haar ziel onder haar arm rond te hoeven lopen terwijl Ranulph samen was met zijn oude vlam, of wat Becca ook was.

Net voordat ze weer in slaap viel, herinnerde ze zich dat ze Austin moest vertellen dat ze had besloten te blijven. Ze moest een smoes verzinnen waarom ze zich had bedacht.

‘Hoe was het om op de veranda te slapen?’ Ranulph stond met een dampende mok naast haar en reikte die haar aan. ‘Was je niet zenuwachtig?’

Cass ging verontwaardigd overeind zitten en nam de mok aan. ‘Natuurlijk niet!’ Ze vergat de paar keer dat ze wakker was geschrokken van een luid gekraak en hoe bang ze was geweest, tot ze had beseft dat het een vallende boomtak was, niets om zich zorgen over te maken.

Ze nipte van de cacaothee. ‘Het is hier heerlijk. De zeewind houdt de muggen weg,’ zei ze. ‘Hoe hebben Becca en jij geslapen?’ Meteen had ze spijt van haar vraag, waarmee ze leek te impliceren dat Ranulph en Becca het bed deelden.

‘Prima. Mijn been doet bijna geen pijn meer. Becca heeft het verband verschoond. De wond geneest goed.’

Natuurlijk was het prima dat iemand anders Ranulphs been verzorgde, maar toch voelde Cass een steek van jaloezie. Ze forceerde een glimlach. 'Laat me even weten wanneer jullie klaar zijn in de slaapkamer, dan ga ik me aankleden.'

Ze besefte dat ze niet langer jaloers moest zijn toen ze Becca in de keuken aantrof, die al bezig was met het ontbijt en dat veel efficiënter deed dan zijzelf tot dan toe had gedaan.

'Hoi, Cass!' zei Becca stralend. 'Het was heel aardig van je om me je bed aan te bieden. Ik had prima op de veranda kunnen slapen, hoor, maar Ranulph stond erop dat ik in een bed sliep.'

Omdat Ranulph er niet was om dat te ontkennen, glimlachte Cass alleen. 'Heb je je zonder slaapzak wel gered?'

'Ranulph heeft me de zijne gegeven en vond voor zichzelf nog een oude. Goed, wat wil je eten? Ik maak bananenflensjes, ook al hebben we geen eieren.'

Toen Cass eenmaal aan tafel zat, werd ze door Ranulphs oude – en misschien ook weer nieuwe – vlam als een gast behandeld.

Austin kwam binnen. Hij was nog rozig en vochtig van het douchen en vol energie om aan de dag te beginnen. 'Een goedemorgen,' groette hij.

'Goedemorgen,' zei Cass veel minder enthousiast, al was zijn begroeting aan Becca gericht.

'Voor een archeoloog zie je eruit alsof je de weg weet in de keuken!' zei Austin tegen Becca.

Becca lachte. 'Officieel ben ik inderdaad archeoloog, maar op dit moment ben ik ontbijtkok. Wat kan ik voor je maken?'

'Zijn er eieren? Spiegeleieren met spek?' vroeg Austin.

'Nee, geen eieren,' zei Becca, nog steeds vriendelijk, al had ze waarschijnlijk wel door dat Austin het serieus meende. Hij moest toch weten dat er geen eieren en spek beschikbaar waren? 'Bananenflensjes?'

'Die staan vandaag op het menu,' verduidelijkte Cass, die Becca meteen wat sympathieker vond.

'Al die bananen komen me zo langzamerhand de neus uit,' mopperde Austin geërgerd.

Ranulph voegde zich bij hen, en later Bastian ook, die een beetje zat te gapen. Delphine zette koffie. Becca ging ook zitten.

'En, Cass, ga je nu met me mee of niet?' vroeg Austin na een poosje.

Cass, die zich niet op het gesprek had geconcentreerd, schrok op. 'Eh...'

'Daar heb je tegen mij niets over gezegd,' kwam Ranulph geschrokken tussenbeide.

'Zullen we het daar na het ontbijt over hebben,' zei Cass tegen Austin. 'Ik moet eerst met Ranulph praten.' Ze glimlachte er even bij om te impliceren dat Ranulph iets te zeggen had over haar doen en laten.

Ze hoopte dat ze tegen Austin kon zeggen dat Ranulph met een onweerlegbaar argument was gekomen waarom ze niet kon vertrekken. Ze wilde Austin niet laten weten dat ze bleef om tekeningen voor Bastians paper te maken. Hij wist dat ze de kaart had nagetekend, niet dat ze qua tekentalent meer in huis had. En als hij erachter kwam, wist ze honderd procent zeker dat hij zou proberen haar tegen te houden.

Met Becca, die efficiënt afdroogde en snel alle spullen op hun plek zette, was de afwas zo gedaan. Cass realiseerde zich dat Becca al lang op Dominica was en er veel meer over wist dan zij ooit zou weten.

'En,' zei Becca, die zich tot Delphine wendde die net was binnengekomen, 'heeft Bastian een vriendin?'

Delphine lachte. 'Dat wil iedereen altijd weten. Laat je hoop varen, Becca. Hij heeft een vriendin op Barbados, en ze zoeken elkaar vaak op. Het werkt prima, ook al wil zij hier niet wonen en hij daar niet.'

Becca lachte terug. 'Ik vroeg het alleen maar. Een vrouw wil zulke dingen gewoon graag weten.'

Cass wilde die dingen ook graag weten, ze durfde er alleen niet naar te vragen. Misschien was het wel handig Becca hier te hebben, dacht ze. Een poosje later vroeg ze zich pas af waarom Becca dat over Bastian wilde weten, als Ranulph en zij meer dan oude vrienden waren.

15

Ranulph en Becca waren naar de archeologische site op het strand gegaan, dus Cass was alleen toen Austin haar later die ochtend aantrof op de veranda, die ze aanveegde.

‘Kun je me eindelijk wat meer duidelijkheid geven, Cass?’ vroeg hij. ‘Wil je nou met me mee of niet? We moeten binnenkort vertrekken, want we weten niet hoeveel tijd het kost om in Roseau te komen. En zelfs niet hoe we daar moeten komen.’

‘Nou... Ik heb me bedacht.’ Ze glimlachte verontschuldigend. ‘Ik realiseerde me dat hier nog dingen zijn die ik kan doen.’

Austin fronste zijn wenkbrauwen. ‘Om eerlijk te zijn heb ik nooit precies geweten wát je hier doet.’

Cass besefte dat ze zich had moeten voorbereiden op die voor de hand liggende vraag. ‘O,’ zei ze en wuifde met haar hand, ‘dat heeft alles met mijn vader te maken. Hij is een bekende fotograaf.’

Zoals ze al had gehoopt, werd Austin afgeleid door de verwijzing naar haar vaders roem.

‘O ja?’ vroeg hij. ‘Moet ik van hem gehoord hebben?’

‘Ik weet niet of dat zou “moeten”,’ antwoordde ze. ‘Hij is Howard Blakely.’

Austin schudde zijn hoofd. ‘Nooit van gehoord. Waarschijnlijk omdat hij Engels is.’

‘Nou ja, vanwege hem ben ik hier, en vanwege hem heb ik besloten te blijven.’ Even was ze stil. ‘Ik wil hem niet teleurstellen.’

‘Waarom zou hij teleurgesteld zijn?’

Ze wenste dat ze iets anders had bedacht om te zeggen, maar nu ze deze weg was ingeslagen, moest ze doorgaan. 'Omdat ik zijn dochter ben.'

'En wat dan nog?'

'Hij heeft me gevraagd iets te doen.'

'Wat dan?'

Austin wist van de rotstekening en de kaart af, maar wat hij niet wist, was dat Bastian haar had gevraagd zijn wetenschappelijke paper te illustreren, het werkstuk dat rechtstreeks zou concurreren met Austins eigen inzending voor de wedstrijd. Dat moest ze geheimhouden.

'Er is een orkaan geweest, Austin! Mijn vader vindt dat ik zoveel mogelijk foto's van de verwoesting moet maken en hier moet blijven om te helpen.'

'Ik vraag me alleen af hoe jij je hier nuttig kunt maken.'

'Het is toch echt zo. Ik ben in Bastians pick-up overal naartoe gereden, wat erg nuttig was. Om nog maar te zwijgen van het hechten van Ranulphs been. Ik heb veel werk verzet.' Ze klonk vermoedelijk als een tiener die werd ondervraagd over hoe hard ze had zitten blokken voor school. Toen zei ze meer naar waarheid: 'Ik wil dat mijn vader trots op me is.'

Ze keek even op naar Austin. Het was waar dat ze Howard niet wilde teleurstellen, maar blijven om Bastian te helpen was een sterker motief. Dat zou haar vader absoluut willen.

Tijdens de lunch bracht Austin het onderwerp weer ter sprake. Bastian was er niet, maar Ranulph en Becca wel, samen met nog een paar archeologen die ze kende. Terwijl Cass Delphine hielp spullen op tafel te zetten, vertelde Delphine haar dat het nieuwe lid van het archeologenteam een doos met paraffine en lampen op zonne-energie voor de lokale bevolking had meegebracht.

'Die maken dus geen misbruik van Bastians gastvrijheid, zoals sommige mensen die ik zou kunnen noemen.' Ze keek Austin doordringend aan.

Cass begreep heel goed waarom Delphine Austin niet mocht. Hij had de neiging iedereen als personeel te behandelen, alsof ze er waren om hém te dienen. Hoewel Delphine hem al vroeg terecht had gewezen, bleef hij doen alsof Bastians huis een hotel was.

Toen iedereen aan tafel zat en de fles hot sauce rondging, wendde Austin zich tot Ranulph. 'Weet jij waarom Cass zich heeft bedacht en niet meer met mij wil vertrekken?'

Ranulph legde zijn vork neer. 'Blijf je, Cass? Dat is geweldig nieuws.'

'Ik dacht dat jullie het erover zouden hebben,' ging Austin stug door. Hij probeerde duidelijk problemen te veroorzaken tussen haar en Ranulph. 'Ik dacht dat je blij zou zijn dat ze eerder dan gedacht terug wilde keren naar de beschaafde wereld.'

Er viel een ongemakkelijke stilte, en toen zei Becca: 'Cass is eigen baas. Ze hoeft niet al haar beslissingen met een van jullie te bespreken.'

'Heeft je vader, die Howard Huppeldepup, Ranulph gevraagd op je te letten, Cass?' vroeg Austin. 'Ben je daarom van gedachten veranderd?'

'Nee!' antwoordde Cass, hoewel Howard Cass min of meer aan Ranulphs zorgen had toevertrouwd. 'Ik heb geen man nodig om op me te letten. In welke eeuw leven we nou?'

'In het victoriaanse tijdperk, kennelijk,' zei Becca. 'Maak je niet druk! Denk aan alle onverschrokken vrouwelijke reizigers uit die tijd.'

Austin kneep zijn ogen peinzend tot spleetjes. Cass vroeg zich af wat hij in zijn schild voerde.

Cass bracht de nacht weer op de veranda door. Ze dacht na over hoe ze Bastians paper zou kunnen illustreren en vroeg zich af waarom Austin zo graag wilde dat ze met hem meeging. Hij had haar er die avond nog een keer op aangesproken. Was het echt omdat hij dacht samen met haar makkelijker een plaats in een vliegtuig te kunnen regelen?

Of – en dat leek haar veel waarschijnlijker – wilde hij haar bij Bastian weg hebben, omdat hij haar ervan verdacht hem te helpen? Ze vermoedde al een tijdje dat hij op de een of andere akelige manier wist wat niemand hem had verteld.

Als hij kon, zou hij haar waarschijnlijk in Roseau achterlaten en op het eerste vliegtuig stappen dat plek voor hem had. Het was veel waarschijnlijker dat je een zitplaats voor één persoon kon vinden dan voor twee, en hij was er de man niet naar opzij te stappen en te zeggen: 'Ga jij maar eerst.'

De volgende ochtend kwam Becca uit de badkamer toen Cass net naar binnen wilde gaan.

'Hoi Cass!' zei ze opgewekt. 'Het was heel aardig van je om me spullen te lenen zodat ik een paar nachten kon blijven, maar je zult blij zijn te horen dat we een huis hebben kunnen huren voor het hele opgravingsteam. Het heeft wat schade opgelopen door de orkaan, maar onze jongens hebben het vast in een mum van tijd opgeknapt.'

Ze overhandigde Cass haar vochtinbrengende crème, waarvan Cass niet eens wist dat ze die had. 'Ik hoop dat ik er niet te veel van heb gebruikt. Maar ik ben zo'n tien jaar ouder dan jij, een jaar jonger dan Ranulph, dus ik heb die crème harder nodig dan jij!'

Cass liep de badkamer in, waar het naar Ranulphs deodorant rook, en vroeg zich af of Becca een boodschap had willen overbrengen. Zo ja, dan was die heel duidelijk: ze vond haar te jong voor Ranulph.

Na het ontbijt had Cass gehoopt Ranulph te pakken te krijgen voordat hij met Becca op pad ging, maar Austin onderschepte haar. Cass keek toe terwijl Ranulph en Becca druk in gesprek over het strand liepen. Ranulph hinkte amper nog, en hoewel Cass daar stiekem de eer voor opeiste, beleefde ze er geen plezier aan.

'Ik denk dat je een grote fout maakt, Cass,' zei Austin, die haar bij een arm vasthield. 'Ik snap dat je je vader trots wilt maken en zo, maar wil je Becca en Ran elkaar smachtende blikken zien toewerpen?'

'Dat hebben ze nog niet gedaan,' zei Cass.

'Het zal niet lang meer duren,' zei Austin.

Voor de verandering was Cass het met hem eens. Ze slaakte een zucht.

'Je hoeft niet meteen een beslissing te nemen. Maar zodra ik een manier heb gevonden om te vertrekken – en nee, ik ga niet zoals de lokale bevolking te voet naar Roseau – ben ik hier weg. Je zou er goed aan doen je bij me aan te sluiten.' Even was hij stil. 'Ik ga nu ook naar de opgraving. Misschien vind ik daar iets om mijn werk de finishing touch te geven.' Hij wierp haar een glimlach toe, kil en vastberaden. 'Ik ga die prijs winnen. Wen maar vast aan het idee.'

Omdat Cass Bastians pick-up niet had horen wegrijden, hoopte ze hem in het bijgebouw aan te treffen. En ja hoor, hij stond eten klaar te maken voor Friendly, die af en toe met zijn staart op de vloer bonkte. Zodra de hond Cass zag, stond hij op.

Na Friendly een tijdje gekroeld te hebben, zei ze: 'We hebben een probleempje.'

'Daar hebben we er veel van. Over welk probleem wil je het hebben?' Bastian gaf de wachtende hond een koekje en keek Cass aan.

Ze schraapte haar keel. 'Ik denk dat ik misschien toch beter met Austin kan vertrekken.' Ze wilde niet tegen hem zeggen dat de relatie die zich tussen Ranulph en Becca leek te ontwikkelen daar deels de reden van was en vertrouwde erop dat hij er niet naar zou vragen. 'Wel pas nadat ik de tekeningen heb gemaakt, hoor. Ik zal zo snel mogelijk werken, maar we weten natuurlijk niet wanneer Austin vertrekt. Dat is het eerste probleem.'

'Ik wist niet dat je een lijstje had.'

Cass glimlachte even. 'Sorry, dat wist ik ook pas toen ik erover begon. Het is een lijstje met twee problemen.' Bastian zei niets, dus ze ging door. 'Waar kan ik werken? Als Austin erachter komt waar ik mee bezig ben, zal hij het me moeilijk maken, of zelfs onmogelijk. Hij is zo gefixeerd op die prijs. Hij zal alles in het werk stellen om je kansen te saboteren.'

Bastian knikte. 'Je kunt in mijn studeerkamer werken. Er zit een slot op de deur.'

Cass schudde haar hoofd. 'Austin zou er zo achter zijn dat ik daar zat, zelfs met de deur op slot. En als ik de deur op slot doe, zou ik voortdurend bang zijn dat Austin erop zou bonken.'

Bastian zei niets, maar knikte.

'Het lastigste probleem is hoe we Austin hier kunnen houden zodat ik tijd heb om de illustraties af te maken. Als hij een manier vindt om weg te komen, wacht hij heus niet op mij.'

'En waarom wil je zo graag met hem mee? Vind je het hier niet fijn?' Bastian glimlachte om aan te geven dat hij niet echt beledigd was.

'Ik vind het hier fantastisch,' zei Cass ernstig. 'Dominica zal altijd een grote plek in mijn hart hebben, wat er ook gebeurt.'

Bastian glimlachte. 'Dat vermoedde ik al. Ik zou willen dat iedereen er zo over dacht. Waarom wil je dan vertrekken?'

'Bastian! Heb je daar niet over nagedacht? Als Austin weggaat, neemt hij zijn voltooide – of bijna voltooide – werk mee en levert hij het vóór de deadline in bij de jury die over de prijs gaat.'

Bastian zuchtte. 'Ik heb zitten denken hoe ik mijn inzending daar op tijd kan krijgen. Maar met de orkaan en alles wat er daarna gebeurde had het geen prioriteit.'

'Je móét wel! Anders wint Austin of een andere deelnemer het geld. Als ik samen met Austin vertrek, kan ik je paper meenemen en hem inleveren.'

Bastian zei niet meteen iets. 'Daar zou je Dominica een enorme dienst mee bewijzen, Cass. Ik zou je erg dankbaar zijn.'

'En?' Anders dan gewoonlijk werd Cass gek van Bastians ontspannen, bedachtzame manier van doen.

'Ik denk dat we een wandeling moeten maken naar Delphines huis.'

'Ik wil haar niet storen in haar vrije tijd.'

'Ze zal blij zijn ons te zien. Kom, Friendly,' zei hij, en ze gingen op pad.

'Waar woont Delphine?' vroeg Cass nadat ze een heel eind gelopen leken te hebben. Nu ze wist dat Austin bezig was bij de opgraving, wilde ze graag met de tekeningen aan de slag.

'Het is niet ver meer.' Hij bleef staan en wees naar een verzameling gebouwtjes vlak boven een kleine inham.

'Wauw,' zei Cass, toen ze besefte hoe prachtig de locatie van de huizen was. 'Het uitzicht is er vast geweldig!'

'Zeker weten. Het perceel is hun nagelaten door de familie die hen ooit bezat.'

Cass slikte. Ze wist van de slavernij af, maar het was een schok er iemand openlijk over te horen praten.

'Al zal het perceel destijds niet veel waard zijn geweest. Nu is het eersteklas onroerend goed. Delphine en haar familie verhuren huisjes met uitzicht op zee...'

'O, ik snap het!' zei Cass. 'Door de orkaan hebben ze geen gasten, dus als de gebouwen nog overeind staan, is er misschien wel een waarin ik kan werken.'

'Precies. Delphines broer heeft een garage op het terrein. Hij onderhoudt mijn pick-up, maar de laatste tijd is hij druk met het oplappen van het huis.'

Ze liepen verder en kwamen uit op een binnenplaats met gebouwen rondom. Sommige waren van steen, andere waren traditionele houten gebouwen op palen.

Delphine kwam hun tegemoet. 'Hé, Baz!' zei ze. 'Wat doe jij hier?' Haar lome stem sprak haar verwelkomende glimlach tegen.

'Ik heb Cass meegenomen. We willen je om een gunst vragen.'

'Het heeft vast met die Austin te maken!'

Cass knikte. 'Hij is zo'n bemoeial. Ik heb werk te doen voor, eh... Baz waar hij niets van mag weten.'

'Wil je een huisje lenen?'

'Huren,' zei Cass, omdat ze wist dat de familie met die huisjes hun geld verdiende.

Delphine schudde haar hoofd. 'Er zijn geen huisjes te huur,' zei ze resoluut. 'Maar je kunt er zeker een lenen.' Ze gooide haar handen in de lucht. 'En haal het niet in je hoofd me tegen te spreken!'

Cass lachte. 'Oké!'

Er kwam een jongeman uit een gebouw tevoorschijn. Hij droeg een overall tot aan zijn middel en had de bovenkant met de mouwen om zich heen geknoopt. 'Dit is mijn broer Errol,' zei Delphine.

Errol knikte naar Cass en zei toen: 'Hé, Baz. Is er iets met je pick-up? Dat zou de tweede zijn die opgelapt moet worden.'

'Van wie is die andere?' vroeg Bastian, die dat plotseling leek te interesseren.

'Van mij,' zei de jongeman. 'Ik knap hem op en verkoop hem door.'

Ineens viel Cass iets in. 'Hoelang doe je daarover?'

'Ik kom er voorlopig niet aan toe, tot dit hier is opgeknapt.' Hij wees naar de gebouwen om hem heen.

'Maar wanneer begin je eraan? En hoelang duurt het dan voor je klaar bent?' vroeg Cass.

Errol haalde zijn schouders op. 'Ongeveer een week.'

'Dat zou wel eens ideaal kunnen zijn!' zei Cass.

Bastian keek haar aan. 'Denk jij wat ik denk?'

'Jullie denken allebei dat Austin de auto van Errol zal kopen om ermee naar Roseau te rijden?' vroeg Delphine. 'En jullie willen niet dat hij meteen vertrekt?'

Cass knikte. 'Klopt.' Vervolgens gaf Bastian uitleg over de tekeningen.

'Hoeveel wil je voor de pick-up hebben, Errol?' vroeg Delphine.

Errol noemde een bedrag. 'Ik weet dat het veel is, maar als ik er klaar mee ben, is het een goed voertuig, en pick-ups zijn nu zo schaars als water in de woestijn.'

'Ik weet zeker dat Austin het kan betalen,' zei Bastian.

'Heeft hij wel zo veel contant geld?' vroeg Cass.

'Zo niet, dan verhuren we de auto gewoon aan hem. Hij wil er immers niet mee van het eiland af,' opperde Delphine. 'We kunnen de pick-up later in Roseau ophalen.'

'Geniaal, zus!' complimenteerde Errol haar met een brede grijns. 'Laat hem maar eens langskomen, dan halen we hem wel over de pick-up te kopen.'

'Niet als ik hier ergens zit te tekenen!' protesteerde Cass, die zich afvroeg of haar goede idee nu al moest worden afgeserveerd.

'Het vakantiehuis dat ik in gedachten heb, is een eindje hier vandaan,' stelde Delphine haar gerust.

'Waar is die Austin nu?' vroeg Errol.

'Hij is met Becca en Ranulph op de site op het strand,' antwoordde Cass.

'Volgens mij wil hij informatie voor zijn boek over Nederlandse piraten en de Kalinago.'

Bastian trok een grimas.

'Voel jij niet de verleiding de opgraving te bezoeken, Bastian?' vroeg ze.

Hij schudde zijn hoofd. 'Mijn paper is zo goed als af. Mijn focus ligt op de Kalinago die hier eerder leefden dan degenen die sporen op het strand hebben achtergelaten. Ik moet alleen nog het laatste deel schrijven, waar ik gebleven was toen de orkaan toesloeg.'

Terwijl ze terugliepen naar Bastians huis zei Cass: 'Austin lijkt er erg op gebrand dat ik samen met hem vertrek.'

'Ik denk dat ik wel kan raden waarom,' zei Bastian. 'Hij mompelde iets tegen me over "hulp hebben". En volgens mij bedoelde hij daar niet Delphine mee.'

Cass nam een ogenblik om dat te verwerken. 'Hij weet toch niet dat ik kan tekenen?'

'Ik denk het niet. Hij is alleen heel goed in van alles en nog wat stiekem uitvlooien. Hij kan Becca overgehaald hebben hem dingen te vertellen. Misschien heeft Ranulph het haar weer verteld. Maar wat belangrijk is, is dat we – jij – de tekeningen zo snel mogelijk afhebben. Zou het je in een week tijd lukken, denk je?'

‘Ik weet niet hoeveel tekeningen ik moet maken.’

‘Ik kan het aantal zo nodig terugbrengen.’

Ineens grijnsde Cass. Eindelijk kreeg ze een verantwoordelijke baan, en ze zou de uitdaging geweldig vinden!

16

Bij thuiskomst was geen van beiden verbaasd dat Austin op de veranda op hen zat te wachten.

'Waar zijn jullie geweest?' vroeg hij toen ze bij hem kwamen zitten.

'Op bezoek bij de familie van Delphine,' antwoordde Bastian.

'Ze vroeg me al een tijdje eens langs te komen,' zei Cass, wat niet waar was, 'maar ik heb gewacht tot Bastian met me mee kon. Anders had ik het nooit gevonden.'

'En waar is Delphine nu?' vroeg Austin.

'Thuis,' zei Cass. 'Het is haar vrije dag.'

Austins gezicht betrok. 'O. En de lunch dan?'

Cass haalde diep adem en stond op het punt hem de waarheid te zeggen – dat hij enorm veeleisend was en dacht dat alles hem zomaar toekwam – maar dat werd haar bespaard doordat Ranulph en Becca verschenen. Ze leken de sfeer op te pikken die op de veranda hing.

'Hé, Cass,' zei Becca, 'zullen we de lunch op tafel zetten? Ik weet dat we het eigenlijk aan de mannen moeten overlaten, maar ik heb honger!'

In de keuken verontschuldigde Becca zich. 'Sorry dat ik je vroeg me te helpen. Ik denk alleen dat Austin minder lastig is als je hem te eten geeft en hem dan wijst waar de fles rum staat.'

Terwijl ze brood vonden, groenten die ze tot een salade konden verwerken, vis en een paar eieren, die ze kookten, besefte Cass dat Becca een aardige vrouw was. Als Ranulph weer verliefd op haar werd, kon ze het hem niet kwalijk nemen. En zij, Cass, was waarschijnlijk inderdaad te jong voor hem. Het was jammer dat haar hart het niet eens was met haar hoofd: haar hoofd had alle antwoorden.

'Wat heb je vanochtend gedaan, Cass?' vroeg Ranulph. 'Toch niet alleen eten klaargemaakt?'

Ze schudde haar hoofd. 'Ik heb de salade gemaakt, maar Becca heeft verder het meeste gedaan.'

'We zijn bij Delphine langsgegaan,' zei Bastian. 'Toen we daar waren, spraken we ook haar broer even. Hij is de man die mijn pick-up onderhoudt.'

'Er is hoop ik toch niks mis met je pick-up?' vroeg Becca.

'Nee,' zei Bastian. 'Maar hij vertelde ons dat hij daar een pick-up heeft staan die hij opknapt.'

Plots luisterde Austin mee. 'O ja?'

'Ja,' zei Bastian. 'Ik dacht dat dat je misschien wel zou interesseren, Austin.'

'Wil hij hem verkopen?' vroeg Austin.

'Zeker,' zei Bastian. 'Hij wil er alleen wel een hoop geld voor hebben. Pick-ups zoals de mijne zijn schaars en op dit moment bijzonder nuttig.'

'Hoeveel?'

Bastian noemde het bedrag. 'En dat zal hij in contanten willen ontvangen.'

Door de manier waarop Austin zijn schouders ophaalde, kreeg Cass het idee dat hij hier in plaats van met nuttige voorraden, hulp aan een door een orkaan verwoest land, was aangekomen met stapels bankbiljetten, waarschijnlijk dollars. En als hij van plan was een privévliegtuig te huren, mogelijk zelfs twee stoelen, moest hij wel veel geld bij zich hebben.

Een uur later zat Cass rustig van haar kruidenthee te nippen, naar de zee te kijken en zich af te vragen wanneer ze aan de illustraties kon werken, toen Austins stem haar gedachtestroom onderbrak.

'Wat zijn je plannen voor vanmiddag, Cass?'

Waarom moest die man haar nou altijd klemzetten, verdomme? Wat was een goed antwoord? Er kwam niets bij haar op. 'Misschien ga ik hier gewoon een beetje chillen.' Op het moment dat de woorden over haar lippen waren gekomen, besefte ze dat ze klonk alsof ze hier op vakantie was, niet op een reddingsmissie.

'Dat is niets voor jou. Je bent meestal zo'n bezig bijtje.'

Cass glimlachte om haar tandengeknars te verhullen. Wat was hij toch neerbuigend! 'Dat weet ik,' zei ze geërgerd. 'Daarom denk ik dat ik even rust moet pakken.'

Op dat moment verscheen Bastian, die mogelijk Austins stem had gehoord, op de veranda.

'Heb je zin om mee te gaan naar Errol, Austin? Kijken hoelang de reparatie van de pick-up gaat duren? Dan kunnen we onderhandelen over de prijs.'

'Misschien kan ik dat maar beter doen,' antwoordde Austin. 'Je zou met ons mee kunnen gaan, Cass. Je zei immers dat je niets te doen hebt.'

'Als je het niet druk hebt, zou het heel handig zijn als je een inventaris kunt maken van de voorraden, Cass,' zei Bastian.

Cass was een beetje in de war. 'Welke voorraden?'

'Die in mijn studeerkamer,' zei hij. 'Ik moet de deur op slot houden vanwege eventuele plunderaars, maar het zou goed zijn te weten wat we hebben.'

Cass wierp Bastian een glimlach toe en hoopte meteen dat het een niet al te hartelijke was; hij had haar het perfecte excuus gegeven. 'Ik ga ermee aan de slag,' zei ze. 'Eerst help ik Ranulph en Becca even in de keuken. Met de afwas,' voegde ze eraan toe, en ze wierp Austin een blik toe die bijna nijdig was.

Nu Bastian en Austin uit de buurt waren, deed ze vliegensvlug de afwas. Ranulph kwam de keuken in om af te drogen, en Becca zette alles weg.

'Ik zie je tegenwoordig amper nog, Cass,' klaagde Ranulph. 'Gaat het goed met je?'

Meestal probeerde Cass Ranulph niet aan te kijken, omdat ze bang was dat ze dan zou blozen of een modderfiguur zou slaan, maar deze keer deed ze het wel. 'Ik ben druk met dingen, Ranulph. Het gaat prima met me.'

Ranulph knikte. 'Mooi.'

'Oké!' zei Becca. 'De keuken is weer aan kant. Kom, dan gaan we naar de opgraving, Ran. Ik ben hier niet lang meer.'

'Ik zal je missen, Becca!' zei Cass, en ze besefte dat dat waar was.

Toen ze zeker wist dat iedereen het huis uit was, pakte ze de sleutel die Bastian haar had gegeven. Ze was van plan te kijken hoeveel tekeningen hij nodig had en uit te rekenen hoelang ze er ongeveer over zou doen. Ze hoopte maar dat het net zo veel tijd zou kosten als Errol nodig had voor de reparatie van de pick-up.

Ze had het bestand gevonden en de illustraties bekeken die Bastian opnieuw getekend wilde hebben, in het vroege deel van het werk, dat van de hand van zijn vader. Net toen ze aan de eerste was begonnen, hoorde ze een geluid. Ze wilde niet betrapt worden in Bastians studeerkamer, want ze was nog niet eens begonnen aan de inventarisatie van de voorraden. Hoewel ze wist dat het geen dringende taak was, was het haar dekmantel voor het maken van de tekeningen, wat betekende dat ze het wel móést doen.

Ze keek goed rond voor ze de werkkamer verliet en draaide net de deur weer op slot, toen Austin achter haar kwam staan.

'Hallo!' zei hij. 'Al klaar?'

'Eh, nee,' zei ze zenuwachtig. 'Ik ben nog niet echt begonnen. Eerst wilde ik een idee krijgen van hoeveel er ruwweg aan voorraad is.'

'Waarom maken we niet samen de inventaris op? Zo'n klus is veel makkelijker als de een zegt wat er is en de ander het opschrijft.'

Hij had natuurlijk gelijk. Met ingehouden adem keek ze hem aan, en ondertussen probeerde ze zich te herinneren of ze Bastians werk goed had opgeruimd. Ze was er niet zeker van. 'Nee, laat maar,' zei ze langzaam. 'Er is geen haast bij. Hoe ging het met Errols pick-up? Je was erg snel klaar met onderhandelen. Weet je zeker dat je de best mogelijke deal hebt gekregen?'

Austin maakte een wegwuivend gebaar. 'Hij kon ervoor vragen wat hij wilde, en dat wist hij. Bastian vertelde me dat er in een van de gebouwen een oude zendradio staat. Het lijkt me een goed idee die op te starten om te kijken of ik verbinding met de buitenwereld kan krijgen.'

'Dat zou handig kunnen zijn!'

'Als ik verbinding krijg, kan ik misschien regelen dat een vliegtuig me komt ophalen.' Hij liet een korte stilte vallen. 'Dan heb ik alleen wel hulp nodig met de kosten, en daar kom jij om de hoek kijken.'

'O... eh... ik weet niet. Daar zou ik met Ranulph over moeten praten...' Het was een uitvlucht, en dat ontging Austin niet.

'Lijkt het je niet tijd worden dat je Ranulph niet langer over zulke dingen raadpleegt en op eigen benen leert staan?'

'Misschien wel.' Ze probeerde luchtig te klinken. Hoewel Austin een punt had, waren Ranulph en zij hier als team gekomen, en als ze van plan was zonder hem te vertrekken, moest ze hem daarvan op de hoogte brengen. Ze besloot in de aanval te gaan. 'Stel nou dat je hoort dat er een vliegtuig vertrekt voordat de pick-up klaar is?'

'Dan ga ik met Errol onderhandelen over hoeveel geld hij wil hebben om dag en nacht door te werken tot de pick-up klaar is.'

'Als dat vliegtuig speciaal hierheen komt om jou op te halen, kan het toch wel wachten tot je op het vliegveld bent?'

'Ik weet dat Europeanen geneigd zijn te denken dat Amerikanen stinkend rijk zijn, maar dat is niet zo. Ik kan geen vliegtuig charteren. Ik kan alleen hopen op een plek in een vliegtuig dat terugkeert van een eiland met een vliegveld dat nog open is, of op iemand met een vliegtuig die al een paar passagiers heeft en een volle bak wil hebben.' Hij keek haar aandachtig aan. 'En dat heeft ook gevolgen voor jou, Cass. Als we samenwerken, komen we hier wel weg.'

Cass glimlachte, al leek ze vast oliedom. 'Ik moet er nog over nadenken. Als je het niet erg vindt, ga ik nu snel douchen, voordat de archeologen terugkomen en onder de douche willen.' Te laat herinnerde ze zich dat de archeologen nu hun eigen huis hadden.

Onder de douche overwoog ze naar de archeologische site te gaan om met Ranulph te praten en van hem te horen wat ze het best kon doen. Maar tegen de tijd dat ze zich in een handdoek had gewikkeld en met een andere door haar haar wreef, had ze besloten dat niet te doen. Ze moest het zelf uitzoeken. Toen Austin had gezegd dat ze op eigen benen moest leren staan, had hij een gevoelige snaar geraakt. Hoe kon ze ooit verwachten dat iemand haar als volwassen beschouwde als ze voortdurend aan andere mensen vroeg wat ze moest doen?

Na het douchen ging ze op zoek naar Austin.

Ze wist hem te vinden en hoefde niet te vragen waar hij mee bezig was. Hij stond in een van Bastians bijgebouwen naar een heel oud apparaat te kijken.

'Dit ding stamt uit de tijd van de ark! Nee, nog van daarvoor, van vóór de oorspronkelijke bevolking van het Amerikaanse continent!' zei hij.

Cass slikte haar eerste reactie – 'wat had je dan verwacht?' – in en zei: 'Je krijgt hem vast wel aan de praat, Austin.'

Hij snoof spottend. 'Daar moet je archeoloog voor zijn. Zo oud is het.'

Jij bént toch archeoloog? wilde ze zeggen, maar ze stelde in plaats daarvan voor thee te zetten. 'Of heb je liever koffie?'

Austin keek haar aan. 'Koffie zou fijn zijn. Ik ben blij dat je wat vriendelijker doet, Cass. Tot nu toe leek je me als de vijand te zien.' Hij glimlachte. 'Ik mag je graag. Ik denk dat we het prima met elkaar zouden kunnen vinden.'

In stilte liepen ze terug naar het huis. Gedachten wervelden door Cass' hoofd: was het een goede zaak dat Austin dacht dat ze hem aardig leek te vinden?

Verlangend naar Ranulph zette ze koffie voor Austin, waarna ze een poosje in stilte op de veranda zaten.

'Waarom vraag je Ranulph niet de radio voor je aan de praat te krijgen?' Cass koos haar woorden zorgvuldig. 'Hij is heel praktisch ingesteld, geen wetenschapper, zoals jullie allemaal. Misschien kan hij het probleem oplossen.'

'Wat doet hij dan? In het echte leven, bedoel ik?' vroeg Austin.

'Hij is journalist,' antwoordde ze.

'Ik had het kunnen weten,' zei Austin. 'Hij vind het prima om mee te liften op de slippen van het werk dat anderen hebben verricht.'

'Dat zou ik nou niet bepaald zeggen.' Hoewel ze ontstemd was over Austins minachtende houding, wist ze niet of opkomen voor Ranulph goed of slecht was. Ze was er nog steeds niet uit of ze moest doen alsof ze Austin aardig vond of niet.

'Nee, jij niet, maar in het verleden zijn er journalisten geweest die geen spaan heel lieten van mijn werk. Het is heel makkelijk hiaten te vinden in werk dat anderen hebben verricht. Het is zoveel moeilijker om werk vanaf de grond op te bouwen.'

Cass glimlachte opnieuw. Met die uitspraak was ze het eigenlijk wel eens, al wilde ze dolgraag roepen: 'Zo is Ranulph niet!' Eerlijk gezegd had ze geen idee hoe Ranulph als journalist was. Toen ze de kans had artikelen van zijn hand te lezen, had ze er de tijd niet voor genomen. Nu wenste ze dat ze dat wel had gedaan. 'Het is raar om geen internet te hebben, hè?' zei ze.

'Waarom zeg je dat ineens?'

Ze haalde haar schouders op. 'Ik zat gewoon te denken. Ik heb altijd internet gehad, en nu ineens niet meer.'

'Dat komt doordat jij jong bent.'

Ze slaakte een zucht. 'Ik ga naar de opgraving om Ranulph te vragen of hij zin heeft om het radiotoestel te repareren.' Ze wierp Austin een stralende nepglimlach toe. 'Dat zou toch cool zijn? Als hij het kan repareren?'

'Uiteraard,' zei Austin, met een neerbuigende blik in zijn ogen waardoor Cass hem normaal gesproken iets naar het hoofd had willen gooien. In plaats daarvan glimlachte ze nog eens en rende ze het strand af.

Een paar minuten later kwam ze licht hijgend bij Ranulph aan.

'Hé!' zei Ranulph, die zijn handen om haar bovenarmen legde. 'Vanwaar die haast? Is alles in orde?'

'Dat denk ik wel. Ik wil alleen zonder Austin in de buurt met je praten.'

'Waar is hij?'

'Ik heb hem op de veranda achtergelaten. Hij weet dat ik hierheen ben gegaan om je te spreken.' Ze was even stil om op adem te komen. 'Weet je iets van zendradio's af?'

'Iets, niet veel. Ik heb er een paar keer eentje moeten gebruiken, op plekken die afgesloten van de buitenwereld waren.'

'Bastian zei tegen Austin dat er een zendradio is, en hij wil er graag mee aan de slag. Hij kan hem alleen niet repareren. Ik opperde dat jij dat misschien wel kunt.' Ze liet een korte stilte vallen en haalde diep adem. 'Hij denkt dat hij dan misschien informatie kan oppikken over privévliegtuigen die overkomen om mensen op te halen.' Ze likte over haar droge lippen. 'Hij wil dat ik met hem meega.'

Ranulph fronste zijn wenkbrauwen. 'Wat vind je zelf?'

'Ik vind het niet geweldig, maar als het moet, doe ik het.'

'Waarom zou het moeten, Cass? Het lijkt me geen goed idee.'

Ze antwoordde niet meteen.

'Waarom zou je dat doen, Cass?' drong Ranulph aan.

'Ik ga illustraties maken voor Bastians inzending voor de wedstrijd – ik was even vergeten dat ik je dat nog niet heb verteld. Bastian kan wel tekenen, maar zijn vader kon dat niet. Hij wil dat ik die illustraties opnieuw maak, of in elk geval een groot deel ervan. Als hij met zijn werk wil winnen, moet het zo goed mogelijk zijn. Als hij wint, is het hele eiland ermee geholpen. Als Austin wint, houdt hij het geld voor zichzelf.'

'Dus?'

'Als het werk af is, inclusief illustraties, kan ik het meenemen naar een plek met internet en het vóór de deadline naar de jury mailen.'

'Aha, nu begrijp ik het.'

'Maar zijn paper komt alleen af als jij iets kunt doen om Austin bij me uit de buurt te houden, zodat ik door kan met de tekeningen. Als Austin denkt dat ik Bastian help, vindt hij vast wel weer een manier om me tegen te houden.'

'Ik vind het geen prettig idee dat je, om Bastian te helpen, met een man moet meereizen die ik een eikel vind.'

'Dat vind ik ook. Maar hij is wel een eikel die ik aan mijn kant moet zien te houden! Als jij de radio doet, hebben wij de teugels in handen. Alhoewel, als je hem repareert, zal hij de teugels in handen hebben, want hij zal hem vast en zeker kunnen bedienen.'

Ranulph dacht na. 'Goed dan. Als ik de radio repareer, kan ik hem daarna weer onklaar maken, zodat Austin er niets aan heeft.'

Er volgden drukke dagen. Cass zocht voortdurend uitvluchten om het huis te kunnen verlaten en naar Delphines vakantiehuisje te gaan, zodat ze kon tekenen. Ranulph worstelde met de radio – die was al heel lang niet meer gebruikt, dus alles was verroest. Austin kuierde heen en weer tussen het bijgebouw waar Ranulph aan de radio werkte, het strand en Errols garage. Uiteindelijk kreeg Ranulph verbinding.

Cass was erbij. Meteen kwam Austin het gebouwtje in en boog hij zich over Ranulphs schouder.

'Wie heb je te pakken, Ran?' vroeg hij. 'Kan hij ons in contact brengen met een luchtvaartmaatschappij met kleine vliegtuigen?'

Ranulph stond op. 'Weet je, Austin, waarom communiceer jij niet met hem? Het systeem werkt nu en is helemaal van jou. Ik ga naar de opgraving. Die moeten we snel veiligstellen, zodat alles goed onderzocht kan worden.'

Toen iedereen – inclusief Becca, die was uitgenodigd – die avond eindelijk aan tafel zat, was er niet veel gespreksstof. Iedereen leek moe en afwezig. Cass dacht na over haar tekeningen. Ze had er een paar gemaakt, alleen niet zoveel als ze had gewild. Ze tekende sommige planten over uit een oud boek met botanische afbeeldingen, maar ze wilde er grassen en gevallen gebladerte aan toevoegen. Het kostte tijd om de illustraties zo gedetailleerd te maken als ze graag wilde. Moest ze zich richten op een paar echt goede afbeeldingen of proberen ze allemaal af te krijgen, al werden het dan schetsen? Ze had het nog niet aan Bastian kunnen vragen. Bovendien was het maar de vraag of hij haar wel een bruikbaar antwoord zou geven. Waarschijnlijk zou hij zoiets zeggen als: 'Doe je best.'

Becca en Ranulph begonnen op gedempte toon een discussie over iets wat blijkbaar dringend was en te maken had met aardewerk dat mogelijk (Cass had geen idee!) duizenden jaren geleden gebroken was. Uiteindelijk stonden ze op en zetten hun gesprek op de veranda voort.

Cass was zo in gedachten verzonken dat ze opschrok toen Austin iets tegen haar zei. 'Sorry, wat zei je?' vroeg ze hem.

'Ik vroeg: wat heb je vandaag uitgespookt? Ik heb je de hele dag niet gezien. Ik weet dat je geen proviand hebt rondgebracht, want Bastian was met de pick-up op pad.'

'O, ik heb Delphine bij haar thuis geholpen,' zei ze luchtig.

'Maar Delphine is al de hele dag hier, net als ik. Ik heb geprobeerd iets zinnigs uit die verdomde radio te krijgen,' zei Austin.

'Cass kan me ook helpen zonder dat ik er ben,' zei Delphine, die er net op dat moment aan kwam. 'Ik kan niet op twee plaatsen tegelijk zijn. Het huisje dat ik vóór de orkaan verhuurde, is een puinhoop. Cass helpt me het weer op orde te krijgen.'

Het was een heerlijk logisch antwoord, en Delphine zei het met zo veel overtuiging dat Cass ontspande.

'Ik kan niet wachten om het eindresultaat te zien,' zei Austin. 'Misschien kan ik morgen een kijkje nemen als ik bij Errol langsga.' Hij klonk zo sceptisch als mogelijk was zonder onbeleefd te zijn.

'Ik heb liever dat je het huisje ziet wanneer het klaar is,' zei Delphine. 'Overweeg je het te huren? Ik kan je een goede deal geven.'

'Nee, ik ben niet van plan hier nog veel langer te blijven,' zei Austin, 'maar als ik terug moet naar Dominica, zou het handig zijn een onderkomen te hebben.' Hij wierp Bastian een zogenaamd dankbare glimlach toe. 'Ik kan niet eeuwig van deze man blijven profiteren.'

'Nee,' zei Delphine. 'Dat doe je nu al een hele tijd.'

'Geen probleem, hoor,' zei Bastian, die opstond en een kleine buiging maakte voor Austin. 'Maar je mag ook elk moment vertrekken.' Daarna liep hij weg naar zijn studeerkamer.

'Wat een vrouw!' zei Austin glimlachend; hij deed alsof hij Delphine een compliment gaf. 'Wat zouden we zonder haar moeten?'

'Ik stel voor dat je niets doet, meneer Austin. Met of zonder mij,' zei Delphine.

'Sorry, Delphine,' zei Austin. 'Daar bedoelde ik niets mee. Ik ben gewoon onder de indruk van je. Cass, ben je klaar om me je werk te laten zien, wat het ook is dat je in Delphines vakantiehuisje hebt gedaan?'

'Nee,' zei Cass, die moed putte uit Delphines dapperheid. 'Ik laat het je zien als het klaar is, niet eerder.'

'Maar het kan zijn dat ik er dan niet meer ben,' zei Austin. 'Misschien komt een vliegtuig me ophalen. En vergeet niet dat ik van plan ben jou mee te nemen.'

'Alleen als ze mee wil,' zei Delphine. Ze had de teugels hier duidelijk strak in handen.

17

Later die avond vond Bastian Cass op haar gebruikelijke plek, waar ze naar de zee stond te staren en de sterren bewonderde. ‘Ga je mee een stukje wandelen?’ vroeg hij. Hij droeg een hoofdlamp als zaklantaarn.

Cass volgde zijn lamp, die het pad bescheen dat langs de andere kant van het huis naar het deel van het strand voerde waar geen archeologische opgraving gaande was.

‘Wil je iets tegen me zeggen? Onder vier ogen?’

Bastian was blijven staan op wat duidelijk een lievelingsplek van hem was, en Cass en hij vonden een paar rotsen om op te leunen.

‘Ik heb een probleem.’ Bastian kwam meteen ter zake. ‘Ik ben bijna klaar met mijn paper. Ik heb veel aantekeningen, maar ze zijn met de hand geschreven.’

‘O?’

‘Toussaint en ik hebben de rotstekening gevonden en gefotografeerd. En trouwens, bedankt dat die door jou relatief makkelijk te vinden was.’

‘Heb je de tekening gevonden? Wat ben ik daar blij om. Maar dat is fantastisch, Bastian!’ Cass kon haar geluk niet op. ‘Dat is alle moeilijkheden waard die op ons pad zijn gekomen. Ik ben immers hierheen gekomen voor die rotstekening.’

Bastian glimlachte, verheugd dat Cass zo enthousiast was. ‘Maar ik moet dat laatste stuk nog aan de paper toevoegen.’

‘En je kunt niet op je computer werken omdat je geen elektriciteit hebt,' giste ze. 'Wat jammer dat ze nog geen laptops op zonne-energie hebben uitgevonden.' Even was ze stil. 'Waarschijnlijk zijn die er al wel, alleen heb jij er geen.'

Hij lachte. 'Je hebt geen elektriciteit en dure apparatuur nodig als je een typemachine hebt.'

'En die heb je?'

Bastian knikte. 'Mijn vader tikte er al zijn boeken op.'

'Die van mij ook, jaren geleden! Hoe kan ik helpen? Ik kan best goed typen. Toen ik me in een zomervakantie verveelde, heb ik mezelf blind leren typen. Ik oefende op een typemachine die ik bij mijn vader in de schuur vond.'

'O!' Dat leek Bastian te verrassen. 'Ik was niet van plan je te vragen de aantekeningen voor me uit te typen, ik wilde alleen vragen of ik het vakantiehuisje bij Delphine met je kan delen. Ik wil niet thuis typen, want dan hoort Austin me. Ik heb tegen hem gezegd dat mijn paper af is. Hij weet niet dat we de rotstekening hebben gevonden, dus ook niet dat ik nog meer heb geschreven.'

'Oké,' zei Cass langzaam. 'Ik hoop alleen dat we genoeg tijd hebben.'

'Errol is me graag van dienst,' zei Bastian lachend.

'Hoe bedoel je?'

Weer lachte hij. 'We kennen elkaar al van kinds af aan. Hij probeert me alle tijd te geven die jij en ik nodig hebben.'

De typemachine, die Cass loodzwaar vond, werd de volgende ochtend heel vroeg naar Delphines vakantiehuisje vervoerd. Er was verder nog niemand op. Cass, die zich met de pagina's handgeschreven aantekeningen achter Bastian aan haastte, besefte dat het op een typemachine veel lastiger werken was dan op een computer, zelfs als Bastian gewend was erop te typen. Niet alleen kostte het indrukken van de toetsen veel meer moeite, maar eventuele tikfouten moesten ook met een speciaal correctiemiddel worden uitgewist.

'Ik hoop dat het laatste deel van je paper niet al te lang is,' zei ze toen Bastian de typemachine uiteindelijk op een tafel naast het bureau zette waaraan zij had getekend. 'Een afbeelding zegt meer dan duizend woorden en zo.'

'Gelukkig moeten we ons aan een maximum aantal woorden houden, en dat maximum is royaal, maar er is een grens. Wanneer ik het boek schrijf, zal dat uitgebreider zijn. Als we hier allebei tegelijk werken, hebben we nog een stoel nodig,' zei hij.

'Deze is prima met een paar kussens erop, en Delphine brengt er straks nog een.' Ze liet een korte stilte vallen. 'Ik zat alleen te denken: hoe maken we een kopie van je werk? Hoe deed je vader dat?'

'Met carbonpapier. Dat heb ik helaas niet.' Hij wierp een blik op Cass. 'Ik neem aan dat je nog nooit met carbonpapier hebt gewerkt? Dat je een vel daarvan tussen twee vellen gewoon papier in de typemachine draait en op die manier een kopie krijgt? Je kunt meerdere vellen carbonpapier gebruiken. Het werkt goed.'

Cass schudde haar hoofd. 'Volgens mij is mijn generatie volkomen afhankelijk geworden van computers.'

'Niet alleen jouw generatie! Bij ons valt de stroom af en toe uit, dus wij zijn er beter op voorbereid, maar als ik mijn computer niet kan gebruiken, wacht ik eerlijk gezegd gewoon tot dat wel weer kan. Tenzij het om iets dringends gaat, natuurlijk.'

'En dit is nu dringend,' zei Cass. 'Ik hoop alleen dat we kunnen voorkomen dat Austin zijn neus in onze zaken steekt.'

Bastian knikte. 'Hij weet dat je iets voor me doet, daarom is hij zo vast van plan je hier weg te krijgen.'

Cass knikte. 'Dan kunnen we maar beter opschieten. Ik ben voor zonsopgang opgestaan, dus ik wil mijn tijd niet verspillen. Ik moet nog veel meer tekeningen maken.'

'Ik had onderweg meer foto's moeten maken. Nu we zonder internet zitten, is het te laat.' Hij glimlachte. 'De orkaan heeft heel wat op zijn kerfstok.'

'Zeker weten!' beaamde Cass.

'Heeft Ranulph je zien vertrekken, denk je?'

Cass schudde haar hoofd. 'Ik heb tegen hem gezegd dat ik graag op de veranda slaap, en dat is ook zo. Hij merkt pas bij het ontbijt dat we weg zijn.'

Delphine kwam met een tweede stoel, en niet lang daarna waren zowel Bastian als Cass aan het werk. Ze verhuisde haar bureau al snel naar de veranda, want ze vond het lastig zich te concentreren met het geluid – tik-pauze-tik– van Bastians getyp op de achtergrond.

Ze vond het idee dat er slechts één uitgetypt exemplaar van het laatste deel zou zijn beangstigend, maar wist dat Bastian geen tijd had om het twee keer te typen. Daarom nam ze zich voor zelf een kopie te maken, als ze daar de tijd voor had. Ze wist dat Bastian zou tegenstribbelen, maar ze zou het voor haar eigen gemoedsrust doen.

Omdat het opgemerkt zou worden als ze de hele dag wegbleef, ging ze terug naar Bastians huis om te lunchen. Iedereen was het gewend dat Bastian op stap was; voor haar lag dat anders.

Ze was moe. Wat ze zich niet had gerealiseerd, was hoe vermoeiend het was naar iemands getik op een ouderwetse typemachine te luisteren. Ze zou willen dat Bastian het haar liet doen, maar dat had hij geweigerd, zodat ze zich volledig op de tekeningen kon concentreren. Te laat realiseerde ze zich dat Bastian en zij hun werktijden in het vakantiehuisje op elkaar hadden moeten afstemmen.

'Waar ben jij mee bezig geweest?' vroeg Austin zodra ze de veranda op liep. Hij zat al aan de rum.

Tijdens de wandeling van Delphines naar Bastians huis had ze tijd gehad om een antwoord te bedenken. 'Ik heb wat planken geschuurd en ga nu snel even douchen voor de lunch, want ik zit onder het stof.'

Ze dook onder de douche voordat iemand kon zien dat dat niet waar was.

Toen ze aan tafel plaatsnam, zag ze dat Ranulph heel ernstig en mogelijk sikkeneurig keek en Austin zijn patserige en zelfvoldane zelf was.

'O, dat vergat ik je bijna te vertellen, Cass,' zei Austin. 'Ene Howard probeert via de radio contact met je te krijgen.'

'Howard? Dat is mijn vader!'

Plots werd ze overmand door heimwee. Ze hunkerde ernaar weer in het comfortabele Schotse huis te zijn, met elektriciteit, warm water en alle dingen die ze hier niet had, ook al was ze daar gewend aan geraakt. Ze wilde gewoon een simpeler leven, zonder geheimen, onderhandse transacties en lastige persoonlijkheden.

'Wanneer kan ik met hem praten? Kunnen we hem oproepen?' vroeg ze.

Austin schudde zijn hoofd. 'Zo eenvoudig is het niet. Hij moet in de vroege uurtjes contact hebben gezocht. Vanwege het tijdsverschil, snap je.'

Cass nam een ogenblik voor ze antwoordde: 'Ik weet dat er een tijdsverschil is, maar hij heeft met jou gepraat, dus het moet kunnen.'

'Hij bofte dat hij me te pakken kreeg. De volgende keer ben ik er waarschijnlijk niet meer,' zei Austin.

'Cass wil dolgraag met haar vader praten,' zei Ranulph. 'Kunnen we niet uitrekenen wat het beste tijdstip is om op een bericht van hem te wachten?'

Austin schudde zijn hoofd net zo neerbuigend naar Ranulph als hij naar Cass had gedaan. 'Iedereen wil op hetzelfde moment contact met iedereen, Ran; dan raken de lijnen overbezet. Op een druk tijdstip is het niet altijd mogelijk contact te krijgen.'

'In dat geval moeten we Howard op een minder druk tijdstip proberen te bereiken. Misschien neem ik vanaf nu het bedienen van de radio wel over.'

'Nee, nee,' zei Austin. 'Het is verwarrend als we nu switchen. Ik bedien hem wel.'

Cass, die besefte dat ze minder van zendradio's wist dan op de achterkant van een ouderwetse postzegel geschreven kon worden, zei niets. Ze verlangde hevig naar huis, naar haar vader, naar een normaal leven.

Na de lunch ging ze naar de kamer die ze met Ranulph deelde en viel in slaap. Toen ze wakker werd, besloot ze niet terug te gaan naar Delphine – het was een heel eind lopen – maar te blijven en zo mogelijk hier wat te tekenen.

Nadat ze de slaapkamer uit was gelopen, leek er verder niemand thuis te zijn, dus ze pakte haar schetsblok en potlood en ging op zoek naar een plek waar ze alleen kon zijn. Als iemand haar vond – en met 'iemand' bedoelde ze Austin – was ze gewoon de plaatselijke fauna aan het tekenen. Hij zou niet weten dat het schetsen waren voor Bastians paper, die ze zou uitwerken tot echte illustraties.

18

Een week later trok Cass het laatste getypte vel papier – de kopie die ze voor de zekerheid had gemaakt – uit de typemachine en legde het op de stapel. Nu had Bastian alles wat hij nodig had voor zijn paper. Ze was al klaar met haar tekeningen. Zodra ze van het eiland af kon komen en een plek met internetverbinding zou vinden, kon het ingeleverd worden.

Nadat ze de getypte pagina's, haar illustraties en Bastians aantekeningen in haar kleine rugzak had gestopt, ging ze op weg naar zijn huis. Ze was moe, want ze was om half zeven begonnen met werken – op Dominica begon iedereen de dag vroeg – en nu was het na tweeën. Ook rammelde ze van de honger, en ze had het gevoel dat haar schouders in stalen klemmen zaten. Maar ze was klaar; de paper was af.

Toen ze bij het huis aankwam, zat iedereen tot haar verbazing nog aan de lunchtafel.

'Hé!' riep Becca. 'Kom erbij zitten!'

'Ik ga even mijn handen wassen,' reageerde Cass, 'dan kom ik.'

Ze gooide haar kleine rugzak in de slaapkamer en waste zich snel, waarna ze terugliep naar de grote tafel die het middelpunt van het huis vormde.

'Kom naast mij zitten,' opperde Becca.

Bastian stond op. 'Je ziet er moe uit. Kom, dan scheppen wij voor je op.'

Terwijl Becca gerechten doorgaf – een groentestoofpot, salade en versgeperst sap van een plaatselijke hibiscusoort – wreef Bastian over haar schouders.

'Je spieren zitten erg vast, meid,' zei hij. 'Je zou Delphine moeten vragen je eens flink te masseren. Daar is ze heel goed in.'

Delphine, die Cass' bord vol had geschept en het nu doorgaf, knikte. 'Dat doe ik voor de toeristen,' zei ze. 'Ze maken van die lange trektochten en komen dan gebroken terug. Ze zijn dat lopen niet gewend.'

'En ik ben het niet gewend een ouderwetse typemachine te gebruiken,' zei Cass. Meteen realiseerde ze zich dat ze dat niet had mogen zeggen. Dat ze een kopie van het laatste deel van Bastians paper had getypt, was geheim, op dat moment zelfs voor Bastian.

'Wat heb je getypt?' vroeg Austin; hem ontging nooit iets.

'Mijn impressie van het eiland, en hoe het de orkaan heeft overleefd,' zei ze soepeltjes. 'Mijn vader heeft me gevraagd een dagboek bij te houden, wat ik natuurlijk niet heb gedaan.' Ze lachte. 'Ik heb het te druk gehad, maar nu maak ik een inhaalslag.'

'Is Howard van plan jouw verslag over het eiland na de orkaan voor zijn eigen werk te gebruiken?' vroeg Ranulph, die afstandelijker leek dan ooit.

'O, dat betwijfel ik,' antwoordde Cass. 'Volgens mij wil hij gewoon weten wat mijn indruk is. Je weet dat hij van Dominica houdt – hij heeft hier veel tijd doorgebracht met Bastians vader – en hij wil graag dat ik er ook dol op word.' Ze glimlachte naar iedereen aan de tafel. 'Dat ben ik natuurlijk al. Op mijn twaalfde heb ik hier tien dagen doorgebracht. Ik vond het eiland toen al geweldig, en dat vind ik nog steeds.' Snel veranderde ze van onderwerp. 'Deze groentestoof is heerlijk!' Ze stak haar vork erin en hoopte dat haar riedeltje over wat ze met Bastians oude typemachine had uitgespookt genoeg was om iedereen tevreden te stellen.

'Nou, je hebt goed werk verricht in mijn vakantiehuisje,' zei Delphine. 'Voor al dat harde werk ben ik je wel een massage verschuldigd.'

'Ik kan niet wachten om dat huisje te zien,' zei Austin. 'Misschien kan ik een kijkje nemen als ik de pick-up eens ga zien waar Errol aan werkt.'

Toen Cass om een uur of vier uit haar siësta ontwaakte, ging ze op zoek naar Ranulph, maar al snel besefte ze dat hij teruggegaan moest zijn naar de opgraving. Ze had hem willen vragen hoe het ervoor stond met de radio. Omdat hij er niet was, liep ze zelf het bijgebouwtje in.

Daar zat Austin met een koptelefoon op aan stoffige knoppen en afstemschalen te prutsen.

'Hé Austin, ik vroeg me af of je mij kunt helpen contact met mijn vader te krijgen,' zei ze opgewekt.

'O, ik dacht dat ik het al had uitgelegd, meisje. Dat gaat niet.'

Hoewel Austin heel stellig was, geloofde Cass hem niet. 'We kunnen toch wel uitrekenen op welk tijdstip het het waarschijnlijkst is dat hij bij zijn radio zit?'

Austin schudde zijn hoofd. 'Hij weet dat alles goed met je is. Wat zou hij nog meer moeten weten?'

Nu Cass naar Austin keek, zoals hij daar op de stoel voor de radio zat, drong het tot haar door dat hij haar echt niet zou helpen contact met haar vader te krijgen. Ze zou het Ranulph moeten vragen of het zelf moeten doen. Met een blik op de reeks knoppen en schakelaars voegde ze er een derde optie aan toe: geen contact met haar vader zoeken.

'Ik zou je erg dankbaar zijn als je me kunt helpen, zodat ik even met hem kan praten.' Ze zei het met een glimlach die hopelijk aanlokkelijk was.

'O?' zei Austin. 'En hoe dankbaar zou dat zijn?'

Een akelig ogenblik lang vroeg Cass zich af of Austin om seksuele gunsten vroeg. Nee toch! Ze had een beetje willen slijmen, misschien de indruk willen wekken dat ze vrienden waren, maar die poging leek helemaal verkeerd uit te pakken. Voordat ze het gebouw uit zou vluchten, besloot ze om om opheldering te vragen. Het lukte haar zelfs te lachen, hoewel ze zich misselijk voelde. 'Wat bedoel je precies, Austin?'

'O, dat weet je vast wel.'

'Nee.' Ze deed met opzet naïef.

'Ik bedoel alleen dat je andere mensen dan Bastian wat meer zou kunnen helpen. Volgens mij ben je geobsedeerd door hem.'

'Dat ben ik niet,' wierp ze tegen. 'Maar zijn vader was een vriend van de mijne, en daardoor hebben we een band.'

'Echt?' zei Austin.

'Ja, echt. Wat wil je nou dat ik voor je doe?'

Austin bleef even stil; hij leek na te denken over wat hij het best kon zeggen. 'Ik wil dat je me helpt om van dit eiland af te komen.'

Cass slaakte een zucht. 'Dat weer. Wat kan ik doen? Errol regelt een pick-up voor je zodat je naar het vliegveld kunt rijden. Ik kan geen vlucht voor je boeken. Ik zie echt niet hoe ik kan helpen.'

'Als ik contact weet te leggen met je ouweheer, zodat jullie kunnen kletsen, kan hij misschien een vlucht hiervandaan regelen. Voor ons allebei.'

Cass dacht even na.

'Daarvoor zou ik echt zelf met hem moeten praten,' zei ze uiteindelijk. 'En ik zal natuurlijk alles – in het redelijke – doen om je te helpen van het eiland af te komen.'

Ze liep het gebouwtje uit en vroeg zich af wat voor dubbel spel Austin speelde. Hij wilde natuurlijk van Dominica af om zijn boek ruim voor de deadline te kunnen inleveren. Daarvoor zou hij naar een ander eiland gaan, waar ze internet hadden, en klaar was Kees.

Maar Bastians paper was ook klaar om ingezonden te worden, grotendeels op een geheugenstick. Het laatste stuk en de illustraties lagen klaar om in haar rugzak te worden gestopt. En aangezien ze naar Dominica was gekomen om Bastian te helpen de rotstekening te vinden, was het toch zeker net zo belangrijk, zo niet belangrijker, om zijn paper op tijd bij de jury te krijgen?

Hoe kon ze dat voor elkaar krijgen? Het zou niet makkelijk zijn.

Toen ze terug was op de veranda, op haar lievelingsplekje, kwam Friendly naar haar toe. 'Jij begrijpt dingen zonder dat je alles uitgelegd hoeft te krijgen, hè?' zei ze tegen hem, terwijl ze hem over zijn oren aaide. 'Als enige.'

Tijdens het eten die avond had Bastian verontrustend nieuws. 'Het gerucht gaat dat er een nieuwe orkaan op komst is.'

'Wat?' zei Cass. 'Er is er net eentje geweest! Dan kan er toch niet nog een komen?'

'Het is niet zoals Kerstmis, liefje,' zei Delphine. 'Je krijgt niet de hele bups in één keer over je heen, zodat je je er pas het volgende jaar weer druk om hoeft te maken. Het is het orkaanseizoen: we kunnen er meer dan één per jaar krijgen.'

'Maar dat is toch niet waarschijnlijk?' vroeg Austin, die merkwaardig ontspannen leek bij het vooruitzicht. 'En hoe weet je zonder internet nou dat er weer een op komst is?'

Bastian keek hem aan. 'Het is een gerucht. Een bevriende Kalinago vertelde me dat er tekenen zijn.'

'Wanneer zou hij kunnen toeslaan?' vroeg Ranulph.

'Zelfs met moderne technologie is dat moeilijk precies te zeggen,' antwoordde Bastian.

'Hebben de Kalinago altijd orkanen kunnen voorspellen?' vroeg Ranulph.

'Het is bekend dat ze vroege kolonisten waarschuwden dat er een op komst was, maar omdat de lucht blauw was en er geen wind stond, trokken die zich er niets van aan. Toen de orkaan toch kwam, beschuldigden ze de lokale bevolking van hekserij.' Bastian leek ook verrassend kalm bij het vooruitzicht dat er nog een orkaan aanstaande was.

'Moet je geen generator regelen als we er weer een krijgen?' vroeg Austin. 'Het lijkt me bizar om er geen te hebben.'

'Ik vertrouw liever op de zonnepanelen, maar als ik me zou bedenken, ben ik daar nu een beetje laat mee,' zei Bastian.

'Hoe kunnen we ons dan voorbereiden?' vroeg Cass, die niet wist of ze zich zorgen maakte of het vooral spannend vond.

'We timmeren de ramen dicht en zorgen ervoor dat buiten alles stevig vast staat. Daarna is het watervaten vullen en etenswaren klaarzetten die niet gekookt hoeven te worden. Gewoon basisdingen.'

'Je lijkt er heel ontspannen onder, Bastian,' zei Ranulph.

'Niet zozeer ontspannen als wel kalm,' zei Bastian.

'Bastian weet wat er moet gebeuren. Heb vertrouwen in hem en hou op met piekeren,' zei Delphine.

'Ik pieker niet,' wierp Austin tegen, die ineens zenuwachtiger leek. 'Hoe ver is je broer met de pick-up, Delphine?'

Ze haalde haar schouders op. 'Hij is klaar wanneer hij klaar is.'

'Ik ga erheen om te kijken of ik het proces kan versnellen,' zei hij.

Toen Cass een poosje later de tafel afruimde, kwam Austin naar haar toe.

'Ik ben bij Errol geweest, en de pick-up is klaar. We vertrekken morgen bij zonsopkomst naar het vliegveld. Alle kleine vliegtuigen komen daar aan. We krijgen vast zonder problemen een zitplaats in een van die vliegtuigjes. Ga op de veranda slapen, zodat ik je wakker kan maken.'

'Er komt een orkaan aan, Austin. We kunnen niet vertrekken in een orkaan!'

'Die orkaan is een gerucht, meer niet. Een van Bastians rare vrienden denkt misschien dat er een op komst is, maar we hebben er niet echt bewijs voor.'

'Ik denk nog steeds...'

Plotseling sloeg Austin met zijn hand op de tafel. 'Spreek me niet meer tegen! Je moet met me meekomen, Cass. Als je dat niet doet, ruïneer ik persoonlijk de academische carrière van je vriendje. Ik zal de academische wereld laten weten dat delen van zijn paper niet door bewijs gestaafd worden.'

'Dan is het jouw woord tegen het zijne!'

'Als je met modder gooit, blijft er altijd wel iets van plakken. Ik heb aanzien in die kringen. Vergis je niet, ik kan Bastian kapotmaken!'

Daarop pakte hij de fles rum en nam die mee naar zijn kamer.

Cass wist niet wat ze moest doen. Ranulph was die avond met Becca naar de opgraving gegaan, dus ze kon hem niet raadplegen. Ze had geen idee waar Bastian was, maar als ze hem zou vertellen wat er was voorgevallen, wist ze dat hij zou zeggen dat ze niet met Austin mee moest gaan. En zelfs als ze hem kon vragen wat ze moest doen, zou dat niet fair zijn.

Uiteindelijk kwam ze tot de conclusie dat ze weg moest, want ze moest voorkomen dat Austin Bastians reputatie zou ruïneren. En belangrijker nog, ze moest Bastians werk op tijd inzenden, zodat hij kans maakte op de prijs waar Austin en hij om streden. Dat was de enige manier waarop ze zeker kon stellen dat Bastian er net zo'n grote kans op zou maken.

Omdat ze met niemand kon praten, schreef ze een paar afscheidsbriefjes. *Beste Ranulph, sorry dat ik wegga zonder afscheid te nemen, maar Austin brengt ons naar een vliegtuig waarmee we kunnen vertrekken. Ik moet echt gaan. Bastian legt wel uit waarom. Bedankt voor alles.* Ze hield haar pen even stil en voegde er toen *Liefs, Cass* aan toe.

Meestal hoefde ze niet na te denken over het afsluiten van een brief, maar de simpele woorden waarmee ze bijna al haar mailtjes afsloot, leken nu een diepere betekenis te hebben.

Het briefje aan Bastian was makkelijker te schrijven. *Ik ga met Austin mee. Ik heb alles wat ik nodig heb. Bedankt dat ik zo lang mocht blijven. Veel liefs, Cass.*

Als Austin het briefje zou vinden (en daar was ze bijna zeker van) stond er niets onthullends in (hoopte ze). Maar met een beetje geluk zou Bastian doorhebben dat het betekende dat ze zijn werk meenam.

Die avond zocht Cass haar spullen bij elkaar. Hoewel ze eigenlijk niet veel mee te nemen had in haar grote en kleine rugzak, pakte ze alles heel zorgvuldig in. Ze stopte er onder andere haar reisdocumenten in, een grote doos tampons en het potje vochtinbrengende crème dat Becca had gebruikt. Haar vaders camera had ze in kleding gewikkeld om hem extra te beschermen. Terwijl ze haar spijkerbroek eromheen draaide, moest ze denken aan de dag dat ze de rotstekening had gevonden.

Precies op het moment dat ze Bastian welterusten zei, kwam Ranulph naar boven. Ze had Bastian willen toefluisteren wat ze van plan was. Natuurlijk verscheen Ranulph net toen ze haar lippen bij Bastians oor hield en Bastian een hand op haar arm had gelegd om haar dichtbij te houden, dus kon ze niets tegen hem zeggen.

Ze besefte dat het er een beetje vreemd – intiem zelfs – uit moest zien, maar het was te laat, ze kon Ranulph niet uitleggen wat er aan de hand was. Ze knikte alleen naar hem en maakte zich klaar om naar bed te gaan.

Tegen de tijd dat Austin haar wakker maakte, had ze niet echt geslapen. Haar grote en kleine rugzak lagen onder de bank waarop ze had geslapen, en ze had haar kleren al aan.

'Ik ben er klaar voor,' zei ze. Hij knikte, en ze liep achter hem aan naar zijn pick-up, die een eindje verderop geparkeerd stond.

'Je bent duidelijk een vrouw met wie het goed reizen is. Je hebt vast nuttige spullen in die rugzak zitten.'

Cass klom in de pick-up en nam op de passagiersstoel plaats. 'Behalve mijn paspoort heb ik water, pleisters en wat bananen bij me, als je dat soms bedoelt. Ik reis nooit zonder.' De meer persoonlijke spullen noemde ze niet. Daar hoefde hij niets over te weten.

19

Zodra ze vertrokken, besefte Cass dat het een grote vergissing was. Rond de eettafel hadden ze het erover gehad wanneer de orkaan zou toeslaan; het antwoord kwam in de vroege ochtend, net toen Austin en Cass in Austins pick-up vertrokken naar een kleine landingsbaan waarover hij had gehoord, in de buurt van het hoofdvliegveld.

Eerst gingen alleen de boomtoppen wild heen en weer, maar daarna werden de windvlagen heviger en werd de auto door elkaar geschud. Austin hield de pick-up met moeite op de weg, en Cass klampte zich vast aan de deur en het dashboard, zo stevig dat haar vingers wit werden. Ze wist dat het einde verhaal zou zijn als er een boom op hen viel.

Toen ze moesten afremmen voor een enorme kuil in de weg, legde ze een hand op Austins arm. Ze moest schreeuwen om boven het geluid van de wind en de regen uit te komen. 'We moeten terug! Dit is volslagen waanzin. We kunnen elk moment omkomen.'

Austin keek haar niet eens aan. 'Echt niet. We gaan die vlucht halen.'

'Het vliegtuig kan niet opstijgen.'

'Maar zodra dat wél kan, sta ik klaar om in te stappen.'

Worstelend met het stuur reed hij door. De wielen van de pick-up slipten door de modder. Nu ze reden, kon ze zich met geen mogelijkheid nog verstaanbaar maken. Maar door de staat waarin de weg verkeerde, kreeg ze nog een kans, want ze werden weer opgehouden, nu door een boom waar ze omheen moesten rijden. 'Serieus, Austin! We zetten ons leven op het spel.'

Hij keek haar aan. 'Wil je uitstappen?'

'Nee! Ik wil dat we omkeren. Teruggaan naar een plek waar we veilig kunnen schuilen!'

Hij schudde zijn hoofd. 'Gaat niet gebeuren.'

Cass keek om zich heen. Door de regen was de weg veranderd in een modderrivier. 'We kunnen niet verder!' riep ze.

'Oké,' zei Austin, die de pick-up weer in de versnelling zette en doorreed. 'Je mag uitstappen. Maar ik zeg wanneer.'

'Ik wil er niet uit!' riep ze. Hij leek haar niet te horen.

Ze glibberden en slipten, soms naar voren, soms opzij, vaak naar achteren. Cass verkeerde in een staat van paniek die nog net geen doodsangst was. Het enige waar ze aan dacht, was de volgende centimeter die ze moest afleggen. Ze had geen idee wanneer de dood zou komen, maar was er vrij zeker van dat dat ergens in de komende uren zou zijn.

Eindelijk stopte Austin. Even dacht Cass dat hij verstandig was geworden. Ze waren luttele kilometers van een klein stadje vandaan, en ze dacht dat hij daarheen zou gaan om te ontsnappen aan de stortregen en de windvlagen die hen makkelijk van de weg hadden kunnen blazen als er geen bomen waren geweest die een beetje bescherming boden.

'Oké, uitstappen. Ik ga in mijn eentje naar de landingsbaan.'

Cass kon haar oren niet geloven. 'In dit weer kan ik niet uitstappen!'

'Wil je de reis voortzetten?' vroeg Austin.

'Nee...'

'Stap dan uit.' Hij boog zich naar haar portier toe en opende het. Toen gaf hij haar een harde duw.

Ze had amper tijd om haar kleine rugzak vast te grijpen, die gelukkig op haar knieën lag. Het volgende moment lag ze languit op de weg. Ze glibberde door de modder; het lukte haar niet om overeind te komen.

Austin wachtte niet tot ze opstond of haar grote rugzak met al haar spullen uit de laadbak van de pick-up had gehaald. Slippend als een malle reed hij weg, waardoor ze een waterval van modder over zich heen kreeg.

In een mum van tijd was ze doorweekt. Verbijsterd en vol ongeloof zat ze op de grond, in een modderstroom, met haar kleine rugzak tegen haar borst geklemd. Op de een of andere manier lukte het haar even later om overeind te komen. Ze hing de riem van haar rugzak om haar nek en zette het tasgedeelte vast met de riem van haar korte broek, zodat hij niet zou flapperen. Voor de inhoud van die tas had ze haar leven op het spel gezet; die mocht ze niet kwijtraken.

Ze had geen idee wat ze nu moest. Wankelend liep ze naar de dichtstbijzijnde boom, waar ze zich aan vastklampte om zichzelf overeind te houden; dat leek haar een positieve actie. Maar wat nu? Wanneer er koud water over je hoofd stroomde, was helder nadenken lastig.

Ze hoorde een luide krak en zag een meter of twee voor zich een enorme boom neerkomen. Even staarde ze ernaar, terwijl haar hart klopte als dat van een bang vogeltje. Totdat ze besefte dat de boom een brug had gevormd. Als ze erbij kon komen, zou die haar op zijn minst een beetje beschutting geven.

Hoelang ze er precies over deed om van de plek waar ze uit de pick-up was geduwd naar de boom te komen, wist ze niet precies, maar omdat ze zich door een rivier van modder moest worstelen, maakte ze maar heel langzaam voortgang. Uiteindelijk bereikte ze de boom. Het was zo heerlijk om niet langer onder de koude douche te staan die uit de hemel omlaagstortte, dat het als een veilige plek voelde. Ze wist alleen dat het dat niet was. Ze moest een beter plan bedenken. Alleen: wat voor plan? Opties had ze niet. Ze zou hier vast en zeker sterven.

Sombere gedachten gingen door haar hoofd, en van al die gedachten maakte het idee dat ze Ranulph nooit meer zou zien haar het verdrietigst. Ze hadden samen zoveel gedeeld, zoveel meegemaakt. Ze wist zeker dat het leeftijdsverschil met het verstrijken van de jaren kleiner zou lijken. Of hij ooit net zoveel van haar zou houden als zij van hem, wist ze niet. Maar zij hield toch genoeg van hem om dat te compenseren?

Ze wist niet of ze huilde – dat was moeilijk te zeggen nu het zo hard regende en haar gezicht zo nat was – maar ze had haar ogen dicht toen ze opschrok van een hand op haar arm.

'Hé, meisje, je hoort hier niet te zijn,' zei degene die aan de hand vastzat, een lange man van onbepaalde leeftijd. 'Kom met mij mee.'

Cass aarzelde niet. Hij gaf haar een wandelstok, en met behulp daarvan glibberde ze door de modder achter hem aan tot ze in het bos waren, waar het minder nat was. Daarna volgde ze hem naar een open plek waar, verrassend genoeg, een vrij groot huis stond. Hoewel ze niet bleef staan om goed te kijken, had ze de indruk dat het huis half in de berg was gebouwd. Ze ving een glimp op van bomen boven een ravijn.

Het was een schuilplaats.

Hij opende een deur, en ze liep achter hem aan naar binnen. Voor hen was een trapje, en onder aan dat trapje leek het feest te zijn: muziek, mensen, licht en een sfeer die niet leek te passen bij een vroege ochtend midden in een storm.

Toen ze binnenkwam, stond een oudere man op. 'Welkom in de orkaanbunker. Ga lekker zitten. Marvin?' riep hij, en de muziek stopte. 'We hebben een gast! Ze is doorweekt.'

Iemand gooide een handdoek haar kant op, en ze droogde zich zo goed als het ging af. Ondertussen keek ze om zich heen. Er was hier meer dan één gezin, besefte ze, al was het in het licht van de campinglampen lastig te zien hoeveel mensen er waren.

'Bij een orkaan komen de buren hierheen, naar deze grote ruimte, die in de rots is uitgehakt,' legde iemand uit. 'Meestal is het een opslagruimte, maar wanneer er een orkaan over het eiland trekt...'

'... is het een partyhuis!' vulde een jonge vrouw aan.

Langzaam nam Cass haar omgeving in zich op. Aan de andere kant van de ruimte, tegenover haar, zag ze een ouder paar, drie of vier volwassen mannen, een paar tieners, een stel vrouwen en wat kleine kinderen. Er was zelfs een hond. Het was volle bak, en toch hadden ze haar binnengehaald.

Ze werd voorgesteld aan haar nieuwe lotgenoten. Aan Irma, de vrouw van Garvin, de oudste man in het gezelschap. Ze hadden twee zonen, Sammy en Usain, de laatste was degene die haar had gered, en er was een heel knappe jonge vrouw, de echtgenote van een van de zonen. Garvin en Irma leken het oudste echtpaar en de gastheer en -vrouw te zijn.

Nadat ze een mok cacaothee (gemaakt op een campinggasstelletje) en een paar bananen had aangenomen, voelde ze zich beter. Ze ging naast Usain op de grond zitten. De hele tijd hield ze één hand op haar kleine rugzak.

'Wat ik graag wil weten,' zei ze tegen hem, 'is hoe je in vredesnaam wist dat ik daar was. Als jij me niet had gered, zou ik bijna zeker omgekomen zijn.'

'Je hebt geluk gehad. Ik was bezig een rolluik te repareren voordat de orkaan echt toesloeg toen ik de pick-up op de weg zag, ver onder me. Ik wist wanneer hij hier zou aankomen en dacht: even kijken of hij er al is. Niet echt een dag om de weg op te gaan.'

'Zeg dat wel!' zei Cass. 'En geloof me, het was niet mijn keus. Als ik had geweten dat ik met een gek meereisde, was ik niet gegaan.' Ze zweeg. Eigenlijk had ze wel geweten dat Austin labiel was, of in elk geval wispelturig. Waarom was ze in zijn pick-up gestapt terwijl ze wist dat het niet veilig was? Om Bastians werk op tijd in te zenden voor de wedstrijd. Ze slaakte een zucht. Ze had haar leven op het spel gezet voor iets wat nu niet meer zou lukken.

'Je wilde dus heel graag weg?' vroeg Usain. 'Uit Bastians huis?' Hij leek het niet te kunnen geloven.

'Hoe weet je waar ik vandaan kom?' begon ze, maar ze zweeg. Natuurlijk wist hij dat. Op Dominica leek iedereen alles over iedereen te weten. 'Niet omdat ik Bastian niet mag,' zei ze. 'Ik vind hem juist geweldig.'

'Volgens mij is iedereen op het eiland hem wel om de een of andere reden dankbaar.'

'Ik weet het,' zei Cass. 'Daarom wilde ik hem ook zo graag helpen.'

'Er met een man in een pick-up vandoor gaan is misschien niet de beste manier om dat te doen.'

Ze lachte. 'Nee, hè? Ik had niet met hem mee moeten gaan. Maar hij chanteerde me... Nou ja, niet echt... Hij wilde me mee hebben omdat hij...' Het was allemaal zo warrig en klonk zo belachelijk dat ze haar poging het uit te leggen staakte. 'Austin geloofde niet dat er zo snel na de vorige orkaan nog een zou komen.' Ze kreunde. 'Wat ben ik toch een sukkel.'

Ze dacht aan Bastians huis, aan de mensen die aan hun dag begonnen en haar briefjes zouden vinden. Ze zouden haar vervloeken, besefte ze. Ze zouden blij zijn dat Austin weg was, maar zouden wensen dat zij verstandiger was geweest en was gebleven.

'Lees dat meisje toch niet de les!' zei een van de vrouwen. 'Ik zal je laten zien waar "het gemak" is,' ging ze verder. 'Je kunt er het best vroeg in de ochtend gebruik van maken, want naarmate de dag vordert, gaat het er almaar erger stinken.'

Het 'gemak' was een piepklein kamertje verlicht door een campinglamp. Er was een chemisch toilet, een plastic bak en een jerrycan met water. Er hing zelfs een spiegel aan de muur.

Cass maakte de kleine rugzak om haar middel los en keek erin, bang voor wat ze zou aantreffen. Het was allemaal nog ongeveer zoals ze had gehoopt, en ze voelde een golf van opluchting. Toen ze de modder op haar gezicht zag, waste ze die er zo goed mogelijk af. Het koele water op haar huid werkte kalmerend.

'Ontspan een beetje,' zei Usain zodra ze weer bij de anderen ging zitten.

'Ik voel me zo'n idioot...'

'We doen allemaal domme dingen, vooral als het om de liefde gaat. Rustig maar. Haal diep adem. We zullen nog uren samen doorbrengen.'

'Ik ben niet met Austin weggelopen omdat ik van hem hou!' zei ze met klem. 'Dat is echt niet zo.'

'Chill, meid,' zei hij.

'De jongens wilden aan de rum beginnen,' zei een van de jonge vrouwen. 'Ik heb gezegd: pas tegen lunchtijd.'

'Dan gaan we vroeg lunchen,' zei een van de jonge mannen – Cass wist niet meer hoe hij heette. Hij grijnsde. 'Kunnen we de muziek weer aanzetten?'

'Wel zachtjes alsjeblieft. Wij ouderen willen praten.'

De feeststemming keerde terug. Een van de kinderen, een jongetje van een jaar of vijf, demonstreerde zijn breakdancekunsten, terwijl zijn zus in haar handen klapte en rondjes rende. Ze hadden allebei een goed gevoel voor ritme, merkte Cass op, en ze vonden het heerlijk publiek te hebben.

Toen iedereen naar de kinderen leek te kijken, pakte ze uit haar rugzak het doosje tampons, opende het en haalde de bovenste laag eruit. Daaronder zaten de laatste pagina's van Bastians werk, opgevouwen en in plastic verpakt. Haar tekeningen zaten daar weer onder. Toen haalde ze haar potje vochtinbrengende crème eruit. Onder de tissues lag de geheugenstick met het leeuwendeel van Bastians boek. Ze zou het misschien niet op tijd kunnen inzenden voor de wedstrijd, maar Austin zou het in elk geval niet in handen krijgen.

Ze wist – of was er bijna zeker van – dat Austin had gedacht dat dit allemaal in haar grote rugzak zat, de rugzak waarmee hij was weggereden, de rugzak met daarin haar vaders camera. Het idee Bastians werk bij zich te houden was ontstaan toen ze besefte hoezeer Austin erop aandrong dat ze met hem meeging. Hij had haar hulp niet nodig om een plek in een vliegtuig te krijgen; wat hij wilde, was dat Bastians werk vernietigd werd. Dan zou Bastian geen kans maken op het prijzengeld. Het was dat haar vaders dierbare camera nog in de rugzak zat die in de laadbak van de pick-up lag, anders zou ze blij zijn geweest.

Maar dat ze Austin goed had ingeschat gaf niet zoveel voldoening als ze had gedacht, besefte ze. Zij maakte de komende dagen, zo niet weken, geen enkele kans om van het eiland af te komen, terwijl hij misschien de landingsbaan zou vinden, in een vliegtuig zou stappen en zou ontsnappen naar een plek waar ze internet hadden.

Of hij kwam misschien om doordat er een boom op de auto viel, hij door de regen in een rivier werd gespoeld of meegesleurd werd in een aardverschuiving. Het drong tot haar door dat zo'n slechte afloop haar waarschijnlijker leek dan dat hij per vliegtuig naar een orkaanvrij eiland zou reizen. En hoewel ze hem verafschuwde, wenste ze hem niet de dood toe.

Uiteindelijk werd er eten rondgedeeld, kommen met rijst en erwten afgedekt met plasticfolie. Ze kreeg een mok rumpunch, nam er een slok van en ontspande geleidelijk. Het was moeilijk gespannen en bang te blijven wanneer iedereen om haar in een feeststemming leek te zijn.

De jonge vrouwen dansten nu, waarbij ze verbazend soepel met hun heupen draaiden. Hoewel ze amper bewegingsruimte hadden, zag het er geweldig uit.

'Kom op,' zei er een, en ze stak haar hand uit. 'Leg je rugzak neer; niemand komt eraan. Dans! We zijn misschien nog een hele poos hier.'

'Dit heet de vlinder,' zei de vrouw die haar de dans leerde. 'Beweeg je knieën heen en weer, open en dicht, open en dicht als vlindervleugels. Dan met je heupen...'

Cass had niet geweten dat ze zo met haar heupen kon bewegen, en hoewel de hare erg stijf waren vergeleken met die van de jonge vrouwen, bewogen ze wel. Toen de rum eenmaal effect begon te hebben, voelde ze zich niet meer zo verlegen en liet ze zich gaan.

'Hé, meid!' zei een van de jonge mannen, 'dat gaat je goed af!'

'Dank je,' zei ze hijgend. 'Maar nu moet ik echt even gaan zitten.'

Zodra ze zat, kwamen er een paar jongere kinderen naar haar toe, die nieuwsgierig waren naar de nieuweling in hun midden.

'Hallo,' zeiden ze.

'Hallo!' zei ze terug. 'Ik ben Cass. Hoe heten jullie?'

Het duurde niet lang tot ze allemaal elkaars beste vrienden waren, en al snel pakte Cass haar schetsboek om schetsjes te maken van de mensen om haar heen. Ze liet hun een paar andere tekeningen in haar boek zien, en ze stonden er allemaal versteld van dat er zulke levensechte tekeningen uit een potlood kwamen, zonder enige vorm van hightech. Cass vond het jammer toen de moeder van de kinderen verscheen en ze meenam om een dutje te doen.

Uiteindelijk kwam iedereen tot rust. Sommigen sliepen, anderen kletsten rustig. Iedereen leek kalm, gelaten. Cass besefte dat orkanen deel uitmaakten van hun leven. En hoewel het geen gemakkelijk deel ervan was, hadden ze wel een manier gevonden om ermee om te gaan.

De uren verstreken. Gezeten in de uitgehouwen schuilplaats vond Cass het moeilijk in te schatten hoe hard het waaide. Ze maakte het zich gemakkelijk; iemand had haar een kussen gegeven. Al snel sloot ze haar ogen en dommelde ze in.

Toen ze wakker werd, voelde ze dat de sfeer was veranderd. De mensen waren alerter, rekten zich uit en praatten op gedempte toon. Op een campinggasstel werd water voor thee gekookt.

Usain kwam binnen. Cass had niet gemerkt dat hij weg was gegaan. Iedereen richtte zich op hem voor het laatste nieuws.

'Het valt mee,' zei hij, al had niemand hem iets gevraagd. 'We zijn er goed van afgekomen. De weg is min of meer verdwenen, maar het was toch al niet echt een weg.' Hij grijnsde naar Cass.

'Kan ik terug naar Bastian, denk je?' vroeg ze.

Hij knikte. 'Ik breng je wel.'

'O nee!' zei Cass, die zich enorm schuldig voelde. 'Jij moet hier blijven. Ik red me wel. Ik volg gewoon de weg – wat er nog van over is – omlaag. Ik vind het huis wel.'

Usain schudde zijn hoofd. 'Nee hoor. Ik breng je.'

Cass haalde adem om opnieuw haar punt te maken; Usain hief een hand. 'Het hele eiland heeft redenen om Bastian dankbaar te zijn, maar deze familie heeft een speciale reden. Jouw man heeft een neefje van ons gered. Zonder hem zou hij omgekomen zijn,' zei Usain.

'Bastian is mijn man niet...' zei Cass, een beetje overweldigd.

'Bij wijze van spreken, meid,' zei Usain met een brede glimlach.

20

Na veel afscheidsgroeten, ingewikkelde handdrukken, knuffels en van Cass' kant vele dankbetuigingen gingen Usain en zij op weg. Ze had de wandelstok weer bij zich, maar Usain leek zich zonder goed te redden. Uiteindelijk kwamen ze bij de weg aan, die nu geen wegdek meer had, maar bezaaid lag met losse stenen. Hoewel naar beneden lopen niet makkelijk was, was de lucht helder, de hemel blauw en de dag veelbelovend.

'Zo is het altijd na een orkaan,' zei Usain. 'Het is alsof het eiland in een wasmachine met een centrifuge heeft gezeten. Schoon en flink door elkaar geschud.'

'Het is moeilijk te geloven hoe het gisteren was.'

'Ja hè? Het is alsof de wereld weer als nieuw is, klaar voor een frisse start.'

'Ik denk niet dat het voor mij een frisse start wordt,' zei Cass, die zich diep verslagen voelde bij de gedachte. 'Ik denk dat het voor mij hier ophoudt. Maar ik zal altijd van Dominica blijven houden.'

'Het kruipt in je hart en je botten, hè?'

Ze knikte, want ze kon ineens niets meer uitbrengen en wilde hem niet laten zien dat ze huilde.

Na een paar strompelstappen de heuvel af, die nu net een rivierbedding zonder rivier was, had Cass geen tijd meer om medelijden met zichzelf te hebben. Ze moest nadenken over elke stap. Usain pakte haar arm, en ze steunde op hem om in evenwicht te blijven. Toen stuitten ze op een enorme krater en bleven ze staan.

'Langs de randen is het makkelijker lopen,' zei hij.

Strompelend liepen ze een stukje door, tot Usain plots zei: 'Luister!'

Cass luisterde, maar hoorde niets.

'Een auto! Daar. Nu is hij gestopt.'

Cass wist niet of Usain een uitzonderlijk scherp gehoor had of dat zij zich niet kon concentreren. Wat het ook was, ze bleef stil. En toen hoorde ze een autoportier dichtslaan.

'De auto kan niet verder,' zei Usain. 'Degene die erin zat, gaat nu te voet verder. Laten we hier wachten.'

Zodra Cass zich had ontspannen en focuste op het nu, genoot ze van de rust. Er waren alleen geluiden uit het bos te horen, en daar werd ze kalm van.

Opeens hoorde ze geroep. 'Cass!' klonk een stem.

Ze zag Ranulph zo snel als het glibberige oppervlak toeliet de helling op rennen. Zelf liep ze ook naar hem toe, en in een mum van tijd lag ze in zijn armen.

'Ik dacht dat ik je kwijt was!' murmelde hij met zijn mond in haar haar. 'Ik dacht dat ik je nooit meer zou zien.'

Het gevoel dat hij zijn armen om haar heen had geslagen en haar zo stevig vasthield dat ze nauwelijks kon ademhalen was zo heerlijk dat ze amper kon verwerken wat er gebeurde.

'Ik was bang dat je was omgekomen in de orkaan,' zei hij zacht, en hij bleef haar vasthouden. 'Zodra we beseften dat Austin en jij weg waren, vreesden we dat jullie allebei dood waren.'

Hij gaf haar een laatste kneepje en liet haar los.

'Usain kwam het woud uit en heeft me gered,' zei Cass.

Ranulph pakte Usains hand en schudde die. 'Hoe wist je dat Cass hier was?'

'Vanaf mijn huis kun je de weg zien,' legde hij uit. 'Ik zag de pickup, ging kijken of hij niet in een greppel lag en vond Cass.' Hij glimlachte breed. 'Ze is prima gezelschap in een orkaan!'

'Ik heb echt heel veel geluk gehad,' zei Cass met een blik op Usain.

'Veel meer geluk dan je verdiend hebt,' zei Ranulph, wiens houding met huiveringwekkende snelheid van opgelucht in streng was veranderd.

'Ik deed wat me het beste leek, Ranulph,' zei ze stijfjes. Ze had al enorm spijt van haar daden en wilde nu niet op de vingers getikt worden, hoe gerechtvaardigd dat ook was.

Hij slaakte een diepe zucht. 'Kom, dan brengen we je naar huis. Ik ben met Bastians pick-up gekomen.'

'Bastian heeft je zijn pick-up geleend?' zei Usain. 'Man! Hij zou je nog eerder zijn hart en beide nieren geven dan dat hij die pick-up uit het oog verliest.'

'Ik heb er ook heel wat in rondgereden toen ik net op het eiland was,' zei Cass.

'O ja? Nou, dan moet hij je hoog hebben zitten,' zei Usain. Hij wendde zich tot Ranulph. 'Waar houdt de weg op?'

'Tot hier is hij in orde,' zei Ranulph. 'Er is veel regen gevallen, maar voor zover we nu kunnen zien, is de schade niet erg groot.'

Usain wilde zien hoe de toestand van weg was, dus liepen ze met zijn drieën naar beneden, naar de plek waar de pick-up van Bastian geparkeerd stond.

Na wat gepraat over de staat waarin het eiland verkeerde, verkondigde Usain dat het tijd was om terug te gaan. Cass klom in de pick-up, en Ranulph startte de motor.

Een gevoel van schaamte overspoelde Cass zoals de regen dat de vorige dag had gedaan. Wat niet hielp, was dat Ranulph afstandelijk deed en zijn woede opkropte. Hoe had ze zo stom kunnen zijn? Ze had haar leven op het spel gezet. Zelfs Bastians paper was dat toch niet waard?

'Alles goed met Bastians huis?' vroeg ze in een wanhopige poging de gespannen sfeer te doorbreken.

'Het heeft heel weinig schade opgelopen. Het was geen krachtige orkaan. Ongeveer een categorie twee.'

'Toen ik erin zat, leek hij anders best krachtig.'

De woorden waren nog niet uit haar mond of ze had er al spijt van.

'Je had er helemaal niet in moeten zitten!' snauwde hij.

'Dat weet ik! Ik heb al sorry gezegd.'

'Het heeft geen zin om je tegenover mij te verontschuldigen. Ik ben niet degene die de hele nacht wakker heeft gelegen van de zorgen over wat er met je kon zijn gebeurd.'

'Sorry,' mompelde ze weer. Het voelde alsof ze een uitbrander kreeg van een ouder of leraar.

Ze vroeg zich af of Ranulph ooit leraar was geweest. Op dat moment was ze blij dat ze haar vader had laten weten dat ze geen lerarenopleiding wilde doen. Ze vond het fijn om met kinderen te spelen, maar ze wilde ze geen les hoeven te geven. Ze moest niet vergeten zich af te melden voor de opleiding.

Ranulph, die met veel moeite de pick-up op de beschadigde weg wist te houden, straalde woede uit. Ze vroeg zich af waarom hij zo boos bleef, zelfs nu hij haar veilig en wel had aangetroffen. Ze hoopte dat Bastian niet ook zo zou reageren; voor zijn werk had ze bijna haar leven gelaten – ze was immers door Austin midden in een orkaan de auto uit geduwd – en dat wilde ze echt niet voor de voeten geworpen krijgen.

Bastian omhelsde haar ook zodra ze uit de auto stapte. 'We maakten ons zorgen,' zei hij. 'Maar toen het tot ons doordrong dat het wel meeviel met de orkaan, konden we ons ontspannen. Ik tenminste. De kans leek me groot dat alles goed met je was.'

'Laat die meid nou binnenkomen,' zei Delphine, die blijkbaar al vroeg van haar huis naar dat van Bastian was gelopen. 'Ze wil vast douchen en wat eten.'

Na een snelle douche, waarbij ze ook haar haar waste, voelde Cass zich een stuk beter, maar ze besefte dat ze geen schone kleren had om aan te trekken. Austin had al haar kleren; ze zaten om haar vaders camera gewikkeld. Die gedachte deed haar bijna net zo erg huiveren als het vooruitzicht haar kleren weer aan te moeten trekken, die koud en modderig waren en vol zand zaten. Ze waste haar beha en slipje uit en trok ze nog nat weer aan. Er was maar één handdoek om ze mee uit te wringen, en hoewel ze haar best had gedaan, had het niet veel zoden aan de dijk gezet.

Ze sloeg de handdoek om zich heen en sloop de keuken in. 'Delphine! Ik heb niets om aan te trekken. Austin is er met mijn kleren vandoor gegaan.'

Delphine tuitte haar lippen, maar hield haar gevoelens over Austin voor zich. 'Ik zoek wel iets voor je.'

Ze vond een jurk, al was hij iets korter dan Cass prettig vond. Het leek jaren geleden dat ze iets anders aan had gehad dan een korte broek en een T-shirt.

'Staat je goed!' zei Delphine. 'Iemand heeft hem ooit achtergelaten. Je mag hem houden. Hij is mij te kort.'

Een half uur later zat Cass aan de tafel op de veranda omringd door mensen die haar verhaal wilden horen. Becca was er ook, samen met nog een paar mensen van de opgraving. Ranulph zat ergens anders. Hij had haar verhaal gehoord en wilde het duidelijk niet nog eens aanhoren.

'Zo!' zei Becca. 'Vertel op!'

Cass keek haar aan en besefte dat Becca ook behoorlijk geërgerd was.

Ze haalde even adem. 'Allereerst wil ik iedereen mijn excuses aanbieden. Ik weet dat jullie allemaal doodongerust over me zijn geweest. Op het moment zelf dacht ik echt dat ik weg moest. Pas toen we in de pick-up zaten, realiseerde ik me dat de orkaan was losgebarsten.'

'Ran werd helemaal gek,' zei Becca. 'We kwamen hierheen voor het ontbijt en ontdekten dat je weg was...'

'We vonden je briefjes,' zei Bastian. 'Ik begrijp waarom je bent gegaan, maar het was een slechte beslissing.'

'Dat zie ik nu ook in. Eigenlijk wist ik het al zo'n drie minuten nadat we op pad waren gegaan. Het lukte me alleen niet Austin over te halen rechtsomkeert te maken.'

'Die man had een missie,' zei Delphine. 'Mijn broer zei dat hij hem continu op de nek zat om haast te maken met de reparatie van de pick-up.' Even was ze stil. 'Hij heeft mijn broer veel geld betaald om dat voor elkaar te krijgen.'

'Hij wilde per se van het eiland af en zette me flink onder druk om mee te gaan.' Cass lachte wrang. 'Al leek hij er kort daarna nogal op gebrand om van me af te komen!'

'Hoe zette hij je dan onder druk?' vroeg Becca.

Cass wierp een blik op Bastian. 'Hij zei... Hij zei dat hij Bastians reputatie in de academische wereld zou ruïneren als ik niet met hem meeging. Hij moest zijn boek inzenden; daarvoor moest hij van het eiland af. En ik wilde Bastians paper inzenden, dus moest ik ook van het eiland af.'

'Bedankt voor de kopie van het laatste deel,' zei Bastian. 'Dat was heel aardig van je.'

'Ik kon de gedachte niet verdragen dat er maar één exemplaar van was, en als je bedenkt dat ik die laatste pagina's bijna was kwijtgeraakt, was het waarschijnlijk een van mijn betere beslissingen.'

Bastian zei: 'Dank je wel, Cass. Je hebt je leven geriskeerd voor mijn werk.'

'Sorry, ik begrijp het niet,' zei Becca.

'Het grootste deel van mijn paper staat op een geheugenstick,' zei Bastian. 'Zo maak ik back-ups.'

'Die heb ik meegenomen,' zei Cass. 'Plus het laatste deel. Ik was van plan de pagina's te scannen en ze dan samen met de bestanden op de geheugenstick zo snel mogelijk naar de wedstrijdjury te mailen. Plus een scan van mijn illustraties.' Ze aarzelde. 'Ik wilde niet dat Austins werk op tijd bij de jury zou zijn en dat van Bastian niet. En het was ook het werk van Bastians vader.'

Bastian glimlachte. 'Klopt. Het betekent veel voor me. Dank je wel, Cass.' Hij keek haar van de andere kant van de tafel aan, en Cass zag oprechte dankbaarheid in zijn ogen.

Achter haar schraapte Ranulph zijn keel om zijn aanwezigheid kenbaar te maken. ‘Howard heeft contact gezocht via de radio. Alweer. Dat doet hij al de hele ochtend.’

‘O, de verbinding is dus niet verbroken? Kan ik met hem praten?’

‘Natuurlijk,’ zei Bastian.

‘Hij weet niet dat je hier gisteravond niet was,’ zei Ranulph, die haar duidelijk nog steeds niet vergeven had. ‘Ik wilde hem de ongerustheid besparen.’

‘Laat het rusten, Ran,’ zei Becca. ‘Die arme meid weet nu wel dat ze een fout heeft gemaakt. Daar had ze zo haar redenen voor, en die zijn heel prijzenswaardig.’

Ranulph sputterde. ‘Ik breng je naar de radio,’ zei hij.

Het gebouwtje waarin de radio zich bevond, was klein en stond bomvol met andere spullen. Er was eigenlijk maar plaats voor één persoon, maar Cass en Ranulph propten twee stoelen in de ruimte en gingen zitten.

Hoewel het even duurde tot Ranulph verbinding had, overhandigde hij Cass uiteindelijk de koptelefoon.

Cass werd emotioneel nu ze haar vader na zo lange tijd weer sprak. Hoewel ze hem niet had willen vertellen over haar aanvaring met een orkaan, kwam het er gewoon uit. ‘We weten niet wat er met Austin is gebeurd,’ zei ze toen ze hem een afgezwakte versie van de gebeurtenissen had gegeven. Ze durfde hem niet over zijn camera te vertellen.

‘Ik had moeten vermoeden dat die klootzak zijn eigen egoïstische redenen had om van Dominica af te willen, maar hij deed alsof jij niet kon wachten om naar huis te gaan,’ zei Howard. ‘Ik heb overigens gehoord dat hij de orkaan heeft overleefd.’

‘Hoe?’ vroeg Ranulph.

‘De mensen van het vliegtuig dat ik voor je probeerde te regelen, namen contact met me op om me te laten weten dat ze niet konden vliegen. Ze zeiden dat er nog een man was die stond te popelen om te vertrekken. Dat bleek Austin te zijn. Daardoor wist ik dat hij op het vliegveld was opgedoken, maar jij niet, Cass.’

‘Sorry. Was je bezorgd om me?’

'Ik wist niet dat je met Austin was meegegaan. Ik ging ervan uit dat je thuis was gebleven, veilig achter de vensterluiken.'

Ondanks de beperkingen van het contact via de radio hoorde Cass de lichte spot in haar vaders stem.

'Hoe dan ook, ik ben nu veilig.'

'Mooi, maar ik wil dat je naar huis komt. Ik zal Eleanor vragen dat te regelen. Ik wil je veilig onder mijn dak hebben.'

21

Een paar dagen later kwam Ranulph uit het radiogebouwtje naar binnen om te verkondigen dat Cass en hij de volgende ochtend zouden vertrekken.

Cass, die bezig was de rommel achtergelaten door de tweede orkaan bij elkaar te vegen, keek op.

'Er is hier nog zoveel te doen,' zei ze.

Desondanks wilde ze plotseling echt weg. Ze wilde zich bij haar moeder thuis op de bank nestelen en naar iets stompzinnigs op de tv kijken, of met haar vader op een Schots eiland naar het steeds veranderende uitzicht op de zee en de bergen daarachter staren.

'Je moet naar huis,' zei Ranulph vriendelijk. Zo had hij al dagen niet meer tegen haar gepraat. 'Je hebt heel hard gewerkt. Je hebt alles gedaan waarvoor je gekomen bent. Nu mag je ontspannen.'

Ze knikte. 'En we moeten Bastians werk nog inzenden voor de wedstrijd.'

'Je weet toch dat Bastian een vaste vriendin heeft?'

Ranulph deed nog steeds vriendelijk tegen haar, en ineens besefte ze wat hij bedoelde. 'Dat weet ik, ja,' zei ze.

'Je bent veel te jong voor Bastian. Hij is nog ouder dan ik.'

'Dat weet ik ook. Ik heb zijn cv gelezen,' zei ze. 'Ik weet tot op de dag nauwkeurig hoe oud hij is.'

'Het is gewoon een crush, Cass. Als je hem niet elke dag ziet, kom je er wel overheen.'

'Dat weet ik ook wel!' zei ze met een treurige glimlach. Wat Ranulph niet wist, was op wie ze een crush had.

'We zullen je missen,' zei Delphine de volgende ochtend. 'Je hoort nú bij de familie.'

Ze waren net klaar met ontbijten. Ranulph en Cass hadden aan het begin van de middag afgesproken met een vissersboot. Plotseling zaten de tranen Cass hoog. 'Zo voel ik me ook. Ik zal mijn best doen om snel terug te komen.'

'Zorg dat je dat doet!' zei Delphine, die bijna boos klonk.

'Weet je zeker dat je deze niet terug wilt hebben?' Ze wees naar de jurk die ze aanhad. 'Ik weet dat iemand hem hier heeft achtergelaten, dat vertelde je me...'

Delphine onderbrak haar. 'Hou hem maar en denk aan onze tijd samen als je hem draagt. Hij staat je goed. Het is me opgevallen dat de jongens naar je benen kijken.'

'Tijdens de reis draag ik mijn cargoshort wel,' zei Cass, die het geen plezierig idee vond dat haar dijen tijdens de lange reis te zien zouden zijn. 'Ik zal nogal eens in en uit boten moeten stappen.'

Becca verscheen met een grote katoenen omslagdoek. 'Stop deze in je tas,' zei ze. 'Het kan fris zijn in het vliegtuig, en als je in Engeland aankomt, is het vast koud.'

'Dat is heel aardig van je. Ik kan hem per post terugsturen.'

'Doe geen moeite. Je hebt mij immers kleren geleend toen ik ze nodig had.'

'En jij hebt ze teruggegeven. Joost mag weten waar ze nu zijn!' zei ze lachend. 'Ik hoop dat iemand die kleren nodig heeft op mijn rugzak is gestuit, waar Austin hem dan ook heeft neergekwakt. Dat diegene iets aan de inhoud heeft.' Ze begon niet over de camera; als ze dat deed, zou ze gaan huilen, wist ze.

'En, welke route nemen jullie terug?' vroeg Becca.

'Eerst gaan we met een vissersboot naar Martinique. Daar mailen we Bastians paper en de rest door. Bastian heeft tegen ons gezegd waar we dat kunnen doen. En dan nemen we een lange vlucht naar Parijs en een korte naar Londen, waar mijn moeder ons komt afhalen, volgens de berichten die we van mijn vader hebben gekregen. Hij heeft alle tickets geregeld en ze gemaild.' Ze liet een korte stilte vallen. 'Ik hoop alleen dat alles goed verloopt en dat ik mijn mails op mijn telefoon binnenkrijg zodra ik ergens ben waar ze internet hebben. Maar zo niet, dan heb ik nog tijd om nieuwe tickets te regelen.'

Om de een of andere reden dacht ze terug aan die ene keer, zeven levens geleden, toen een paar vriendinnen en zij een vlucht naar Ibiza bijna niet hadden gehaald. Nu zag ze een veel ingewikkelder reis volkomen kalm tegemoet. Met Ranulph reizen maakte het makkelijk.

Terwijl ze op het strand op de vissersboot wachtten, zei ze: 'Er is zoveel gebeurd dat het jaren geleden lijkt dat we hier aankwamen.'

'Ja hè? We kenden elkaar nauwelijks toen we vertrokken, maar nu zijn we net oude vrienden.'

Cass was blij dat ze allebei naar de zee keken. Ze wilde geen 'oude vrienden' met Ranulph zijn. 'Ik vind het prettig reizen met jou,' zei ze, 'ook al hebben we misschien een paar keer onenigheid gehad.'

Even leek Ranulph iets te willen zeggen; toen zei hij: 'Ah, volgens mij is dat onze boot!'

Een vissersboot die er akelig klein uitzag, kwam door de golven op hen af gevaren. Bij de aanblik van het dappere vaartuig, dat haar weg zou voeren van Dominica, kreeg Cass een brok in haar keel. Ze hoestte.

En terwijl ze door het zachte zand en het warme water liep om in de boot te kunnen klimmen, vroeg ze zich af wanneer ze hier weer terug zou komen.

De reis naar Martinique verliep vrij kalm, en Cass vond naar de golven kijken hypnotiserend. Automatisch vergeleek ze zich met de bange, misselijke jonge vrouw die ze een paar weken geleden nog was geweest. Ze had zoveel geleerd, zoveel gedaan en was met zoveel geconfronteerd – ze was trots op zichzelf! En toch bleef ze ergens de jonge vrouw die verliefd was op een oudere man, een man die had verklaard dat hij te oud voor haar was.

Moest ze tegen Ranulph zeggen dat hij het mis had wat Bastian betrof? Dat ze zich nooit tot hem aangetrokken had gevoeld, dat hij altijd een man zou zijn die ze aardig vond en enorm respecteerde, maar voor wie ze geen romantische gevoelens had? Zou dat ertoe leiden dat ze haar gevoelens voor Ranulph zou opbiechten? Nee, dat kon ze niet doen. Dat zou enorm vernederend zijn. Nu ze naar zijn profiel keek terwijl hij uitkeek over de zee, drong het tot haar door dat hij nooit de hare zou worden. Hij wilde haar niet, en hoewel ze in haar hart voelde dat ze genoeg van hem hield voor hen allebei, vertelde haar hoofd haar dat dat nooit voldoende zou zijn. Op de een of andere manier zou ze de lange reis naar Frankrijk en dan naar Engeland door moeten zien te komen, aan zijn zijde maar niet mét hem.

Hij had absoluut erg op haar gesteld geleken toen hij haar na de orkaan had gevonden, want hij had haar lang en stevig omhelsd. Gedurende een paar extatische ogenblikken had ze gehoopt dat hij op een romantische manier om haar gaf. Maar het waren korte momenten geweest, die snel weer voorbij waren. Ze huiverde licht bij de herinnering aan zijn zo plotseling omgeslagen stemming.

‘Daar zijn we dan,’ zei Ranulph. ‘Martinique. Bestemming bereikt, zoals mijn zeevarende vader gezegd zou hebben.’

Cass’ eerste indruk van Martinique was dat het op Frankrijk leek. De auto’s waren Frans en stonden her en der geparkeerd, zoals vaak in Franse steden, de mensen hadden allemaal die Franse elegantie en de uithangborden van de winkels waren in het Frans. Natuurlijk was dat op een Frans eiland te verwachten, maar op de een of andere manier was het voor Cass allemaal nogal een verrassing.

‘Ik denk dat we onze telefoons beter kunnen aanzetten. Wel is de batterij van de mijne bijna leeg,’ zei Cass, die op straat bleef staan. ‘Het zal vreemd zijn om weer contact met de wereld te hebben.’

Bijna onmiddellijk stroomden er ogenschijnlijk een miljoen mailtjes haar telefoon binnen. 'O,' zei ze. 'Ik wilde dat ik dat niet had gedaan.'

Ranulph lachte. 'Ik moet de mijne eerst opladen. Maar je kunt zelf beslissen of je ze allemaal wilt doornemen of in één keer wilt verwijderen.'

Cass dacht heel even na. 'Ik denk dat ik ze doorneem, alleen nu nog niet. Misschien wacht ik wel tot we terug in Engeland zijn.'

'Ik ga de mijne verwijderen. Mensen mailen je altijd wel weer als het om iets dringends gaat.'

Cass knikte. Ze wilde niet zeggen wat vast overduidelijk was: dat ze daar te onzeker voor was, dus schraapte ze haar keel. 'Zullen we Bastians boek dan maar naar de jury mailen? En mijn tekeningen laten scannen?'

Ranulph had duidelijke instructies gekregen waar ze naartoe moesten om dat voor elkaar te krijgen. Desondanks moest hij een paar keer de weg vragen. Al snel liepen ze de trap op naar een kantoor boven een bakkerij waar het hemels rook.

'Ik vind het eten dat we de laatste tijd hebben gehad eigenlijk best lekker,' zei Cass, 'maar de gedachte aan een goede croissant doet me watertanden.'

'We halen er straks wel een paar,' zei Ranulph. 'En misschien ook wat macarons.'

'Luxe hoor!' zei Cass. Hij hoorde het alleen niet.

Een charmante, elegante vrouw die Bastian goed leek te kennen, deed alles wat nodig was, en al snel stonden ze weer op straat.

'Ik ben heel blij dat dat achter de rug is,' zei Cass zodra ze het kantoor uit kwamen. 'Het lijkt wel of het mailen van die paper al jaren mijn missie is.'

Ranulph glimlachte een beetje wrang. 'Ik ben ook blij dat het verstuurd is. Je hebt je leven ervoor in de waagschaal gelegd. Nu hoef ik niet meer bang te zijn dat je dat nog eens doet.'

Cass glimlachte. Hij plaagde haar, maar ze kon geen gevatte reactie bedenken. 'Ik rammel van de honger!'

'Ik ook. Laten we een tentje zoeken voor een laat ontbijt – of een vroege lunch. Daarna kunnen we het appartement zoeken dat Bastian voor ons heeft geregeld voor we vanavond het vliegtuig nemen.'

'Ik zie er echt naar uit een lekkere douche te nemen.'

'Wil je dat eerst doen? Voordat we gaan eten?'

Cass schudde haar hoofd. 'Nee, ik ben het wel gewend me een beetje groezelig te voelen. Laten we eerst eten.'

Ze vonden een elegant café dat zich in elke stad in Frankrijk had kunnen bevinden en bestelden quiche en salade, waar ze wijn bij dronken.

'Ik betaal wel,' zei Ranulph toen ze klaar waren met eten. 'Het lijkt een charmante nieuwigheid mijn creditcard te kunnen gebruiken.'

'Ja, we zijn echt terug in de beschaafde wereld.' Cass was even stil. Ze stond op het punt te zeggen dat ze kleding wilde kopen voor de reis, maar Ranulph was plotseling verdiept in iets op zijn telefoon.

Hij keek op. 'Sorry! Erg onbeleefd van me.'

'Ik begrijp het wel. We hebben al tijden geen internet meer gehad.'

Ranulph knikte. 'Ik ben bang dat ik boodschappen moet doen voor verschillende mensen. Ik breng je terug naar het appartement en ga er dan achteraan.'

Cass opende haar mond om iets te zeggen, maar sloot hem weer.

'De vlucht gaat om even na negenen, dus we moeten om zes uur op het vliegveld zijn. We hebben niet zo veel tijd als we dachten.' Hij glimlachte naar haar. 'Ga jij even lekker relaxen, dan ga ik op zoek naar een generator voor bij de opgraving.'

Ze knikte. Eerst ging ze douchen, en als ze nog tijd had een jurk zoeken. Ze had heel weinig geld op haar bankrekening, maar daarvoor had je toch een creditcard? Dan kon je ook dingen kopen als je geen geld had.

Tegen de tijd dat ze het kleine appartement hadden gevonden, zichzelf hadden binnengelaten en koffie hadden gedronken, had Cass geen zin meer om op kledingjacht te gaan. Ranulph nam een douche en ging de deur uit. Zij nam er ook een en stond veel langer onder het warme water dan de laatste tijd mogelijk was geweest. Op het eiland had ze zich zo snel mogelijk ingezeept en afgespoeld. Nu nam ze er de tijd voor haar haar te wassen en er conditioner in te doen. Zodra haar haar goed schoon was, zocht ze een föhn.

Toen ze naar de woonkamer liep en de televisie aanzette, voelde ze zich een heel ander mens.

Ze vond een programma dat ze kon verstaan en viel meteen in slaap. Pas een paar uur later ontwaakte ze doordat Ranulph haar wakker schudde.

'Sorry dat ik je wakker maak, maar het is bijna tijd om naar het vliegveld te gaan.'

Meteen begon ze te panieken. 'Voordat we vertrekken, moeten we de boel hier opruimen. Ik heb er een hekel aan me te moeten haasten wanneer ik op reis ben.' Daar hadden ze een paar levens geleden een gesprek over gehad.

'Je zag er zo vredig uit dat ik je niet wilde storen. Ik heb de afwas gedaan. We laten geen rommel achter.'

Ranulph leek een beetje opgelaten, maar Cass, die zich flink klemgezet voelde, had geen tijd om te doorgronden wat er met hem was. Ze wilde per se meteen naar het vliegveld.

'We hebben echt tijd genoeg,' zei Ranulph. 'Het vliegveld is vlakbij.' Hij legde zijn handen op haar schouders. 'Rustig maar. Haal diep adem.'

Ze duwde zijn handen weg; hoe hard ze zich er ook tegen verzette, ze kreeg nog steeds kriebels in haar buik wanneer hij te dicht bij haar was en haar aanraakte.

'Goed,' zei Ranulph, toen Cass ervan overtuigd was dat ze het appartement in perfecte staat achterlieten. 'Heb je alles wat je nodig hebt op je telefoon? Kom.' Hij stak een hand uit, en Cass gaf haar telefoon gedwee aan hem door.

'Ik heb een nieuwe telefoonoplader gekocht,' zei Ranulph, 'ter vervanging van de oplader waarmee Austin ervandoor is gegaan. Het komt allemaal goed.' Hij wierp nog een blik op haar telefoon en scrolde omlaag om de tickets en de online incheckgegevens te controleren.

Het leek allemaal veel te lang te duren. 'Laten we alsjeblieft gaan!'

De taxirit verliep inderdaad razendsnel, en het duurde niet lang of ze waren op het vliegveld. Ze hadden geen bagage om in te checken.

'Kom op, Ranulph,' zei Cass, die naar het apparaat liep om hun instapkaarten te scannen.

Hij liep niet met haar mee. 'Eh, Cass?'

Wat was het probleem? 'Wat?'

'Ik ga niet met je mee.'

Haar hart maakte een salto. 'Wat bedoel je?'

'Ik ga nu niet naar huis, Cass. Ik ga spullen inslaan die we nodig hebben en ga dan terug naar Dominica. Je moet zelf naar huis reizen.'

Cass voelde zich misselijk, warm, koud en duizelig, allemaal tegelijk. 'Waarom heb je me dat verdomme niet eerder verteld?' vroeg ze toen ze zo boos was dat ze weer iets kon uitbrengen. 'Waarom zeg je dat nu pas?'

'Ik wilde niet dat je je druk maakte over de reis en heb gewacht totdat ik er niet meer omheen kon. Ik weet dat je reisangst hebt...'

'Prima!' Plotseling kookte ze van woede. Ze wendde zich van hem af en liep zo snel als ze kon naar de plek waar ze hopelijk moest zijn. 'Dag Ranulph,' mompelde ze in zichzelf. 'Nog een fijn leven!'

De gedachte dat het een leven zonder haar zou zijn, was als een mes in haar lijf.

22

Een poos later, toen Cass verschillende keren haar paspoort, telefoon en andere zaken had laten zien, werd ze naar de businessclass-lounge geleid.

'O nee, dat kan niet kloppen,' zei ze, en ze glimlachte om de vergissing die de aardige vrouw maakte. 'Zie ik eruit als iemand die businessclass reist?'

'Check uw ticket maar, mevrouw,' zei de aardige vrouw. 'Dat is absoluut businessclass.'

Ze controleerde het. 'Dat wist ik niet. Mijn vader heeft het voor me gekocht,' zei ze om haar gebrek aan aandacht voor de fijnere details te verklaren.

'Hij zorgt goed voor zijn dochter. Ga nu die deur door en neem gerust wat te eten en te drinken. U wordt ruim op tijd geroepen voor uw vlucht.'

Ze liep meteen door naar het damestoilet en maakte een rok van de omslagdoek die Becca haar had gegeven. Toch zag ze er nog steeds behoorlijk sjofel uit, en de wetenschap dat haar kleine rugzak in de verste verte niet leek op de bagage van een zakenvrouw versterkte haar gevoel dat ze een vreemde eend in de bijt was. Maar ze was vast van plan om van elke minuut in de businessclass te genieten, hoe gekwetst ze zich ook voelde omdat Ranulph haar niet had laten weten dat hij niet met haar mee zou reizen.

Ze kon een groot deel van de reis slapen en haalde de overstap van Parijs naar Londen met gemak. Hoewel ze wist dat ze 'met weinig bagage reizen' naar een niveau tilde dat ze liever niet had willen bereiken, maakte het haar reis wel heel makkelijk.

Toen ze op Heathrow de aankomsthal in liep, merkte ze dat ze het koud had, en ze was dolblij haar moeder te zien, die op haar stond te wachten. Ze viel haar in de armen en deed haar uiterste best haar tranen binnen te houden.

'Ik heb een jas voor je meegebracht,' zei haar moeder. 'Ik wist dat je het koud zou hebben, en het is bovendien een kille avond.'

Cass trok haar moeders oude linnen jas aan.

'En een sjaal,' voegde haar moeder eraan toe. Ze sloeg een kasjmieren sjaal om de schouders van haar dochter.

Toen Cass eenmaal warmer gekleed was, omhelsde ze haar moeder nog eens. 'Het is zo fijn om weer thuis te zijn!'

'Het is heerlijk om je thuis te hebben. Ik kan niet wachten om alles over Dominica te horen. En je vader staat al net zo te popelen om je te zien.'

'Is een telefoontje voldoende of moet ik bij hem langsgaan?'

'Hij hoopt zeker op een bezoekje.'

Cass slaakte een zucht. In haar gedachten was haar vaders huis onlosmakelijk verbonden met Ranulph.

'Ik heb heel goed nieuws voor je,' zei haar moeder, die voorop ging over de parkeerplaats.

'Wat dan?'

'Rosa is terug! Ik kwam haar moeder in de Waitrose tegen. Ze is klaar met haar opleiding en is nu thuis. Ze wilde vanavond langskomen, maar ik zei dat we eerst even zouden zien hoe je je voelt.'

'Ik wil Rosa heel graag zien! Ik heb haar zo gemist sinds ze weg is gegaan.' Ze voegde er niet aan toe dat Rosa de ideale persoon was om haar door haar liefdesverdriet heen te loodsen. 'Ik zal haar bellen en zeggen dat ze langs kan komen.' Ze haalde haar telefoon tevoorschijn.

'Kun je misschien wachten tot we eerst een avondje samen hebben gehad, lieverd? Ik wil alles horen over je avonturen.'

Cass besefte dat ze een beetje tactloos was. 'Natuurlijk. Ik wil ook tijd met jou doorbrengen.'

'Mooi. Je halfbroers en -zus zijn er niet, dus we zijn met zijn tweetjes. Ik heb lasagne in de oven staan, en een fles wijn. Het wordt een heerlijk avondje!'

Terwijl haar moeder naar huis reed, besefte Cass dat ze dolblij was dat er niemand thuis zou zijn om de spot met haar te drijven vanwege de fouten die ze had gemaakt. Toch had ze het gevoel dat ze zich nu veel beter staande kon houden: ook al had ze fouten gemaakt, ze had ook een diepe snijwond gehecht – en de wond zag er nu prima uit – ze had de rotstekening gevonden, die antropologisch gezien heel belangrijk was, en ze had over slecht begaanbare wegen proviand naar mensen in nood gebracht. Nu ze erover nadacht, was ze trots op wat ze had bereikt.

Tijdens de rit naar huis praatten ze niet veel, en na aankomst nam Cass een lang, warm bad. Met het gevoel dat ze weer een tiener was, of Bridget Jones, trok ze het grote oude slonzige T-shirt aan waar ze altijd in sliep, haar versleten konijnenslippers en de katoenen broek die ze al sinds haar twaalfde had. De zachte stof was troostend. Ze liep naar de keuken, waar de geur van lasagne en knoflookbrood haar verwelkomde.

'Zo!' zei haar moeder toen ze het eten had opgediend en ze allebei een glas rode wijn hadden. 'Vertel me alles over Dominica. Ik neem aan dat je geen foto's hebt? Je kon je telefoon vast niet gebruiken.'

'Nee,' zei Cass, nadat ze de eerste hap van haar moeders heerlijke lasagne ophad. 'Maar wel schetsen. Ik zal ze je na het eten laten zien.'

'O, mooi! Heb je ze gekocht?'

Cass schudde haar hoofd. Ze had haar voorliefde voor tekenen zo lang geheimgehouden dat het best moeilijk was er open over te zijn. 'Ik... Ik heb ze zelf gemaakt. En dat was maar goed ook, want...'

Stukje bij beetje kwam het verhaal naar buiten. Haar moeder sperde haar ogen steeds verder open toen ze hoorde over haar dochters heldendaden en prestaties.

'Bastian kon de rotstekening dus vinden omdat jij de kaart opnieuw had getekend?' vroeg ze.

'Min of meer. Ik had ook een schoenveter aan een boompje gebonden dat er in de buurt groeide.'

'Slim bedacht.'

Cass haalde haar schouders op.

'Je ziet er misschien uit alsof je een jaar of twaalf bent, Cass, maar ik moet zeggen dat je in korte tijd volwassen bent geworden.'

Peinzend fronste Cass haar wenkbrauwen. 'Zo jong zie ik er toch niet uit, of wel? Tenminste, als ik niet mijn favoriete slaapkleding aanheb?'

'Je ziet er altijd heel jong uit. Maar wees blij. Wanneer je zo oud bent als ik is het een voordeel!'

'Jij ziet er ook heel jong uit voor je leeftijd, mam.'

Haar moeder haalde haar schouders op, maar het was een compliment dat ze duidelijk al eerder had gekregen. Cass vroeg zich af of Ranulph wist hoe oud ze was. Dacht hij soms dat ze nog een tiener was?

'Wil je nog iets na? Ik heb tiramisu gemaakt. Je lievelingstoetje.'

Ook al zat Cass vol, bij de gedachte aan haar moeders romige toetje met koffie- en marsalasmaak knikte ze instemmend. 'Grappig, hè, dat je bommetje vol kunt zitten maar toch nog ruimte voor een toetje hebt.'

'Volgens mij ben je behoorlijk afgevallen sinds je vertrek. Ik mag je wel een beetje vetmesten.'

Ze namen hun toetje mee naar de woonkamer, zodat Cass de tekeningen kon pakken die ze aan haar moeder wilde laten zien. Ze spreidde ze allemaal uit op de salontafel, ging zitten en at haar tiramisu, terwijl haar moeder ze bekeek.

'Heb jij deze gemaakt?' vroeg haar moeder uiteindelijk.

Cass schraapte het laatste beetje room-met-alcohol uit haar schaaltje. 'Ja. Ik heb tekenen altijd leuk gevonden, mam. Volgens mij weet je dat wel.'

'Ja, maar de laatste keer dat ik je zag tekenen, waren je tekeningen niet zo goed als deze!'

'Toen was ik waarschijnlijk een jaar of tien. Dus dat kan ik me voorstellen. Tekenen doe ik het liefst van alles. Ik denk dat ik daar op Dominica echt achter ben gekomen.'

Haar moeder veranderde van onderwerp. 'Je vader wil heel graag dat je zo snel mogelijk bij hem langskomt. Hij heeft enorm meegeleefd met je reis en zal het geweldig vinden te horen hoe je de rotstekening hebt ontdekt.'

Cass knikte. 'Maar ik wil eerst een paar dagen met jou doorbrengen, als dat goed is. Bijpraten met Rosa, de spanning een beetje van me laten afglijden, en dan naar pap gaan.'

'Nou, wacht er niet te lang mee.'

Toen haar moeder dat zei, besefte Cass plotseling dat ze gelijk had: ze moest er niet te lang mee wachten, anders zou Ranulph misschien al weer terug zijn. Ze wilde niet riskeren hem tegen het lijf te lopen. Ze voelde zich te rauw, te gekwetst door het feit dat hij haar pas op het allerlaatste moment had verteld dat ze alleen zou reizen, omdat hij dacht dat ze het idee niet aankon. Het was beledigend.

'Ik wil Rosa echt heel graag zien. En een baan vinden. Ik heb geen geld.'

'Je vader wil best je reis naar Schotland betalen.'

'Mooi! Maar ik wil niet platzak zijn. Ik moet werk vinden.'

Haar moeder werd bedachtzaam. 'Ooit zou je geld van me gevraagd hebben en niet verwacht hebben dat je het moest terugbetalen. Je bent echt veranderd.'

'Jazeker! En nu we het toch over verandering hebben: ik wil geen leraar meer worden.'

Haar moeder fronste haar wenkbrauwen. 'Wat wil je dan gaan doen?'

Cass had tegen die vraag opgezien. 'Ik wil naar de kunstacademie, in het ideale geval. En als dat niet lukt, misschien kinderboeken illustreren of iets dergelijks. Ik heb tenslotte de tekeningen voor Bastians paper gemaakt.'

'Maar als leraar kun je dat in je vrije tijd doen. Een echte carrière in de illustratiewereld zit er toch niet in.'

'Tekenen alleen als hobby? Ik dacht het niet, mam. Leraren werken ongelooflijk hard. Ze moeten van hun vak houden. Lesgeven is te zwaar om het alleen voor het geld te doen. Ik wil iets doen wat ik leuk vind.' Ze liet een korte stilte vallen. 'Neem Bastian bijvoorbeeld. Zijn werk is min of meer zijn leven. Hij schrijft over eilanden waar hij meer van weet dan wie dan ook. Het gaat hem niet alleen om het geld.'

Haar moeder zuchtte zoals ze wel vaker deed. Deze keer ergerde Cass zich eraan. Ze was oud genoeg om haar eigen beslissingen te nemen. 'Op de een of andere manier zal ik ervoor zorgen dat ik het voor elkaar krijg.'

'Hoeveel kunstenaars verdienen geld met wat ze doen?'

'Dat weet ik niet, maar dat is wat ik wil doen met mijn leven. Ik ben nooit goed geweest in studeren, mam. Dat weet je.'

Haar moeder tuitte haar lippen. 'Nou ja, het is jouw keus.' Toen glimlachte ze hartelijker. 'En aangezien je je pyjama al aanhebt, lijkt het me een goed idee om op tijd onder de wol kruipen!'

Cass lachte. 'Dan verwacht ik wel een verhaaltje voor het slapengaan. Ik zal Rosa even een appje sturen om af te spreken, en dan duik ik daarna mijn bed in.' Ze gaf haar moeder een knuffel. 'Ik weet dat je het beste met me voorhebt, mam, maar volgens mij is het tijd dat ik zelf beslis wat dat is.'

23

Een paar dagen later kwam Cass op het Schotse eiland aan. Het was laat in de middag.

'Cass!' zei Eleanor met haar handen op Cass' schouders. 'Wat zie je er geweldig uit. Een leven vol gevaar doet je duidelijk goed.'

Howard, die achter Eleanor kwam staan, lachte. 'Je hebt je leven toch niet geriskeerd? Dan had ik je nooit laten gaan!'

'Ik moet toegeven dat ik paar keer letterlijk doodsbang was, maar meestal was ik veilig.'

'Wat wil je drinken? Thee of iets sterkers?' Eleanor leek nu echt de vrouw des huizes. 'Je kunt beter eerst iets eten en wat rusten voordat we je aan een kruisverhoor onderwerpen, al zit je vader te popelen om je uit te horen.'

Cass glimlachte. 'De reis vanuit de Cotswolds was makkelijk vergeleken met de terugreis vanuit Dominica. Een kop thee zou er wel in gaan...'

'En daarna een stevige borrel,' zei haar vader. 'Kom.'

Eleanor stond erop dat ze de gelegenheid kreeg om zich op te frissen, maar tegen de tijd dat Cass zich bij Eleanor en hem in de serre voegde, leek haar vader erg ongeduldig.

Eleanor overhandigde haar een mok thee en haar vader een groot glas whisky.

'Nog bedankt voor het businessclassticket,' zei Cass nadat ze in een gemakkelijke stoel met uitzicht op de Atlantische Oceaan was gaan zitten. 'Als de stewardess me er niet op had gewezen, had ik niet geloofd dat ik in het vliegtuig links af in plaats van rechts af moest slaan. Dan zou ik mijn stoel nooit hebben gevonden.'

Howard glimlachte breed. 'Die businessclass had je verdiend! Het verbaast me alleen dat Ranulph er geen gebruik van heeft gemaakt. Nu zal hij zijn vliegticket zelf moeten betalen.'

'Had je ook een businessclassticket voor hem gekocht?'

'Ik heb het hem aangeboden, maar hij sloeg het af.' Howard keek zijn dochter aan. 'Weet jij misschien waarom?'

Cass nipte van haar thee en haalde haar schouders op. 'Hij zei dat hij nog werk te doen had.' Ze schraapte haar keel. 'Hij heeft iemand ontmoet die hij van vroeger kent, toen hij op Dominica was...'

'Een oude vlam?' opperde Eleanor voorzichtig.

'Waarschijnlijk wel. Hoe dan ook, de orkaan heeft een interessante archeologische site blootgelegd. Die toont aan dat de Kalinago en Nederlandse piraten samen op het eiland hebben geleefd, en dat is nog niet eerder aangetoond. Dus daar waren ze allebei druk mee.' Cass was blij dat Howard en Eleanor haar door dat onverwachte nieuws niet langer aandachtig aankeken. 'De bemanning in het vliegtuig was trouwens ontzettend aardig voor me, ook al zag ik er slonzig uit.'

'Dat is interessant, over die piraten en de Kalinago,' zei Howard, die zich, waar hij ook was, altijd gedroeg alsof hij er thuishoorde en zich nooit geneerde voor verkeerde kleding of wat dan ook.

'Ja. Bastian zei dat daar nooit eerder vermoedens over waren geweest. Naast artefacten van de Kalinago zijn er scherven van heel vroeg Delfts aardewerk ontdekt. Hij dacht dat die alleen van piraten kon zijn die aan land waren gegaan om aan justitie of het weer te ontsnappen.' Ze glimlachte in de hoop dat ze nu verder kon met haar verhaal. Toen de archeologische bijzonderheden op Dominica besproken werden, had ze niet goed opgelet, omdat ze andere zaken aan haar hoofd had gehad. Ze pakte haar thee.

'Is het goed als ik haar nu naar de rotstekening vraag, Eleanor?' vroeg Howard.

'Natuurlijk,' antwoordde Eleanor. 'Ze heeft zich kunnen opfrissen en bijna een hele mok thee op. Nu mag je haar aan een kruisverhoor onderwerpen.'

Ze lachten allemaal. 'Verlos deze oude man alsjeblieft uit zijn lijden. Vertel me hoe je de rotstekening hebt gevonden. Sla geen detail over.'

'Nou...' zei Eleanor. 'Het eten is klaar. Laten we eerst aan tafel gaan, dan kan Cass je onder het eten erover vertellen. Anders bestaat het gevaar dat ze halverwege haar verhaal sterft van de honger.'

'Zo lang is het niet,' zei Cass. 'Maar ik heb wél honger.'

'Wil je het me nu eindelijk vertellen!' gebood Howard zodra iedereen zat en een bord kip Marengo voor zich had staan.

'Verlos hem uit zijn lijden, Cass,' stemde Eleanor in.

Cass haalde diep adem. 'Eigenlijk was het toeval dat ik meeging op de expeditie om de rotstekening te vinden. Ranulph zou meer van nut zijn geweest dan ik...'

'Vast niet,' zei Howard. 'Waarom ging hij eigenlijk niet mee?'

'Hij had een snijwond in zijn been opgelopen, echt een diepe. Het was maar goed dat we die verbanddozen bij ons hadden.'

'Moest hij gehecht worden?' vroeg Eleanor.

Cass knikte. 'Ik moest hem hechten. Hij was enorm dapper.'

'Dat moest jij doen?' vroeg Howard ongelovig. 'Maar daar ben je helemaal niet voor opgeleid! Was er niet iemand anders die het kon doen?'

'Ik heb een EHBO-diploma, hoor,' zei Cass, al was wonden hechten geen onderdeel van de cursus geweest. 'En er was niemand anders. Het ging prima. De wond geneest mooi.'

'Oké, je ging dus met Bastian mee?'

'En met Toussaint en Austin. Austin wilde per se mee. Hij beweerde dat er geen rotstekening was. Zijn hele paper was gestoeld op de aanname dat die rotstekening niet bestaat.'

'Lastig,' zei Eleanor.

'Het is een afschuwelijke vent,' zei Howard. 'Ik heb via de radio contact met hem gehad. Hij hield maar vol dat er niemand anders beschikbaar was om met me te praten.'

'Hij liet niemand anders in het gebouwtje toe waar de radio stond,' zei Cass. 'Maar goed, we gingen op weg. Afgezien van een paar gevelde bomen leek de orkaan in het woud niet al te veel schade te hebben aangericht, dus we konden goed opschieten. Op een gegeven moment stopten we om te pauzeren.' Ze liet een korte stilte vallen, want ze zag er niet naar uit dit stukje aan haar vader te vertellen. 'Austin gooide mijn camera het kreupelhout in.'

'Wat?' Woedend sloeg Howard op de armleuning van zijn stoel. 'Kon je dat niet voorkomen?'

'Nee. Hij pakte hem uit mijn handen. Ik wilde net een foto maken om te kijken hoe ik de camera moest instellen. Hij deed alsof het een ongelukje was, maar dat was het natuurlijk niet.'

'Nou ja, schandalig!' fulmineerde Howard. 'Ik zou hem verdomme moeten aanklagen!'

'Dan zou hij zeggen dat je een claim bij je verzekering moet indienen,' zei Cass.

'Het gaat me niet om het geld!' Howard schreeuwde bijna.

'Wind je niet op, schat,' zei Eleanor met een hand op die van Howard. 'En laat Cass haar verhaal afmaken.'

Cass was haar dankbaar. Ze had haar vader dolgraag willen zeggen dat de camera veilig en wel was, en ze besefte dat dat ook had gekund als ze niet met Austin in die pick-up was gestapt. Ze hoopte dat het feit dat ze de rotstekening had gevonden op de een of andere manier goed zou maken dat hij de camera kwijt was.

'Nadat ik de camera was kwijtgeraakt, liep ik met ze mee, maar op een gegeven moment bleef ik staan en zei ik dat ik moe was.'

Omdat ze een korte stilte liet vallen, vroeg haar vader: 'Waarom? Was je ook moe?'

'Ja, eerlijk gezegd wel, alleen was dat niet de reden waarom ik bleef staan.' Cass dacht even na over hoe ze het volgende deel van haar verhaal het best kon uitleggen. 'Ik wilde alleen zijn. Ik wilde dat de anderen doorliepen.'

'Waarom?' vroeg haar vader opnieuw.

'Howard, lieverd,' zei Eleanor sussend, 'laat die arme meid haar verhaal afmaken.'

'Het geeft niet,' zei Cass. 'Ik zit te bedenken hoe ik het het best kan uitleggen. Herinner je je de kaart nog?'

'Uiteraard!' zei Howard.

'Dan weet je dat hij behoorlijk kwetsbaar was. Ik moest hem natekenen, zodat we een kaart hadden die bij gebruik niet uit elkaar viel.'

Haar vader knikte.

'Ik weet niet of je het nog weet, maar als je een document op de ouderwetse manier overtrekt, op bakpapier of iets dergelijks, moet je de lijnen meerdere keren tekenen. Tegen de tijd dat ik klaar was, kende ik de kaart min of meer uit mijn hoofd.'

'En?'

'Ik heb hem verkeerd getekend. Ik heb er een stukje aan toegevoegd. Om iedereen uit de weg te krijgen.'

'Lieve hemel, Cass,' zei Eleanor. 'Ik ben zwaar onder de indruk!'

'Maar waarom dan?' vroeg Howard.

'Ik wilde de rotstekening – als die er was – niet vinden met Austin erbij. Ik dacht dat de plek waar ik was blijven staan zo ongeveer de plek was waar de tekening moest zijn. Er stond alleen een rivier op de kaart, en die was er niet.'

Deze keer kon ze een stilte laten vallen zonder dat haar vader meteen met nog meer vragen kwam. 'Ik wilde even met mijn ogen dicht zitten, want ik was moe, zoals ik al zei. En toen ik daar zo zat, hoorde ik water, maar het was een stroompje, geen kolkende rivier.'

'De kaart is lang geleden getekend,' zei Howard. 'Het landschap is natuurlijk veranderd.'

'Hoe dan ook, ik ben toen even ingedommeld, want ik werd wakker toen er plotseling een briesje opstak en zonlicht op mijn gezicht viel. Ik ging rechtop zitten en keek naar de rotsen die de anderen hadden bekeken en voorbij waren gelopen. Nu de zon op de juiste manier op de rotsen viel, zag ik een gezicht.'

'De rotstekening,' fluisterde Howard. 'O mijn lieve kind!' Hij stond op en liep naar Cass' stoel. Ze kwam overeind, en hij gaf haar een knuffel. 'Wat ben je toch slim.'

'Dat is nog niet het einde van het verhaal, pap,' zei Cass zodra ze allemaal weer zaten.

'Je had geen camera,' zei Eleanor. 'Je kon het niet vastleggen.'

'Jawel! En dat heb ik ook gedaan. Ik had mijn schetsboek en potloden bij me. Die had ik vlak voor ons vertrek in mijn rugzak gestopt, voor het geval dat.'

'Je kunt toch niet tekenen, lieverd?' vroeg Cass' vader.

'Dat kan ik best goed,' antwoordde Cass, die zich in de verdediging gedrukt voelde. 'En ik had de benodigde spullen bij me. Ik schetste de rotstekening en zoveel mogelijk planten en bomen eromheen. Maar ik wist dat dat niet genoeg zou zijn, dus bond ik een stuk schoenveter om een boompje dat er dicht in de buurt stond.'

'Wat ben je toch vindingrijk, Cass,' zei Eleanor.

Glimlachend haalde Cass haar schouders op.

'Dit vraagt om een uitstekende whisky,' zei Howard. 'Kom, dan laten we het goede spul aanrukken.'

'Jij drinkt alleen maar het goede spul, Howard,' zei Eleanor. 'Je zei dat het leven te kort was om blended whisky te drinken. Ik zei dat het te lang was om dat niet te doen.' Ze lachte en vervolgde plagerig: 'Nou ja, jij bent ouder dan ik, dus misschien heb je gelijk. Maar we nemen pas na het avondeten een glas.'

Howards goede zin leek verdwenen, en ineens zag hij er zo oud uit als hij was. 'Het was natuurlijk geweldig dat je de rotstekening kon tekenen, lieverd. Ik ben alleen wel verdrietig om de camera. Hij was een cadeau van mijn vader.'

Cass legde haar hand op die van Howard. 'Die keer heb ik hem teruggekregen. Toussaint, die bij ons was, vond hem en gaf hem aan me terug. Hij was onbeschadigd.'

'Hoe bedoel je, "die keer"?' vroeg Howard.

Dit stukje zou heel lastig zijn, besefte Cass. Ze schaamde zich diep. 'Eh...'

'Waarom laat je Cass haar verhaal niet afmaken?' zei Eleanor, die haar hand weer op die van Howard legde en hem even streelde. 'Uiteindelijk gaat dat sneller.'

Howard knikte en schonk iedereen nog wat wijn bij. Even aten ze in stilte door, tot hij zijn mes en vork neerlegde en Cass aankeek.

Cass schraapte haar keel. 'Veel later, toen Austin per se van het eiland af wilde, zei hij dat ik met hem mee moest, dat hij anders Bastians academische reputatie zou ruïneren – en die van Bastians vader, wat eigenlijk nog erger is.'

'Ga door,' zei Eleanor.

'Er dreigde een nieuwe orkaan te komen, maar Austin wilde niet wachten. Zodra we op weg gingen, wist ik dat het een grote vergissing was. Het weer verslechterde en de weg, die om te beginnen al niet goed was, veranderde in een modderstroom.'

Hoewel ze haar moeder en Rosa een paar details van haar reis met Austin had bespaard, vond ze dat haar vader de waarheid moest weten.

'Ik smeekte hem te stoppen, maar dat deed hij pas toen we al een heel eind van Bastians huis vandaan waren, waarschijnlijk omdat het dan lastig voor mij zou zijn om een schuilplaats te vinden.'

'Je bent dus uitgestapt?' Haar vader klonk ontzet.

'Nee, hij heeft me geduwd. Hij boog zich voor me langs, opende het portier en gaf me zo'n harde duw dat ik uit de auto viel. Nog voor ik tijd had om op te staan, reed hij door. Ik had mijn kleine rugzak op mijn knieën liggen, dus die kon ik nog meegrissen, maar mijn grote rugzak met alle andere spullen, inclusief jouw camera, verdween met hem in de wind en de regen.'

'O god, Cass!' Howard was geschokt. 'Niet te geloven dat je door mij in die gevaarlijke situatie bent beland.'

'Nee, het was mijn eigen schuld, pap. Ik was zo dom me te laten overhalen met hem mee te gaan.' Meteen kwam het besef terug van wat ze had gedaan, hoe doodsbang en dom ze zich had gevoeld. Ze schudde haar hoofd om het gevoel kwijt te raken. 'Het was allemaal mijn schuld.'

Er viel een stilte, en toen vroeg Eleanor: 'Wat had je in je kleine rugzak? Waarom hield je die dicht bij je?'

'Mijn paspoort en zo, maar ook een geheugenstick met Bastians paper erop. En de tekeningen die ik van onder andere de rotstekening had gemaakt. Ik had de geheugenstick verstopt in een pot vochtinbrengende crème, en de tekeningen zaten zorgvuldig opgevouwen in een doosje Tampax.'

'Dus je vermoedde al dat Austin een poging zou doen ze je af te pakken?' vroeg haar vader.

Cass knikte. 'Had ik je camera ook maar in die kleine rugzak gestopt...'

Haar vader schudde zijn hoofd. 'Nee. Als je te veel in die rugzak had gepropt, had hij er misschien in gekeken. Dan had hij de andere spullen kunnen vinden en die je misschien ook wel afgenomen. Dat hij er met je kleren en de camera vandoor is gegaan, is niet erg. Echt niet.'

Er viel een bedachtzame stilte, tot Eleanor die verbrak. 'Waarom gaan jullie niet naar de serre? Dan kom ik met koffie, thee, wat jullie willen, en met chocolaatjes. Helaas heb ik geen toetje.'

Het was een heerlijke avond in juni, nog bijna net zo licht als overdag. Cass en haar vader namen in de stoelen plaats met uitzicht op zee.

'Op Dominica miste ik de avondschemering. Het lijkt daar alsof de zon uit de lucht valt en een diepe duisternis achterlaat,' zei Cass.

'Inderdaad,' beaamde Howard. 'Dat herinner ik me. En ook of je de druppel van smaragd kon vinden. Heb je die gezien?'

Cass lachte zacht. 'Nee, maar we hebben er wel een paar keer naar gezocht. Ik geloof eigenlijk niet dat die bestaat.'

'Jawel hoor,' zei hij. 'Maar hij is zeldzaam.'

'Het spijt me zo van je camera, pap,' zei ze.

'Ik hoop dat ik je geleerd heb dat je je niet aan spullen moet vastklampen, Cass. Dat je beter weet. Het zijn geen mensen, die er wél toe doen. Ik heb die camera al jaren niet meer gebruikt. Maak je er niet druk om.' Ondanks zijn woorden besefte Cass dat hij van streek was, waardoor ze zelf nog meer overstuur raakte. En diep verscholen in haar achterhoofd zat het besef dat hij niet naar haar tekening had gevraagd.

24

Misschien kwam het doordat het nog zo licht was, maar Cass kon niet in slaap komen. Ze ging rechtop zitten en besloot dat dit een goed moment was om haar mailtjes door te nemen. Ze had nog niet de moed gehad om ze allemaal te verwijderen en ook geen zin gehad om ze door te nemen.

Ze had een flink aantal advertenties verwijderd van websites waar ze ooit iets had gekocht en kwam een bericht tegen van een e-mailadres dat ze niet herkende. Omdat ze nu de tijd nam, las ze het bericht in plaats van het automatisch te verwijderen.

Hallo Cass,
Aangezien je niet op mijn eerdere mailtjes hebt gereageerd, vermoed ik dat je nog op het eiland bent. Dit is mijn derde mailtje. Ik probeer het niet nog eens.

Ik heb je vaders camera. Wil je hem terug? Als je naar Londen komt om hem op te halen, kan ik hem aan je teruggeven. Anders verkoop ik hem. Ik ken iemand die er interesse in heeft. Eind juli ben ik in Londen. Laat het me weten.

Cass aarzelde niet. *Beste Austin,* typte ze. *Ik wil mijn vaders camera graag terug hebben. Ik kom hem bij je ophalen.*

Nadat ze het mailtje had verstuurd, ging ze weer op haar bed liggen en deed ze het zijden oogmasker op dat Eleanor voor haar had neergelegd. Zou ze ooit de slaap kunnen vatten? Het was zo licht, en ze had zo veel aan haar hoofd. Het zou heel goed kunnen dat Austin Howards camera aan haar wilde verkopen – losgeld eisen was een betere omschrijving – en ze had geen geld. Kon ze haar vader om geld vragen als het haar eigen stomme schuld was dat Austin de camera had?

Nadat ze Eleanor de volgende ochtend had geholpen met het afruimen van de ontbijttafel, zei Eleanor: 'Heb je zin in een rondleiding over het eiland? Bij je vorige bezoek heb je niet echt de kans gehad de omgeving te verkennen. Het duurt niet lang. Het eiland is maar klein.'

Cass lachte. 'Dat zou ik heel leuk vinden! Het klopt dat ik de vorige keer dat ik hier was halsoverkop naar Dominica ben vertrokken.'

Eleanor leende Howards landrover – een veel nieuwere dan die van Ranulph – en reed met een snelheid waarbij Cass op haar gemak van het uitzicht kon genieten.

'Het is hier echt prachtig, hè?' zei Cass. 'En ik blijf het een bijzondere gedachte vinden dat we op Dominica naar dezelfde zee keken. De Atlantische Oceaan.'

'Ligt Dominica niet in het Caribische gebied?'

'Ja, maar ook aan de Atlantische Oceaan. Blijkbaar is er een landtong met aan de ene kant de Atlantische Oceaan en aan de andere kant de Caribische Zee. Bastian woont aan de kant van de Atlantische Oceaan.'

'Wat apart.' Eleanor reed een poosje in stilte verder. 'Goed, hoewel ik je het eiland wil laten zien – dit eiland, niet Dominica – heb ik je meegenomen omdat ik een plan heb.'

Ze reed een passeerhaven in waar ze vrij uitzicht hadden op de zee en de andere eilanden. Even bleven ze naar het uitzicht kijken.

'Wat voor plan?' vroeg Cass toen ze de stilte niet langer kon verdragen. 'De laatste keer dat ik in een... nou ja, nogal aftandse pick-up zat die in de verste verte niet leek op dit keurig onderhouden voertuig en de chauffeur een plan had, liep dat niet goed voor me af.'

Eleanor lachte. 'Dit loopt misschien niet goed af voor mij!'

'O?'

'Hoe belachelijk het misschien ook lijkt, in zekere zin vraag ik jou om je vaders hand.'

Het duurde een ogenblik voor het kwartje viel. 'Wil je met mijn vader trouwen?'

'Ja. Wat vind je daarvan? Als je je er ook maar een beetje ongemakkelijk bij voelt, weet ik dat Howard het zal afblazen.'

'O, Eleanor, ik zou het fantastisch vinden. Ik wil dat mijn vader gelukkig is en ik vind jou geweldig. Dat je het met hem uithoudt is verbazingwekkend. Ik vind het fantastisch, als je het echt wilt.' Ze schraapte haar keel. 'Houden jullie van elkaar?'

'Ja. Merkwaardig genoeg.'

'Je weet dat hij altijd een beetje een...'

'Een vrouwenversierder is geweest? O ja. Ik stap hier met open ogen in.'

'Ik neem aan dat hij... Nu hij wat ouder is...'

'Met de jaren verandert de aard van het beestje niet echt, maar we zijn verliefd, en ik denk dat hij weet dat hij iemand naast zich nodig heeft als hij op het eiland wil blijven – en dat wil hij. Iemand die van hem houdt. En dat ben ik.'

Cass wreef over Eleanors arm, omdat ze niet goed wist wat ze anders moest doen. 'Dat is mooi. Heel romantisch.'

Daar moest Eleanor hard om lachen. 'Eigenlijk is het veel romantischer dan ik het laat klinken. Wat zal je moeder ervan vinden?'

'Die zal blij zijn. Mijn vader en zij kunnen nog goed met elkaar overweg.'

'Geweldig! Als je moeder het niet goed vond, zouden we nog steeds met elkaar trouwen, maar we hebben liever dat iedereen akkoord is met het idee.'

'Eh... ik ben niet enig kind,' zei Cass. 'Ik heb stiefbroers en een stiefzus. Hoewel het ze natuurlijk niets aangaat, hebben ze er vast een mening over.'

Eleanor lachte zacht. 'Als we van iedereen de zegen zouden willen krijgen, gaat het hem niet worden. Mijn zonen uit mijn eerste huwelijk doen een beetje smalend over Howard, maar als de mensen om wie we echt geven er blij om zijn, dan zijn wij dat ook.'

'Gelukkig kan ik je verzekeren dat ik er blij om ben!' zei Cass.

Eleanor glimlachte en startte de motor. 'Nou, mijn liefdesleven is in kannen en kruiken. Laten we nu aandacht besteden aan het jouwe.'

'Brr!' Cass' protest kwam er luider en onbeheerster uit dan de bedoeling was. 'Nee echt, Eleanor, ik heb geen liefdesleven.'

'Als je verliefd op iemand bent – al dénk je dat maar – kan het twee kanten opgaan. Of je praat de hele tijd over diegene en grijpt elke gelegenheid aan om over hem of haar te beginnen, of je let er goed op dat je zijn of haar naam nooit laat vallen.' Ze trok op en reed de weg af. 'Ranulph en jij hebben samen een enorm avontuur beleefd, en toch lijk je hem volledig buiten beeld te laten. Trouwens,' ging ze stug door, waarbij ze Cass' tegensputterende gepiep negeerde, 'ik weet nog dat ik je voor jullie vertrek stiekem naar hem zag kijken. Eén keer maar; niemand anders heeft het gezien, hoor.'

'Jeetje, ik hoop niet dat hij weet wat ik voor hem voel.'

'Dat denk ik niet. Mannen zijn soms enorm traag van begrip. Ik dacht dat je het misschien leuk zou vinden om zijn huis te zien.'

Cass schrok zo dat haar adem stokte. 'Hij is toch niet thuis?'

'Nee, hij is nog op Dominica. Hij laat me wel weten wanneer hij terugkomt, want ik doe boodschappen voor hem. Ik vind gewoon dat je moet weten waar hij woont.' Even was ze stil. 'Ik heb de sleutel, als je naar binnen wilt.'

Heel even werd Cass in verleiding gebracht. 'Nee. Dat zou verkeerd zijn. Maar ik zeg geen nee tegen een snelle blik op de buitenkant.'

Het was een sfeervol huis, vond Cass, toen Eleanor de auto ervoor stilzette. Traditioneel gebouwd, met een mooi uitzicht en heel afgelegen.

'Waar je over na moet denken is of je hier zou kunnen wonen,' zei Eleanor. 'Het ligt niet iedereen.'

'Ik weet het niet,' zei Cass na een korte stilte. 'Mijn hart zegt dat ik overal zou kunnen wonen waar Ranulph is, maar is dat wel zo? Het is sowieso hypothetisch, want hij zal nooit verliefd op me worden, zelfs al stemde ik ermee in met hem in een kerker te wonen. En dit huis is verre van een kerker.'

'Waarom heb je de hoop opgegeven? Waarom denk je dat hij nooit voor je zal vallen?'

'Ik ben te jong voor hem. Niet dat hij dat met zo veel woorden heeft gezegd. Hij zei dat ik te jong was voor Bastian, die ik graag mag, maar alleen als vriend. Ze zijn ongeveer even oud. Als ik te jong ben voor de een, ben ik dat ook voor de ander.'

'Denk je niet dat hij je bij Bastian weg probeerde te houden toen hij dat zei?'

'Jawel. Hij dacht dat ik verliefd was op Bastian. Hij vertelde me waarom het niets zou worden. En dat Bastian een vriendin heeft. Wat ik overigens wist.'

'Denk je niet dat hij het zei omdat hij je voor zichzelf wil hebben?'

'Dat zou wat zijn! Maar nee. Nadat hij me na de tweede orkaan had gevonden, nam hij me stevig in zijn armen en was ik in de zevende hemel. Maar kort daarna gaf hij me een uitbrander. Hij zal nooit voor me vallen, Eleanor. Hij denkt dat ik een kind ben, ook al ben ik vijfentwintig. Ik mag stemmen en alles!'

Eleanor lachte. 'Hou hoop, Cass. Er is een Ierse uitdrukking die luidt: "Wat voor jou is, zal niet aan je voorbijgaan".'

'We zullen het zien!' zei Cass met een glimlach die niet oprecht was.

Nadat ze een poosje in stilte waren doorgereden, zei Eleanor: 'Vertel eens over je tekening. Ik wist niet dat je zo veel talent voor tekenen had.'

'Ik weet niet of ik het een talent zou noemen...'

'Ik zou het zeker zo noemen. Waarom wist Howard dat niet?'

Tegen de tijd dat Eleanor Cass het hele eiland had laten zien, had Eleanor meer over Cass' tekeningen gehoord dan haar ouders ooit hadden willen weten.

'Ik vind het geweldig. Leraar zijn is natuurlijk een veiliger optie, maar je moet gelukkig zijn in je werk,' zei Eleanor.

'Bedankt voor je begrip.'

'Voor mij is het misschien makkelijker te begrijpen dan voor je ouders. Ik zie je als een jongere vriendin, niet als iemand die je je hele leven heeft opgevoed en verzorgd.'

'Mijn moeder is er niet enthousiast over, moet ik zeggen. Ze vindt alle beroepen die met kunst te maken hebben onzeker en maakt zich zorgen om me.'

'Zo zijn moeders. Mijn eigen kinderen zouden hetzelfde zeggen over mij.'

In een bedachtzame stilte reden ze naar huis.

Toen Cass een paar dagen later uiteindelijk afscheid nam, zei Howard: 'Ik heb wat geld naar je rekening overgemaakt, lieverd. Het kan nog wel even duren voor je weer iets verdient, en je hebt al je plannen voor mij omgegooid. Zie het als een bedankje.'

'Ik vond het leuk om te gaan, pap. Dat weet je.'

Ten slotte zei Eleanor dat het tijd was dat ze Cass naar het vasteland zou brengen, zodat ze aan haar reis naar het zuiden kon beginnen. Vader en dochter omhelsden elkaar. Ze zou Eleanor, hem en het eiland missen.

25

Cass was al een paar dagen terug bij haar moeder toen ze een uitstapje maakte naar haar favoriete winkel. Het was een winkel voor kunstenaarsbenodigdheden, en als kind had ze er van haar zakgeld speciale kleurpotloden gekocht, een voor een, tot ze een setje had. Ze was dol op alles wat ze er verkochten, van de kleine blokjes waterverf die in metalen doosjes pasten tot het enorme assortiment potloden, houtskool, penselen en natuurlijk de prachtige tekenblokken. Ze hadden er alle verfsoorten waar Cass van gehoord had en een paar die ze niet kende, en prachtige houten tekendozen met allerlei vakjes, als schatkisten vol kleur.

Ze besloot een beetje van het geld dat ze van haar vader had gekregen uit te geven aan een schetsblok, een paar potloden en een heel zachte gum. Toen ze in de rij stond om af te rekenen, zag ze dat er maar één kassa open was. Zodra ze aan de beurt was, zei ze: 'Jullie lijken een beetje onderbemand.'

'Ja!' zei de charmante, gestreste vrouw achter de kassa. 'Mijn collega is tijdelijk weg, en ik kan geen vervanging vinden, dus nu moet ik het in mijn eentje zien te rooien.'

'Ik kan wel invallen,' zei Cass meteen.

De vrouw was even stil. 'Het is waarschijnlijk maar voor een paar weken, drie misschien. En het is parttime, drie dagen per week, dus niet echt de moeite waard...'

'Ik wil het graag doen. Als klein meisje was het al mijn droom hier te werken.'

'O,' zei de vrouw. Ze was begin veertig en zag eruit als een kunstenaar. 'Weet je het zeker?'

'Ik heb even geen werk. Het zal leuk zijn een tijdje een droombaan te hebben.' Cass glimlachte in de hoop dat ze niet al te gretig leek. Ze besefte dat dit precies was wat ze nodig had. Ze zou zich moeten concentreren – ze had nog veel te leren over alle spullen die ze hier verkochten – en toch zat ze er niet al te lang aan vast. Als Austin haar sommeerde naar Londen te komen zodat hij haar de camera kon geven, zou ze daar de tijd voor hebben.

'Eh... ik zal deze mensen eerst helpen, en dan praten we verder. Ik ben Sarah, trouwens.'

'Cass. Afkorting van Cassiopeia.'

'Het sterrenbeeld? Leuk!'

Onder het wachten tot Sarah klaar was, bekeek Cass de verjaardagskaarten. Tien minuten geleden had ze nog niet geweten dat de baan beschikbaar was, maar nu ze het wist, wilde ze niets liever. Dat ze de betekenis van haar naam niet hoefde uit te leggen, beschouwde ze als een goed teken.

'Heb je veel ervaring in de detailhandel?' vroeg Sarah nadat ze Cass had uitgenodigd in haar kantoortje, een kamer boven in het pand, dat deel uitmaakte van een oude molen.

'Nee,' zei Cass, 'maar ik leer snel en hou van kunst. Vooral van tekenen, al zou ik ook graag leren aquarelleren. Ik ben gewoon gek op al die spullen hier!' Ze besefte dat dat waarschijnlijk niet de meest volwassen reden was die ze kon bedenken om in een winkel voor kunstenaarsbenodigdheden te willen werken, maar ze vond dat ze open en eerlijk moest zijn. Als het een baan voor een paar weken was, had Sarah, haar mogelijke nieuwe baas, immers niet veel te verliezen.

'We geven hier 's avonds cursussen beeldende kunst. En als je hier werkt, zijn die cursussen gratis.' Sarah lachte. 'Het loon is niet heel hoog, moet ik toegeven. Je krijgt het minimumloon. En dat is niet veel, weet ik, dus daar werk ik aan.'

'Nou, vanuit mijn optiek is het perfect: een droombaan én gratis les.' Ze beet op haar lip, want zo klonk het alsof ze de cursus alleen leuk vond omdat ze er niet voor hoefde te betalen. 'Als ik hier niet meer werk, betaal ik er uiteraard graag voor.'

'Dat is misschien niet nodig. Het kan zijn dat het een vaste baan wordt, als mijn collega niet terugkomt. Hoe dan ook, ik moet weer naar beneden. Loop maar mee, dan leid ik je rond, als er tenminste geen klanten zijn.'

Nog een voordeel van de baan, waar Sarah het in eerste instantie niet over had gehad, was de personeelskorting.

'Het zou goed kunnen dat ik mijn hele loon aan verf uitgeef,' zei Cass terwijl Sarah een lading materialen op de kassa aansloeg die Cass niet had kunnen weerstaan. 'Maar dat is het waard!'

'Nou... niet als je huur moet betalen,' zei Sarah.

Even voelde Cass zich schuldig. 'Op dit moment woon ik bij mijn moeder, en ik hoef haar geen huur te betalen. Dat zal moeten veranderen.'

Toen Cass een paar dagen later na haar werk thuiskwam, stond ze op het punt het precaire onderwerp van huur betalen ter sprake te brengen, maar haar moeder was haar voor met een eigen heikele kwestie.

'De rest van het gezin komt vanavond eten,' zei ze, wetend dat Cass het geen prettig nieuws zou vinden. 'Ze willen je heel graag zien. Ze willen horen over je reis naar Dominica.'

Ze willen me heel graag met de grond gelijkmaken, dacht Cass. 'Oké,' zei ze hardop. 'Ik heb vanavond geen schilderles, dus ik zal er zijn.'

Met een 'tssk' en een hoofdschudden zette haar moeder Cass' opmerking over de schilderles van zich af.

'Ga je handen wassen en dek daarna de tafel.'

Onder het handenwassen zei Cass tegen zichzelf dat ze enorm geboft had dat ze thuis woonde, zonder huur en in alle comfort. Terwijl ze haar handen afdroogde, vroeg ze zich af hoelang haar moeder en zij nog zonder wederzijdse ergernis onder één dak konden wonen.

'Zo!' zei Cass' broer Martin toen iedereen was aangekomen en een drankje in de hand had. 'Vertel ons alles over je vakantie in het Caribische gebied, Cass.'

Cass glimlachte lieflijk. Ooit, nog niet zo lang geleden, zou ze tegen haar broer zijn uitgevaren om die laatdunkende opmerking, maar nu niet. 'Het was geweldig! Ik kan Dominica vlak na een orkaan van harte aanbevelen. Dan is het echt op zijn mooist.' Even was ze stil. 'De lucht is dan zo heerlijk schoon.'

Martin, lichtelijk geërgerd omdat hij zijn zus met die plaagstoot niet op de kast kreeg, vroeg: 'Maar hoe was het dan?'

'Moest je er nou echt heen?' vroeg Caroline, het oudste en bazigste gezinslid.

'Kunnen we misschien eerst eten voordat jullie Cass de les gaan lezen?' kwam haar moeder tussenbeide, nogal tot Cass' verbazing. 'Ik heb een braadstuk klaargemaakt, jullie lievelingskost.'

'En ik een crumble als toetje,' zei Cass.

Hoewel de maaltijd de kritiek een tijdje verdrong, kon Martin niet lang zijn mond houden.

'Wat deed je daar, en hoe heb je het in hemelsnaam voor elkaar gekregen Howards camera kwijt te raken?'

'Ik denk echt niet dat mam het verhaal nog een keer wil horen,' zei Cass. 'Ik stapte in een pick-up met iemand die ik niet mocht, en toen ik er weer uitstapte...'

'Ze werd eruit gegooid!' zei haar moeder. Cass was er niet helemaal zeker van of ze dat haar moeder had verteld, maar misschien had die met Howard gepraat. 'Ze had wel dood kunnen zijn!'

'De camera zat in mijn rugzak in de laadbak, en die werd er niet uit gegooid,' zei Cass om het verhaal af te ronden.

'Jeetje, Cass, waar zat je met je verstand?' zei Caroline. 'Je weet toch dat je niet met een onbekende in een auto moet stappen?'

'Ik kende hem wel,' zei Cass kalm. 'En ik wilde een vliegtuig halen. Die man ook. Het was een vergissing, want er stak een orkaan op...'

'De orkaan was toch al overgetrokken?' vroeg Caroline verbaasd.

Cass lachte en dacht aan Delphine en haar antwoord op die vraag. 'Orkanen zijn niet zoals Kerstmis,' zei ze tegen haar oudere zus, 'alles komt niet in één keer, er kunnen meerdere orkanen per jaar overtrekken. Ze hebben daar een orkaanseizoen.'

Caroline vond het niet prettig ongelijk te hebben en reageerde er dus niet op.

James nam onverwacht het woord. Hij was jonger dan Martin en Caroline; qua leeftijd kwam hij het dichtst bij Cass in de buurt. 'Zo te horen heb je behoorlijk dappere en spannende dingen gedaan, meid,' zei hij. 'Waarom vertel je ons niet alles?' Voor één keer onderbraken Cass' broers en zus haar niet en lieten ze haar haar verhaal vertellen, onder meer over het hechten van Ranulphs been. Hoewel dat niet echt deel uitmaakte van het verhaal, kon ze het niet laten erover op te scheppen. Ze was trots op haar prestatie.

'Nou, we zijn trots op je,' zei James.

'Mee eens,' zei Martin. 'Nooit gedacht dat je dat zou durven.'

'Al is ze wel Howards camera kwijtgeraakt,' zei Caroline. Blijkbaar voelde ze aan dat het een kleinzielige opmerking was, want ze gaf Cass vervolgens een klopje op haar arm.

'Goed, wie wil er een toetje?' vroeg hun moeder. 'Het ziet er heerlijk uit, moet ik zeggen.'

'Heb je behalve eerste hulp ook leren koken?' vroeg Martin.

Cass glimlachte en haalde haar schouders op. Ze had alle vertrouwen in haar crumble.

26

Naarmate de dagen verstreken, drong het tot Cass door dat ze dol was op haar nieuwe baan. Ze hield van de klanten en de drukke, levendige winkel en vond het heerlijk omringd te zijn door kunstenaarsmaterialen. Sarah was een baas die makkelijk haar waardering uitsprak, al was ze wel wat vaag. Omdat Cass er niet veel verdiende, nam ze ook een baantje in een wijnbar, een paar avonden per week.

Zoals ze aan Rosa uitlegde: 'Ik wil zoveel mogelijk geld verdienen en ben graag bezig.'

Het was de eerste avond dat Cass in de wijnbar werkte, en Rosa was vroeg gekomen, zodat Cass en zij konden kletsen zolang er nog weinig klanten waren.

'Je zei toch dat je vader je geld had gegeven?' merkte Rosa op.

'Ja, maar ik wil zijn camera terug hebben. Misschien dwingt die irritante Austin me wel ervoor te betalen en vraagt hij er een enorme smak geld voor. Bovendien wil ik naar de kunstacademie, en dat wil ik op zijn minst voor een deel zelf betalen.'

Rosa's aandacht was nog bij de camera. 'Het lijkt wel of hij de camera heeft ontvoerd en losgeld eist.'

Cass knikte. 'Precies! En ik ben de wanhopige ouder die wacht tot de ontvoerder contact opneemt.' Ze was bezig de toog af te nemen, maar stopte ermee en keek op. 'Als het kan, wil ik mijn vaders geld er niet voor gebruiken. Ik ben degene die de camera is kwijtgeraakt, dus is het aan mij hem terug te krijgen.'

Rosa ademde in om protest aan te tekenen, maar blies haar adem

ook weer uit. 'Heb je een lekkere lichte rosé? Iets uit de Provence?'
Cass glimlachte. 'Zeker, mevrouw. Welk formaat glas wilt u?'
'Klein. Kun je een glaasje meedrinken?'
Cass schudde haar hoofd. 'Niet onder werktijd. Bovendien heeft mijn moeder me haar auto geleend, dus ik moet nog rijden.'

Cass was erg enthousiast over de gratis cursus beeldende kunst voor werknemers en had graag alle lessen willen volgen. Helaas had ze teleurstellend nieuws gekregen toen ze Sarah had gevraagd hoe ze zich ervoor kon inschrijven.

'De meeste cursussen beginnen in september. In de zomer zijn er niet zo veel.'

Dat was nogal een tegenvaller geweest. Ze had gehoopt zo veel mogelijk lessen te kunnen volgen en zich dan in september aan te melden voor een fulltime kunstopleiding.

'Maar we hebben wel de cursus bloemen aquarelleren,' had Sarah gezegd, die duidelijk had gezien hoe teleurgesteld Cass was. 'Heb je daar iets aan?'

Cass, die zich opeens ongemanierd had gevoeld, had geglimlacht. 'Dat zou geweldig zijn! Ik heb altijd al willen leren aquarelleren.'

'Ik geef de cursus,' had Sarah gezegd.

'Moet ik mijn eigen materiaal meenemen?'

'Jazeker. Vergeet niet dat je personeelskorting krijgt. Ik zal je een lijst geven.'

Tegen de tijd dat Cass een professionele aquarelset, verschillende penselen, een groot blok aquarelpapier (ze gaf toe dat ze ook kleiner papier van mindere kwaliteit had kunnen kopen), potloden en verschillende andere spullen had aangeschaft, besefte ze dat ze minstens drie van haar parttime weken voor niets zou werken.

De klas was – om het beleefd te zeggen – klein. Er waren maar twee andere cursisten. De ene, Delia, was een opgewekte bejaarde dame die zichzelf omschreef als 'iemand die alle spullen heeft, alleen geen idee wat ze ermee moet doen' en de andere was een bejaarde man die niet veel zei maar prachtig werk maakte.

Cass, die tientallen jaren jonger was, zat achter de andere twee, zodat ze fouten kon maken zonder dat iemand het zag. Er stond een jampotje met wat veldbloemen om na te schilderen.

Sarah merkte al snel dat Cass het aquarelleren goed in de vingers had.

'Ik heb eigenlijk nooit iets anders gedaan dan tekenen,' legde Cass uit, 'daarom heb ik de bloemen getekend en daarna in kleur geschilderd. Het is waarschijnlijk niet de beste aanpak.'

'Het is niet de gebruikelijke methode, maar het is heel mooi zoals die vage potloodlijnen door de waterverf heen schemeren.'

Delia, de bejaarde dame, was enthousiast over Cass' werk. 'Zou ik dat schilderijtje mogen hebben? Het zou de perfecte kaart zijn voor een vriendin van me. Ik heb altijd moeite om iets gepasts voor haar te vinden.' Ze was even stil, mogelijk omdat ze het ongeloof in Cass' ogen zag. 'Zou je tien pond een belediging vinden?'

'Tien pond voor mijn eerste poging tot aquarelleren?' vroeg Cass. 'Dat is belachelijk! Ik geef het aan je!'

De discussie ging nog even door, en uiteindelijk werd er afgesproken dat Cass vijf pond zou aannemen en Sarah er voor nog een klein bedrag een kaart voor Delia van zou maken.

Hoewel er niet veel opgeruimd hoefde te worden, bleef Cass na de les achter om te helpen.

'Je hebt echt talent voor aquarellen,' zei Sarah.

'Denk je,' begon Cass aarzelend, 'dat ik als ik verf toevoeg aan mijn tekeningen van Dominica...'

'Waar is dat?'

'Het is een eiland in het Caribische gebied, een van de Bovenwindse Eilanden. Ik ben er net van teruggekomen.'

Sarah knikte.

'... dat ik er dan schilderijen van kan maken? Ik zou ze zelfs na kunnen schilderen. Dat Delia mijn aquarel wilde hebben om het iemand als cadeautje te geven, bracht me op een idee. Ik zou graag van de tekeningen die ik daar heb gemaakt echte schilderijen maken.'

'Dat kun je vast. Laat het me weten als je hulp nodig hebt.'

'Nu ik alle materialen heb, denk ik dat ik de tekeningen kan natekenen en er dan kleur aan kan toevoegen.'

Sarah glimlachte; ze wilde duidelijk graag naar huis. 'Wanneer je ze afhebt, zou ik ze graag zien.'

Gezien haar twee banen, haar cursus aquarelleren en haar nieuwe missie om van de tekeningen in haar schetsboek een reeks schilderijen te maken, was bijna elke seconde van Cass' tijd gevuld. Helaas bleef er toch nog genoeg tijd over om te mijmeren over hoe het met Ranulph ging en waar hij mee bezig was.

Op een zeldzaam avondje uit met Rosa bespraken ze het. 'Als hij was teruggegaan naar zijn huis op het Schotse eiland waar mijn vader ook woont, zou ik dat wel geweten hebben, want dan had Eleanor het me vast verteld.'

'Heb je op zijn socials gekeken?'

'Volgens mij houdt hij zich niet zo bezig met social media.'

'Hij heeft toch een vriendin?'

'Becca,' zei Cass.

'Wat is haar achternaam?' vroeg Rosa, die al 'Becca' intoetste op haar telefoon. 'En jullie zijn vrienden op Facebook?'

Cass knikte. Dat hadden ze op Dominica afgesproken, zodat ze foto's konden delen.

'O,' zei Rosa even later teleurgesteld. 'Niet echt spannende foto's. Alleen van mensen die in het zand rondscharrelen. O – is dat niet jouw vlam? Hij heeft die opvallende haarkleur waar je het over had.'

Cass bekeek de foto van stukken aardewerk in het zand en zag Ranulph op een groepsfoto. Zelfs dat nogal onscherpe kiekje was genoeg om haar hart een sprongetje te laten maken, maar de moed zonk haar in de schoenen toen ze zag dat Ranulph zijn arm om Becca heen had geslagen.

'Er staat niets over wie er op de foto staat, het gaat alleen over oud aardewerk.' Rosa was even stil. 'Bij Becca's status staat "Heeft een relatie", alleen niet met wie.'

Cass haalde haar schouders op en probeerde te doen alsof het haar niets kon schelen. Maar voor haar was het duidelijk: met Ranulph. Waarom zou er anders een foto op Becca's Facebookpagina staan waarop Ranulph zijn arm om haar heen heeft geslagen?

'Nou, geef de hoop niet op,' zei Rosa. 'Hou die man in het vizier en doe er alles aan om hem te pakken te krijgen!'

Daar moest Cass om lachen.

'Serieus, Cass! Als je niets met je gevoelens doet, eindig je als een ouwe vrijster die aquarellen maakt en nog bij haar moeder woont.'

De tijd verstreek, en plotseling zag Cass welke datum het was. Over een paar dagen was Bastian jarig. Op Dominica had ze zijn cv gelezen, en toevallig herinnerde ze zich de datum nog.

In een opwelling besloot ze van de schets van de rotstekening een aquarel te maken en dat als verjaardagskaart naar hem te mailen. Op een van de avonden dat ze niet in de wijnbar aan het werk was en geen schilderles had, zette ze thuis een tafel zo neer dat ze uitzicht had op de tuin.

Een van de redenen dat ze aan haar tijd op Dominica dacht, was omdat het bijna hetzelfde voelde als denken aan Ranulph, en dat deed ze toch al bijna voortdurend.

'O, heel mooi,' zei haar moeder, die achter haar kwam staan om te zien hoe het haar verging. 'Je zou bijna denken dat er gezichten in die rots zitten. Heel primitieve, natuurlijk. Maar het is een mooi plaatje.'

Op de een of andere manier kon Cass het niet opbrengen weer over de rotstekening te beginnen. 'Vind je het mooi? Ik ga het als verjaardagskaart naar Bastian sturen. Je weet wel? Die man die pap kent?'

'O ja, dat weet ik nog wel. Als je dat gedaan hebt, zou ik het geweldig vinden als je iets soortgelijks zou kunnen doen – misschien met rozen? Voor Edna? Die is volgende week jarig.'

'Oké,' zei Cass. 'Met plezier. Ik maak dit af, en dan kunnen we misschien een mooie bos rozen uit de tuin plukken. Je kunt haar de bloemen met het aquarelletje geven. Verse natuurlijk, want ze is volgende week pas jarig.'

'Wat een briljant idee!' zei haar moeder. 'Dat zou ze heel leuk vinden.'

Dus schilderde Cass in haar spaarzame vrije tijd. Ze maakte nog een paar kaarten voor haar moeder, en tussendoor werkte ze aan haar tekeningen, tot ze een mooie portfolio met schilderijen had. Als Rosa haar er niet mee had geplaagd dat ze al voor haar dertigste een ouwe vrijster was, zou ze min of meer tevreden zijn geweest.

Ze had ook een bedankmailtje van Bastian gekregen.

Beste Cass,

Heel erg bedankt voor mijn prachtige verjaardagskaart. Je hebt niet alleen talent voor tekenen maar ook voor schilderen.

Ik ben van plan naar Londen te komen voor een afspraak met de uitgeverij die van plan is om van mijn paper een boek te maken, met extra materiaal natuurlijk. Om dat te vieren, en nog iets anders, organiseer ik een kleine bijeenkomst, en ik zou het erg leuk vinden als jij ook komt. Meer details volgen.

Sorry dat ik zo geheimzinnig doe, maar er staat nog niets vast!

Met de allerbeste wensen,

Bastian

Cass was om vele redenen opgetogen, maar nadat ze het aan Rosa had verteld tijdens hun regelmatige bijpraatrondje in de wijnbar, verloor ze de moed. Want als Bastian een feestje gaf, had Rosa gezegd, dan zou Ranulph er zeker bij zijn.

Ze wist niet hoe ze zich daaronder voelde. Deels verlangde ze ernaar Ranulph te zien, maar ze was ook erg zenuwachtig bij het vooruitzicht.

Rosa nipte van haar glas rosé. Ze keek toe terwijl Cass haar dilemma verwerkte en wist dat ze vroeg of laat nog een glas moest bestellen, anders zou Cass' baas hun een bedenkelijke blik toewerpen alsof hij tekort werd gedaan.

'Aan de andere kant,' zei Rosa, die ondertussen haar glas leegdronk, 'lijkt het erop dat Bastian de prijs gewonnen heeft, of wat het ook is. Waarom zou hij anders "en nog iets" te vieren hebben?'

'Ik hoop van harte dat hij gewonnen heeft, aangezien ik mijn leven op het spel heb gezet om zijn werk op tijd ingezonden te krijgen!'

'Geen nieuws meer van Austin over de camera?'

'Nee.' Een afschuwelijke gedachte overviel Cass. 'Hij zal toch niet ook op het feest zijn? Nee, natuurlijk niet! Hoe kom ik daar in vredesnaam bij?'

'Omdat je letterlijk je gezonde verstand bent verloren,' zei Rosa. 'Nou ja, je hebt nog tijd genoeg om voor het feestje je verstand terug te vinden. Ik vraag me af wanneer hij het zal geven. Wat doe je aan?'

De dag na dat gesprek kwam de formele uitnodiging voor een receptie om de officiële uitreiking van de prijs te vieren.

En met die uitnodiging kreeg ze nog een mailtje. *Als je kunt komen, neem dan alsjeblieft andere aquarellen van bloemen mee die je hebt gemaakt. Ik wil dat je mijn uitgever ontmoet. Ik heb een idee! Het is alleen nog een idee, maar ik ben optimistisch.*

Een dag later kwam er weer een mail van Bastian.

Ik ben bang dat de situatie gecompliceerd is geworden. In plaats van je uit te nodigen voor een feestje moet ik je nu om een grote gunst vragen. Austin heeft er bezwaar tegen aangetekend dat ik de prijs heb gewonnen. Er moet een onderzoek komen, al ziet het er voor mij goed uit. Kun je misschien naar Londen komen om te getuigen? Niet in een rechtbank, maar het zou heel fijn zijn als je kunt uitleggen hoe je aan de hand van mijn vaders kaart de rotstekening hebt gevonden en gezien. Je zou de commissie ook kunnen vertellen hoe Austin na de tweede orkaan probeerde te verhinderen dat je mijn paper op tijd van het eiland af kreeg om het voor me in te zenden. De bijeenkomst van de onderzoekscommissie is op 30 juli om negen uur 's ochtends.

Cass voelde zich misselijk worden bij de gedachte dat te moeten doen, maar herinnerde zich toen wat ze destijds allemaal had gedaan om Bastians werk te beschermen en vervolgens te mailen. In vergelijking daarmee zou het een makkie zijn om haar verhaal aan een paar mensen in nette pakken te vertellen.

Toen ze later die avond thuiskwam van haar dienst in de wijnbar, zag ze ook de langverwachte mail van Austin. *Hallo, als je je vaders camera wilt hebben, kom hem dan op 30 juli om negen uur 's ochtends bij me ophalen in het Alexandra Hotel in Paddington.*

Geen plichtplegingen, geen fatsoenlijke ondertekening, alleen een kale mededeling. Op het moment dat ze tegen hem zou getuigen, wilde hij haar in Paddington hebben. En hoewel ze Londen niet goed kende, wist ze dat Bastians uitgeverij en Paddington door vele kilometers en ontzettend veel verkeer van elkaar gescheiden waren.

Het kon geen toeval zijn dat hij dat tijdstip en die locatie had gekozen. Austin wist van het onderzoek af en wilde niet dat ze voor Bastian getuigde, daar was ze vrij zeker van.

Hoewel ze geen positief antwoord verwachtte, mailde ze hem om te vragen of hij haar op een ander tijdstip kon ontmoeten.

Als je de camera terug wilt hebben, zorg je ervoor dat je er bent. Aan jou de keus.

Ze wist niet wat ze moest doen. Ze had haar leven in de waagschaal gesteld voor Bastians werk (hoewel ze dat destijds niet zo had gezien) maar wist ook dat haar vader zijn camera terug wilde hebben, hoe vaak hij ook het tegendeel beweerde.

Zonder er al te veel bij na te denken mailde ze Ranulph. Ze had zijn mailadres nog van toen ze net samen naar Dominica waren vertrokken; ze had alleen nooit gedacht dat ze het zou gebruiken.

Beste Ranulph,
Bastian heeft me gevraagd aan een onderzoekscommissie te vertellen wat ik weet over de rotstekening en hoe ik die gevonden heb.

Austin heeft ook contact met me opgenomen en zegt dat ik op precies dezelfde dag en precies hetzelfde tijdstip mijn vaders camera in Paddington kan ophalen. Ik vroeg of hij de tijd wilde veranderen, maar natuurlijk wilde hij dat niet. Blijkbaar weet hij van de ontmoeting met Bastians uitgever en de commissie af en wil hij me daar niet hebben.

Wat moet ik in vredesnaam doen? Sorry dat ik je hierbij betrek, maar ik weet niet aan wie ik het anders kan vragen.

Met vriendelijke groet,

Cass

Ze wist niet hoe ze haar mailtje moest ondertekenen, en 'met vriendelijke groet' leek haar het beste. Of was het te formeel, na alles wat Ranulph en zij hadden meegemaakt?

Ze sloot haar laptop en ging naar beneden. Nadat ze nog even met haar moeder had gekletst, verkondigde ze dat ze naar bed ging. Pas als ze een plan van aanpak voor de situatie had bedacht, zou ze het haar moeder vertellen, maar zolang ze er nog niet uit was, hield ze haar zorgen voor zich.

Hoewel ze niet van plan was geweest nog een keer haar mail te checken, kon ze het niet laten, en tot haar verbazing stond Ranulphs naam in haar inbox. Haar hart maakte een sprongetje. Alleen al bij de aanblik van zijn naam kreeg ze vlinders in haar buik, net als toen ze hem eerder op die groepsfoto had gezien.

Ze dwong zichzelf te kalmeren. Zijn antwoord zou vast kort, formeel en niet behulpzaam zijn: meer kon ze niet verwachten.

Beste Cass,

Fijn om van je te horen, al is het jammer dat het onder deze omstandigheden is.

Natuurlijk moet je getuigen voor Bastian. Dat hoef je alleen niet persoonlijk te doen.

Ik ben die dag in Londen en stel voor dat we elkaar 's ochtends ontmoeten (dat moet dan wel vroeg zijn). Dan film ik wat je wilt zeggen over het vinden van de rotstekening. Als ik denk dat er iets is wat je nog niet hebt gezegd, stel ik vragen. Daarna kun je de camera ophalen. Maar je mag niet in je eentje naar Austin toe gaan.

Groeten,
Ranulph

Cass' hart ging tekeer. Ranulph had onmiddellijk gereageerd en een oplossing voor haar probleem gevonden, al wist ze zonder het te vragen dat Austin niet zou toestaan dat er iemand met haar meekwam.

Ze wachtte een poosje voor ze een mailtje terugstuurde, ten eerste zodat ze niets geks zou zeggen en ten tweede zodat het zou lijken alsof ze over haar reactie had nagedacht.

Heel erg bedankt voor je suggestie. Die is briljant [ging dat te ver?]. *Erg aardig van je. Ik zal proberen iemand mee te krijgen, ik denk alleen niet dat Austin dat zal accepteren. Hij wil per se dat ik in mijn eentje kom.*
Cass x

Pas toen ze op 'verzenden' had gedrukt, realiseerde ze zich dat ze een zoen aan haar mailtje had toegevoegd. Het was echt een gewoonte; ze deed het zelfs als ze mailtjes aan zichzelf stuurde om niet te vergeten dat ze iets moest doen.

De mailtjes gingen over en weer en werden steeds vriendelijker van toon. Toen uiteindelijk de laatste afspraken waren gemaakt en ze een ontmoetingsplek hadden afgesproken, meldde ze dat ze ging slapen. Deze keer stuurde ze twee zoenen.

Onder het tandenpoetsen herinnerde ze zich dat ze nog moest uitzoeken hoe ze op tijd in Londen kon komen voor een vroege ochtendbijeenkomst zonder een treinkaartje te hoeven kopen dat evenveel kostte als een aanbetaling op een kleine flat.

27

De volgende ochtend gaf ze haar moeder een afgezwakte versie van wat er de avond ervoor was besproken. Ze legde uit dat ze met de uitgever moest praten over het vinden van de rotstekening, en aangezien ze dan toch in Londen was, zou ze ook Howards camera ophalen bij de man die hem had. Dat was allemaal waar, en haar moeder zou er niet door in paniek raken.

Toen ze over treinkaartjes begon, herinnerde haar moeder haar eraan dat ze een broer had die in Londen woonde.

Het idee Martin erbij te betrekken stond haar alleen niet aan, want dan zou hij zeker te veel vragen stellen. Bovendien woonde hij niet in de buurt waar ze moest zijn, en ze wilde in de spits niet te ver met de metro moeten reizen.

Rosa kwam met de oplossing. 'Je kunt bij mijn zus op de bank slapen. Ze woont in Paddington.'

'Ik dacht dat ze op een boot woonde,' zei Cass.

Ze zaten op hun gebruikelijke plek in de wijnbar, Cass aan de ene kant van de bar en Rosa aan de andere. De eigenaar vond dat inmiddels prima. Ze waren allebei aantrekkelijke jonge vrouwen; hij vond dat ze de juiste uitstraling hadden voor zijn zaak.

'Ze woont inderdaad op een boot,' zei Rosa. 'En die boot ligt in Paddington. In het Paddington Basin om precies te zijn.'

'O, ideaal! Zou ze het erg vinden?'

'Natuurlijk niet. Het is misschien niet supercomfortabel, maar het is praktisch, en ze zal je graag te logeren hebben.'

Het was echt ideaal, besefte Cass. Ze kon er op de avond voor haar afspraken naartoe gaan, samen eten met Susie, Rosa's zus, of haar mee uit eten nemen, en dan 's ochtends vroeg opstaan. Ze zou Ranulph ontmoeten, haar verhaal over het vinden van de rotstekening laten filmen en dan teruggaan naar Paddington om de camera op te halen. Daarna zou ze met haar goedkope kaartje de eerstvolgende trein naar huis nemen.

Haar moeder vond het plan maar niets. 'Waarom overnacht je niet bij Martin? Hij heeft een comfortabele logeerkamer en zou het leuk vinden als je langskwam.'

'Mam, voor mijn afspraak die ochtend woont hij in het verkeerde deel van Londen. Dan zou ik in de spits dwars door Londen moeten reizen, en dat zou me een eeuwigheid kosten.' Het was allemaal waar; ze vertelde er alleen niet bij dat de belangrijkste reden was dat ze liever niet bij haar grote broer wilde logeren.

Haar moeder knikte. 'Ik snap dat dat vervelend is. Vertel nog eens waarom je moet uitleggen hoe je die rotstekening hebt gevonden? En waarom de man je vaders camera niet op een ander moment kan teruggeven?'

Cass wenste dat ze niet had verteld waarom ze naar Londen ging. Maar ze had een hekel aan liegen en meende dat ze het zo had uitgelegd dat het geen krankzinnige onderneming leek, wat het natuurlijk wel was.

'Hij is gewoon niet zo welwillend, mam. Hoe dan ook, het komt goed. Ik ga de avond ervoor naar Londen en logeer bij Rosa's zus – ken je Susie nog? De actrice?'

'Ze had toch een rol in die misdaadserie die zich afspeelt op Orkney?'

'Precies. Ik verwacht dat ik de volgende dag weer thuis ben, maar dat laat ik je nog weten.'

'Zeg niet tegen Martin dat je in Londen hebt overnacht!'

'Dan moet jij dat ook niet doen,' zei Cass.

Een paar dagen later nam ze de trein, en in de vroege avond kwam ze in Londen aan.

Ze kende Susie, Rosa's glamoureuze oudere zus, wel, maar niet heel goed. Dankzij Rosa wist ze het Paddington Basin te vinden, en eenmaal daar zou het een makkie moeten zijn de kanaalboot te vinden.

Al snel liep ze over het trekpad met de Eliza Doolittle in het vizier.

Met een brede, uitnodigende glimlach op haar gezicht wachtte Susie haar op het voordek op.

'Cass! Wat fijn om je te zien! Kom aan boord. Wacht, ik zal je even helpen.'

Cass, die de hele reis uit het raampje van de trein had gekeken omdat ze te paniekerig was over wat haar te wachten stond om zich te kunnen concentreren op haar boek, voelde zich meteen beter. Ze gaf Susie haar rieten mand, waar naast schone kleren en haar overnachtingsspullen ook twee flessen cava en een zak chips in zaten die volgens de vermelding op de verpakking in kleine porties met de hand waren gebakken.

'Ach, dat had je niet hoeven te doen,' zei Susie, toen ze de cava zag. 'Maar ik ben heel blij dat je het wél gedaan hebt. En hij is gekoeld. Wat ben jij een goede logee!'

Al snel zaten ze voor op de boot in de avondzon te nippen van wat doorging voor champagne.

'Wat heerlijk is het hier!' zei Cass. 'Het voelt alsof je op het platteland bent, terwijl je midden in Londen zit.'

'Ik vind het hier ook geweldig,' zei Susie. 'De huur is net betaalbaar, en de boot ligt op een handige locatie. Ik zou me nooit een flat in Londen kunnen veroorloven. Het inkomen van een acteur is nogal onzeker.'

'Heb je altijd willen acteren?' vroeg Cass terwijl ze naar een voorbij peddelende eendenfamilie keken.

'O ja, hoewel mijn ouders het natuurlijk een heel slecht idee vonden. Ze zeiden dat ik wel gek moest zijn om er alleen al aan te denken.' Ze lachte. 'Tot nog toe is er niets gebeurd wat ze op andere gedachten heeft gebracht, maar we hebben maar één leven, dus je moet er het beste van maken. En wie weet wat de toekomst brengt? We hebben alleen vandaag. Ik heb er geen spijt van, al is het tot nog toe best zwaar geweest.'

'Je hebt toch een paar goede rollen gehad? Onder andere in die detectiveserie?'

'Ja! En misschien is mijn volgende rol wel de rol waardoor mijn leven verandert.' Susie keek Cass ernstig aan. 'Ik denk echt dat het beter is risico's te nemen in het leven, ook al pakt het misschien niet altijd positief uit, want anders heb je nooit spannende herinneringen.' Toen lachte ze. 'Hoor mij nou! Zit ik jou advies te geven over risico's nemen. Rosa heeft me verteld wat je na die orkaan in het Caribische gebied allemaal hebt gedaan. Heel bijzonder! Jij weet duidelijk alles over risico's nemen.'

'In sommige opzichten wel, maar jij hebt me doen inzien dat je beter spijt kunt hebben van een paar fouten die je hebt gemaakt dan je af te vragen hoe het had kunnen lopen als je moediger was geweest.'

Susie knikte. 'Eén slokje gekoelde bubbelwijn en we veranderen in filosofen! Ik ben het helemaal met je eens. Goed zo!'

'Ik heb nog niets gedaan.'

'Nee, maar dat komt nog wel. En als het om een leuke man gaat, grijp dan je kans! Gebruik alleen wel een condoom.'

Cass giechelde. 'Dat ga ik op een kussen borduren en naar je opsturen.'

'Daar hou ik je aan! Goed, ik zat te denken om hierbuiten te eten. Een goede vriend van me komt mee-eten. Hopelijk vind je dat niet erg.'

Doordat Cass enkel wat chips had gegeten, was de cava haar regelrecht naar het hoofd gestegen. 'Natuurlijk niet.'

'Vertel me voor die tijd eerst over de man op wie je volgens Rosa verliefd bent.'

'Tot zover vertrouwelijkheid tussen vriendinnen,' zei Cass quasi gepikeerd.

'Ze wist dat ik er geïnteresseerd in zou zijn, en het is goed om over zulke zaken te praten.'

'Je bedoelt dat het voor andere mensen leuk is om over te praten.'

Susie lachte. 'Dat is waar.'

Voordat Susies vriend Bill arriveerde voor het avondeten, wees Susie Cass' outfitkeuze (een spijkerbroek en een gestreept topje) voor de volgende dag af.

'Je moet een jurk aantrekken!'

'Ik heb geen jurk meegenomen...'

'Ik kom om in de jurken. Die vent van je kent je als een capabele vrouw die ruige, stoere dingen doet; nu moet hij een andere indruk van je krijgen. Hier, pas deze eens.' Susies garderobe zat achter een gordijn weggestopt, maar ze wist precies waar ze alles kon vinden. Ze had de jurk gevonden die ze zocht en overhandigde hem aan Cass.

'Hij is zomers, valt tot op de knie, is mooi en bezaaid met bloemetjes. En het beste van alles is dat ik hem niet terug wil hebben. Zoals je ziet, heb ik veel te veel kleren.'

'Ik kan er alleen geen beha onder dragen,' zei Cass een paar tellen later.

'Jij hebt geen beha nodig, maar als je je te bloot voelt, mag je dit vestje wel hebben. Zo. Nu zie je er netjes én sexy uit. Trek hem uit, zodat hij schoon blijft voor morgen. Wil je dat ik je make-up doe?'

Onder Susies vaardige handen werden Cass' ogen met make-up heel groot gemaakt en kregen haar jukbeenderen meer scherpte. 'Zo heb je niet eens veel make-up op,' zei Susie, die een vleugje blusher aanbracht. 'Des te doeltreffender.'

Vanaf het dek klonk er een dreun en 'Is er iemand thuis?'

'Dat is Bill. Kom erbij zodra je klaar bent.'

Cass bleef achter in de slaapkamer, die grotendeels gevuld was met een tweepersoonsbed en Susies kleren, om haar eigen kleren weer aan te trekken. Ze wist nu al dat het dragen van Susies jurk haar de volgende ochtend extra zelfvertrouwen zou geven, en dat zou ze nodig hebben.

'Vergeet niet dat je gefilmd wordt,' had Susie gezegd. 'En dat hij dat filmpje keer op keer zal bekijken. Daarom moeten je ogen een beetje worden aangezet. Morgen wordt het een mooie dag, dus dat zomerjurkje is ideaal.'

Ze aten op de voorsteven van de boot met het bord op schoot. Ondertussen keken ze naar de zon die achter de bomen en de grote witte huizen langs het kanaal onderging.

'Dit moet wel een van de mooiste delen van Londen zijn om in te wonen,' zei Cass. 'Heel erg bedankt dat ik bij je mag overnachten.'

Susie maakte niet al te laat een einde aan de avond. 'Cass moet morgen heel vroeg op, Bill, dus we willen dat je nu aftaait.'

'Ik blijf alleen vannacht,' zei Cass, die niet meer verlegen was tegenover iemand die ze herkende van de tv. 'Je kunt dus morgen terugkomen.'

Daar moesten Bill en Susie om lachen.

28

De volgende ochtend trok Cass de zomerjurk en het vestje van Susie aan. Ze had haar rieten boodschappenmandje met haar overnachtingsspullen bij zich en een kleine schoudertas met haar waardevolle spullen. Ze voelde zich elegant en chic, misschien zelfs een beetje Frans. En ze vond het fijn om zich anders te voelen: het maakte haar op de een of andere manier moediger. Hoewel ze wist dat ze in Dominica echt gevaar had gelopen, leken Londen en de afspraken van die ochtend veel angstaanjagender.

Susie had Cass instructies gegeven over hoe ze zich moest opmaken, maar ze deed wat ze gewoonlijk deed, wat niet veel was, en bracht met haar vingers wat volume in haar haar. Ze kon niet checken hoe ze eruitzag, want de enige passpiegel op de boot bevond zich in de kamer van Susie, die nog diep in slaap was.

Cass maakte haar niet wakker. Ze hadden afgesproken dat ze vroeg zou wegglippen voor haar afspraak met Ranulph en de camera waarmee hij haar verhaal zou vastleggen. Snel stapte ze van de boot het trekpad op, vast van plan via de Circle Line naar South Kensington te reizen, waar ze Ranulph zou ontmoeten. Susie had haar gewaarschuwd dat het om acht uur 's ochtends druk zou zijn, en toen ze zich na de betrekkelijke rust op het trekpad weer op straat begaf, merkte ze dat de drukte haar te veel werd. Daarom besloot ze gebruik te maken van de Uber-app die ze van Susie per se op haar telefoon had moeten installeren, 'ook al kost het een godsvermogen', zoals Bill de avond ervoor zo joviaal had gezegd.

Ze had haar chauffeur gevraagd haar op de hoek van de straat af te zetten, zodat ze naar het huisnummer kon lopen dat Ranulph haar had gegeven. Het laatste wat ze wilde, was aankomen terwijl ze zenuwachtig afscheid nam van de chauffeur, als een provinciaaltje dat nog nooit een Uber had genomen.

Daardoor zag ze Ranulph op slechts een paar meter afstand bij het hek van de tuin staan die alleen voor bewoners toegankelijk was. Hij droeg een licht linnen pak, maar had het boord van zijn overhemd niet dichtgeknoopt, en zijn jasje waaide open. Zijn haar zat nogal warrig, en op de een of andere manier was de combinatie van een net pak met een vleugje slordigheid ongelooflijk sexy.

Cass' adem stokte van de schok die ze kreeg nu ze hem weer zag, en precies op dat moment draaide hij zich om en zag hij haar. Ze voelde dat ze van pure vreugde breed glimlachte.

Hij liep naar haar toe toen zij naar hem toe begon te lopen, en in een mum van tijd had hij zijn armen om haar heen geslagen en omhelsde hij haar zo stevig dat ze werd opgetild.

'O, Cass, wat heb ik je gemist,' zei hij met zijn neus in haar haar.

Toen kuste hij haar echt, op haar mond. Een paar gelukzalige ogenblikken lang kuste ze hem terug en ging ze helemaal op in het genot.

Maar al snel deed hij een stap achteruit. 'Sorry, dat was niet de bedoeling. Ga je mee? We moeten je verhaal zo snel mogelijk vastleggen, want we hebben niet veel tijd.'

Ontmoedigd volgde ze hem door de poort de prachtige tuin in. Het gazon was strak gemaaid, en de zon viel op dauwdruppels, waardoor ze glinsterden als edelstenen. De borders stonden vol pioenrozen, rozen, lelies en dahlia's, afgewisseld met eenvoudiger tuinplanten, zodat de bloemen fraai uitkwamen. Pergola's waren begroeid met geurige klimplanten, rozen en clematissen. Het geheel zag er volmaakt uit. De mensen die hier woonden, hadden duidelijk kosten noch moeite gespaard voor hun stukje groen.

Cass kon er alleen niet van genieten. Ranulph was vriendelijk en professioneel, en toch voelde ze zich afgewezen. Hij ging tegenover haar op het bankje zitten, met zijn telefoon in de aanslag. 'Wil je je haar misschien nog even fatsoeneren?'

Cass zocht in haar tas en vond een spiegeltje bij haar make-up. Ze bekeek zichzelf en trok een beetje aan haar haar, maar eigenlijk vroeg ze zich af wat er zojuist in vredesnaam was gebeurd. Waarom gedroeg Ranulph zich alsof hij iets verkeerd had gedaan? En waarom kon zij niet het initiatief nemen en zeggen: 'Blijf me alsjeblieft kussen, want ik vind het echt heel fijn.' Ineens kwam er een gedachte bij haar op: misschien was zij niet de reden waarom hij haar had losgelaten, maar hijzelf. Waren Becca en hij een verbintenis aangegaan? Haar stemming zakte nog meer. Was hij Becca misschien net een beetje ontrouw geweest? Ze wist het niet en kon het ook niet vragen.

'Zo zit het wel goed, denk ik,' zei ze nadat ze even in haar haar had geknepen en een beetje mascara had weggeveegd dat onder haar onderste wimpers terecht was gekomen. 'O, misschien wat lippenstift.'

Toen ze haar lippen had gestift, rechtte ze haar schouders en deed ze haar best zelfvertrouwen en positiviteit uit te stralen voor het filmpje.

Ranulph leek zich ineens opgelaten te voelen. 'Eh... Zo te zien heb je geen... Eh... Heb je het niet koud?' vroeg hij.

'Het is heel warm in Londen,' snauwde ze zonder hem aan te kijken.

Vol ongeloof zei hij: 'Kom op zeg! Je bent op Dominica geweest, in de zomer. Hier is het lang niet zo warm.'

'Hier is het ánders warm! Hoe dan ook, laten we dat filmpje nou maar maken. Ik wil niet het risico lopen dat ik te laat bij Austin ben.'

Ranulph fronste zijn wenkbrauwen. 'Waar ontmoet je hem? Ik wil erbij zijn als je hem spreekt.'

'Dat gaat niet. Dan kom je te laat voor de ontmoeting met Bastian en de commissie. Je weet hoe Austin is. Alles moet op zijn manier gebeuren, anders blaast hij de hele zaak af.'

Ranulph tuitte zijn lippen maar zei niets.

'Ik moet op het juiste tijdstip in mijn eentje bij het hotel zijn.'

'Ontmoet je hem in het openbaar? Ik vertrouw hem niet.'

'Ik ook niet, maar ik heb geen keus. Kunnen we dat filmpje nou maken?' Ze rommelde weer in haar tas. Hoe kon het nou dat ze zaten te bekvechten terwijl ze elkaar even daarvoor nog hadden gekust? 'Ik heb opgeschreven wat ik wil zeggen, voor het geval ik iets vergeet.'

Rosa had het zo vaak met haar gerepeteerd dat ze het relaas uit haar hoofd kende, maar ze wilde het papiertje erbij hebben, want dat gaf haar zelfvertrouwen.

Ze had het zich makkelijk gemaakt op het bankje en haar verhaal doorgelezen, toen Ranulph zei: 'Heb je een sjaal of iets dergelijks om om te slaan?'

'Hoezo?' vroeg ze.

'Je lijkt geen beha aan te hebben,' zei hij opgelaten.

'O!' Ze pakte het vest dat Susie haar had gegeven en trok het aan, diep gegeneerd toen ze besefte dat haar tepels te zien waren. Als ze naar Austin ging, zou ze het tot aan de hals dichtknopen.

Zodra ze uiteindelijk allebei tevreden waren met wat Cass had verteld over de rotstekening en hoe ze die had gevonden, keek ze op haar smartwatch.

'Lieve help, ik kom te laat voor mijn ontmoeting met Austin! Denk je dat ik er met een Uber sneller ben dan met de metro?'

Op het moment dat ze zag hoe laat het was, zag ze ook een melding van haar smartwatch dat haar hartslag extreem hoog was. Ze haalde een paar keer diep adem om te kalmeren.

'Neem een taxi,' zei Ranulph. 'Wil je dat ik er een voor je regel?'

Heel even stond ze erbij stil dat dit de man was die haar zonder waarschuwing in haar eentje terug had laten vliegen over de Atlantische Oceaan. 'Nee, dat hoeft niet. Ik regel wel een Uber.'

Met het gevoel dat ze een echte Londense was, toetste ze het adres van het hotel in op haar telefoon.

Een paar pijnlijke minuten later werd haar vreugde over het feit dat ze net een echte Londense was enigszins getemperd toen haar telefoon ging. Het was de Uber-chauffeur, die belde om het ophaaladres te checken.

Nadat ze aan Ranulph had moeten vragen waar ze precies waren en dat een paar keer had moeten herhalen, wat enorm ergerlijk was, verkondigde de chauffeur dat hij onderweg was.

'Nu ben ik echt bang dat ik te laat kom,' zei ze.

'Ik weet dat Austin het je zo moeilijk mogelijk heeft gemaakt,' zei Ranulph, 'maar hij wil je zien, hij wil je de camera teruggeven, dus hij wacht wel.' Even was hij stil. 'Is het bij je opgekomen dat hij er misschien geld voor wil hebben?'

'Natuurlijk, al ga ik niet betalen voor iets wat van mij is, tenzij ik de camera op geen enkele andere manier terug kan krijgen. Het zou losgeld zijn.'

'De klootzak,' zei Ranulph.

'Ja,' zei Cass. 'We kunnen er alleen niets aan doen.'

'Je moet ervoor zorgen dat je niet met hem in een besloten ruimte terechtkomt. Dat kun je me toch wel beloven, hè?'

'Ja, natuurlijk. We hebben afgesproken in de lobby van het hotel. Het is allemaal geregeld.' Terwijl ze dat zei, besefte ze dat het niet helemaal waar was. Hij had alleen tegen haar gezegd dat ze naar het hotel moest komen.

'Eigenlijk zou ík de camera voor je moeten ophalen...'

'Eindelijk dan toch! Daar is de Uber. Echt, ik red me wel.'

Aan de ene kant was het een opluchting bij Ranulph weg te zijn, maar aan de andere kant voelde het alsof haar kans op geluk was verkeken. En ze kon niet eens genieten van het herbeleven van de kus, want hij had er duidelijk spijt van.

29

Cass stapte met amper een zwaai naar Ranulph in de Uber en maakte het zich zo gemakkelijk mogelijk op de achterbank.

Al snel reden ze door Hyde Park en vervolgens door een brede straat met grote huizen in de buurt van Paddington Station, bijna allemaal hotels. Geen daarvan zag eruit als een plek waar ze zou willen verblijven, dat wist ze honderd procent zeker.

Uiteindelijk stopte de auto voor een hotel voorzien van een uithangbord waarvan de neonverlichting maar half werkte. Ze overwoog even of ze de Uber-chauffeur zou vragen door te rijden, maar ze zette zich schrap en stapte uit. Ze nam afscheid en bedankte de chauffeur. Hoewel ze nauwelijks een woord met hem had gewisseld, had ze het gevoel dat hij haar beste vriend was. Nu moest ze het gebouw binnengaan waar Austin op haar wachtte.

Ze duwde de deur van het hotel open. Er zat een man achter de balie die verdiept was in zijn mobieltje. Hij zag er niet uit als een man die haar vriendelijk zou helpen als de situatie penibel werd. Had ze zich nou maar niet laten overhalen een zomerjurk zonder beha aan te trekken, want ze voelde zich praktisch naakt, zelfs met het vestje dat ze helemaal had dichtgeknoopt.

'Ik ben hier voor Austin Gilmour,' zei ze. 'Kunt u hem bellen en zeggen dat ik er ben?'

De man fronste zijn wenkbrauwen, maar deed wat hem werd gevraagd. 'Er is hier een vrouw voor je,' zei hij. Cass ademde diep uit om kalm te blijven. De man keek haar aan. 'Hij wil dat je naar boven komt. Kamer 9.'

'Sorry, kunt u tegen hem zeggen dat hij naar beneden moet komen als hij me wil zien? Ik ga zijn kamer niet in.' Ze sprak streng en met gezag.

De man zuchtte en pakte de telefoon weer. 'Ze zegt dat je naar beneden moet komen.' Hij zweeg even en legde toen de telefoon weer neer.

'Als je niet naar zijn kamer gaat, krijg je niet waar je voor gekomen bent, zegt hij.' Deze keer bleef hij haar aankijken, alsof hij probeerde uit te vogelen wat dat was.

Cass kreeg een droge mond. Wat moest ze in vredesnaam doen? Ze had al zo haar best gedaan om haar vaders camera terug te krijgen: kon ze die nu om redenen van persoonlijke veiligheid opgeven? Haar vader zou zeker ja zeggen, dat ze gewoon moest weggaan en de camera moest vergeten.

Herinneringen aan de dag van de tweede orkaan kwamen terug. Als ze dacht aan het gevaar dat ze toen had gelopen – gevaar dat ze niet uit de weg had kunnen gaan – was Austins hotelkamer dan zoveel gevaarlijker? Ze wist het niet.

De telefoon op het bureau rinkelde. De man nam op, luisterde, knikte en legde hem neer.

'Als je niet over twee minuten in zijn kamer bent, ben je wat je wilt hebben kwijt, zegt hij.' Even was hij stil. 'Hij klinkt boos. Ik zou maar opschieten als ik jou was.'

Het zweet brak haar uit. De situatie werd er niet beter op, integendeel. Ineens kwam er een flard van het gesprek terug dat ze de vorige avond met Rosa's zus had gehad. Iets over risico's nemen. Ze schraapte haar keel; ze had haar besluit genomen.

'Zeg tegen hem dat ik eraan kom,' zei ze, waarna ze snel een appje naar Ranulph stuurde met het adres van het hotel.

Nadat de man met een duimgebaar had gewezen waar Austins kamer was – daar moest ze dan maar op vertrouwen – voegde ze eraan toe: 'Als ik over tien minuten niet weer buiten sta, wil ik dat u de politie belt.'

Dat hij haar vol ongeloof aankeek, verbaasde haar niet, maar die voorzorgsmaatregel had ze in elk geval genomen.

Terwijl ze door de donkere gang over het tapijt vol gaten liep, vroeg ze zich af waarom Austin op zo'n groezelige plek met haar had afgesproken. Had hij echt zo weinig geld? Dat kon. Ze realiseerde zich dat het geld dat ze in haar tas had verstopt, gescheiden van haar andere spullen, misschien niet genoeg was om de camera terug te krijgen.

Toen ze op de deur klopte, vluchtten een paar kakkerlakken langs een spleet in de vloer weg onder het smoezelige tapijt.

Hij deed open, en ineens stond ze vlak voor zijn neus.

'Tjonge, jij bent mooi opgedroogd!' zei hij. 'De laatste keer dat ik je zag, leek je wel als een verzopen kat.'

'En je weet waardoor dat kwam,' zei ze. 'Dag Austin.'

Hij wenkte haar de kamer in, en ze liep achter hem aan, waarbij ze ervoor probeerde te zorgen dat zij dichter bij de deur bleef dan hij. Vervelend genoeg was hij haar te snel af. Ze zette haar mand neer.

'Je kunt zeker niet even een kop koffie voor me zetten?' vroeg ze. Ze was zich er scherp van bewust dat hij tussen haar en de deur in stond; als hij koffie ging zetten, zou ze wat meer ruimte krijgen.

Niet dat ze ook maar een seconde overwoog de koffie op te drinken. Dit was het type etablissement dat aanleiding gaf tot broodjeaapverhalen over wat mensen in hotelkamers met waterkokers uitspookten. Eerder had ze ze niet geloofd; nu leek het plotseling heel goed mogelijk – waarschijnlijk zelfs.

Austin liep naar de waterkoker en zocht tussen de zakjes naar eentje met oploskoffie.

'Ik had niet verwacht dat jij in zo'n hotel zou verblijven, Austin,' zei ze, vastbesloten de overhand te krijgen. 'Het is een beetje min voor jou.'

'Ik blijf niet lang.'

'Je geeft me dus gewoon de camera, en dan kunnen we allebei gaan?'

Dat vond Austin grappig. 'Zelfs jij bent toch niet zo naïef?'

'Wil je geld? Wil je dat ik betaal voor iets wat van mij is?'

'Hebben is hebben en krijgen is de kunst. Ja, ik wil geld zien. Door jou ben ik geld misgelopen, veel geld. Daar wil ik wat van terugkrijgen.'

'Hoe ben je door mij geld misgelopen?'

'Als jij Bastians paper niet zo snel naar de jury had gemaild zodat hij kon meedingen naar de prijs, had ik die gewonnen. Daar is geen twijfel over mogelijk.'

'Jij was eerder van het eiland af dan ik. Waarom heb je jouw boek dan niet meteen ingezonden?'

'Ik was nog niet klaar met schrijven!'

Hij leek geërgerd, en Cass bedacht dat ze hem beter niet kwaad kon maken. 'Hoeveel wil je voor de camera hebben?'

'Wat ik ervoor gekregen zou hebben als ik hem verkocht had, wat volgens mij niet meer dan redelijk is.'

'Hoeveel?'

'Duizend pond.'

Cass voelde zich misselijk worden. Ze had zoveel mogelijk geld van haar bankrekening gehaald, maar geen duizend pond. 'Dat is belachelijk veel!'

'Het is een koopje. De prijs van een Leica M3 ligt veel hoger.'

Cass merkte dat haar lippen droog waren geworden. Ze had geen idee of hij gelijk had; voor hetzelfde geld loog hij. In het woud had hij gezegd dat de camera niet erg waardevol was. Ze wist dat haar vaders camera een Leica was, maar niet welk type. Het was gewoon haar vaders camera, al wist ze wel dat hij er een lens op had gezet die hij zelf had moeten aanpassen.

Zweet prikkelde langs haar haargrens. Zonder erbij na te denken maakte ze een paar knoopjes van haar vest los en tilde ze haar schoudertasje over haar hoofd. 'Kun je dat bewijzen?'

'Ik zal het je op eBay laten zien.' Austin liep naar het kleine bureau waarop zijn laptop stond. Het duurde even voordat hij vond wat hij zocht, en meteen besefte Cass twee dingen: ten eerste stonden er vast meerdere vraagprijzen op de site, zodat hij haar makkelijk het hoogste bedrag kon laten zien, en ten tweede dat ze kon ontsnappen terwijl hij zijn aandacht bij de laptop had. Maar eerst moest ze de camera in handen zien te krijgen.

'Zo,' zei hij.

Cass kwam een paar stappen dichterbij, en ja hoor, er stond een camera te koop voor een enorm bedrag. Alleen: was het wel dezelfde als haar vaders camera? Zou Austin doorhebben dat ze het modelnummer niet kende?

'Oké, maar wie zegt dat je mijn vaders camera ook echt hebt? Dat je me foto's op internet laat zien is nog geen bewijs dat je hem in je bezit hebt.'

'Ik wist dat je moeilijk zou gaan doen. Je bent altijd al irritant geweest.' Hij liep naar een hoek van de kamer, rommelde in een tas en haalde een camera tevoorschijn. 'Hier!'

'Dat kan een willekeurige goedkope camera zijn die je ergens hebt gevonden.'

Doordat hij met afgrijzen op haar suggestie reageerde, moest het wel haar vaders camera zijn. 'Hier! Kijk zelf maar.'

Het was een heerlijk gevoel de camera weer te kunnen vasthouden. En ja, het was die van haar vader; hij lag vertrouwd in haar hand. Maar of hij echt duizend pond waard was, wist ze niet. 'Oké, dit is de camera die je van me gestolen hebt. Ik neem hem nu mee. Heel erg bedankt.'

In een mum van tijd was ze de kamer door gelopen; helaas was hij als eerste bij de deur. 'O nee, dat gaat niet gebeuren. Na alle moeite die ik heb gedaan om hem terug te krijgen, kun je hem niet zomaar meenemen.' Hij trok de camera uit haar hand, maar omdat ze het bandje om haar pols had gewikkeld kreeg hij hem niet los.

'Geef me de camera terug,' eiste ze. Het bandje sneed pijnlijk in haar pols. 'Je weet dat je hem gestolen hebt.' Inmiddels was ze zowel boos als bang.

Hij bleef de camera vasthouden, zodat ze tegen hem aan werd getrokken. Plotseling was ze zich ervan bewust hoe kwetsbaar ze was, met haar lijf tegen het zijne aan gedrukt.

'Niets is gratis in deze wereld, schat. Ik wil er iets voor terug.'

'Ik ga wel naar de dichtstbijzijnde geldautomaat om geld te pinnen...'

'Ik ben niet meer zo geïnteresseerd in geld. Als ik je geld zou laten pinnen, zou je er zomaar vandoor kunnen gaan. Nee, ik heb liever wat recht voor me staat. Beter één vogel in de hand, om het zo maar te zeggen.' Hij leek zijn grap erg amusant te vinden en drukte zijn mond op de hare, zodat ze niet eens kon gillen.

Net toen Austin haar jurk van haar schouder had getrokken, werd er op de deur gebonsd, gevolgd door een luid schrapend geluid. Nog een bonk en de deur vloog open.

Ranulph stormde naar binnen en trok Cass bij Austin vandaan; hij wist alleen niet dat ze met haar pols aan de camera vastzat. Vervolgens gaf hij Austin een kaakslag waardoor Cass en hij met camera en al op de grond vielen. Ze belandde boven op Austin.

'De camera!' bracht ze verschrikt uit. 'Die ligt onder hem. We moeten hem pakken!'

Austin vocht terug. Cass kon pas overeind komen toen ze het riempje van de camera, dat nu behoorlijk pijn deed, los had gekregen. Zodra Austin doorhad dat hij Cass had waar hij haar wilde hebben en dat ze niet met de camera kon vertrekken, bleef hij liggen.

Ranulph trok hem overeind en Cass probeerde de camera te pakken, maar Austin hield hem stevig vast. Er ontstond een worsteling, en Cass, nog steeds woedend en moediger nu Ranulph er was, griste de camera uit Austins hand en rende ermee de kamer uit, de overloop over, de trap af en de straat op.

Ranulph kwam al snel achter haar aan.

'Ik heb de camera,' zei ze hijgend. 'Maar hij heeft mijn mand en handtas.'

Zonder iets te zeggen draaide Ranulph zich om en ging het hotel weer in. Cass stond tegen de muur geleund toen hij met haar rieten mand en tas weer naar buiten kwam. 'Hier.'

Ze was vreselijk duizelig. Ineens voelde ze Ranulphs arm om haar heen om haar overeind te houden.

'Heb je vandaag wel iets gegeten?' vroeg hij zacht.

'Niet dat ik me kan herinneren,' zei ze. Haar hoofd tolde nog steeds.

Ranulph droeg haar half naar een koffietentje met een tafeltje op het terras. Hij zette haar neer op een stoel en verdween naar binnen. Kort daarna verscheen hij met een groot glas sinaasappelsap.

'Drink dit maar op. Dan krijg je wat suiker binnen en voel je je snel beter. Ik heb iets te eten besteld.' Hij glimlachte meewarig naar haar. 'Ik hoop dat je het lekker vindt.'

Na een paar slokken sinaasappelsap begonnen Cass' hersenen weer te werken. 'Je denkt toch niet dat Austin ons hier zal vinden, hè?'

Ranulph schudde zijn hoofd. 'Nee. Toen ik terugging naar zijn kamer, belde hij net een taxi, en hij wekte de indruk dat hij er helemaal klaar mee was. Volgens mij snapt hij heel goed dat hij beter terug kan gaan naar de VS. Ik vermoed dat hij op weg is naar het vliegveld.'

'Hij is toch niet naar Engeland gekomen om me te chanteren met de camera? Want dat zou niet bepaald rendabel zijn geweest, zelfs als ik had betaald!'

Ranulph lachte. 'Hij had andere redenen om hier te zijn. Vergeet niet dat hij bij Bastians uitgeverij is geweest om het gedeelte in Bastians paper over de rotstekening in diskrediet te brengen. Hij wilde die prijs hebben, en daarvoor moest hij Bastians theorieën over de vroegste bewoners van Dominica ontkrachten.'

'Mijn god, dat was ik helemaal vergeten! Je zou bewijs leveren...'

'Ik had niet veel te zeggen. Het belangrijkste bewijs kwam van jou. Ik heb het filmpje met je verhaal over hoe je de rotstekening hebt gevonden een paar minuten na je vertrek doorgestuurd naar de uitgeverij.'

Op dat moment kwamen er een bord met wafels, een kannetje ahornsiroop en een kommetje slagroom aan, samen met een schaal aardbeien en bosbessen.

'Willen jullie er thee of koffie bij?' De ober was jong, met tatoeages, een hipsterbaardje en een warme glimlach. 'We hebben een breed assortiment, en al net zoveel keuze als het om melk gaat. Koemelk, geitenmelk, alle soorten plantaardige melk...'

Cass koos sterke thee met koemelk. Ranulph ging voor het soort koffie waarvan Cass' hartslag al omhoogging door er alleen maar aan te denken.

Ze haalde diep adem en vond haar sociale vaardigheden terug, naast de behoefte iets op te biechten. 'Bedankt dat je me te hulp bent geschoten. Ik had kunnen weten dat Austin me de camera niet in de hotellobby zou willen geven, hoezeer ik ook probeerde dat voor elkaar te krijgen.' Ze liet een korte stilte vallen, want ze voelde zich opgelaten. 'Ik wist dat ik een risico nam door naar zijn kamer te gaan, maar ik had al zoveel doorstaan voor die vervloekte camera dat ik voor mijn gevoel niet meer terug kon.'

Ranulph legde zijn handen op de hare. 'Cass, ik moet er niet aan denken wat er had kunnen gebeuren. Godzijdank stuurde je me het adres van het hotel. Het had niet veel gescheeld of ik was te ver gegaan en de bak ingedraaid.'

Ergens diep vanbinnen borrelde er een grinnik op. Het was heerlijk om de warmte van zijn grote handen om haar eigen kleine handen te voelen. 'Je hebt hem anders een flinke dreun verkocht.'

Nu was hij berouwvol. 'Zoiets doe ik niet snel, als ik het al ooit doe, maar voor jou was ik bereid een uitzondering te maken.'

Heel even zag Cass een blik in zijn ogen waarvan haar hart een slag oversloeg. Plotseling verlegen keek ze weg.

De ober kwam met hun drankjes, Ranulph liet haar handen los, en daarmee was het moment voorbij.

Ze dronk haar sinaasappelsap op en schonk thee in. Om de stilte te vullen vroeg ze: 'En, wat doe je nu, Ranulph? In het algemeen, bedoel ik. Moet je voor een flitsende opdracht naar een stad ver weg?'

Hij lachte en nam een slok van zijn koffie.

'Geen flitsende opdracht, nee. Wel heb ik een klus die interessant lijkt. En inderdaad ver weg: in Afrika. Hoe zit het met jou? Wat doe jij zoal als je geen wafels eet in de zon?'

'Och, ik rommel wat rond in mijn woonplaats in de Cotswolds. Niets spannends. Ik denk dat mijn spannende dagen na Dominica voorbij zijn.' Ze fronste haar wenkbrauwen. 'Dat dacht ik tenminste tot kort geleden!' Ze schudde haar hoofd, want ze schaamde zich nog steeds een beetje voor wat er was gebeurd.

'Wat doe je dan tegenwoordig? Iets leuks?'

'Ja! Ikzelf vind het in elk geval leuk. Ik leer aquarelleren, vooral bloemen en zo.'

'O?'

Cass, blij dat ze kon praten over iets waardoor ze niet in verlegenheid werd gebracht, ging verder: 'Ik wilde dat ik kon zeggen dat het een lang gekoesterde ambitie van me is, maar het is veel simpeler. Ik werk in een winkel waar ze kunstenaarsbenodigdheden verkopen, en daar worden cursussen gegeven. Voor werknemers zijn die gratis. En nu wordt er toevallig een cursus bloemen aquarelleren gegeven.'

'Dat klinkt ideaal voor jou.'

Cass knikte. 'Ik teken graag. Ik heb een techniek ontwikkeld waarbij ik eerst een ruwe schets maak en er dan overheen schilder.' Ze lachte, want na een paar wafels met ahornsiroop en met Ranulph tegenover zich voelde ze zich veel beter. 'Mijn broer heeft mijn tekeningen altijd kleurplaten genoemd, en nu kleur ik ze echt in.'

Hij was verontwaardigd. 'Je bent een heel getalenteerd kunstenaar, Cass. Denk eens aan de tekeningen die je op Dominica hebt gemaakt.'

Ze haalde haar schouders op; zijn compliment bezorgde haar een ongemakkelijk gevoel. Ze zat in de zon en het was warm, dus ze wilde haar vest uittrekken, maar zag ervan af. Ze had al spijt genoeg dat ze die dag een jurk zonder beha had aangetrokken en ging niet nóg eens het risico lopen dat ze meer liet zien dan de bedoeling was. De zucht die ze slaakte klonk luider dan ze had gewild.

'Wat is er? Gaat het wel goed met je?' Ranulph was meteen bezorgd. Zijn hand ging over de tafel terug naar de hare. 'O, je pols. Hij is vuurrood.'

'Dat komt door het riempje van de camera.' Met haar vrije hand nam ze een slok thee. Ze wilde niet als slachtoffer gezien worden. 'Maar met mij gaat het goed. Ik was alleen een beetje duizelig doordat ik niet had ontbeten, meer niet.'

'Vanwaar dan die zucht?'

Ze keek hem aan en wenste dat ze moedig – of zelfs brutaal – genoeg was om hem de waarheid te vertellen. Dat ze zuchtte omdat ze wist dat ze hem misschien nooit meer zou zien. Helaas was ze geen van beide.

'Ik vraag me af hoe ik de camera bij mijn vader kan krijgen. Na al die... problemen. Ik was er zo op gebrand hem van Austin terug te krijgen dat ik ben vergeten daarover na te denken.' Ze glimlachte. Dat klonk volkomen overtuigend! En zoals bij alle leugens was deze des te sterker omdat hij een grond van waarheid bezat.

'Ik breng hem wel voor je terug. Ik moet toch naar Schotland om dingen te regelen voor mijn reis.' Even was hij stil. 'Wil je hem niet liever zelf aan Howard geven?'

Ze schudde haar hoofd. 'Ik ben net bij hem geweest en wil niet te veel vrij nemen van mijn werk.' Ze glimlachte. 'Het heet een portfoliocarrière, als je meer dan één baan hebt. Ik werk ook in een wijnbar.'

'Vind je dat leuk? De detailhandel klinkt niet zo opwindend na wat je op Dominica hebt gedaan.'

'Vind je dat ik me beter kan laten omscholen tot arts, zodat ik mensen kan hechten voor de kost? Hoe gaat het trouwens met je wond?'

'Mijn been is zo goed als nieuw, dank je. Ik heb voor altijd jouw handtekening erop staan, in de vorm van een litteken door jouw keurige hechtingen.'

Ze lachte, pakte een aardbei uit het schaaltje en stopte die in haar mond. 'Van alle enge dingen die ik op Dominica – en sindsdien – heb gedaan, denk ik dat jou hechten het meest beangstigend was.'

'Dat verbaast me. Je was heel dapper.'

Cass dacht erover na. 'Ik heb beangstigende dingen gedaan, ja, maar ik had geen tijd om er te veel over na te denken. Toen ik met een kromme naald in je vel prikte, had ik echter wel genoeg tijd om na te denken over hoeveel pijn ik je deed, dat de wond geïnfecteerd kon raken, enzovoort. Bij al die andere dingen kneep ik mijn neus dicht en sprong ik in het diepe.'

'Is werken in een winkel voor kunstenaarsbenodigdheden dan niet een beetje... saai?'

'Ik heb niet veel kwalificaties, en ik ben dol op die winkel. Bovendien heb ik nóg een bijbaantje.'

'Uiteraard. Wat dan?'

'Wanneer mijn moeder een bos bloemen uit de tuin heeft geplukt – ze is heel goed in bloemschikken – schilder ik ze en dan krijgen haar vriendinnen de bos bloemen en het aquarelletje ervan als verjaardagskaart. Ik heb er nog niet zoveel gemaakt, hoor, maar het is echt heel leuk om te doen. Ik gun mezelf wel wat artistieke vrijheid. Tot nu toe heb ik het alleen voor mijn moeder gedaan, maar ik denk dat het potentie heeft.' Ze nam nog een aardbei. 'Als ik er een paar laat drukken, denk ik ook wel dat ze die in de winkel als kaarten willen verkopen.'

'En de wijnbar?'

'Is geweldig voor het ontmoeten van mensen.'

'Mensen van je eigen leeftijd, neem ik aan.'

Ranulph leek dat bevestigd te willen hebben. Cass herinnerde zich zijn preek dat Bastian te oud voor haar was.

'Van alle leeftijden. Mijn vriendin Rosa komt vaak vroeg in de avond, en dan praten we bij. Mijn baas vindt het niet erg. Hij zegt dat we een vleugje glamour aan de zaak geven. Voorlopig is het in elk geval leuk. Misschien ga ik later wel een opleiding volgen om goed te leren illustreren. Is jouw werk leuk? Over het algemeen?'

Ranulph glimlachte, al kreeg ze de indruk dat hij niet zo blij was met haar antwoord als zijn glimlach impliceerde.

'Journalistiek is het werk dat ik ken. Bij mijn volgende opdracht draait het ook weer om een vroege beschaving. Het is een manier om geld te verdienen aan archeologie, wat me nog nooit gelukt is – natuurlijk schrijf ik daar meestal niet over.' Toen glimlachte hij. 'Voor deze nieuwe opdracht zal ik veel moeten reizen.'

'En dat is interessant? Het verruimt de geest en zo?'

Hij knikte. 'Soms heb ik er alleen genoeg van.'

'Is er iets anders dan journalistiek met een beetje archeologie wat je liever zou doen?'

Hij zweeg even. 'Ik zou me graag willen concentreren op het schrijven van de biografie van je vader, daar genoeg van afkrijgen om uitgeverijen te kunnen benaderen.'

'Dan zou je dus tijd thuis kunnen doorbrengen?' Ze dacht aan Ranulph die gezeten achter zijn laptop uitkeek over de ruige kustlijn en de beukende zee erachter.

Hij knikte.

'Ik kan me voorstellen dat je dat graag zou willen,' zei Cass. 'Je woont in een heel mooi deel van de wereld.'

'Wel heel ver weg van alles. Soms voelt het een beetje geïsoleerd.'

'En dat vind je erg?'

Hij lachte. 'Helemaal niet. Ik vind het fijn. Maar niet iedereen zou zo kunnen leven.'

'Ik wel, denk ik. De laatste keer dat ik bij mijn vader was vond ik het ook weer prachtig daar. Hoewel het er natuurlijk kouder is dan op Dominica. Volgens mij hou ik van plekken die moeilijk bereikbaar zijn.'

'Om te bezoeken? Of om er te wonen?'

Ze haalde haar schouders op. 'Ik weet het eerlijk gezegd niet, maar ik denk wel dat ik op zo'n plek zou kunnen wonen.' Toen lachte ze en keek ze om zich heen. 'Al lijkt Londen me ineens ook wel erg leuk.'

Ze besefte dat ze zich een beetje euforisch voelde. Ze had iets afschuwelijks en gevaarlijks meegemaakt en was er zonder kleerscheuren afgekomen. Alles was mogelijk. Ze merkte dat ze glimlachte.

Ranulph keek haar vragend aan. 'Moet je misschien nog een trein halen?'

Ze schudde haar hoofd. 'Zolang ik buiten de spits reis, kan ik elke trein pakken die ik wil. Zo nodig morgen zelfs.' Ze hield voor zich dat ze dat zo had geregeld om een paar nachten bij Rosa's zus te kunnen overnachten, mocht dat nodig zijn. Ze had flexibel willen blijven, gewoon voor het geval dat.

'Heb je dan zin om mee naar de andere kant van de stad te gaan om te zien of Bastian nog bij zijn uitgever is? Ik heb gezegd dat ik erheen zou komen en wil hem graag ontmoeten.'

'Ja, leuk! Dan voel ik me ook niet langer schuldig dat je er vanwege mij niet bij kon zijn.'

'Dat valt jou niet te verwijten, Cass,' zei Ranulph. 'Goed, ik ga betalen en dan een taxi bellen.'

'Nee, ik regel een Uber,' zei Cass. 'Ik heb de app!'

30

Als iemand het paradijs had omschreven als een rit achter in een bloedhete taxi waarin een penetrante deodorantlucht hing, hyperpop klonk uit een slecht afgestelde radio, in verkeer dat amper vooruitkwam, zou Cass diegene voor gek hebben verklaard. En toch zat ze nu in zo'n auto en dacht ze dat ze in de zevende hemel was beland.

Ze wilde niet praten. Ze kon toch niet onder woorden brengen wat ze voelde; ze was gewoon blij om naast Ranulph te zitten. Ze sloot haar ogen. De woorden die ze Susie had horen zeggen, zweefden haar hoofd binnen. 'Waar je spijt van krijgt, zijn de dingen die je níét doet.'

Ze zette haar boodschappenmandje naast zich op de achterbank en leunde tegen Ranulph aan. Als de vlinders in haar buik geen radslagen van vreugde hadden gemaakt, was ze misschien wel weggedreven op een wolk van gelukzaligheid. Hoewel ze niet wist wat Ranulph ervan vond dat ze zo dichtbij was, trok hij zich niet terug.

Uiteindelijk boog hij zich naar voren om de chauffeur te waarschuwen: 'Hennings is daar, aan de linkerkant', en ze stopten voor de uitgeverij in Bloomsbury. Ze stapten uit en gingen het gebouw binnen.

Een jonge medewerker met vele piercings wees hun de weg naar de eerste verdieping, en kort daarna openden ze de deur naar wat een imposante directiekamer bleek te zijn.

Binnen was er een feestje aan de gang. Bastian was er met een heel elegante vrouw; Cass stelde vast dat ze zijn partner moest zijn. Er was een oudere man die duidelijk de leiding had, en verder nog een paar mensen.

'Cass!' zei Bastian. 'En Ranulph! Jullie hebt het gehaald! Kom meevieren.'

Iedereen was blij hen te zien, en Cass was ervan gecharmeerd hoe elegant Bastian eruitzag in pak, heel anders dan de casual cargo shorts en shirts die hij op Dominica droeg.

Vooral Cass werd gezien als een held. Door haar verhaal over de rotstekening, dat ze die had gevonden en waarvan ze de plek had gemarkeerd, had ze zowel Bastians werk als dat van zijn vader gered. Het onderzoek waaraan zijn vader zijn leven had gewijd, kreeg eindelijk de eer die het verdiende.

Er werd ook over Austin gepraat. Blijkbaar had hij de dag ervoor geprobeerd om met dia's en een powerpointpresentatie te bewijzen dat zíjn verhaal het ware verhaal was en dat er geen rotstekening was. Maar toen had hij de wedstrijd al verloren.

De oudere man (die Michael heette) zei: 'Hij had duidelijk zelf weinig onderzoek gedaan en beriep zich vooral op het werk van anderen. Terwijl Bastian, net als zijn vader vóór hem, alles heeft bestudeerd wat met de eilanden te maken heeft. Hij kent de geschiedenis, de flora en fauna, de tradities, de folklore, alles, dus voor ons was hij een voor de hand liggende keus voor de prijs.'

Cass had ineens een glas champagne in haar hand. 'En dit is de grote held van het verhaal!' verklaarde Bastian. 'Als zij niet zo slim was geweest de kaart zo na te tekenen dat Austin een verkeerde route nam, en als zij de rotstekening niet had ontdekt, had ik waarschijnlijk niet gewonnen.'

'Ik vind het heel interessant je te ontmoeten,' zei de vriendin van Bastian. 'Ik ben Loretta. Ik woon op Barbados, en ik heb veel over je gehoord.'

De vrouw glimlachte vriendelijk, en Cass glimlachte net zo vriendelijk terug. Ze had de stellige indruk dat Loretta zich een tikje bedreigd had gevoeld door haar, maar nu ze met eigen ogen zag hoe jong Cass was, had ze er geen moeite mee aardig te doen.

'Ik heb ook van jou gehoord,' zei Cass, die zich met een glas champagne in de hand veel minder verlegen voelde. 'Dat jij niet op Dominica wilt wonen of Bastian op Barbados.'

Loretta lachte. 'Dat is zo, maar het is een manier van leven die voor ons allebei goed uitpakt.'

Vervolgens stond Cass naast een jongeman met een bril die één rond en één vierkant glas had. Het was geen verrassing te ontdekken dat hij als artdirector op de kunstafdeling werkte.

'Je tekeningen zijn geweldig!' zei hij, misschien wat al te enthousiast door de champagne. 'Op de een of andere manier zijn ze realistischer dan de foto's die Bastian heeft gemaakt.'

'Zeg dat maar niet tegen mijn vader!' zei Cass. 'Hij is Howard Blakely, een vrij bekend fotograaf.'

'Jeetje! Zeg maar gerust héél bekend. Maar zelf ben je geen fotograaf?'

'Als mijn vader zijn zin had gekregen, was ik dat wel geworden. Maar eigenlijk teken ik liever – en ik aquarelleer sinds kort.'

Cass kletste met de aardige jongeman tot Bastian naast haar verscheen. 'Er is een tafel gereserveerd voor de lunch. Hennings zou het geweldig vinden als Ranulph en jij ook meegaan. Als je die afspraak met Austin niet had gehad, was je sowieso uitgenodigd.'

Van de andere kant van de kamer wierp Ranulph haar een vragende blik toe. Toen kwam hij bij haar staan. 'Heb je zin om te mee te gaan lunchen, of wil je terug naar huis?'

Cass dacht dat ze tegen hem had gezegd dat ze niet terug hoefde. 'Ik ga graag mee lunchen.' Ze wierp een blik op de klok aan de wand. 'Hoewel het daar wel een beetje laat voor is.' Het was bijna half drie.

'Volgens mij is de tafel gereserveerd voor drie uur, dus dat zit wel goed.' Toen ze het vertrek uit liepen, sloeg Ranulph een arm om haar heen. Ze had zich nog nooit zo gelukkig gevoeld.

De lunch vond plaats aan een lange tafel die vol stond met schalen. Er waren fijne en exotische vleeswaren, salades, pasta, gerookte zalm, oesters, garnalen en veel knapperig gebakken groenten. In het midden stond een schaal met gebakken banaan.

'Dat is onze geste naar de Dominicaanse keuken,' zei Michael, de uitgever.

'Ik ben ontroerd,' zei Bastian.

Cass merkte dat ze plotseling behoorlijk moe was. Ze genoot van het eten en had het sinds het begin van de maaltijd bij één glas wijn gehouden, al gingen de flessen kwistig rond. Naarmate het gespreksvolume toenam, voelde ze zich steeds vermoeider.

Ze was te weten gekomen dat het geld dat Bastian met de wedstrijd had gewonnen niet van Hennings afkomstig was, maar dat de uitgeverij het prijzengeld slechts in beheer had. Die nam haar taak heel serieus en had alle inzendingen aandachtig gelezen.

De artdirector had haar nogmaals verteld dat hij haar tekeningen erg mooi vond, en ze had een lang gesprek gevoerd met Loretta over hoe belangrijk Bastian zijn werk vond – wat ze natuurlijk al wist.

Ranulph ving haar blik en kwam naar haar toe. 'Wil je weg?'

Cass stond meteen op en had in een mum van tijd haar rieten mandje gevonden. Daarna nam ze samen met Ranulph afscheid van het gezelschap.

Op straat riep Ranulph een taxi. Toen ze erin zaten, zei hij: 'Is er een trein die je wilt halen?'

Cass was helemaal gedesoriënteerd. 'Ik weet niet meer welke treinen ik met mijn kaartje kan nemen...'

'Je kunt hier ook overnachten. Je zult wel moe zijn.'

Cass knikte. Ze was inderdaad moe, maar dat was niet de reden waarom ze wilde blijven. Haar gesprek met Susie van de vorige avond zat nog vers in haar hoofd. Je moest risico's nemen – risico's qua emoties, niet alleen risico's waar orkanen, smoezelige hotels en camera's bij kwamen kijken. Dit was haar kans om te vrijen met de man op wie ze al zo lang verliefd was. Hij hield niet op dezelfde manier van haar, daar was ze vrij zeker van, maar hij vond haar leuk en gaf om haar veiligheid. (Hij had tenslotte voor haar met Austin gevochten.) En hij wilde haar, dat wist ze zeker. Haar besluit stond vast.

De taxi bracht hen naar een blok met service-appartementen. 'Het is net een hotelkamer,' legde Ranulph in de lift uit, 'maar dan met een keuken en een zitkamer. En een balkon. Ik verblijf hier altijd wanneer ik in Londen ben. Wel steeds in een appartement, en deze keer heb ik er een met een prachtig uitzicht over de Theems.' Hij haalde zijn keycard tevoorschijn en opende de deur.

Binnen was het warm, dus deed Cass haar vest uit toen ze naar de dubbele glazen deur liep, aangetrokken door het uitzicht erachter. Er was een balkon met een tafel en twee stoelen. Ze bevonden zich precies boven de rivier.

'Dit is misschien wel het beste uitzicht van Londen,' zei Ranulph. 'Of in elk geval een uitzicht op de beroemdste bezienswaardigheden.'

'Mag ik het balkon op?'

'Natuurlijk.' Hij opende de deuren.

'Wauw, je hebt gelijk wat de bezienswaardigheden betreft. De Big Ben, de Houses of Parliament, de London Eye – vanaf hier kun je ze allemaal zien.'

'En ook nog een paar andere. Op een heldere dag kun je de Shard zien. Wil je iets drinken?'

Cass knikte met het gevoel dat ze ja zei tegen meer dan een glas wijn.

'Ga zitten,' zei hij, en even later zette hij een glas op het tafeltje.

'Dit appartement is vast verschrikkelijk duur!'

Ze was opgelucht toen ze Ranulph hoorde lachen. Het was een erg naïeve opmerking, iets wat ze wel kon denken maar niet had moeten zeggen. Ze had Ranulph nooit geassocieerd met geld. Bovendien wilde ze dat hij haar zag als een leeftijdsgenoot, niet als een tiener die kinderachtige opmerkingen maakte.

Gelukkig leek Ranulph zich niet te storen aan haar onbevangenheid. 'Dat is het inderdaad, maar ik kom niet vaak naar Londen, en het is handig en comfortabel.' Even was hij stil. 'Op de plekken waar ik straks voor mijn werk heen ga, is geen comfort, en ik zal er best een tijdje zijn. Ik dacht: nog gauw even genieten van een douche met stevige waterdruk en zijdezachte lakens.'

'Wat houd je nieuwe opdracht in ? Of mag je dat niet zeggen?'

'Ik weet er nog niet veel van, maar het gaat om een serie artikelen waar ik misschien ooit een boek van zal maken.'

'Geweldig.' Ze glimlachte. 'En dan heb je natuurlijk nog de biografie van mijn vader.'

Hij glimlachte. 'Ja, die wil ik heel graag schrijven. Howard heeft er alleen nog niet helemaal mee ingestemd. Deze artikelen leveren me geld op – beter één vogel in de hand en zo – dus die moet ik eerst schrijven.'

Om niet naar hem te hoeven kijken, concentreerde Cass zich op het uitzicht. Ondanks haar vaste besluit om vanavond alles op zijn beloop te laten, in de hoop dat ze uiteindelijk samen in bed zouden belanden, was ze zenuwachtig. 'Londen is toch prachtig, hè?' Ze liet een korte stilte vallen. 'Het is absoluut mijn favoriete stad. Toch zou ik hier niet kunnen wonen, leuke stad of niet.'

Hij pakte de fles wijn die op tafel stond en schonk haar glas bij. 'Nee?'

'Niet langer dan een week, schat ik. Ik heb het platteland nodig. Zelfs de Cotswolds, waar ik nu woon, is niet ruig genoeg voor me.' Even was ze stil. 'Ik denk dat ik op Dominica verwend ben geraakt. Het is er zo ruig, echt een uitdaging, al kwam dat waarschijnlijk ook door de orkaan. Ik hield van het dramatische. Dit is ook dramatisch...' Ze maakte een weids gebaar. '... alleen op een andere manier.'

'Ik ben het met je eens. Hoe leuk ik het ook altijd vind om naar Londen te komen, het liefst ga ik terug naar huis, naar mijn afgelegen Schotse eiland. Ik heb de heuvels en de bergen nodig – de heide zelfs – om met beide benen op de grond te blijven staan. Ik denk dat ik de opdrachten die ik krijg aankan doordat ik dat thuis allemaal heb.'

‘Weet je al hoelang je volgende opdracht gaat duren?’ Cass hoopte dat het als een algemene vraag klonk, niet alsof ze om persoonlijke redenen wilde weten wanneer hij weer terug zou zijn in Groot-Brittannië.

‘Maanden waarschijnlijk. Maar goed, dat weet ik pas wanneer ik er ben.’

‘Het klinkt spannend, en ook wel een beetje beangstigend.’

Dat wuifde hij weg. ‘Spannend ja, maar als je alle voorzorgsmaatregelen neemt, zorgt dat je weet wat je moet doen en een goed ondersteuningsteam ter plaatse hebt, dan is het niet beangstigend.’ Nu lachte hij echt. ‘Nou ja, de eerste keer dat ik naar dat deel van Afrika ging vond ik wel doodeng. Het was net als op Dominica – het was onbekend en zenuwslopend, maar we vonden daar al snel onze weg.’

‘Klopt.’ Nu ze eraan terugdacht, besefte ze dat ze op Dominica heel snel gesetteld was geraakt.

‘Kom, dan gaan we naar binnen, dat zit wat makkelijker,’ stelde hij voor. ‘Of wil liever nog wat langer van het uitzicht genieten?’

‘Nee, je hebt gelijk. Deze stoelen zien er heel leuk uit, maar zitten niet echt lekker.’

Ze volgde Ranulph naar binnen en zakte op de bank neer, schopte haar schoenen uit en zocht een kussen voor in haar rug. ‘Dit zit inderdaad veel beter.’

Ranulph kwam naast haar zitten.

‘Heb je trek? Er is roomservice, en anders is er een leuk restaurantje in de buurt.’

‘Ik heb nu geen honger, want ik heb tijdens de lunch veel gegeten, en dat is nog niet zo lang geleden. Misschien iets kleins van de roomservice? Daar hoef ik mijn schoenen niet voor aan te trekken.’

‘Klopt. Je zit vol wijsheid, Cassy.’

‘Niemand noemt me nog Cassy.’

‘Behalve ik dan. Vind je dat erg?’

Cass dacht na. Als tiener had ze niet kunnen wachten het jeugdiger klinkende ‘Cassy’ af te werpen. Cass klonk stoerder, volwassener.

Maar ze vond het prima hem met zijn donkere, lage stem 'Cassy' te horen zeggen. Meer dan prima. Bijna erotisch. 'Nee, het geeft niet.' Ze had het gevoel dat ze zich moest verzetten tegen de gevoelens die hij bij haar losmaakte. Ze waren gevaarlijk; misschien was Susies advies helemaal verkeerd? Misschien zou het een vreselijke vergissing zijn om met hem naar bed te gaan en zou ze nooit over het liefdesverdriet heen komen dat ze daarna onvermijdelijk zou hebben? Het was gevaarlijk de dag te plukken.

Hij sloeg een arm om haar schouders. Toen ze zijn hand op haar blote schouder voelde, kreeg ze kriebels in haar buik. Ze had eerder relaties gehad, maar terwijl haar erogene zones voorheen duidelijk waren geweest, leek nu haar hele lijf op scherp te staan.

Hij bewoog zijn arm niet, en ze besefte dat hij wachtte tot zij de volgende stap zou zetten. Hij wilde er geen twijfel over laten bestaan dat er niets gebeurde wat zij niet wilde. Ze reikte omhoog en drukte een kus op zijn wang. Toen drukte hij zijn lippen op de hare.

'Zullen we naar de slaapkamer gaan?' fluisterde ze in zijn oor. 'De bank kriebelt.' Ze had haar jurk nog aan, maar die stelde qua hoeveelheid stof niet veel voor.

Hij stond op en pakte haar de hand.

'Lieve hemel, wat een enorm bed!' zei ze, even afgeleid.

Hij trok de sprei en de sierkussens van het bed en draaide zich zwaar ademend naar haar toe. Ze liet zich door hem in zijn armen sluiten, waarna hij haar haar jurk uittrok. Even later lag ze naakt op de zijdezachte lakens.

En toen vergat ze de lakens…

31

Pas toen Ranulph haar wakker maakte, had ze door dat ze in slaap was gevallen. 'Hé? Gaat het? Het is acht uur, en ik rammel. Heb je zin om de menukaart te bekijken?' Hij legde hem in haar handen. 'Of moet je weg?' Hij klonk alsof hij het benauwd kreeg bij de gedachte.

'Nee. Ik bel mijn moeder en Susie wel – ik wil haar laten weten dat ik niet nog een nachtje bij haar blijf slapen – en blijf dan bij jou. Als dat goed is,' voegde ze eraan toe, plotseling weer verlegen. Ze trok het laken over zich heen, hoewel ze zich realiseerde dat het daar een bétje laat voor was.

'Blijf alsjeblieft!' zei hij. 'Ik wil echt niet dat je nu weggaat.'

Ze glimlachte warm naar hem, haar hart en hoofd nog wazig van liefde en lust, en pakte de menukaart.

'Een broodje rosbief, denk ik...' begon ze.

'Mee eens. Met frietjes. En een chocoladebrownie met ijs als toetje. Is wijn goed? Of wil je iets anders drinken? Ik heb een paar flesjes bier, en er is een minibar.'

'Heb je water? Ik denk dat ik vanaf nu beter water kan drinken.'

Hij knikte. 'Ik heb met en zonder prik. En zelfs ijsblokjes.'

'Met prik en ijsblokjes, graag. En mag ik even onder de douche?'

'Ga je gang! De shampoo en douchegel hier zijn heerlijk.'

Cass kwam sterk in de verleiding om gehuld in het laken naar de badkamer te lopen, zoals mensen in films deden, maar dat had ze altijd belachelijk gevonden, dus vond ze het nu ook belachelijk om dat zelf te doen. Het was te laat om zich druk te maken over haar lijf, waar ze meestal heel tevreden mee was.

Gehuld in een grote badjas en geurend naar verbena en citrusfruit kwam ze terug. Ze had haar haar gewassen (per ongeluk) en voelde zich heel schoon en heel onopgemaakt. Maar het zou gek zijn nu weer make-up op te doen. Bovendien was Ranulph gewend haar van top tot teen onder de modder te zien, dus gewoon schoon was al een verbetering.

'Het eten kan elk moment komen,' zei Ranulph. 'Het lijkt altijd een eeuwigheid te duren, ook al is dat waarschijnlijk niet zo.' Hij schraapte zijn keel. 'Hmm, wat een mooie badjas heb je aan.'

Cass ving zijn blik en keek snel weer weg. Het was heerlijk zo begeerd te worden, maar ze voelde zich er ineens wel schuchter door.

Het eten kwam, en ze probeerde zich niet verlegen te voelen toen de ober het binnenbracht en op het bureau neerzette. Het kon hem tenslotte niets schelen wie ze was.

Ze aten hun broodjes rosbief op het balkon, waar ze genoten van het weidse uitzicht op Londen. Daarna namen ze de brownies en het ijs mee naar de bank. Hoewel Cass niet kon zeggen waarom ze dat deden, was ze het eens met het besluit.

'Laten we kijken of er een mooie film op is,' zei Ranulph, die de afstandsbediening pakte en langs de kanalen zapte.

'Goed idee,' zei Cass, opgelucht en maar een klein beetje teleurgesteld over die verstandige suggestie.

Nadat ze de vuile vaat aan de kant hadden geschoven en Cass ondanks haar voornemen alleen water te drinken nog een glas wijn had aangenomen, trok Ranulph haar naar zich toe. Hij vond haar borsten, maakte de ceintuur van haar badjas los en zei: 'Zoals ik al zei, een heel mooie badjas, maar zou je het erg vinden hem uit te trekken?'

Even later droeg hij haar terug naar de slaapkamer en was ze weer in de zevende hemel.

Toen ze wakker werd, was het pikdonker. Het dure appartement was voorzien van zeer efficiënte verduisteringsgordijnen, dus ze had geen idee hoe laat het was. Op de tast liep ze naar de zitkamer, waar ze haar telefoon vond. Het was vier uur 's ochtends. Ze had een Facebookmelding, en om de een of andere reden deed die haar aan Becca denken.

Meteen ebde haar geluksgevoel weg, en ze zakte op de bank neer. Ze voelde zich schuldig, want ze had niet gecheckt of hij een relatie met Becca had. Nee, ze hield zichzelf voor de gek door te doen alsof ze het niet wist. Had Becca's relatiestatus op Facebook niet geïmpliceerd dat ze iets met Ranulph had? Waarom had ze hem er niet ronduit naar gevraagd? Diep vanbinnen wist ze wel waarom: ze wilde het antwoord niet horen. Wat voor vrouw maakte haar dat? Niet eentje die ze wilde kennen, dat stond vast. En hoewel ze nog nooit zulke fijne seks had gehad, had ze niet verwacht dat ze zich naderhand zo ontgoocheld zou voelen.

Ze had het eerder meegemaakt. Als ze iets te veel had gedronken, werd een heel fijne tijd gevolgd door vreselijke wroeging. En deze wroeging werd niet alleen veroorzaakt door te veel wijn.

Ze liep de badkamer in en ging op het wc-deksel zitten. De dag plukken en een nacht vol passie hebben met de man van wie je hield was in theorie prima, maar Ranulph hield niet van haar. Binnenkort zou ze terugdenken aan elke aanraking, elk moment van passie, wist ze. Nu voelde ze zich alleen maar ellendig en diep schuldig.

Ze moest onmiddellijk naar huis. Ze was te onrustig voor een heerlijk ochtendje met Ranulph croissants eten in bed, jam op het beddengoed knoeien en misschien samen douchen. Ze had seks met hem gehad en er enorm van genoten, maar ze had niet gekregen wat haar hart nodig had: dat Ranulph zei dat hij van haar hield. Die verbinding.

Ze kleedde zich zo snel en stilletjes mogelijk aan en liep terug naar de zitkamer. Omdat ze niet zomaar kon weggaan, moest ze een briefje schrijven. Gelukkig lag er schrijfpapier in een lade.

Lieve Ranulph,
Sorry dat ik ineens ben vertrokken. Ik herinnerde me dat ik vandaag moet werken. Ik heb de camera laten liggen en zou het heel fijn vinden als je hem bij mijn vader kunt afleveren.

Hartelijk dank voor al je hulp met het hele gedoe. En bedankt voor gisteravond. Het was heerlijk. Ik denk dat het beter is dat ik wegga zonder afscheid te nemen. En laten we geen contact houden. We hebben niet echt meer dan vriendschap en gedeelde ervaringen met elkaar gemeen. Je gaat voor lange tijd weg. Het is beter dat we allebei doorgaan met ons leven.

Ik wens je alle goeds toe en koester een paar heel dierbare herinneringen.

Cassie

Huilend verliet ze het appartement. Zou ze zich beter hebben gevoeld als ze Susies advies niet had opgevolgd? Dat zou ze nooit weten.

Ze ging helemaal te voet naar Paddington en deed er meer dan een uur over. Daar aangekomen was ze doodop, en toen moest ze nog wachten op de eerste trein. Hoewel het kaartje peperduur was, kon het haar niet schelen. Ze wilde gewoon naar huis.

Ze had een appje gestuurd naar Rosa, die een echte vriendin was, want ze stond op het station op Cass te wachten, ook al was het nog maar net na achten.

'Och Cass! Arme meid! Kom, dan gaan we ergens koffiedrinken en gebak eten. Burt's zal wel open zijn.'

'Het was berekoud in die trein!' zei Cass. 'De airco stond op de hoogste stand, en ik had niet genoeg kleren bij me.'

Rosa gaf haar een dikke knuffel, en al snel zaten de twee vriendinnen in een koffietentje waar het warm was en naar koffie, bacon en gebak rook.

'Wanneer heb je voor het laatst gegeten? Ik heb echt zin in een broodje met gebakken bacon.' Even was Rosa stil. 'Volgens mij kunnen we dat nu wel gebruiken.'

'Klinkt goed. En thee.'

Hoewel Cass merkte dat Rosa dolgraag alles wilde horen, wachtte ze tot ze allebei een ontbijtje voor hun neus hadden staan. Toen vroeg Rosa: 'Ben je klaar om erover te praten?'

Daar moest Cass om glimlachen, ook al had ze gedacht dat ze dat nooit meer zou doen. 'Ik weet dat jij klaar bent om erover te horen! Ja, ik wil er graag over praten. Het was echt traumatisch... Nou, nee, dat is veel te sterk uitgedrukt...'

'Zijn jullie met elkaar naar bed geweest?'

Cass knikte. 'Ik dacht dat ik er spijt van zou hebben als ik het niet zou doen. Ik plukte de dag, zoals Susie me aanraadde te doen. En op het moment zelf was het echt heerlijk, maar nu voel ik me gebroken.'

'Waarom?'

'Omdat ik Ranulph misschien nooit meer zal zien! Hij gaat voor een of andere opdracht naar Afrika en heeft geen idee wanneer hij terugkomt. En...' Cass haalde diep adem. 'Ik heb iets vreselijks gedaan. Ik ben met hem naar bed geweest omdat ik het wilde, maar ik was – ben – er vrij zeker van dat hij een relatie heeft met Becca. Weet je nog dat we op Facebook keken?'

'Wacht even. Je voelt je schuldig omdat hij misschien een relatie heeft? En hij dan? Hij zou dan toch degene moeten zijn die zich schuldig voelt?'

'Ja. Ik weet het alleen niet honderd procent zeker.'

'Waarom denk je dat hij bezet is? Hij klinkt niet als het type man dat vreemdgaat.'

Cass zuchtte. 'Toen we elkaar na lange tijd weer zagen, hebben we gezoend, maar hij liet me al snel weer los. Op dat moment wist ik niet waarom. Nu denk ik dat hij zich misschien schuldig voelde.'

'Je denkt er veel te ver over door, lieverd.'

'Ik zou het een afschuwelijk idee vinden dat ik met de man van een andere vrouw naar bed ben geweest. Becca is echt een aardig mens, en het gaat tegen de Code in.'

Rosa lachte. 'De Code!' Dat was iets wat ze als twaalfjarigen hadden bedacht. 'Ik weet niet of ik me nog kan herinneren wat de regels waren.'

'Ik weet nog wel dat het oké was hetzelfde kledingstuk te kopen als iemand anders, maar niet oké het aan te trekken als de ander als eerste had gezegd dat ze het zou aantrekken. En het was absoluut fout om met het vriendje van iemand anders te tongen,' zei Cass. Ze zuchtte. 'We hebben veel meer gedaan dan alleen tongen.'

'Ik heb dat altijd een vies woord gevonden,' zei Rosa. 'Maar goed, misschien verbeeld je je dingen. Het kan best zo zijn dat hij geen relatie heeft.'

'Ik voel me nog steeds vreselijk. Ik dacht dat ik een heerlijke tijd zou hebben door iets te doen wat ik nooit meer zou vergeten, met iemand met wie ik uiteindelijk ook een relatie krijg, maar ik voel me diep ellendig.'

'Zou je je ook ellendig voelen als hij niet wegging en je hem, laten we zeggen, volgende week weer kon zien?'

Daar dacht Cass over na. 'Als hij niet wegging, denk ik niet dat ik ertussenuit zou zijn geknepen.'

'Eigenlijk voel je je dus rot omdat hij voor lange, onbepaalde tijd weggaat en je hem zult missen.'

Cass ademde uit. 'Dat ook, denk ik. Maar ik weet gewoon niet helemaal zeker of hij een vrij man was toen ik met hem naar bed ging.'

'Ik blijf erbij dat hij zich daar druk om moet maken, niet jij,' zei Rosa streng.

Cass voelde zich een stuk beter toen Rosa haar even later thuis afzette, hoewel ze wist dat ze Ranulph nog lang zou missen. Ze wist niet of het beter was geweest niet met hem naar bed te gaan, of ze hem dan minder zou hebben gemist. Maar bij het idee dat ze anders misschien nooit meer de kans zou hebben gehad om met hem te vrijen, voelde ze zich ook ongelukkig.

'Goedemorgen, lieverd!' zei haar moeder. 'Je bent eerder terug dan ik had verwacht. Is alles goed gegaan? Heb je Howards camera teruggekregen?'

'Hoi, mam. Ja, ik heb een vroege trein genomen.' Ze vond het niet nodig haar te vertellen waarom. 'Ik heb de camera inderdaad gekregen en heb hem aan Ranulph gegeven, die hem bij pap zal afleveren.'

'Dat klinkt allemaal prima. Ben je bij de uitgeverij langs geweest?'

Cass had haar moeder een sterk gekuiste versie van haar plannen gegeven. Ze had nergens laten doorschemeren dat wat ze ging doen wel eens gevaarlijk zou kunnen zijn. 'Ja, en dat ging heel goed. Ze maakten me complimenten over mijn tekeningen en zeiden dat Bastian er erg mee geholpen was.'

'Je kunt goed tekenen. En nu je thuis bent, kan ik de bloemen voor onze volgende opdracht plukken, een afscheidscadeau voor de voorzitter van de vrouwenbond, dus heel prestigieus. Heb je tijd om ze te schilderen?'

Cass slaakte een zucht. Ze had nu alle tijd van de wereld. Ze had geen zin om te socializen met mensen die ze nog niet kende of om een vriendje te zoeken. Als ze Ranulph niet kon krijgen, wilde ze niemand anders hebben.

32

De zomer ging over in de herfst, en algauw had Cass in de winkel waar ze werkte een serie kerstkaarten in de verkoop. Haar moeder kocht er ook veel van. Wanneer ze terugdacht aan de lente, toen ze met Ranulph naar Dominica was vertrokken, besefte ze dat haar leven toen heel opwindend was geweest, vol mogelijkheden. Nu leek ze het leven en de carrière te hebben van een net gepensioneerde leerkracht – haar baan in de winkel was een vaste geworden – met een paar baantjes om zichzelf bezig te houden en bloemen schilderen als hobby. Ze had zich aangemeld bij een aantal kunstacademies, maar verwachtte niet dat ze daar meteen iets van zou horen.

Eind oktober, toen ze het het drukst had (ze had een goed verkopende serie kaarten met kerststerren erop gemaakt, die ze met een goudstift lichte accenten gaf), kreeg ze een mailtje van Bastians uitgeverij.

Beste Cass,
We vonden het allemaal erg leuk je van de zomer te ontmoeten en, zoals je weet, hebben we veel bewondering voor je talent als kunstenaar en illustrator. Zoveel zelfs dat we ons afvragen of je de illustraties zou willen verzorgen voor Bastians nieuwe project, een geïllustreerde gids over Dominica, waar we mogelijk een serie van maken.

Als je er interesse in hebt, wil je ons dan komen opzoeken in Londen om het te bespreken?

Hartelijke groeten,
Michael Masters, uitgever
Uitgeverij Hennings

Cass moest even gaan zitten voordat ze haar antwoord gaf: een volmondig ja. Een bezoek aan Londen, aan Hennings, zou er eentje vol herinneringen worden en haar in veel opzichten treurig stemmen. Toch moest ze deze kans grijpen. Ze gaf zichzelf een standje. Ze moest haar eigen leven leiden, zonder Ranulph, en wat dat betrof leek dit nieuwe project haar een goed begin.

Kort na die verstandige beslissing en vlak voordat ze haar dienst in de wijnbar begon, appte ze Rosa. Dit was nieuws dat ze met meer mensen dan alleen haar moeder moest delen, hoe opgetogen die er ook over was.

'Al dat inkleuren heeft je blijkbaar een baan opgeleverd, Cass!' had ze gezegd, toen Cass het haar had verteld. 'En eentje die meer behelst dan mooie plaatjes schilderen voor mijn vriendinnen.'

'Ik weet niet waarom het je zo verbaast,' zei Rosa een half uur later tussen slokjes Virgin Mary door. 'Je tekeningen zijn fantastisch.'

'Ik neem aan dat de uitgeverij kleur wil zien, niet alleen lijntekeningen. Volgens mij hebben ze nog geen aquarellen van mij onder ogen gehad. Nou, nu ik erover nadenk… Ik heb Bastian een kaart gestuurd die ik heb geschilderd, wel via de mail. Misschien hebben ze die gezien?'

'Wat maakt het uit. Het is eens iets anders, en vast veel leuker dan die ouwe-vrijster-met-katten-dingen die je nu doet!'

'Voor het geval het je niet is opgevallen, zitten we nu in een wijnbar, waar ik toevallig ook werk. En ik heb geen kat. Ik heb mijn moeder wel voorgesteld er een te nemen, maar die zag het niet zitten.'

'Cass! Je weet hoe bezorgd ik over je ben. Je loopt constant te mijmeren over Ranulph…'

'Ik heb geen woord over hem gezegd!'

'Nee, maar ik weet dat je dat doet. Die aardige jongens die laatst met ons probeerden aan te pappen mochten ons niet eens op een drankje trakteren.'

'Het had geen zin...'

'Je had het voor mij kunnen doen!' Rosa was verontwaardigd.

'Sorry. Dat had je moeten zeggen.'

'Terwijl zij binnen gehoorsafstand zaten zeker!'

'Het zal niet meer gebeuren. Als iemand met mij probeert aan te pappen laat ik hem zijn gang gaan. Voor jou.'

Rosa slaakte een zucht. 'Luister, ik ben blij voor je dat je iets nieuws hebt om je aandacht op te richten. Ik heb een idee! Zal ik met je meegaan naar Londen? Dan blijven we bij Susie slapen en maken we er een feestje van.'

'O, leuk!' zei Cass. 'Ik moet bekennen dat ik het best een beetje spannend vind om in mijn eentje naar Londen te gaan.' Ze liet een korte stilte vallen, omdat ze zich ineens zorgen maakte. 'Je gaat toch niet met me mee naar binnen bij de uitgeverij, hè? Ik kan je niet...'

'Natuurlijk niet. Maar daarna kunnen we een feestje bouwen. Susie zou het geweldig vinden, dat weet ik zeker!'

En zo vertrokken de twee vriendinnen de week daarop naar Londen, nadat ze een beetje met hun werk hadden geschoven. Ze namen de eerste betaalbare trein, met onder andere de welgemeende zegen van Cass' moeder. Blijkbaar had die zich er zorgen om gemaakt dat haar dochter bijna als een non leefde. 'Toen je jong was, was je behoorlijk wild, Cass,' had ze gezegd, 'maar de laatste tijd ga je alleen de deur uit voor je werk of tekenles. Dat is niet normaal.'

Rosa stapte uit op Paddington, en Cass stapte over op de metro en reisde via de Central Line naar Holborn. Ze had haar route uitgestippeld, haar telefoon helemaal opgeladen en haar laptop in haar schoudertas gedaan.

Omdat ze vroeg was voor haar afspraak bij Hennings, ging ze in een koffietentje in de buurt zitten. Het had iets weg van het tentje in Paddington waar Ranulph een ontbijtje voor haar had besteld na het drama waarop het ophalen van haar vaders camera bij Austin was uitgelopen. Natuurlijk dacht ze aan Ranulph. En terwijl ze opstond om naar haar afspraak te gaan, accepteerde ze dat ze altijd aan Ranulph zou denken. Hij zat in haar hoofd, als een screensaver. Wat er ook op de voorgrond gebeurde, hij was altijd op de achtergrond aanwezig, zoemend in haar verbeelding.

Hoewel ze Bastians uitgever al eerder had ontmoet, was ze toch een tikje zenuwachtig. De vorige keer was Ranulph erbij geweest, had ze een paar glazen champagne achter de kiezen gehad en was ze slechts een aanhangsel geweest. Nu was ze de hoofdattractie. Ze werd begroet bij de receptie en doorgestuurd naar de tweede verdieping. Zodra de liftdeuren opengingen, toverde ze een glimlach op haar gezicht.

Verschillende mensen stonden klaar om haar te begroeten. Bastians uitgever, Michael Masters, de artdirector met zijn eigenzinnige bril en een paar mensen van sales en marketing. Iedereen was vriendelijk en leek blij om haar te zien.

'Hallo, Cass! Wat aardig van je om te komen. We zijn allemaal erg enthousiast over het nieuwe project en zouden het leuk vinden als je er deel van wilt uitmaken,' zei Michael Masters.

Ze werd een vertrek in geloodst en kreeg zowel warme als koude dranken aangeboden. 'We hopen dat je hierna tijd hebt om met ons te lunchen,' zei de artdirector. 'Oké, wat zijn we van plan? Wat we in gedachten hebben is een serie geïllustreerde reisgidsen over de eilanden in het Caribisch gebied. We beginnen met Dominica, omdat Bastian foto's heeft van alle plekken waarover hij wil schrijven.'

'Waarom hebben jullie mij nodig als jullie foto's hebben?' vroeg Cass lachend. 'Jullie verwarren me toch niet met mijn vader? Hij is degene die je moet hebben voor foto's.'

Iedereen lachte. 'We willen geen foto's, want ook al zijn het natuurlijk kunstwerkjes op zich, we willen iets… creatievers. Bastian heeft een fraaie schrijfstijl, waardoor je echt voor je ziet wat hij beschrijft. Zoiets lyrisch willen we ook als het om de illustraties gaat.'

'Hebben jullie mijn aquarellen gezien? Het is nogal nieuw voor me.'

'Jazeker,' antwoordde de artdirector. 'Bastian is degene die met het idee kwam. Hij stuurde ons de verjaardagskaart die je voor hem hebt gemaakt. We waren erg onder de indruk.'

'En natuurlijk weten we alles over de schetsen die je van de rotstekening hebt gemaakt,' ging Michael Masters verder.

'We vonden de tekeningen echt van meerwaarde, en aangezien je er kleur aan kunt toevoegen, denken we dat het eindresultaat prachtig zal zijn,' vulde de artdirector aan. 'Het wordt bijna een soort koffietafelboek, iets waar je doorheen bladert en dan denkt: daar wil ik heen!'

Cass schraapte haar keel. 'Ik heb foto's gemaakt van wat ik de laatste tijd heb geschilderd. Vooral aquarellen van bossen bloemen – niet echt boeketten – als cadeau. Mijn moeder plukt de bloemen en zorgt ervoor dat ze er cadeauwaardig uitzien, en dan schilder ik ze. De afbeelding is een blijvende versie van iets wat vergankelijk is.'

Ze was best trots op die zin. Snel opende ze het bestand en schoof ze haar laptop naar de mensen aan de overkant van de tafel.

'Heel fraai!' zei Michael Masters.

'Precies wat we zoeken,' zei de artdirector. 'Misschien met een stukje landschap achter de schildering van de bloemen…'

Cass pakte haar laptop terug. 'Hier zijn een paar landschappen die ik aan de hand van foto's heb geschilderd, van het eiland waar mijn vader woont. En ik heb een paar tekeningen van Dominica bewerkt tot schilderijen. Die geven misschien een beter idee van…'

'Deze zijn perfect,' zei de artdirector. 'We willen je graag inhuren als illustrator. Vind je ook niet, Michael?'

'Wij betalen je reis naar Dominica, want daar moet je natuurlijk heen. En uiteraard betalen we je een vergoeding, al zal het niet veel zijn…'

Cass onderbrak hem. 'Het klinkt geweldig, moet ik toegeven. Maar – sorry dat ik doorga over geld – zullen die boeken wel zo goed verkopen dat jullie winst maken?'

'We denken van wel,' zei Michael. 'De mensen van de trust die het geld hebben gedoneerd voor de prijs die Bastian heeft gewonnen, willen het toerisme op Dominica promoten en denken dat zo'n boek daarbij zal helpen. Ze helpen ook met de kosten, de publiciteit, de distributie, met alles wat veel geld kost.'

'Geweldig!' zei Cass. 'Zelfs als de vergoeding niet heel hoog is, levert deze klus me wel een reis naar Dominica op.'

'Bastian ziet er erg naar uit om met jou hieraan te werken,' zei Michael. 'Hij was zelfs zo gedecideerd dat hij ons liet weten dat hij jou als illustrator wilde, en niemand anders.'

Cass beet op haar lip. 'Wat zouden jullie gedaan hebben als jullie niet tevreden waren geweest over mijn werk?'

'We wisten al dat dat niet zou gebeuren,' zei de artdirector. 'Oké, zullen we nu gaan lunchen? Er is hier dichtbij een heel goed Grieks restaurantje.'

33

Cass vertrok bij Hennings in een Uber die door het bedrijf werd betaald. Ze wist dat ze iets te veel gedronken had, maar dat kon haar niet schelen. Het was allemaal prima verlopen, en een paar uur lang was Ranulph maar een paar keer in haar gedachten opgekomen. Misschien was ze over hem heen? Misschien zou de reis naar Dominica haar het laatste zetje geven?

Ze ging een kleine Waitrose-supermarkt in Paddington binnen om cava en chips en zo te kopen, want ze wist dat Rosa en Susie het zouden willen vieren.

En dat was inderdaad zo. Ze trokken de cava meteen open, en ondanks haar protest dat ze bij de lunch al minstens twee grote glazen wijn had gedronken, schonken ze ook voor haar een glas in.

'En je hebt mijn favoriete chips gekocht!' zei Rosa. 'Hoe wist je dat ik daar dol op ben?'

'Omdat ik je al sinds ons tiende ken?' antwoordde Cass met een opwaartse stembuiging.

'O, oké. Ja, zulke dingen weten we inderdaad van elkaar,' gaf Rosa toe.

'We hebben een tafeltje in een leuke tent gereserveerd voor het avondeten,' zei Susie. 'Alleen voor ons drieën. Eigenlijk is het een bar, maar het eten is er heerlijk.'

'Ik ben er al eens met Susie geweest,' zei Rosa. 'Het is behoorlijk gewaagd. Zo'n tent waarvan onze moeders zouden zeggen dat we er weg moeten blijven.'

'Klinkt perfect,' zei Cass.

'Ik heb voor later vanavond gereserveerd,' zei Susie. 'Vertel ons nog eens wat er bij je uitgeverij is gebeurd.'

'Míjn uitgeverij! Niet te geloven!' zei Cass.

'Zo volwassen,' zei Rosa.

'Hoeveel betalen ze je, en heb je een agent?' vroeg Susie, die in de zakelijke modus schoot.

'Ik heb geen agent. Ze betalen mijn reis naar Dominica, dus dat reken ik ook tot mijn vergoeding.'

'Deze keer laat ik je ermee wegkomen, maar als ze nog meer werk voor je hebben, moet je een agent in de arm nemen,' zei Susie. 'Hoewel je een agent provisie betaalt, verdienen ze die dubbel en dwars terug door de rechten op de boeken die je illustreert te verkopen.'

'Oké,' zei Cass. 'Zullen we die fles nu leegdrinken voordat we de hort op gaan?'

'Goed idee,' zei Rosa.

'Weet je, ik wil die Ranulph nu wel eens ontmoeten,' zei Susie. 'Eens kijken of hij al dat hartzeer waard is.'

Cass tuitte gespannen haar lippen. 'Als hij niet in Afrika was, zou ik je zeker aan hem voorstellen.'

'Op Facebook, schat!' zei Rosa, die Cass' laptop naar zich toe trok.

Voordat Cass haar kon tegenhouden, had Rosa Cass' Facebookaccount al geopend.

'Jij weet wat mijn lievelingschips zijn,' zei Rosa, 'en ik weet wat jouw wachtwoorden zijn.'

'Ja maar...' Cass probeerde haar laptop terug te pakken; die werd helaas buiten haar bereik getild. 'Ik ben al maanden niet meer op Facebook geweest.' Ze wilde liever niet per ongeluk op foto's van Ranulph stuiten.

'Kijk aan,' zei Rosa – ze toonde echt geen enkele loyaliteit, vond Cass. Oké, ze wilde haar zus een plezier doen, maar je beste vriendin sinds de basisschool een plezier doen ging toch voor? 'O, Ranulph is ook al maanden niet meer op Facebook geweest.'

Cass ademde diep uit. Hij probeerde haar waarschijnlijk ook te vergeten, als hij dat niet al had gedaan. Sinds hun avond in Londen had hij immers geen contact meer met haar gezocht. Hij voelde zich waarschijnlijk ook schuldig.

'Maar dat is niet erg, want zijn vriendin en die van Cass, Becca, wel!' Rosa klonk opgetogen, totdat ze ineens 'O' zei.

Natuurlijk kon Cass zich er niet van weerhouden te kijken. 'O,' zei ze, iets harder.

Op Becca's Facebookpagina stond weer zo'n groepsfoto waar ze zo dol op was. Er stond een vrij lange rij mensen op, duidelijk in Afrika. En daar was Ranulph, met zijn arm om Becca heen. Het kwam nogal bezitterig over.

'Wie is het?' vroeg Susie. Toen Rosa Ranulph aanwees, zei Susie: 'Ja, nu zie ik wat je bedoelt.' Ze klapte de laptop dicht. 'Ik denk dat we beter kunnen gaan eten. En als een vent die ook maar een beetje aardig is met ons flirt, flirten we meteen terug.'

Cass deed haar best. Ze dronk meer wijn. Ze glimlachte. Ze lachte om de grappen van anderen, en toen een groepje zakenlieden hen wilde trakteren op Metaxa, nam ze die ook aan.

Na hun terugkomst op de boot viel ze in elk geval snel in slaap, maar zodra ze wakker werd, voelde ze zich afschuwelijk.

Rosa lag op een slaapbank tegenover de hare. 'Gaat het, Cass? Zal ik koffie of zo voor je zetten?'

'Ja, het gaat wel,' zei Cass. 'Ik heb alleen een kater, en dat is helemaal mijn eigen schuld.'

Totdat ze besefte dat Rosa doelde op haar kater, en niet op haar gebroken hart, dat uit zijn chronische maar niet-acute fase was gehaald en nu hevig pijn deed.

Rosa snoof. 'Volgens mij is Susie broodjes met knapperige bacon voor ons aan het maken. Wat een zus, hè!'

'Alles is te genezen met een broodje bacon en een kop sterke koffie of thee,' zei Cass met een dappere glimlach, hoewel haar hoofd bijna net zo veel pijn deed als haar hart.

Ze aten hun ontbijt op de voorsteven van de boot. Om hen heen zwommen eenden en waterhoentjes rond, bezig met hun dagelijkse activiteiten. Achter de huizen klonk het zwakke geraas van Londen, maar hier op het kanaal was alles rustig.

'Wat is dit toch een geweldige plek, Susie,' zei Cass. 'Heel aardig van je dat ik hier weer mocht slapen.' Ze vond dat ze normaal klonk, niet alsof haar hoofd op springen stond en ze zin had om te huilen tot ze geen tranen meer overhad.

'Graag gedaan, lieverd!' zei Susie. 'Het was super om jullie te logeren te hebben, meiden. En het voelt als een voorrecht dat je je geweldige nieuws met me hebt gedeeld.'

Heel even wist Cass niet wat ze daarmee bedoelde. Wat voor geweldig nieuws? Ineens herinnerde ze het zich weer. 'O, ja, dat ik die klus als illustrator heb gekregen en naar Dominica ga!' Toen ze haar metgezellen verbaasd naar haar zag kijken, verontschuldigde ze zich. 'Sorry, die Griekse cognac heeft mijn hersenen aangetast.'

'Die herstellen wel weer,' zei Susie, die Cass een veelbetekenende blik toewierp.

Een uur of wat later stonden ze met een blikje Coca-Cola op het station op hun trein te wachten.

'Weet je eigenlijk al wanneer je naar Dominica gaat?' vroeg Rosa.

'Als het aan mij lag, zou ik meteen vertrekken,' antwoordde Cass. 'Maar Michael zei iets over samen met zijn vrouw en hem reizen, in december. Dan kunnen ze in de winter nog wat zon opdoen. En aangezien zij mijn ticket betalen – misschien zelfs een businessclassticket – mag ik niet klagen.'

'Nee, echt niet,' verzuchtte Rosa. 'Stel je voor, een Caribisch eiland, blauwe luchten, kilometerslange witte zandstranden in de winter, en in de businessclass ernaartoe. Zalig!'

Cass moest glimlachen. 'Dominica is niet echt een typisch Caribisch eiland. Het heeft iets heel speciaals, alleen geen kilometerslange witte zandstranden. Al zou ik nergens anders liever heen gaan.'

Eindelijk was hun trein er en konden ze instappen. Toen ze eenmaal hun zitplaats hadden gevonden, zei Cass tegen Rosa: 'Ik ga een dutje doen, als je het niet erg vindt. Het was een zware avond.' Eigenlijk wilde ze gewoon alleen zijn met haar gedachten en niet hoeven praten.

'Dat was het zeker!' zei Rosa meteen; misschien begreep ze dat Cass even met rust gelaten wilde worden. 'En een drukke dag voor jou. Ik pak mijn boek en ga lezen.'

Rosa's moeder haalde hen op van het station en zette Cass thuis af, waar Cass' moeder haar verwelkomde, benieuwd naar haar nieuws.

'Vertel me er alles over, lieverd. Ik wil het tot in de details horen.'

Nadat Cass haar tas zoals altijd in de hal op de vloer had gedumpt, liep ze de keuken in. 'Dat lukt niet zonder thee,' verkondigde ze. 'Wil je iets warms drinken, mam?'

'Ik zet de thee wel,' zei haar moeder. 'Ga jij maar zitten en vertel me alles.'

Terwijl Cass haar verhaal deed, besefte ze weer wat voor een geweldige opdracht ze had gekregen. Als ze even vergat dat ze die rampzalige blik op Facebook had geworpen, die als een mes door haar toch al gewonde hart was gegaan, klonk het echt fantastisch. Ze glimlachte, haalde adem en deed alsof de wereld aan haar voeten lag.

'Wanneer ga je?'

'Dat is een klein nadeel,' zei Cass, die een van de koekjes pakte die gewoonlijk voor visite gereserveerd waren. 'Ik zou graag meteen vertrekken en aan de slag gaan, maar omdat de uitgever me meeneemt, samen met zijn vrouw, kan ik pas vertrekken wanneer zij dat doen, ergens in december.'

'Nu we het er toch over hebben, heb je al plannen voor Kerstmis?'

Het kwam Cass vreemd voor dat haar moeder dat vroeg. Ze was ervan uitgegaan dat ze de kerst thuis zou vieren, zoals ze altijd had gedaan. 'Wat zijn jouw plannen, mam?'

'Nou, je broer heeft me uitgenodigd om naar Londen te komen. Jij zou natuurlijk mee kunnen, maar dan wordt het wel een beetje krap bij Martin en Lou thuis.'

'Ze willen me er dus eigenlijk niet bij hebben?'

'Zeg dat niet zo! Het is nu eenmaal zo dat Martin en jij elkaar altijd tegen de haren in strijken...'

Cass besloot te negeren hoe happig haar moeder was om bij Martin te logeren, maar goed, het ging hier om Kerstmis. Ze besefte dat haar moeder ernaar uitzag nu eens niet de leiding te hebben en de kalkoen te moeten braden, waarvan ze de restjes daarna nog weken (zo leek het) in gerechten moest verwerken. Met Martin en Cass onder één dak Kerstmis vieren zou onvermijdelijk stressvol voor haar zijn.

'Ik wil best naar pap gaan, hoor,' zei ze. 'Hij heeft het me al zo vaak gevraagd, ik had er alleen nooit zin in. Nu hij dat prachtige huis op dat Schotse eiland heeft, zou daar Kerstmis vieren ideaal zijn!' Ze vroeg zich af of haar moeder van Eleanor afwist en besloot haar niet te noemen.

'Ik hoop dat je je niet beledigd voelt, liefje.'

'Natuurlijk niet!' Ze ging snel haar gevoelens na en merkte dat ze echt niet beledigd was. Ze was vijfentwintig; ze hoefde niet elke kerst met haar moeder door te brengen, en haar moeder ook niet elke kerst met haar.

'Je kunt beter eerst even aan je vader vragen of het wel uitkomt,' raadde haar moeder aan.

'Kerstmis is nog heel ver weg, mam!'

'Voor je het weet is het zover. Geloof me maar.'

Cass belde haar vader, vooral om hem over haar opdracht te vertellen, en werd uiteindelijk uitgenodigd om een paar dagen te komen logeren. Hoewel het druk was in de winkel, wilden genoeg medewerkers graag extra diensten draaien, en dat was in de wijnbar ook het geval. Cass besloot dat het een goede zaak zou zijn om een paar dagen met haar vader door te brengen terwijl ze Michael Masters' beslissing afwachtte wanneer ze naar Dominica zouden gaan. En eenmaal in Schotland zou ze zichzelf uitnodigen om er Kerstmis te komen vieren.

Hoewel het eiland waar haar vader woonde er in de late herfst heel anders uitzag, was het nog steeds adembenemend mooi. Ze kwam aan op een gouden dag, toen de zon laag aan de hemel stond en de schaduwen lang waren. De kleuren van de verbleekte heide en goudgele varens staken extra scherp af tegen een ijsblauwe lucht.

'Hoe was je reis, lieverd?' vroeg haar vader. 'Dit huis ligt ook zo ver van alles af!'

'Maar je bent er dol op, en ik ook.' Cass gaf hem een kus en Eleanor een knuffel.

'Zeker,' beaamde die laatste. 'Ik ben heel blij dat jij het hier ook zo fijn vindt. Kom binnen, dan kun je opwarmen. Dat laatste stukje van de reis kost de meeste tijd.'

'De boottocht is heerlijk, vooral vandaag, omdat het water zo rustig is.'

'Hmf,' reageerde haar vader. 'Dat is echt niet altijd zo, dat kan ik je verzekeren.'

'Dat weet ik wel, pap.'

Eleanor leidde haar naar de zitkamer, waar een haardvuur fel brandde en een geur verspreidde die iets bijzonders had.

'Thee?' vroeg Eleanor.

'Whisky?' vroeg haar vader.

'Allebei,' antwoordde Cass.

Later, tijdens het avondeten, zei haar vader: 'Lieverd, toen Ranulph mijn camera terugbracht, vertelde hij ons wat meer over wat je op Dominica hebt gedaan. Op dat moment besefte ik dat jij ons net na je reis een behoorlijk afgezwakte versie hebt gegeven. Als ik ook maar de helft van wat je daar hebt meegemaakt had kunnen vermoeden, had ik je nooit gevraagd om te gaan.' Hij zweeg even. 'Ranulph vertelde ons dat je heel heldhaftig was. Je hebt ons een zeer gekuiste versie gegeven om ons niet ongerust te maken.'

'Ik vond het heerlijk, pap. Ik bedoel niet dat ik het heerlijk vond om gevaar te lopen, maar ik ben verliefd op het eiland, hou van de mensen daar en vond het fijn om iets belangrijks te kunnen doen. Daardoor ben ik volwassen geworden, en dat had ik nodig.'

'Je lijkt inderdaad een andere persoon dan degene die louche vriendjes had en je moeder tot wanhoop dreef. Volgens mij had ik wat meer vertrouwen in je,' zei Howard. 'Maar vertel eens... Ik kon het niet opmaken uit wat Ranulph zei. Hebben jij en hij... iets met elkaar?'

Ondanks de steek die door haar hart ging, moest ze lachen om haar vaders aarzelende woordkeus. 'Ik ben bang van niet, pap. Hij heeft "iets" met iemand anders, een oude vlam die hij had ontmoet toen hij de eerste keer op Dominica was en die daar nog steeds bleek te zijn.'

'Jammer.' Howard leek meer te willen zeggen, maar Eleanor onderbrak hem.

'Nog wat kaas? Er is een toetje...'

'Hij is een prima vent,' ging Howard stug door. 'Ik denk dat jullie goed bij elkaar zouden passen.'

Cass forceerde nog een lach. 'Sorry dat ik je teleurstel.' Haar vader maakte een geluid alsof hij over het onderwerp wilde doorgaan, maar Eleanor legde haar hand op de zijne. 'Ik denk niet dat Cass haar liefdesleven met ons wil bespreken, schat. Bovendien heeft ze een lange dag achter de rug.'

'Vertel ons eens over je illustratieklus,' zei Eleanor toen ze het toetje had opgediend. 'Ben je blij dat je teruggaat naar Dominica? Of is het eiland nu een nachtmerrie voor je?'

'Helemaal niet! Ik zou alleen graag willen weten wanneer ik erheen ga. Ik reis samen met mijn uitgever en zijn vrouw, en dat is leuk, maar ze lijken nog geen datum te kunnen prikken.'

'Ik moet eerlijk bekennen dat ik best een beetje teleurgesteld ben dat je niets hebt gedaan met je talent voor fotografie,' begon Howard, 'maar je doet tenminste iets artistieks. Je halfbroers en -zus zijn allemaal erg saai en verstandig als het om carrièrekeuzes gaat.'

'Je bent dus blij dat ik ga freelancen en daardoor waarschijnlijk niet in aanmerking kom voor een hypotheek?' Cass moest lachen.

'Ik zou er niets op tegen hebben als je een vast inkomen had, maar het belangrijkste is dat je plezier hebt in je werk. Er wordt wel gezegd dat als je doet wat je leuk vindt, je nooit meer hoeft te werken. Maar hoe graag ik ook fotografeer, het is vaak zwoegen geblazen!'

De volgende dagen ging Cass met Eleanor op ontdekkingstocht, at, sliep of tekende ze. Eleanor had haar meegenomen naar het hoogste punt van het eiland, waar het uitzicht spectaculair was.

'Voel je je wel eens geïsoleerd, zo ver weg van de rest van de wereld?' vroeg Cass.

Eleanor antwoordde niet meteen. 'Ik zou best willen dat het niet zo veel tijd kostte om ergens anders naartoe te gaan,' zei ze, 'maar nu ik bij Howard ben en we in het huis wonen dat ik heb gebouwd, ben ik heel blij dat ik hier ben.'

Omdat Cass niet meteen reageerde, praatte Eleanor door. 'Toen Howard je gisteravond al die vragen stelde, zat je daar volgens mij niet op te wachten dus hield ik hem tegen, en door wat je de vorige keer zei, weet ik dat je denkt dat het nooit iets zal worden tussen Ranulph en jou. Maar mochten jullie wel iets met elkaar krijgen, zou jij hier dan kunnen wonen?'

Na een lange stilte zei Cass uiteindelijk: 'Ik denk dat ik overal wel met Ranulph zou kunnen wonen, en als we ons hier zouden settelen, zou ik heel gelukkig zijn.'

Eleanor sloeg een arm om Cass' schouders en gaf er een kneepje in.

Die nacht sliep Cass als een roos. Ze had het precies warm genoeg, en het was aardedonker en heel stil in de kamer. Toen ze wakker werd, voelde ze zich een stuk beter. Hoewel ze wist dat ze altijd van Ranulph zou blijven houden, was ze niet van plan haar leven erdoor te laten verpesten. Ze zou het ten volle leven.

Wat ook bijdroeg aan haar positievere houding was dat ze een mailtje ontving met de datum van hun vlucht. Het was een beetje dicht bij Kerstmis, maar daar zou ze niet over mopperen. Ze zou er gewoon voor zorgen dat ze in de tijd die ze had zoveel van het eiland zag als nodig was.

'Heel erg bedankt dat ik hier mocht logeren,' zei ze toen het tijd was om te vertrekken. 'Ik voel me zoveel beter nu ik hier een paar dagen heb doorgebracht, met dit prachtige landschap en het heerlijke eten.'

'Kom snel terug,' zei Eleanor. 'We hebben je graag hier.'

34

Een paar weken later bracht haar moeder haar met de auto naar Heathrow, waar ze Michael en Sylvie Masters ontmoette. Die waren ervaren reizigers, en nadat ze hadden ingecheckt en de beveiliging waren gepasseerd, begeleidden ze haar naar de businessclasslounge.

'We vonden niet dat wij businessclass konden reizen en jij economy,' legde Sylvie uit. 'En aan vliegen met Michael is geen lol te beleven. Hij zit alleen maar op zijn laptop, gaat niet shoppen of iets dergelijks.'

'Ik ga altijd graag shoppen,' zei Cass, hoewel haar ingecheckte koffer al vol zat met cadeautjes en presentjes geschikt voor kleine kinderen die op een eiland woonden. 'Zelfs als ik niets koop.'

Toch kocht ze trommeltjes met zandkoekjes en chocolaatjes.

'Je weet nooit wanneer je iemand onverwacht iets moet geven. Voor we het weten, is het Kerstmis,' zei Sylvie met een blik op wat er in Cass' mandje zat. 'Misschien moet ik ook wat van die leuke trommeltjes kopen.'

Toen ze terug waren in de lounge, gaf een glimlach van Michael aan dat hij Cass dankbaar was dat ze zijn vrouw gezelschap hield. Hoewel hij er geen moeite mee had Sylvie te negeren, had hij over het algemeen liever dat ze gelukkig was.

Na het shoppen zaten ze achter een verkwikkend glas champagne en legde Sylvie uit waarom ook zij naar Dominica ging. 'Tegen het einde van het jaar gaan we er graag even tussenuit. Dan is de winter sneller voorbij,' zei ze. 'Dus dit is werk voor Michael en vakantie voor mij. Voor jou is het natuurlijk ook werk, Cass, maar ik hoop dat je ervan zult genieten.'

'Ik ben al twee keer eerder op Dominica geweest. Het is een prachtig eiland, waar je zeker verliefd op zult worden.' Ze zweeg even. 'Hoewel er net een orkaan had gewoed toen ik er de laatste keer was.'

'Die heeft het eiland vast niet aantrekkelijker gemaakt, kan ik me zo voorstellen,' zei Sylvie. 'Als je er toen al van hield, zul je het er deze keer vast nog fijner vinden, nu alles weer tot rust is gekomen.'

Cass glimlachte. 'Ik hoop dat jullie er allebei net zoveel van zullen houden als ik.' Ze realiseerde zich dat ze zich best bezitterig voelde als het om Dominica ging en wrokkig zou zijn tegenover iedereen die er niet zo door betoverd werd als zij.

Hoewel de vlucht uiterst comfortabel was en de overstap op Antigua prima verliep, had Cass tegen de tijd dat ze op Dominica aankwamen toch het gevoel dat ze een andere wereld binnenstapte. Maar zodra ze Toussaint zag, die breed stond te grijnzen en te zwaaien, voelde ze zich weer thuis.

De zachte lucht verwelkomde haar als een wolk met het aroma van exotische bloemen en bomen. Het geluid van de mensen, die allemaal snel praatten, gebaarden, elkaar omhelsden en lukraak ingepakte bagage overhandigden, was vertrouwd en uitnodigend.

Toussaint gaf haar enthousiast een knuffel, waarna hij Michael en Sylvie formeler begroette. Hij laadde alle tassen in de auto, en toen waren ze weg, Cass voorin bij Toussaint.

Al snel ontspande ze zich. Hoewel haar vorige bezoek aan Dominica vol stress en avontuur was geweest, had ze wel het gevoel dat ze daardoor tot leven was gewekt. Ze had haar grenzen moeten oprekken en uit een diepe bron kracht moeten putten. Maar het was heel fijn om terug te zijn, en ze voelde zich omarmd door de warme lucht.

Plotseling begon het te regenen, hard en hevig. Cass schoot in de lach. 'Ik was vergeten hoe vaak het regent op Dominica,' zei ze tegen

Toussaint. Ze draaide zich om naar Michael en Sylvie achterin. 'Maak je geen zorgen, het duurt niet lang.' En op hetzelfde moment hield de regen op. 'Zie je wel?'

'Dat verklaart vast de weelderige groei hier,' merkte Sylvie op die, zo dacht Cass, misschien nog niet helemaal in de ban was van Dominica.

'Wacht maar tot jullie zien waar Bastian woont,' zei ze.

Terwijl ze over de hobbelige en op dat moment modderige weg naar zijn huis tussen de bomen reden, waarbij ze een glimp opvingen van een helderblauwe zee met een schuimende branding, had Cass een beetje het gevoel dat ze soms ook in Schotland had, dat ze thuiskwam. Of zo niet thuis, dan toch op een plek waar ze zich gelukkig en ontspannen voelde en wist wat ze moest doen.

Bastian stond buiten zijn huis op hen te wachten, met Delphine naast zich. Friendly kwam naar voren om hen te begroeten. Er werden knuffels en begroetingen uitgewisseld, wat gepaard ging met enthousiaste kreten.

Delphine gaf Cass een voor haar gevoel bijzonder innige knuffel, en Cass knuffelde haar enthousiast terug.

'Friendly!' zei ze toen de hond naar haar toe kwam. Ze hurkte neer om zijn oren te strelen en bedacht hoe dol ze op honden was en hoe blij ze was om hem te zien.

De anderen waren naar de veranda verkast, waar Delphine nu rumpunch inschonk. Cass glimlachte bij de gedachte aan hoe sterk die zou zijn en hoopte maar dat de lunch niet lang op zich zou laten wachten. Ineens deed een schaduw haar opkijken.

Ranulph torende boven haar uit, als een personage uit een superheldenfilm. Doordat hij met zijn rug naar het licht toe stond, was zijn gelaat in duisternis gehuld en kon ze zijn gezichtsuitdrukking niet zien.

Ze dacht dat ze zou flauwvallen en besefte dat het deels kwam doordat ze te lang op haar hurken had gezeten. Snel kwam ze omhoog, en ze moest een stoel vastgrijpen om niet om te vallen. Ze had niet verwacht hem hier te zien en was ineens woedend. Afgezien van haar opdracht was over Ranulph heen komen een van de belangrijkste redenen om naar Dominica te gaan, ondanks de herinneringen. Ze was ervan overtuigd dat deze reis en doen waar ze van hield – schilderen – precies was wat ze daarvoor nodig had.

'Wat doe jij hier?' vroeg ze, zo geschrokken dat ze amper iets kon uitbrengen.

Nu kon ze zijn gezicht gelukkig goed zien. Hij trok een wenkbrauw op. 'Zo'n beetje hetzelfde als jij, neem ik aan.'

Cass bevochtigde haar lippen. 'Dat betwijfel ik.'

Delphine verscheen met twee hoge, beslagen glazen sterke drank en gesneden fruit. Toen ze Cass haar drankje aangaf, wierp ze haar een bijna verontschuldigende blik toe, en plotseling begreep Cass het. De extra stevige knuffel was als waarschuwing bedoeld.

Ze nam een slok van haar rumpunch en genoot van de schok die de drank haar gaf. Hoewel alcohol haar niet uit deze situatie zou redden, was ze er op dat moment blij mee.

'Weten jullie waar jullie slapen?' vroeg Delphine.

Weer had Cass het gevoel flauw te zullen vallen. Was Delphines onschuldig klinkende vraag een aanwijzing dat Ranulph en zij bij elkaar zouden slapen? Ze hadden natuurlijk eerder een kamer gedeeld, maar toen was de situatie heel anders geweest.

'Ik wil best op de veranda slapen, Delphine. Dat weet je,' zei ze stijfjes.

Delphine schudde haar hoofd. 'Ranulph slaapt in een van de nieuwe gastenlodges die mijn broer heeft gebouwd. Er zijn altijd zo veel mensen die bij Bastian willen logeren en we kunnen ze niet allemaal hier in huis hebben.'

Kennelijk had Delphine door dat Cass niet bij Ranulph in de buurt wilde zijn, en daar was ze blij om. Misschien had ze via de Zussencode Cass' gevoelens opgepikt, of ze had de blik van afschuw op haar gezicht opgemerkt zodra ze Ranulph had zien staan.

Op elk ander moment zou Cass erom gelachen hebben dat Delphine zo bot tegen Ranulph zei dat ze hem niet in Bastians huis wilde hebben, en Ranulph zag er duidelijk ook de grappige kant van in.

'Waar slaapt Cass dan?' vroeg Ranulph.

'In huis. Ze werkt aan Bastians nieuwe boek.'

Bastian verscheen. 'Heeft Delphine je verteld waar je slaapt, Cass?'

'Dat is geregeld,' zei Ranulph. 'Ik denk dat Delphine Cass haar kamer wil laten zien.'

Delphine loodste Cass mee naar een kleine kamer die gewoonlijk als opslagruimte werd gebruikt, maar waar nu een bed, een tafeltje en een stoel in stonden; alle kamers in Bastians huis waren multifunctioneel.

'Red je je hier?' Ze keek de kamer rond. 'Het is een kleine kamer, maar we moesten Michael en Sylvie in het gastenhuis onderbrengen, omdat die een grote zithoek heeft. Die zou voor jou trouwens ideaal zijn geweest om je tekeningen in te maken.'

'Ik zit hier prima, Delphine. Zo nodig kan ik op de veranda tekenen.'

'Oké, wat is het probleem met jullie tweeën? Ik dacht dat jullie verliefd op elkaar waren toen je vertrok.'

Cass schudde haar hoofd. 'Ik was misschien verliefd op Ranulph, maar hij zit nog in een relatie.'

'Hoe weet je dat?' vroeg Delphine uiterst sceptisch.

'Ik heb foto's van hen samen op Facebook gezien.' Cass liet een korte stilte vallen, maar omdat ze de behoefte voelde het op te biechten, voegde ze eraan toe: 'Ik wist het, en toch ben ik in Londen met hem naar bed geweest.' Door het schuldgevoel dat die herinnering opriep, voelde ze zich pas echt rot.

Delphine rolde met haar ogen. 'Oké!'

'Ik wilde dat ik me kon omdraaien en linea recta terug naar huis kon gaan,' zei Cass. 'Maar ik ben hier om illustraties voor Bastians nieuwe boek te maken, en mijn baas – nou ja, degene die me heeft gevraagd dat te doen – heeft mijn ticket betaald. Businessclass!'

Daar moest Delphine om lachen. 'Hij heeft je gekocht, meid! Ga je nu maar opfrissen en kom dan lunchen.'

35

Toen Cass het niet langer kon uitstellen, ging ze bij de anderen op de veranda zitten. Die sloegen rumpunch achterover alsof het vruchtensap was. Cass was veel voorzichtiger, want ze wist hoe hard die punch kon aankomen, maar de alcohol nam haar zorgen over de lunch een beetje weg.

Tijdens de maaltijd van vis, gebakken banaan en salade die Delphine serveerde, voelde Cass Ranulphs ogen op zich gericht. Maar toen ze zichzelf dwong op te kijken, zag ze dat hij met Michael over Bastians boek zat te praten en helemaal niet naar haar keek.

Onder het eten bedacht ze hoe ze Ranulph uit de weg kon gaan zolang ze allebei op het eiland waren. Ze kon pas gaan denken over haar vertrek wanneer ze tekeningen had van alles wat ze nodig zouden kunnen hebben voor het boek, of op zijn minst foto's die ze thuis als basis voor haar illustraties kon gebruiken.

Er was geregeld dat ze met Bastian, Michael en Sylvie zou rondreizen, zodat ze precies wist waar ze illustraties van moest maken. Zo zou ze Ranulph overdag niet in de weg lopen. Maar wat deed hij hier eigenlijk?

Hij was hier vast niet om vakantie te vieren. Waarschijnlijk moest hij een artikel over de opgraving schrijven, dat daardoor aan het licht was gekomen dat het Kalinago-volk in de precolumbiaanse tijd had samengewerkt met Nederlandse piraten. Dat moest het wel zijn. Dat ze hier allebei op hetzelfde moment waren, was gewoon een akelig toeval.

Het zou goed komen, besloot ze. Zij zou over het eiland toeren en tekeningen en foto's maken, terwijl Ranulph op het strand bezig was. Ze zou alle schetsen en foto's maken die ze nodig had, en daarna kon ze meteen vertrekken. Met een beetje geluk zou Ranulph vooral op de site blijven om foto's en aantekeningen te maken, en dan misschien zitten schrijven in de gastenlodge. Hun paden zouden elkaar nauwelijks kruisen.

Na de lunch liet Delphine haar niet helpen met afruimen.

'Je kunt morgen helpen, wanneer je niet aan het werk bent,' zei ze. 'Ga nu maar een dutje doen om over je jetlag heen te komen.'

Cass sliep inderdaad even, maar het grootste deel van de tijd lag ze op haar bed naar de vogels te luisteren en zich af te vragen hoe Ranulph zich voelde. Hij voelde zich vast nog schuldiger dan zij, want hij had geweten dat hij een relatie met Becca had, terwijl zij alleen maar een vermoeden had.

Ze bleef zo lang mogelijk in haar kamer, tot de anderen zouden denken dat ze zich daar verstopte, wat natuurlijk ook zo was. Nadat ze naar buiten was gekomen, luisterde ze of ze stemmen hoorde en besloot ze dat de keuken de veiligste plek was.

Delphine wierp haar één blik toe en rolde met haar ogen.

'Goed, je kunt hier blijven tot het tijd is om de middag-rumpunch te serveren.'

Aangezien het aanrechtblad bezaaid lag met limoenen, nootmuskaat en een schaal met ijsblokjes, realiseerde Cass zich dat ze nog maar een paar minuten had voor ze iedereen weer onder ogen moest komen. Met 'iedereen' bedoelde ze natuurlijk Ranulph. Waar ze wel naar uitkeek, was eens goed bijpraten met Bastian om zoveel mogelijk te weten te komen over de reisgids. Wilde hij bijvoorbeeld op elke bladzijde een illustratie of alleen hier en daar een van specifieke mooie plekken?

'Jeetje, dat het alweer tijd is voor rumpunch,' zei ze toen ze op haar horloge zag dat het bijna vier uur was.

'Voor sommige gasten is het daar altijd tijd voor,' zei Delphine. Ze vulde hoge glazen met ijs en fruit.

‘Waar heb je al dat ijs vandaan?’ vroeg Cass. ‘De laatste keer dat ik hier was, was er geen elektriciteit.’

Delphine lachte. ‘We hebben een hoop ijs ingekocht en het in de diepvries gedaan. Bastian houdt het graag simpel als hij alleen is, maar als hij veel gasten heeft, zet hij de diepvries aan.’

‘Wat een luxe!’ Cass slaakte een zucht.

‘Vanwaar die zucht?’ vroeg Delphine.

‘Ik vond het fijn zoals het was. Eenvoudig. Geen tierlantijnen.’

Delphine reageerde geringschattend en geamuseerd tegelijk. ‘Je zult koude rumpunch beslist lekker vinden. Het eenvoudige leven is prima als er net een orkaan is geweest, maar anders is het echt niet zo geweldig. Je zou eens moeten zien hoe groot de tv is die ik thuis heb!’

Daar moest Cass om lachen. Ze wees naar het dienblad met drankjes. ‘Zal ik die naar buiten brengen?’

‘Ja, graag. Drink ze niet allemaal op!’

Dat ze een dienblad had om zich achter te verstoppen, bood haar enige bescherming tegen haar verlegenheid nu ze Ranulph weer zag. Heel professioneel deelde ze de drankjes uit; ze had tenslotte veel ervaring opgedaan in de wijnbar.

‘Heb je goed geslapen, Cass?’ vroeg Sylvie. ‘Ik doe in het vliegtuig nooit een oog dicht, dus ik ben na de lunch als een blok in slaap gevallen.’

‘Ja, prima,’ antwoordde Cass.

‘Ons gastenhuisje is schattig!’ zei Sylvie. ‘Eenvoudig, maar we hebben er alles wat we willen, behalve misschien airco.’

Cass wachtte om te horen hoe Bastian daarop zou reageren.

‘Als je de jaloezieën openzet, trekt de wind erdoor en heb je geen airco nodig,’ zei hij.

‘O ja, natuurlijk,’ zei Sylvie gegeneerd. ‘Ik denk dat ik meer gewend ben aan…’

‘Toeristische trekpleisters?’ opperde Ranulph.

‘We willen dat Dominica meer toeristen gaat trekken,’ zei Michael.

'Vandaar de geïllustreerde reisgids. Het is geen typisch Caribisch eiland, maar dat maakt het juist bijzonder.'

'Natuurlijk, schat,' zei Sylvie, duidelijk bang dat iemand zou denken dat ze kritiek leverde op een eiland waar verder iedereen dol op was.

'Eigenlijk is Dominica een grote berg bedekt met regenwoud en wat strandjes langs de randen,' zei Bastian.

'Volgens mij is het wel meer dan dat,' merkte Cass op.

'Dat bergachtige onderscheidt ons van de andere Caribische eilanden,' ging Bastian door. Uit zijn gezichtsuitdrukking bleek wat hij voor zijn thuis voelde.

'En, wat zijn de plannen voor de komende dagen?' vroeg Michael.

'Er zijn een paar bezienswaardigheden waarvan ik vind dat ze zeker in de reisgids moeten komen,' zei Bastian. 'Mooie plekken die niet in andere boeken staan. En dankzij de orkaan zijn er nu meer watervallen zichtbaar. Ik wil graag dat Cass ze ziet. Als ik commercieel denk...'

'Sinds wanneer denk jij commercieel, Bastian?' vroeg Ranulph plagend.

Bastian lachte. 'Je moest eens weten! Ik denk dat Cass prachtige illustraties voor de gids kan maken die ook op kaarten, ansichtkaarten en zelfs posters gedrukt kunnen worden.'

Cass, die pas sinds kort de kunst van het aquarelleren van vazen met bloemen onder de knie had, voelde zich een tikje geïntimideerd, maar gaf geen commentaar.

'Aangezien Sylvie vast wat van onze bekendere mooie plekjes wil zien, heb ik een auto van Delphines broer geleend. Ranulph, zou jij misschien een rondrit met haar willen maken?' Door de manier waarop hij naar Sylvie glimlachte, voelde die zich duidelijk gevleid en enthousiast bij het vooruitzicht. 'In mijn pick-up is eigenlijk maar ruimte voor twee personen.'

'Dat klinkt leuk,' zei Cass, opgelucht dat Ranulph veilig uit de buurt zou zijn, in elk geval overdag.

Ze doorstond het avondeten, hielp Delphine daarna in de keuken, weigerde een slaapmutsje toen ze op de veranda genoot van de sterren en ruisende de branding, en ging slapen. Eenmaal in bed realiseerde ze zich dat ze de confrontatie met Ranulph niet heel lang kon uitstellen, anders zou ze zich het grootste deel van haar tijd op Dominica verschuilen in wat normaal gesproken een voorraadkamer was. Die was prima als kleine slaapkamer, maar aangezien de geluiden en geuren van Dominica buiten waren, waar iedereen ervan genoot, voelde ze zich een gevangene. En alleen zij kon zichzelf uit haar cel bevrijden.

36

De volgende ochtend stond Cass vroeg op en vond ze Bastian in het gebouwtje waar hij Friendly's eten klaarmaakte.

'Jij bent vroeg op,' zei Bastian, die rijst stond af te wegen.

'Ja, ik wilde even weten wat je planning voor vandaag is.'

'Ik heb tegen Michael gezegd dat ik meteen na het ontbijt wil vertrekken, maar we zien wel. Het kan zijn dat hij een jetlag heeft of dat hij zich al aan de Dominicaanse tijd heeft aangepast en niet de behoefte voelt om zich te haasten.' Hij liet een korte stilte vallen. 'Maar jou kennende sta je altijd op tijd klaar.'

'Ja, ik ben erg enthousiast over dit project.'

'Dat weet ik. En ik weet ook dat er iets speelt tussen jou en Ranulph.'

'Nee. Ik bedoel ja. Er speelt – speelde – iets tussen ons. Nu niet meer.' Ze zweeg, want ze wist niet hoeveel ze wilde vertellen.

'Ik hoop niet dat je liefdesadviezen wilt van iemand die zijn vriendin niet eens kan overhalen om met hem op één eiland te komen wonen,' zei Bastian.

Cass lachte. 'Volgens mij werkt latten heel goed voor jullie allebei. Dus misschien moet ik jou juist wel om advies vragen.'

'Doe toch maar niet. Ik zou me verantwoordelijk voelen als het dan mis zou gaan.'

'Maak je geen zorgen,' zei Cass. 'Het is al misgegaan; je kunt het niet nóg erger maken. Maar ik zal niet aandringen op goede raad. Ik ga Delphine helpen.'

'Ah, voor liefdesadviezen moet je bij Delphine zijn. Ik spreek uit ervaring.'

'Je hoeft me niet te helpen hoor. Ik word hiervoor betaald,' zei Delphine een paar minuten later tegen haar.

Cass hield van Delphines directheid. Je wist altijd precies wat ze dacht, en Cass vond dat ze daarom zelf ook openhartig kon zijn.

'Dat weet ik, maar ik vind het niet erg om te helpen. Bovendien wil ik Ranulph ontlopen.'

'Hm. Je bent toch al een hele tijd verliefd op hem?'

'Ja, en ik heb je ook verteld wat er gebeurd is. Ik probeer hem uit mijn hoofd te zetten. Het was een schok hem hier te zien. En ik weet niet eens waarom hij hier is!' Ze pakte het dienblad met glazen voor het vruchtensap. 'Zal ik deze meenemen?'

Delphine knikte. 'Vandaag ontbijten we uitgebreid. De komende paar dagen ook, denk ik. Daarna gaan we weer over tot de orde van de dag.'

Cass liep door naar de veranda. 'Goedemorgen!' zei ze tegen Michael en Sylvie, die al aan tafel zaten. 'Hebben jullie goed geslapen?'

'Ja, dank je,' zei Michael.

'Het duurde even voor ik insliep, en ik heb veel wakker gelegen,' antwoordde Sylvie, die niet leek te weten dat 'Heb je goed geslapen?' een retorische vraag was, die niet naar waarheid beantwoord hoefde te worden.

Ranulph verscheen kort daarna, en Cass wist hem op een bijna normale manier met een knikje te begroeten. Bastian kwam niet ontbijten.

'Ik moet mijn spullen gaan pakken,' zei ze zodra ze zich met fatsoen uit de voeten kon maken. Ze kon de kwelling niet langer aan. 'Ik weet dat Bastian zo snel mogelijk weg wil.' Ze glimlachte naar niemand in het bijzonder en stond op.

In een mum van tijd had ze een schetsblok en een paar potloden in haar tas gestopt. Als ze foto's moest maken, had ze haar telefoon. Hoe anders was alles nu vergeleken met haar eerste reis naar Dominica. Elektrisch licht, bereik voor mobiele telefoons en ijs in de drankjes. Het was bijna decadent.

Ze liep naar de pick-up, waar ze Bastian aantrof.

'Vind je het erg om achterin te gaan zitten?' vroeg hij met een nogal schuldige blik in zijn ogen.

'Natuurlijk niet! Achter in Bastians pick-up zitten is onderdeel van de Dominica-ervaring.'

Hij lachte. 'Ik help je wel met instappen. Hopelijk hoeven we niet al te lang op Michael te wachten. Hij weet dat er vandaag veel op het programma staat.'

'Welke route had je in gedachten?'

'We verkennen zoveel mogelijk van het noorden van het eiland, en als we tijd overhebben, gaan we verder naar het zuiden. Heb jij een voorkeur?'

'Niet echt. Zolang ik aan het einde van mijn verblijf maar iets moois heb om te schilderen, ben ik tevreden. Ik vraag me af hoeveel illustraties Michael wil hebben.'

'Er zitten zeker een paar plekken bij waar hij per se een illustratie van wil hebben. Ik wil er in elk geval een paar van het hoogste punt van het eiland, want daar zijn papegaaien en watervallen – heel schilderachtig.'

'En de rotstekening?'

Bastian schudde zijn hoofd. 'Ik wil mensen niet aansporen om in het woud op zoek te gaan naar iets wat ze misschien niet eens als zodanig herkennen.' Hij zweeg even. 'Daar is Sylvie, al helemaal klaar om te vertrekken, zie ik.'

Cass voelde zich enorm opgelucht. Als Sylvie klaar was, zouden Ranulph en zij snel op pad gaan en kon ze zich ontspannen. Toen verscheen hij. Na even met Bastian te hebben besproken waar ze het best heen konden gaan en waar de wegen nog zo goed als onbegaanbaar waren, werd Sylvie, voorzien van een enorme zonnebril en een grote zonnehoed, naar de passagiersstoel van de terreinwagen gedirigeerd.

'Heb je nog iets nodig, Sylvie?' vroeg Ranulph. 'Heb je water bij je?'

'Hier!' zei Cass, die haar een fles toestak. 'Neem de mijne maar. Ik pak wel iets uit de keuken.' Omdat ze niet wilde dat Ranulph en Sylvies vertrek werd opgehouden, vond ze het geen probleem Sylvie haar eigen waterfles te geven, nieuw en herbruikbaar.

Nadat Sylvie en Ranulph waren vertrokken, wachtten Bastian en Cass op Michael. Hoewel Bastian niet vaak ongeduldig overkwam, voelde Cass aan dat zijn geduld nu op was. Eindelijk verscheen Michael, die zich uitputte in excuses en uitleg.

Ze wist dat ze achter in de pick-up Bastians commentaar over de plekken waar ze langsreden niet kon horen, en ook dat hij een meester was in het toevoegen van leven en kleur aan alle plekken en uitzichten op het eiland. Aan alles zat een verhaal vast. Ze herinnerde zich dat ze, toen ze net na de orkaan in zijn pick-up had rondgereden, drie mensen voorin hadden gepropt, maar als ze bij Bastian en Michael wilde zitten, zou ze praktisch bij hen schoot zitten. Ze moest dus genoegen nemen met het noteren van de plekken die ze bijzonder mooi vond terwijl ze erlangs reden; later zou ze Bastian er wel vragen over stellen.

Hoog in de bergen stopten ze langs de kant van de weg. Tegen de tijd dat Bastian haar een hand gaf om haar te helpen uitstappen, was ze blij dat ze een trui in haar tas had gestopt.

'Wat een prachtige plek,' zei ze toen ze bij Michael ging staan, die over het woud uitkeek naar een glimp van de zee erachter.

'Dit is een van de plekken die de orkaan goedgezind was,' zei Bastian. 'Als je achter je kijkt, zie je een waterval die pas zichtbaar werd toen de orkaan een groot deel van het bos geveld had.'

Cass pakte haar telefoon. 'Ik zal er een foto van maken.'

'Ik zou wel even de benen willen strekken,' zei Michael.

'Wil je met ons meelopen, Cass?' vroeg Bastian.

Ze schudde haar hoofd. 'Ik wil kijken of ik de waterval kan tekenen. Ik heb tot nu toe vooral bloemen en zo getekend, dus ik wil weten of zoiets groots als een waterval me ook lukt.'

'Natuurlijk lukt je dat,' zei Bastian. 'We zullen je je gang laten gaan.'

Een half uur later zat Cass te genieten: ze tekende op twee vellen papier tegelijk, op een schaal die ze nog niet eerder had uitgeprobeerd. Ze liet haar arm over het papier bewegen en tekende de waterval, de bomen, de varens en de bromelia's die aan de boomtakken hingen. Net toen ze bijna klaar was met de eerste schets hoorde ze een auto, maar die stopte niet. Pas nadat ze alles wat ze wilde tekenen op papier had gekregen, liet ze haar hand zakken.

'Wat een geweldige tekening, Cass,' zei Ranulph.

Ze schrok op, want ze was zo opgegaan in het tekenen dat ze hem niet had horen aankomen. 'Wat doe jij hier?' vroeg ze.

'Dat heb je me al gevraagd,' zei hij zacht.

Cass schudde haar hoofd om het leeg te maken. 'Nee, ik bedoel hier. Op deze plek, kilometers van de bewoonde wereld.'

'Gisteravond heb ik Bastian gevraagd waar hij van plan was naartoe te gaan.'

'Je stalkt me dus?' Ze was woedend.

'Natuurlijk niet! Dat klinkt alsof ik een eng mannetje ben. Ik wilde je alleen even zonder de anderen erbij zien.' Hij was even stil. 'Sorry, dat klinkt nog steeds als een eng mannetje dat niet veel goeds in de zin heeft.'

'Ik wil niet praten, als je dat soms van plan was.'

'Dat weet ik,' zei hij snel, 'maar we zullen wel moeten. We kunnen niet doen alsof er in Londen niet is gebeurd. Ik weet...'

Voor hij meer kon zeggen, kwam Sylvie bij hem staan. 'Wat een prachtige plek! Wat een goed idee om hiernaartoe te gaan, Ranulph. En Cass, wat een prachtige tekening! Die moet zeker in het boek. Misschien zelfs op het omslag.'

'Ik heb nog nooit iets op deze schaal getekend,' zei Cass. 'Ik weet niet zeker of ik het wel kan.'

'Je kunt het,' zeiden Ranulph en Sylvie bijna gelijktijdig.

‘Kom eens, Michael,’ riep Sylvie toen haar man en Bastian tussen de bomen vandaan kwamen. ‘Kom kijken wat Cass heeft gemaakt!’ Ze liep naar de mannen toe.

Ranulph legde een hand op Cass’ arm. ‘Hoelang blijf je?’ vroeg hij dringend.

‘Dat weet ik niet.’ Dat klonk nogal sneu, ook al was het waar.

‘Ik geef je een dag om eraan te wennen dat ik hier ben,’ zei Ranulph. ‘Daarna moeten we eens goed praten.’

37

Die hele middag dwong Cass zichzelf te bedenken wat Ranulph vermoedelijk tegen haar zou zeggen. Hij zou haar vertellen dat hij een relatie had, dat Becca en hij een stel waren. Hij zou haar misschien zelfs vertellen dat ze gingen trouwen. Cass had expres niet meer op Facebook gekeken, omdat ze haar vermoedens niet bevestigd wilde zien. Ranulph zou heel aardig doen, maar ook uitleggen dat wat er in Londen was gebeurd een eenmalig iets was dat nooit meer herhaald zou worden. Hij zou zeggen dat hij dit destijds zou hebben uitgelegd als ze niet was weggelopen. Ze zou vast huilen, alleen al door de spanning, en dan zou ze er nog dommer uitzien dan ze toch al deed. Maar er was geen ontkomen aan. Ze moest met Ranulph praten, hoe pijnlijk het ook zou zijn.

Tegen de tijd dat ze terug waren bij Bastians huis, had ze beide schetsboeken vol getekend. Ze waren alle drie moe, en Cass was een beetje misselijk van het heen en weer geslingerd worden achter in de pick-up. Ze stond toe dat Bastiaan haar hielp haar evenwicht te bewaren bij het uitstappen.

'Het was een lange dag,' zei hij terwijl ze samen het huis in liepen.

'Ja, maar ik heb wel veel gedaan gekregen.'

'Je hebt echt talent, Cass,' zei Bastian. 'Ik ben heel blij dat je me die verjaardagskaart hebt gestuurd, anders had ik nooit geweten hoe begaafd je bent. Dan had ik je alleen gezien als iemand die in een pick-up over gehavende wegen kan rijden en indien nodig een been kan hechten.'

Cass lachte. 'Dank je wel. Die eerste twee vaardigheden zijn alleen voor incidentele toepassing! Laten we hopen dat tekenen voor altijd is.' Even was ze stil. 'Maar laat ik gauw gaan douchen voordat de anderen terugkomen.'

Toen ze onder de douche vandaan kwam, hoorde ze de auto aankomen en luisterde ze naar Sylvie en Ranulph, die uitstapten en de anderen op de veranda begroetten, en naar het gerinkel van glazen toen de onvermijdelijke punch werd geserveerd. Ze trok een jurk aan, voegde er een paar sieraden aan toe en deed mascara op voordat ze naar hen toe liep.

'Hé, mooie meid!' zei Sylvie, die languit op een ligstoel lag, met een beslagen glas in haar hand. 'Ik ben uitgeput! Maar jij ziet er zo fris als een hoentje uit, verdorie. Kom wat drinken. Vertel me wat mijn man en jij samen met Bastian hebben uitgespookt.'

Cass streek neer op de brede armleuning van Sylvies stoel en kletste over de dag. Toen Ranulph haar een glas in de hand drukte, bedankte ze hem maar keek hem niet aan.

Uiteindelijk stond Sylvie op. 'Ik kan me beter even wat opfrissen voor we gaan eten,' zei ze.

'Eh, Sylvie,' zei Cass, die haar achternaliep, 'kan ik je even onder vier ogen spreken? Ik vroeg me af wanneer we naar huis gaan. Dat had ik natuurlijk al veel eerder moeten vragen.'

'Naar huis?' Sylvie lachte. 'Wie wil daar nou heen? Er is geen terugvlucht voor jou geboekt, liefje. Het leek mij dat je zelf wel kunt bepalen hoelang je wilt blijven. Het is een open ticket. Ik zal het even voor je halen.'

'Het is zo aardig dat ik met jullie mee mocht,' zei Cass toen Sylvie haar een envelop overhandigde.

'Zo aardig zijn we niet, hoor,' reageerde Sylvie. 'Terug vlieg je economy, ben ik bang.'

'O, dat geeft niet! Echt niet. Een gratis reis hierheen – dat is meer dan gul.'

'Jij bent de uitverkoren illustrator voor de nieuwe reisgids,' zei Sylvie, die Cass' dankbaarheid wegwuifde. 'En je werkt hard. Maar het is een prachtig eiland. Ik begrijp waarom Ranulph en jij er zo dol op zijn.'

De volgende dag leende Cass een veel groter schetsboek van Bastian en nam ze ook haar eigen schetsboek mee. Ze wilde nog een grote tekening maken, zichzelf laten gaan, zoals ze eerder had gedaan. Ze had een nieuw talent voor het tekenen van grote, weidse scènes ontdekt, en nu ze zulke prachtige landschappen voor zich had, wilde ze er optimaal van profiteren.

Bastian nam Michael en haar mee naar een groene vallei, waar ze weer een prachtig uitzicht had om te tekenen.

Hoewel ze strikt genomen bloemen en bomen, rotsen en watervallen tekende, realiseerde ze zich dat ze op de een of andere manier vanuit haar hart schilderde, alsof ze niets te verliezen had, en het effect was verbluffend.

Bastian had een boot met schipper gehuurd en nam hen mee de Indian River op, waar Cass voortdurend aan het tekenen was. Uitgestulpte wortels, bijna als muren, ondersteunden enorme oude bomen. De orkaan leek die oude, natuurlijke structuren genade te hebben getoond.

'Wil jij nu eens voorin, Cass?' vroeg Michael zodra ze terug waren bij de pick-up. 'Ik vind het niet erg een ritje achterin te maken, en volgens mij is het niet zo ver naar onze volgende halte.'

'Dat zou fijn zijn,' zei Cass. 'Gewoon voor de verandering. Weet je waar we naartoe gaan?'

'Een plek die alleen Bastian kent. Ik ben benieuwd.'

Het duurde niet lang voor ze stopten bij een weinig veelbelovend parkeerhaventje langs de kant van de weg.

'Dit is de moeite waard,' zei Bastian, al had Cass hem niet gevraagd waarvoor ze gestopt waren. 'Geloof me maar.'

En dat was het ook. Ze liepen een stukje een pad op en toen het woud in. Daar stond een oude molen.

Alle gebouwen stonden er nog: waar de eigenaren en de tot slaaf gemaakten hadden gewoond en het ziekenhuis. Het wiel dat de stenen liet draaien om het suikerriet te vermalen lag op zijn kant, maar de enorme koperen vaten waarin de suiker was gekookt, waren er nog allemaal.

'Wat voor molen was dit, Bastian?' vroeg Cass. 'Voor suiker? En hoe oud is hij?'

'Hij dateert uit de jaren twintig van de achttiende eeuw. Dit was een Franse nederzetting, waar destijds koffie, suiker, rum en zelfs limoensap werden geproduceerd. Dat...' Hij wees. '... is de enige windmolen op het eiland.

Ik vind niet dat dit in het boek opgenomen moet worden,' zei Bastian, 'maar het leek me interessant om te bekijken. Ik weet niet of je het wilt tekenen, Cass. Die beslissing is aan jou. Het is de oudste nog bestaande plantage op het eiland.'

'Er hangt hier een bepaalde sfeer,' zei Cass, die het gevoel had dat ze terug was gegaan naar het verleden. 'Ik weet niet of ik het prettig vind. Het lijkt hier te spoken.'

Bastian haalde zijn schouders op. 'Het verleden laat ons nooit los, en het is vaak beschamend, maar geschiedenis is nu eenmaal geschiedenis.' Hij keek nog een laatste keer om zich heen. 'Zullen we gaan? Als ik terug ben, ga ik de eigenaar bellen. Hij moet naar de daken van de huizen kijken voordat ze in verval raken. Wil je dit tekenen?'

Cass schudde haar hoofd. Ze kon niet wachten om terug te keren naar Bastians huis.

Op de terugreis voelde ze zich somber. Het kwam niet alleen door de oude suikermolen, die een schaduw over haar had geworpen, maar ook door het besef dat ze Ranulph onder ogen moest komen en dat lastige gesprek met hem moest voeren.

Tegen de tijd dat ze terug waren, had ze besloten dat ze het niet kon uitstellen. Ze moest uit Ranulphs eigen mond de waarheid horen, de waarheid die ze al kende. Dit slappe gedrag was precies dat:

slap. Daar mocht ze zichzelf niet mee laten wegkomen.

Toen ze naar het huis liep, zaten Ranulph en Sylvie al gezellig op de veranda hun dag te bespreken en lieten ze elkaar foto's zien die ze met hun telefoon hadden gemaakt, met Friendly vrolijk aan hun voeten.

Cass ging naar haar kamer om zich op te frissen en liep daarna regelrecht door naar de keuken. Delphine drukte haar een rumpunch in de hand.

'Je loopt minstens één achter op de anderen, meisje,' zei ze.

Cass moest glimlachen. 'Zie ik eruit alsof ik drank nodig heb?'

Daar gaf Delphine geen antwoord op. Cass liep naar de veranda.

'Ranulph?' zei ze nadat ze een paar hartversterkende slokken punch had genomen. 'Kan ik je even spreken?'

Hoewel ze het zachtjes had gezegd, ving Sylvie het toch op. 'Als mensen dat zeggen, weet je dat het slecht nieuws is,' zei ze. 'Al weet ik zeker dat Cass voor jou geen slecht nieuws heeft, Ranulph.' Ze keek van Cass naar Ranulph en terug. 'Of misschien...'

Ranulph leidde Cass weg van de veranda naar een plek met kort gras waar je uitzicht op zee had. Hij zei niets.

Cass ademde uit. 'We moeten praten over wat er in Londen is gebeurd.'

Hij draaide zich naar haar toe. 'Ja. Waarom heb je op geen van mijn appjes en mailtjes gereageerd?'

Ze slikte. 'Ik heb ze niet gelezen.' Op dat moment besefte ze hoe laf dat was.

'Waarom?' Hij was duidelijk boos, maar beheerste zich.

'Waarom ben je hierheen gekomen?' vroeg ze. 'Naar Dominica? Ben je hier aan het werk?'

Hij schudde zijn hoofd. 'Ik ben voor jou gekomen, Cass. Ik hoorde van Bastian dat je zou komen en heb een vliegticket gekocht.'

'Waarom?'

'Als je mijn mails en appjes had gelezen, had je dat geweten.' Hij wendde zich van haar af.

'Ik had geen zin om leugens en smoesjes lezen. We weten allebei dat wat we in Londen hebben gedaan, verkeerd was. Het had nooit mogen gebeuren, en ik denk niet dat ik het mezelf ooit kan vergeven.' Ze draaide zich om zodat ze hem kon aankijken. 'Maar ik had tenminste het voordeel van de twijfel. Jij wist dat je een relatie had.'

'Wat?' Hij leek verward.

'Je weet toch wel wat een relatie is? Dan ben je een verbintenis met iemand aangegaan en ga je niet met andere mensen naar bed!'

'Waar heb je het over, Cass?'

'Spreek ik opeens een andere taal? Komt er onzin uit mijn mond? Het klinkt mij allemaal heel begrijpelijk in de oren!'

'Maar wat je zegt slaat nergens op. Met wie zou ik een relatie hebben?'

'Met Becca! Je hebt een relatie met Becca. En als jullie uit elkaar zijn, moet dat pas heel recent zijn gebeurd.'

'Wat?' zei Ranulph weer. Hij pakte haar bij de schouders en liet ze ook weer los. 'Cass, Becca en ik hadden iets toen we allebei nog studeerden; sindsdien zijn we gewoon vrienden. Waar haal jij die informatie vandaan?'

Voor het eerst sinds het begin van hun gesprek voelde Cass zich opeens minder zeker van haar zaak, hoewel ze nog steeds dacht dat hij loog. 'Van Facebook. Daar staan foto's op van jou met je arm om Becca heen. En haar status is "Heeft een relatie".'

'Ik doe niet aan Facebook.'

'Als je dat wel deed, zou je weten hoe onthullend de informatie is die je daarop vindt.'

'Het kan niet onthullen wat niet bestaat. Ik heb geen relatie met Becca! Ze is gelukkig met iemand anders. Kun je dát niet op Facebook vinden?'

Cass haalde haar schouders op. Haar hart ging tekeer, en ze had het gevoel dat ze niet meer wist wat ze moest geloven. Ze was er heel zeker van geweest dat hij een relatie met Becca had, maar dat was ze nu niet meer.

Ranulph slaakte een zucht. Plotseling zag hij er moe en gespannen uit. 'Ik ben al heel lang verliefd op je, Cass. Sinds de eerste keer dat ik je zag, op die veerboot in Schotland. Je ging op in je eigen wereld, en het enige wat ik dacht, was hoe mooi je was. Ik weet dat het belachelijk klinkt, maar het is zo.' Hij schraapte zijn keel. 'Daarom voelde met je vrijen in Londen zo goed, omdat het klopte. Jij bent altijd de enige voor me geweest.'

Cass keek hem verward aan. 'Waarom zei je dat dan niet meteen?'

Hij wendde zijn blik van haar af en keek uit over zee. 'Ik was bang dat je er nog niet klaar voor was te horen dat ik van je hou. Ik wilde gewoon in het moment leven. Ik zou het je die ochtend zeker verteld hebben, maar toen was je er niet meer.'

Hij haalde nog een keer diep adem. 'Ik zie nu wel in dat ik er eerder open over had moeten zijn. Ik dacht dat mijn gevoelens voor jou vrij duidelijk waren.'

Op de een of andere manier was ze niet zo overtuigd als ze zou moeten zijn, nu ze hem dat allemaal hoorde zeggen. 'Dat je me tegen Austin hebt beschermd, was geweldig, en ik zal je er altijd dankbaar voor zijn, maar je straalt niet bepaald "Ik hou van je" uit door een man een klap te verkopen.'

Ranulph slikte en keek weer om zich heen, alsof hij iets zocht wat hem kon helpen het haar duidelijk te maken. 'Ik wil echt dat je weet hoeveel ik van je hou, Cass, maar ik zie wel in dat ik een grote fout heb begaan. Ik wist alleen niet dat je mij door die fout uit je leven zou schrappen.' Even was hij stil. 'Mag ik een tweede kans? Alsjeblieft? Mag ik bewijzen hoeveel ik van je hou nu we hier samen zijn, op Dominica?'

Cass had het gevoel dat haar emoties in een blender rond werden geslingerd. Ze had zo zeker geweten dat Ranulph en Becca een stel waren dat ze niet zomaar kon accepteren dat dat niet zo was, dat hij juist van háár hield. Misschien had ze wat tijd nodig? Ze zei niets.

'En anders kunnen we misschien gewoon vrienden zijn?' ging hij door. 'Om je meer tijd te geven om aan het idee te wennen dat ik van jou hou? Als je het niet gelooft – niet kunt geloven – voordat we vertrekken, ben ik degene die dat zal moeten accepteren. Maar ik wil graag een kans krijgen om te bewijzen wat ik voor je voel. Ik ben naar Dominica gekomen om alles op een rijtje te krijgen, om je te laten weten wat ik voor je voel, en ik geef me niet zomaar gewonnen.' Hij glimlachte wrang. 'Ook al hoop ik dat ik Austin geen klap meer hoef te verkopen.'

Cass haalde een paar keer diep adem en dacht na over wat hij zojuist had gezegd. Sinds hun eerste ontmoeting was ze al verliefd op Ranulph. Nu was hij blijkbaar ook verliefd op haar. Het zou het beste nieuws moeten zijn dat ze ooit had gekregen, en toch voelde ze zich op de een of andere manier verdoofd.

38

'Kunnen we het morgen een beetje anders aanpakken?' vroeg Sylvie. 'Ik zou graag met Bastian op pad gaan, en dan kan Ranulph Cass met de auto overal naartoe brengen waar ze maar heen wil.'

Ranulph lachte. 'Cass kan heel goed zelf autorijden. Na de orkaan reed ze in Bastians pick-up overal naartoe, over zwaargehavende wegen.' Hij glimlachte een beetje schuchter. 'Waar zou je heen willen, Cass? Nu je de keus hebt?'

Daar hoefde ze niet over na te denken. 'Ik wil graag de familie bezoeken die me tijdens de tweede orkaan heeft gered.'

Delphine, die na het eten de afwas had gedaan, zette een schaal bananen en wat lokaal gemaakte chocolade neer als toetje. 'Als je de berg op gaat, heb je misschien wel een schep nodig, en wellicht ook een touw. De weg is nog niet gerepareerd.' Ze liet een korte stilte vallen. 'En misschien heb je ook een man nodig.'

Cass lachte. 'In dat geval kan ik er maar beter een meenemen. Ranulph? Wil je mee?'

'Wat heb jij een hoop spullen!' zei Ranulph de volgende ochtend, terwijl hij de waszak pakte die Cass bij zich had en hem achter in de geleende pick-up legde.

'Het zijn cadeautjes voor de familie, kleine spulletjes, maar hopelijk iets anders dan wat hier te krijgen is. En ik heb een eigenzinnig speelgoedwinkeltje gevonden vol grappige dingen voor de kinderen.'

'Het is een mooie manier om ze te bedanken voor hun hulp,' zei Ranulph. 'En dat is je tas met tekenspullen?'

Ze knikte. 'Ik heb waarschijnlijk al genoeg schetsen om twee boeken mee te vullen, maar als ik hem niet meeneem, zie ik geheid iets wat ik dolgraag wil tekenen.'

Hij knikte. 'Wil je dat ik rij? Of weet je de weg?'

'Ik weet de weg, maar jij mag rijden. Ik wijs je de weg wel.' Ze reden een tijdje in stilte, totdat ze zei: 'De laatste keer dat ik deze berg op reed, was met Austin.'

'O, dan moet dit een behoorlijke trigger voor je zijn,' zei Ranulph.

'Zo zou ik het niet willen noemen, maar ik herinner me wel dat het heel beangstigend was.'

'Op de terugweg had je mij natuurlijk.'

'Dat maakte het nog erger!' Ze maakte er een grapje van. 'Misschien kan ik beter zelf rijden, om de slechte herinneringen kwijt te raken. Het was bar slecht weer en Austin wilde niet omkeren. Hij was echt gek.'

'Maar hij heeft het overleefd en, belangrijker, jij ook.'

'Net als mijn vaders camera.'

Ze dacht aan alle problemen die die camera had veroorzaakt. Als ze hem niet in Londen had moeten ophalen, zou ze nooit met Ranulph naar bed zijn gegaan. Hoeveel eenvoudiger zou haar leven dan zijn geweest. Maar terwijl de gedachte zich vormde, besefte ze in het diepst van haar hart dat ze nooit echt spijt zou hebben van die avond, hoeveel pijn en schuldgevoel er ook op waren gevolgd.

'Als Howard had geweten hoe goed je kunt tekenen, had hij je met een scherp potlood en een tekenblok hierheen gestuurd.'

Cass lachte. 'Gelukkig heb ik die spullen zelf meegenomen.'

Hij stopte langs de kant van de weg, en ze wisselden van stoel.

'Wat ga je met Kerstmis doen?' vroeg Ranulph. 'Ga je met je familie naar de Cotswolds?'

'Nee. Mijn moeder brengt de kerst door bij mijn broer in Londen. Ik was ook uitgenodigd, maar ik heb er geen zin in. Ik ga naar mijn vader en Eleanor. Ik vind het daar sowieso geweldig en was blij toen ze me uitnodigden voor de kerst.'

'O?'

Cass knikte. 'Ik kijk ernaar uit om het eiland in hartje winter te zien.'

'De winters zijn er lang, dat kan een probleem zijn,' zei Ranulph. 'En het wordt er heel snel donker.'

Cass haalde haar schouders op. 'Net als hier dus. Zodra de zon onder is, valt de nacht.'

'Dat is waar. En in de zomer blijft het 's nachts eindeloos lang licht. Dan kun je het noorderlicht zien.'

'Dat zou geweldig zijn. Ik heb het altijd al willen zien.'

'Ik heb altijd de druppel van smaragd willen zien, de groene flits, of hoe ze het ook noemen,' zei Ranulph.

'Ja, dat zou helemaal fantastisch zijn. Maar het is een zeldzaam verschijnsel, en de omstandigheden moeten precies goed zijn. Eigenlijk weet ik niet of ik wel geloof dat het echt bestaat,' zei Cass. Heel even vroeg ze zich af of gevoelens echt waren of slechts een illusie. Snel praatte ze verder. 'Maar het zou natuurlijk geweldig zijn het te zien.' Ze stond op het punt eraan toe te voegen dat het een goed voorteken zou zijn, tot ze besefte dat ze dan veel zou moeten uitleggen en haar naar terrein zou leiden waar ze niet heen wilde.

'Zijn we er bijna?' vroeg Ranulph.

Cass wierp hem een grijns toe. 'Een klein eindje nog. We moeten een flink stuk hogerop komen.'

'Waarom reed Austin deze kant op als hij op weg was naar het vliegveld?'

Cass haalde haar schouders op. 'Misschien was hij van meet af aan van plan me langs de kant van de weg te dumpen.'

Ranulph, ineens duidelijk boos, wendde zich abrupt af om uit het raam te kijken.

'Hé, daar is Cass!' zei een man die uit een oude *ti kai* tevoorschijn kwam, gevolgd door een paar kleine kinderen en een tiener.

Cass besefte dat ze eerder, tijdens de orkaan, niet de kans had gehad om het huis goed te bekijken. Nu had ze de tijd om het traditionele schuine dak en de houten dakspanen te bewonderen. 'Ja, ik ben teruggekomen. Met cadeautjes,' zei ze. 'Dit is Ranulph.'

De man knikte. 'De man die je na de tweede orkaan kwam ophalen. Wij zijn Garvin en Irma.'

'Klopt,' zei Ranulph. 'Bedankt dat jullie Cass hebben opgevangen.'

Een gezette vrouw met een brede glimlach had zich bij haar man en kinderen gevoegd. 'Jullie zijn van harte welkom. Kom binnen! Neem wat te drinken. Rum?'

'We willen graag binnenkomen, als dat mag, maar misschien kunnen we beter geen rum drinken...' Hoewel Cass niet onbeleefd wilde zijn, wilde ze ook geen sterke drank.

'Ik heb wat vers gemaakte *sorrel*,' bood de vrouw aan. 'Gemaakt van de hibiscus die vlak achter ons huis groeit.'

Al snel zaten ze allemaal op de veranda en keken ze uit over de berg en de zee, die in de verte net zichtbaar was.

'Dit is heerlijk verfrissend,' zei Cass. 'Ik ga uitzoeken hoe ik het zelf kan maken.'

'Dat laat Delphine je wel zien,' zei Irma.

Cass pakte de waszak die ze tussen haar voeten had gezet en keek naar de kinderen die zich hadden verzameld. 'Hé, jongens, kunnen jullie je broertjes en zusjes en neefjes en nichtjes gaan zoeken? Ik heb cadeautjes.'

De cadeautjes werden allemaal meteen opengemaakt – fidget spinners, stuiterballen, magisch zand, een paar dominosets, verschillende autootjes en een paar pakjes kleurpotloden.

De kinderen bekeken ze opgetogen, en Lola, de tiener, was dolblij met haar gelnagelset met opplaksteentjes.

'Ik wist niet goed wat ik voor ze moest kopen, en al helemaal niet wat ik voor jou moest kopen,' zei Cass, die zich naar Irma toe draaide. Dat ze een cadeau ging geven aan iemand die zo goed als een vreemde voor haar was, maakte haar plotseling verlegen. 'Ik hoop dat dit goed is.' Ze gaf haar een zwaar pakket met noppenfolie eromheen, verpakt in papier met de Kerstman in zijn arrenslee erop.

Het duurde even voor Irma doorhad wat Cass haar had gegeven. 'Een set Pyrex-schalen?'

Cass knikte. 'En allemaal met een plastic deksel, zodat ze luchtdicht kunnen worden afgesloten. Je kunt ze stapelen in de koelkast.'

'Hoe wist je dat ik die nodig had?' vroeg Irma verrukt, maar ook een beetje achterdochtig.

'Ik heb een tijdje in je huis doorgebracht,' antwoordde Cass. 'Ik dacht dat ze misschien wel van pas konden komen, met zo'n groot gezin.'

'Ze namen vast veel ruimte in beslag in je bagage!' riep Irma uit.

Cass knikte. 'Dat was geen probleem, want ik hoefde niet veel kleren mee te nemen.'

Irma knikte. 'Dank je wel.'

Hoewel ze niet uitbundig reageerde, wist Cass dat haar cadeau goed was gevallen.

Ze kletsten nog wat en toen stond Ranulph op. 'Ik denk dat we beter terug kunnen gaan, Cass. We willen niet te laat komen voor de lunch.'

'Nee, zeker niet,' zei Irma. 'Delphine houdt er niet van als je te laat komt voor het eten.'

Nadat ze afscheid hadden genomen en Ranulph en Cass weer in de auto zaten, zei Cass: 'Ik weet niet meer hoe Irma en Delphine familie van elkaar zijn, maar dat zijn ze wel.'

'Het is een klein eiland,' zei Ranulph, die nu achter het stuur zat. 'Zullen we meteen teruggaan?'

'Yep. Of wil je nog ergens anders heen?'

'Nee, niet nu. Maar ik zou die rotstekening wel eens willen zien,' zei Ranulph. 'Ik vond het jammer dat ik die misgelopen ben. Maar als ik was meegegaan, zou jij niet gegaan zijn, dus dat pakte goed uit.'

Ze reden in stilte terug. Cass beleefde in gedachten opnieuw het wonderbaarlijke moment dat ze met haar tekenblok en potlood in het regenwoud had gezeten en een toevallige windvlaag en een zonnestraal de rotstekening hadden onthuld.

Vlak voordat ze de weg op draaiden die langs de kust naar Bastians huis voerde, zei Ranulph, 'Als Austin je vaders camera niet uit je hand had geslagen, was de rotstekening misschien niet ontdekt.'

Cass grinnikte. 'Zeker niet door Austin of zelfs Bastian, want ik had de kaart veranderd toen ik hem overtrok.'

Ranulph glimlachte zo hartverwarmend naar haar dat ze plotseling spijt had van haar besluit voorlopig alleen bevriend te zijn. 'Je bent een slimme vrouw, Cass. Uitgekookt en slim.'

'En dat is maar goed ook!' zei ze vlot, en ze stond zichzelf een ogenblik van pure verrukking toe.

39

Toen ze terugkwamen zat iedereen op de veranda, en vooral Sylvie leek in opperbeste stemming.

'We hebben besloten een feestje te geven!' verkondigde ze. 'Om te vieren dat Bastian de prijs heeft gewonnen en om zijn nieuwe boek te lanceren.'

Cass keek naar Bastian, die haar blik ving en zijn schouders ophaalde. 'Iedereen houdt van een feestje,' zei hij. 'Loretta en haar familie komen over van Barbados. Er zullen ook veel mensen uit de buurt komen.'

'Wat vindt Delphine ervan?' vroeg Cass zacht.

'Zij houdt ook van een feestje,' zei hij. 'En Loretta staat erop voor het eten te zorgen. Ze heeft me al laten weten dat ze een kalkoen en een ham meebrengt, ook al is het nog geen Kerstmis.'

'Dat is mooi,' zei Cass.

'Best wel, ja,' zei Delphine over Cass' schouder. Toen liep ze om Cass heen en overhandigde haar een glas punch. 'Ze maakt alleen wel een hoop rommel in de keuken.'

Bastian glimlachte. 'Loretta's ouders willen ook komen. En haar broer. Ze zijn nog nooit op Dominica geweest.'

'Ze denken dat het een achterlijk eilandje is waar niemand ooit naartoe gaat,' zei Delphine. Toen snoof ze op een indrukwekkende manier en keerde ze terug naar de keuken.

De volgende dagen was het een drukte van belang. Sylvie had haar zinnen gezet op mooie papieren servetten, Michael probeerde zo veel alcohol in te slaan dat het halve eiland zich buiten westen kon drinken, en Ranulph en Bastian gingen aan de slag met het optuigen van de perfecte feestlocatie op het strand. Daar kwamen een heel lange tafel en banken bij kijken, een groot afdak waaronder de geboekte steelband kon staan, een tafel voor het eten en een bar die bestond uit een enorme houten kabelhaspel op zijn kant.

Cass en Delphine maakten kamers klaar voor de gasten die bleven slapen.

Blijkbaar was Loretta oorspronkelijk van plan geweest de dag voor haar ouders en broer te komen, zoals Delphine uitlegde. Nu arriveren ze allemaal tegelijk.

'Loretta heeft tijd genoeg om het eten voor te bereiden, maar we moeten haar ouders en broer een dag langer vermaken,' zei ze ten slotte. 'Ik weet niet waar we iedereen moeten onderbrengen.'

'Ik heb als kamermeisje gewerkt,' zei Cass in plaats van aan te bieden bij Ranulph in te trekken, zodat er een kamer vrijkwam. Ze hoopte maar dat Delphine daar geen opmerking over zou maken. 'Ik help je wel alle bedden op te maken.'

Bastian en Cass waren in het gebouwtje waar Bastian altijd het hondenvoer klaarmaakte. Cass had aangeboden de kippenkarkassen te koken terwijl Bastian bezig was met de feestlocatie op het strand. Hij was nu teruggekomen om Friendly zelf te voeren.

Ze wilde van de gelegenheid gebruikmaken om meer over Loretta's ouders te weten te komen. 'Heb je ze al ontmoet?' vroeg ze.

Bastians glimlachte wrang. 'Ja. Volgens mij kan ik hun goedkeuring niet wegdragen omdat ik geen miljonair ben, maar blijkbaar zijn ze wel onder de indruk van mijn status op het eiland.'

'Wat betekent dat precies?' Cass roerde in de kip met rijst; Friendly raakte erg enthousiast van de geur.

'Het betekent dat ze tijdens de reis bij elke gelegenheid mijn naam laten vallen en proberen door de douane te komen zonder ergens invoerrechten over te hoeven betalen.'

Cass huiverde bij de gedachte. 'Wat gênant!'

'Ja. Aan de andere kant is het misschien maar goed ook, voor het geval iemand ontdekt dat Loretta een bevroren kalkoen in haar bagage heeft.'

'Echt? Is het illegaal om voedsel mee te nemen?'

Bastian haalde zijn schouders op. 'Dat zou kunnen. Loretta's moeder maakt zich er in elk geval zorgen over. Zij heeft de ham bij zich. Loretta's broer, Clyde, gaat zijn beroemde zoete-aardappelschotel maken, met marshmallows. Eén ding weten we zeker: er zal genoeg eten zijn.'

'Mooi!' zei Cass. 'Oké, dit lijkt gaar te zijn. Zal ik het gas uitdraaien?'

Hij knikte. 'Kom, Friendly, tijd voor je ontbijt.'

Loretta en haar broer en ouders arriveerden de volgende dag. Cass, die hen met de anderen stond op te wachten om ze te begroeten, merkte al snel dat ze hartelijk waren en gevoel voor humor hadden. Hoewel ze een beetje van de wijs waren door het ontbreken van dingen die zij als vanzelfsprekend beschouwden ('Hebben jullie geen airco? Hoe houden jullie het hier dan uit?') kwamen ze niet verwaand over. Michael en Sylvie waren al net zo open en vriendelijk, en het duurde dan ook niet lang voor iedereen het uitstekend met elkaar kon vinden.

Cass, die Delphine hielp met het klaarmaken van de gebruikelijke liters rumpunch, zei dat ook. 'Ze zijn echt vriendelijk! Het wordt een makkie.'

'Hmf,' zei Delphine. 'Wacht maar.'

Terwijl de nieuwkomers en Michael en Sylvie na de lunch een dutje deden, pakte Cass het grote tekenblok dat ze Bastian had ontfutseld en liep ermee naar een plek waar ze het hele huis kon zien. Nu iedereen er was, voelde ze zich een beetje verloren, maar ze had een plan gemaakt om haar vrije tijd goed te benutten.

Snel tekende ze de omtrek van het huis, de verschillende ruimtes en wat achtergrond. Daarna zette ze de mensen erin. Ze had nog nooit mensen getekend; dit was een experiment om te zien of ze het kon. Ze ging er helemaal in op, voegde details toe, tekende de mensen zo dat je moeder en dochter een verhitte discussie kon zien voeren. Ze voegde er Bastian in zijn studeerkamer aan toe, waar hij de discussies over kalkoen en ham negeerde. Aan zijn voeten tekende ze Friendly, die vrolijk lag te kauwen op een groot bot met een strik eromheen. Zichzelf tekende ze zittend op de rand van de veranda, met een enorme berg groenten naast zich, nog meer groenten dan ze daadwerkelijk schilde en sneed. Ranulph was er ook; met één hand hield hij een tafel op zijn hoofd in evenwicht, en aan zijn armen tekende Cass zo veel stoelen als eraan konden hangen.

Toen de echte Ranulph achter haar kwam staan, schrok ze op. 'Je bent echt enorm talentvol, hè?' zei hij. 'Wat goed getekend!'

Cass bekeek haar tekening met een kritisch oog. 'Ik denk dat ik niet langer probeer om alles precies goed te tekenen en mijn werk op dat van iemand anders te laten lijken. Sinds ik dat doe, ben ik beter geworden. Ik ben niet langer bang om nieuwe dingen uit te proberen.'

'Hartstikke goed van je!'

Hij leek oprecht onder de indruk, en Cass' hart zwol even van trots.

'Ik heb een cadeautje voor je gekocht. Niet ergens voor, hoor, gewoon een presentje, en dat wil ik nu graag aan je geven,' zei hij.

Hij haalde een verfrommelde rechthoek tevoorschijn. 'Ik heb het thuis ingepakt, vandaar dat het er zo gehavend uitziet. Maak het alsjeblieft open. Ik maak me er al tijden zorgen om of het wel het juiste cadeau is.'

Cass scheurde de verpakking eraf. Er zat een doosje in, en nog voordat ze het openmaakte, wist ze dat er aquarelverf in zat. Ze werd niet teleurgesteld. Twaalf grote napjes aquarelverf in een blikje dat ze overal mee naartoe kon nemen. 'Ranulph! Deze verkopen we in de winkel, maar ik heb altijd gedacht dat zoiets niet aan mij besteed was. O, sorry,' ging ze door, 'het is vast nogal onbeleefd dat te zeggen. Wat een prachtig cadeau!' Na even nadenken hief ze haar gezicht en drukte ze een kus op zijn wang. 'Dank je wel.'

'Daar ben ik blij om,' zei hij zacht, duidelijk verrukt over haar reactie.

'Nu voel ik me rot, omdat ik niets voor jou heb.'

'Er is geen reden waarom je iets voor me zou moeten kopen, maar als je me mee wilt nemen naar de rotstekening, zou ik dat heel fijn vinden,' zei hij.

'Natuurlijk! Het was vast een grote teleurstelling dat je de rotstekening die eerste keer niet hebt gezien.' Weer was ze even stil. 'Ik maak deze tekening voor Bastian, maar ben er min of meer klaar mee. Zullen we er nu tussenuit piepen? Terwijl iedereen slaapt? Anders wil er vast iemand mee.'

'Weet je de weg nog?' vroeg Ranulph. 'Hadden we de kaart moeten meenemen?'

Cass lachte. Ze voelde zich heel gelukkig, want ze ging op expeditie met de man van wie ze hield – en die van haar hield, want dat geloofde ze nu wel. 'Nee, de kaart staat in mijn geheugen gegrift. We redden ons wel.'

Hoewel het kreupelhout een stuk dichter was geworden sinds ze er die eerste keer met Bastian, Toussaint en Austin was geweest, vond ze het pad door het woud vrij makkelijk. Het was een behoorlijk lange tocht tussen de bomen door omlaag, over een pad dat vele jaren geleden een weg was geweest die iemand vaak had genomen. De man die de rotstekening bijna dagelijks had gezien en nu allang dood was, had zijn sporen achtergelaten.

'Ik weet min of meer waar ik ben, misschien doordat ik hier nogal wat tekeningen heb gemaakt. Dit is bijvoorbeeld de plek waar ik achterbleef en de anderen verdergingen. En daar vloog mijn vaders camera door de lucht.'

'Wat deed je hier?'

'Ik ging op de grond liggen en sloot mijn ogen, en ineens hoorde ik water. Er stak een bries op, en de zon bescheen die rotsen.'

'En toen?'

'Toen zag ik de rotstekening. Daar.'

Ze zei het zacht, nog even vol verwondering als op het moment dat ze de in rots gekerfde gezichten voor het eerst had gezien. Kwam het doordat Ranulph zo dichtbij was dat hij bijna in haar oor ademde, of doordat ze hem kon ruiken, zijn zeep, zijn eigen kenmerkende geur? Ze wist het niet. Het enige wat ze wist, was dat ze zo graag met hem wilde vrijen dat ze nauwelijks nog lucht kreeg.

Ze verroerde zich niet, hoorde hem zijn keel schrapen en voelde dat hij een stap naar achteren deed. Voelde hij wat zij voelde? Of stond Becca weer tussen hen in, onzichtbaar maar bijna tastbaar?

'We kunnen beter teruggaan,' zei ze, en het ergerde haar dat haar stem brak. 'Het is nog een heel eind de berg weer op naar de auto.'

'Ja, laten we gaan. Ik wil je graag meenemen naar Scott's Head, en dat is een eindje verderop.'

'Wat is er bij Scott's Head? Daar ben ik niet geweest toen ik jaren geleden bij die lieve familie logeerde en ze me mijn eerste rondleiding over het eiland gaven.'

'Daar komen de Atlantische Oceaan en de Caribische Zee bij elkaar. Het is een bijzonder mooie plek om naar de zonsondergang te kijken.'

'Zullen we kijken of we de groene flits zien?' Ze was blij dat ze iets luchtigs, iets een beetje frivools kon zeggen.

'Uiteraard! Dat is iets wat je daar wel moet doen. Altijd wanneer ik ergens op Dominica ben waar ik kans maak de groene flits te zien, zoek ik ernaar.'

Ze bleven een poosje in stilte naar de rotstekening staan kijken, het primitieve offer aan de goden om ze om een betrouwbare watertoevoer te vragen. Ze kon het niet met zekerheid zeggen, maar ze dacht dat Ranulph hetzelfde voelde voor deze plek als zij. Dat ze die had gevonden, betekende veel voor hen beiden, en nu ze hier samen waren, was het net alsof ze op een bijna heilige plek stonden.

Tijdens de lange klim bergopwaarts naar de plek waar ze de auto hadden achtergelaten, zei geen van beiden iets. Toen ze instapten, voelde Cass zich buiten adem, niet zozeer omdat ze vrij snel een steile berg op was gelopen, maar om veel minder verstandige redenen.

'Als we vandaag de groene flits zien, zou de dag perfect zijn,' zei ze zodra ze voelde dat de stilte te betekenisvol werd.

'Die is heel zeldzaam.'

'Bedenk eens hoe geweldig het zou zijn hem te zien! Het zou een goed voorteken zijn.'

Hij wierp haar snel een blik toe. 'Een goed voorteken waarvoor?'

Cass had absoluut iets in gedachten, maar was niet van plan het tegen Ranulph te zeggen. 'O, dat maakt niet uit. Ik ben altijd op zoek naar goede voortekenen. Ze hoeven niet voor iets in het bijzonder te zijn. Zo zijn regenbogen ook een goed voorteken.'

Ranulph lachte. 'En dat is mooi, want die heb je hier vaak. Het regent hier veel.'

'Dat is dan goed geregeld,' zei Cass glimlachend.

Hij startte de auto, en ze vervielen weer in stilte. Het was een behoorlijk lange rit langs de kust naar Scott's Head. Hoewel het nog dag was, dacht Cass er steeds maar aan hoe snel het hier nacht werd. Ze moesten hun bestemming voor zonsondergang bereiken.

Uiteindelijk kwamen ze er aan, parkeerden ze de auto en liepen ze over een smalle strook land tussen twee zeeën helemaal tot het einde van de landtong. Aan de ene kant had je de Atlantische Oceaan, met beukende golven, en aan de andere de Caribische Zee, rustiger en blauwer.

'Ik herken dit van mijn vaders foto's,' zei Cass, terwijl ze achterom naar het eiland keken, dat er prachtig uitzag. 'Het is een ideale plek om foto's te maken.'

'Of schilderijen.'

Ze knikte. 'Het is best ongebruikelijk om op te groeien in een gezin waarin fotografie als kunst werd beschouwd en alles wat je met papier en kleurpotloden of, nog erger, verf kon maken een beetje werd geminacht. Niet dat mijn vader lang bij ons bleef. Volgens mij was ik een jaar of negen toen hij wegging.'

'Zwaar voor een kind.'

Cass schudde haar hoofd. 'Het viel wel mee, echt waar. Voor mijn moeder was het het zwaarst, maar we hebben het overleefd. Ze is nu gelukkig en voldaan.'

'O kijk, de zon gaat bijna onder.'

'Ik hoop dat de wolken een beetje aan de kant gaan,' zei Cass.

'Passaatwolken. Heel karakteristiek.'

'Maar ik word boos als ze tussen mij en de druppel van smaragd in blijven hangen,' zei Cass.

Zelfs zonder zeldzame meteorologische verschijnselen was de zonsondergang prachtig. Enorme donkere wolken staken af tegen een abrikooskleurige hemel, en de zonnestralen schenen als stroboscooplicht op de zee neer.

Toen Ranulph zijn arm om haar middel sloeg en haar dicht tegen zich aan trok, maakte Cass zichzelf niet los.

Toen gebeurde het. De zon zakte omlaag, en een fractie van een seconde was er een flits.

'Mijn god,' zei Cass. 'Zag je dat?'

'Ja! Buitengewoon zeg. Ik had nooit gedacht dat ik het zou zien.'

'Ik ook niet.' Cass werd overmand door emoties. Ze wendde zich af, zodat Ranulph het niet zou opmerken.

'Nu moeten we afwachten waar het een goed voorteken voor is,' zei hij een ogenblik later. 'Maar het stemt me hoopvol.' Hij glimlachte naar Cass, die zich ineens intens gelukkig voelde – en ook hoopvol dat het goed zou komen tussen hen.

'We kunnen beter gaan,' zei ze een ogenblik later.

40

De terugreis in het donker verliep uiteraard langzamer, en ze leken er eindeloos lang over te doen om bij Bastians huis te komen. Daar stonden nu verschillende auto's geparkeerd, en op het verlichte strand wemelde het van de mensen en klonk muziek.

Cass wilde er niet meteen naartoe gaan; ze wilde de speciale sfeer die er om Ranulph en haar heen hing nog even koesteren.

'Zullen ze ons geloven als we vertellen dat we de druppel van smaragd hebben gezien?' vroeg ze als excuus om hem bij zich te houden.

'Weet je wat? Laten we het ze nu niet vertellen. Iedereen is al aan het feesten. We zeggen het morgenochtend wel tegen Bastian.'

'Goed idee,' zei ze. 'Zullen we naar de anderen toe gaan?'

Hij pakte haar hand.

Er stonden grote stormlantaarns langs de lange tafel waarop nu enorme schalen met eten stonden. Kommen vol rijst, borden met stapels kalkoen, ham, groenten, salade, maisbrood, beignets van zoutvis, dumplings en allerlei gerechten die Cass niet herkende. Er speelde een steelband, en Clyde, Loretta's broer, danste met een meisje in een rode jurk en bijpassende bandana. Even dacht Cass terug aan het dansen in de schuilplaats en glimlachte ze.

Sylvie kwam naar hen toe en gaf hun allebei een drankje. 'Jullie waren lang weg. Hebben jullie een fijne dag gehad?'

'Ja,' zei Cass. 'We zijn naar Scott's Head geweest. Het was er prachtig.' Ze wilde niet in details treden; Ranulph had voorgesteld om wat er gebeurd was tussen hen tweeën te houden, en dat wilde zij ook. Ze hief haar glas. '*Salut!*'

Het duurde niet lang voor ze het strandfeest in werden getrokken. Delphine overhandigde Cass een bord met eten. 'Eet dat op voordat je te veel rumpunch drinkt,' beval ze.

Cass nam het bord aan, geamuseerd over Delphines bazigheid, die verhulde dat ze om mensen gaf.

Michael en Sylvie hadden het duidelijk naar hun zin. De conventionele uitgever en zijn al even conventionele vrouw uit Londen waren echte Dominicaanse feestvierders geworden, die dronken, dansten en lachten om alle grappen.

Errol, Delphines broer, kwam naar Cass toe en vroeg haar ten dans. Ze zette haar bord en glas weg en liep met hem mee naar het canvas zeil dat op het zand was gespannen als geïmproviseerde dansvloer. Al snel herinnerde ze zich een paar dansbewegingen die ze had geleerd toen ze schuilde voor de orkaan, en ze liet zich helemaal gaan. Ze wervelde van de ene danspartner naar de andere en straalde een en al onbezorgdheid uit, ook al was er eigenlijk maar één man met wie ze wilde dansen.

Toen ze opkeek, zag ze Ranulph op zijn telefoon kijken.

Waarom zat hij op zijn telefoon? Het was feest! Waarom kwam hij niet dansen, zoals iedereen?

Ze dwong zichzelf niet meer naar hem te kijken. In plaats daarvan dacht ze aan de speciale dingen die ze vandaag samen hadden meegemaakt. Zou op een dag in de verre toekomst alles weer zo bijzonder kunnen voelen met iemand anders?

Plotseling glimlachte hij en keek hij op van zijn telefoon. Hij stopte hem in zijn zak en ving haar blik. Cass keek weg, want ze schaamde zich, maar hij kwam naar haar toe.

'Mag ik even inbreken?' zei hij tegen Toussaint, met wie Cass op dat moment danste.

'Hé, man, eis gerust op wat van jou is,' zei Toussaint.

Voordat ze verontwaardigd kon worden over die opmerking, pakte Ranulph haar bij een arm en leidde hij haar weg van de dansvloer en het feest naar een plek waar het hardste geluid het beuken van de branding op de kust was.

'Ik heb een bericht gekregen,' zei hij, duidelijk voldaan. 'Eigenlijk is het voor jou.'

Hij overhandigde haar zijn telefoon, die ze verward aannam. Toen keek ze naar het bericht op het scherm.

Hoi Cass, ik stuur je een bericht via Ran omdat ik je telefoonnummer niet heb, maar je moet weten dat hij heel veel van je houdt. Hij en ik zijn nooit echt een stel geweest, al heb ik wel mijn best gedaan toen we samen op Dominica waren. Maar jij bent de enige voor hem. Ik weet dat hij je te jong voor hem vond en heel ouderwets en fatsoenlijk deed (mannen, hè?), maar hij vroeg me jou te vertellen dat hij een vrij man is.

Toen ik op Facebook keek, realiseerde ik me dat het misschien lijkt alsof we een stel zijn. Als ík een groepsfoto had gezien waarop Ran een arm om me heen geslagen had, terwijl mijn status 'Heeft een relatie' was, dan zou ik dat ook gedacht hebben. Maar ik heb nu mijn eigen lieve vent – dat staat helemaal los van Ran.

Wees gelukkig! En zorg goed voor Ran. Hij is een man die al je liefde verdiend heeft.

Liefs en fijne kerst,

Becca

Xoxoxo

'Wat betekent dat?' vroeg Cass terwijl ze hem zijn telefoon teruggaf.

'Kom mee, dan zal ik het uitleggen.'

Hij pakte haar bij een arm en leidde haar nog verder van het feest weg, naar een plek waar ze een vrij uitzicht hadden op de sterrenhemel.

'Kijk eens omhoog,' zei hij. 'Dat sterrenbeeld daar, die W? Dat is Cassiopeia.'

'O, net als mijn naam.'

'Ja, dat zijn jouw sterren.' Hij sloeg zijn armen om haar heen en keek naar haar gezicht. 'Cassiopeia – Cassy – je weet inmiddels dat ik van je hou, en zo niet, dan heb ik dat helemaal aan mezelf te wijten. Ik hou zoveel van je dat ik het niet echt onder woorden kan brengen, ook al word ik verondersteld schrijver te zijn.'

'Je bent journalist,' zei Cass om hem een beetje te plagen.

'Ik wil een schrijver zijn die vanuit huis werkt en niet meer zoveel de wereld over trekt. Ik wil de biografie van je vader schrijven, en ik wil dat jij kunt tekenen, schilderen, illustraties maken, wat je maar wilt...'

'Waarom zeg je dat allemaal tegen me, Ranulph?'

'Ik probeer je ten huwelijk te vragen. Ik wil je laten weten dat bij mij zijn niet betekent dat je geïsoleerd op een afgelegen Schots eiland zit, in je eentje, terwijl ik op reis ben. Ik wil niet van je zijde wijken.'

Cass kreeg geen lucht meer. Had hij haar zojuist ten huwelijk gevraagd? Het was haar niet helemaal duidelijk.

'Zeg alsjeblieft ja, Cass,' zei hij. 'Dan zien we wel weer verder. Hou je van me? Wil je met me trouwen? Wat is je antwoord? Ik moet het weten!' Hij slikte, alsof hij tegen wanhoop vocht.

Nu werd het haar allemaal duidelijk. Hij hield van haar en zij van hem. 'Ja,' zei ze. 'Ik hou van je, dat is al heel lang zo. En ik zou het heerlijk vinden om met jou geïsoleerd op een afgelegen Schots eiland te wonen.'

Hij nam haar in zijn armen, en ze kusten elkaar heel lang.

Toen ze uiteindelijk vonden dat ze moesten teruggaan naar het feest, werden ze begroet met applaus.

'Het heeft lang in de pijplijn gezeten,' zei Bastian, 'maar ik weet dat jullie samen heel gelukkig zullen worden.'

'Ik heb champagne!' zei Michael joviaal. 'Dit is fantastisch!'

Friendly blafte van opwinding en dartelde om hen heen. Cass vond dat de sterren boven Dominica nog nooit zo helder hadden geschenen en dat ze nog nooit zo gelukkig was geweest. 'De druppel van smaragd zien bleek echt een goed voorteken,' zei ze.

'Zeker voor mij,' zei Ranulph, die zijn armen om haar heen sloeg. 'Die heeft me mijn meisje gebracht, mijn Cassiopeia, de liefde van mijn leven.' Toen kusten ze elkaar weer, doof voor het gejoel van de gasten om hen heen.

Nawoord

Ik wilde een boek schrijven dat zich afspeelt op Dominica omdat ik er familie heb wonen. In de jaren dertig van de vorige eeuw ging mijn tante erheen met haar tweede man, de oudste dochter uit haar eerste huwelijk en een jongen en een meisje uit het tweede. Beide meisjes trouwden op het eiland, en daardoor heb ik er tientallen neven en nichten. Ik ben er ook vaak geweest; het voelt een beetje als thuis.

De nicht en neef met wie ik het meest close ben, waarschijnlijk omdat we even oud zijn, zijn Sara en Lennox Honychurch. Lennox, beter bekend als dr. Lennox Honychurch, komt in het boek voor, maar ik moest hem in twee personages splitsen, vader en zoon, omdat ik wilde dat mijn Bastian een dertiger was.

Afgelopen Kerstmis hebben we de reis naar Dominica gemaakt samen met onze drie kinderen, hun partners en zeven kleinkinderen. Het was geen eenvoudige reis, omdat we niet met zijn allen in de vliegtuigjes voor eilandhoppen pasten, maar het was geweldig, en we hebben het er nog steeds over.

Voordat we gingen, wist ik dat ik over Dominica wilde schrijven, en daarom vroeg ik Lennox om hulp. Hij is dé expert als het om het Caribisch gebied gaat en heeft er veel boeken over geschreven. De naam Honychurch is erg bekend op het eiland.

Lennox vertelde me over de rotstekening; hij beschreef hoe hij had geholpen haar te vinden (er was een handgetekende kaart) en hij vertelde me over de archeologische vindplaats, blootgelegd door orkaan

Maria, waar naast voorwerpen van het Kalinago-volk vroeg Delfts aardewerk was gevonden.

Toen we er in 1996 voor het eerst heen gingen, nam Lennox me mee naar de verlaten suikermolen Bois Cotlette. Destijds was die zoals beschreven in dit boek, maar in 2010 is hij verkocht aan een Amerikaanse familie, en nu is het een toeristische trekpleister. Ik ben nooit vergeten dat ik hem voor het eerst zag en heb geprobeerd de spookachtige, melancholische sfeer die er hing recht te doen.

Friendly, de hond, is van Lennox, en de beschrijvingen hoe het is om een orkaan mee te maken komen van Sara. Sara vertelde me ook allerlei andere bijzonderheden en ontdekte een paar fouten voordat ze in het boek terechtkwamen. Petrea (dochter van Sara) is ook heel behulpzaam geweest en heeft een heerlijk prentenboek gemaakt met de titel *Goodnight My Sweet Island*, dat perfect samenvat waarom ik van Dominica hou. Haar zus Marica, een geweldige fotograaf, maakte de foto's voor een fascinerend boek over ti kais, de traditionele houten huizen op Dominica (*Still Standing: The Ti Kais of Dominica* van Adom Philogene Heron, met foto's van Marica Honychurch).

Het belangrijkste boek dat over Dominica is geschreven, is *The Dominica Story* van Lennox Honychurch. Daarin wordt het verhaal van het eiland verteld, waarom het anders is dan andere Caribische eilanden en wat een werkelijk fascinerende plek het is.

Ik mag ook mijn tante Elma Napier niet vergeten, die biografieën en romans schreef die zich op Dominica afspelen. Ze was de oma van Sara en Lennox, en voor mijn zus en mij was ze een lievelingstante. We keken altijd uit naar haar bezoekjes aan Londen.

Tot slot mijn excuses: hoewel ik mijn best heb gedaan om dit fascinerende eiland de eer te geven die het toekomt, heb ik mijn neef Lennox tekortgedaan door zijn fantastische artistieke talenten aan mijn heldin, Cass, te geven. Ik heb een beetje het gevoel dat ik iets heb gestolen van iemand die heel bereidwillig zoveel heeft bijgedragen aan dit boek.

Dankwoord

Ze zeggen dat er een heel dorp voor nodig is om een kind op te voeden. In mijn geval is er een kleine buitenwijk voor nodig om een boek te produceren, en ik wil iedereen hartelijk bedanken voor zijn of haar enorme hulp en steun.

Ik begin met mijn neven en nichten Honychurch: Lennox, Sara, Petrea en Marica, die zo gul waren met hun tijd en informatie. Aan die lijst wil ik Polly Pattullo van Papillote Press toevoegen, als lid van de familie op Dominica.

Zoals altijd wil ik Bill Hamilton bedanken, nog steeds de beste agent ooit, en alle anderen bij A.M. Heath die zo goed voor me zorgen.

Richenda Todd; door haar nauwgezette tekstredactie voorkomt ze al vele jaren dat ik mezelf in verlegenheid breng.

Ik heb een uitstekend redactieteam: Selina Walker, Charlotte Osment, Laurie Ip Fung Chun, Sarah Ridley, Hope Butler, Ceara Elliot, Annabel Wright, Olivia Allen, Evie Kettlewell, Helen Wynn-Smith en Meredith Benson. Zonder hen zou ik verloren zijn.

David O'Driscoll, die onderzoek voor me heeft gedaan naar natuurfotografen, maar eigenlijk alles wat ik nodig had zelf leverde.

En niet te vergeten mijn eigen familie, die nog steeds geweldig is, van Desmond, met wie ik al meer dan vijftig jaar getrouwd ben, tot en met ons jongste kleinkind. Dank je wel!

Heb je genoten van dit boek?
Laat dan een review achter op de site van de winkel waar je het gekocht hebt, of op een lezerscommunity als Hebban.nl.
Dat helpt andere lezers dit boek ook te vinden.